民國文化與文學研究文叢

十一編

李 怡 主編

第8冊

中國「西方之光」
——陪都文化與文學源流考

郝明工 著

國家圖書館出版品預行編目資料

中國「西方之光」——陪都文化與文學源流考／郝明工 著—
初版—新北市：花木蘭文化事業有限公司，2019〔民 108〕
序 8+ 目 2+192 面；19×26 公分
(民國文化與文學研究文叢 十一編；第 8 冊)
ISBN 978-986-485-794-4（精裝）
1. 中國文學 2. 中國文化 3. 文學評論 4. 文化評論
820.9　　108011480

民國文化與文學研究文叢
十一編 第八冊　ISBN：978-986-485-794-4

中國「西方之光」
——陪都文化與文學源流考

作　者　郝明工
主　編　李 怡
企　劃　四川大學中國詩歌研究院
總編輯　杜潔祥
副總編輯　楊嘉樂
編　輯　許郁翎、王筑、張雅淋　美術編輯　陳逸婷
出　版　花木蘭文化事業有限公司
發行人　高小娟
聯絡地址　235 新北市中和區中安街七二號十三樓
電話：02-2923-1455／傳真：02-2923-1452
網　址　http://www.huamulan.tw 信箱 hml 810518@gmail.com
印　刷　普羅文化出版廣告事業
初　版　2019 年 9 月
全書字數　190274 字
定　價　十一編 12 冊（精裝）新台幣 23,000 元　

中國「西方之光」
——陪都文化與文學源流考

郝明工 著

作者簡介

郝明工，文學博士，教授，重慶師範大學教師。先後出版《陪都文化論》（2016 年修訂版題名《抗戰時期的重慶文化》）、《陪都重慶文化與文學考論》、《陪都文學論》；《從經學啓蒙到文學啓蒙——現代文學思潮的中國生成》、《20 世紀中國文學思潮及流派》、《人道主義與二十世紀的中國文論》、《中國現代小說生成論》；《20 世紀末中國大陸社群生態紀實與解讀》、《無冕國度的對舞——中外新聞比較研究》，《經濟全球化時代的精神生產》。

提　　要

在二十世紀的中國文化與文學進行區域分化過程之中，無論是陪都文化與文學的戰時拓展，還是陪都文化與文學的現代運動，均在中國「西方」引導著區域文化與文學發展的主流，因而有必要對其進行從區域文化到區域文學的全方位研究。區域文學是區域文化的形象表徵，首先以考察陪都文化的歷史變遷爲這一研究展開的基點；繼而探討抗戰時期陪都重慶文學從地方文學轉向區域文學的生成發展，以顯現其多重文化蘊涵與總體區域風貌；進而探究二十世紀中重慶文學最終趨向地域文學的運動軌跡，以揭示其從文本內涵到區域特徵的文化偏至。由此，不僅爲中國現代區域文化與文學研究提供了具有參照性的具體範例，而且也有助於區域文化與文學研究的理論建構，從而突破現存研究範式以能夠進行有效而獨特的學術闡釋。

從「純文學」到「大文學」：重述我們的「文學」傳統——《民國文化與文學研究文叢》第十一編引言

李　怡

歷史總是在不經意間爲我們增添或減除一些重要的意義，我們今天奉若神明的「文學」也是這樣。自「五四」開啓的百年中國文學的發展可以說就是以「提純」傳統蕪雜的「文章」概念爲起點，以倡導接近西方近代意義的「純粹」的「文學」爲指向的。在「五四」以降的百年來的中國文學史中，「回到文學本身」「爲了藝術」「重申文學性」之類的呼聲層出不窮，構成了最宏大也最具有精神感染力的一種訴求。不過，圍繞這些眞誠的不失悲壯的訴求，我們不僅看到了各種社會政治力量的阻力，而且也能夠眞切地感受到種種「名實不符」的微妙的實踐悖論。這都告訴我們，這看似簡明的「文學之路」絕非我們想像的那麼理所當然，其中包含著太多的異樣與矛盾。本文試圖重新對「五四」開啓的「文學」取向提出反思和清理，其目的是爲了重述長期爲我們忽略的現代「文學」傳統的來龍去脈和內在結構。

重述並不是爲了「顚覆」歷史的表述，而是爲了更加清晰地洞察這歷史的細節，特別是解釋那些歷史表述中模糊、含混的部分。我們相信，只有在關於「文學」觀念的細緻的梳理中，中國現代文學的方向和內在機理才能得到眞正的展現，而它的價值也才能夠進一步確立。

這樣的清理將形成與目前研究態勢的直接對話，特別是對倡導「回到五四」的 1980 年代的學術方式加以重新審視和觀察，雖然審視和觀察並不是爲了否定那個時代最寶貴的進取精神。

歷史轉折與「文學」地位的升降

自「五四」開啓的中國現當文學是在中外多種文化的滋養中發展壯大的，這是一個不容質疑的基本事實。

鑒於中國現代文學的發生是好幾代中國作家刻意突破傳統寫作方式重圍，勉力「別求新聲於異邦」的重大收穫，在一個相當長的時期內，是否承認外來文化、外來文學之於中國現代文學誕生的特殊作用，幾乎就是我們能否把握這一文學基本特質的最重要的立場，承認了這一事實，我們才有效地打開了進入現代文學的窗口，把握了文學發展的最重要的方向，拒絕這一事實，或者是以曖昧的態度講述這一歷史都可能造成我們視線的模糊，無法眞正領會中國文學確立「現代的」「世界性」的目標的特殊意義。甚至，如果我們不能在情感的層面上體諒和認同這些新文學創立者因爲引入外來文化所經歷的種種曲折，付出的種種艱辛，我們簡直也無法深入到現代文學的精神內部，去把捉和揣摩其心靈的起伏、靈魂的溫度。

在長達一個世紀的歷史中，所謂現代中國知識分子的「五四情結」，一切「回到現代文學本身」的熱切的情懷，都只有在這種從理性到感性甚至本能情緒的執著「認同」的層面上獲得解釋。在已經過去、迄今依然令人回味的1980 年代——有人曾經以「回到五四」來想像這個年代的歷史使命——我們將中國現代文學的精神最大程度地與國家的改革開放，與對待外來文化的態度緊密相連，在那時，通過對中國現代文學吸納外國文學、外國文化的挖掘，現代的文學確立起了前所未有的榮光，「走向世界」的聲音既來自國家政治，也理直氣壯地在中國現代文學的闡述當中得到了有力的支持。〔註 1〕

儘管如此，我們卻不能認爲對「五四」、對中國現代文學的闡釋已經接近尾聲，也沒有理由將這一曾經的主流性理論當作永恆不變的前提，因爲，就如同近代作家通過舉起「一代有一代之文學」來突破傳統、確立自我一樣，今天的學人也有必要通過提煉、發現自己的「問題」來揭示文學發展更內在的結構和機理。

〔註 1〕參見曾小逸：《走向世界文學——中國現代作家與外國文學》（湖南文藝出版社 1986 年），這是最形象地體現 1980 年代中國現代文學學術精神的著作，不僅著作的正副標題都清晰地標注出了時代的主旨，著作的緒論全面地闡述了民族文學「走向世界文學」的宏大圖景，而且各選文的作者都緊緊圍繞中國現代文學如何在「世界文學（外國文學）」的啓示中茁壯成長加以論述，這些論述都代表了當時學界最活躍最有實力的成果，可謂是 1980 年代學術之盛景。

這並不是如一些人想像的那樣，需要通過否定「五四」、質疑甚至顛覆 1980 年代的學術來彰顯自己。中國學術早就應該真正擺脫「二元對立」「非此即彼」的思維模式了。自 1990 年代以降，我們不斷指謫「五四」和 1980 年代的進化論思維、「二元對立」思維，其實自己卻常常陷入這樣的思維而不能自拔，如果「五四」的確通過大規模引入外國文學與西方文化完成了對傳統束縛的解脫，如果 1980 年代是在改革開放、走向世界的「鼓舞」下撥亂反正，部分建立了學術的自主性，那麼這種呼喚創造的企圖和方向不也是任何時代都需要的嗎？爲什麼一定要通過否定「五四」的「西化」態度、詆毀 1980 年代「走向世界」的赤誠來完成新的學術表述呢？

事實上，學術的質疑歸根到底還是對前人尚未意識到的「問題」的發掘，而不是對前代學術的徹底清算；學術的新問題的發現和解決最終是推進了我們的認識而不是證明新一代的高明或思想的「優越」。何況，在所有這些「問題」的不同闡述的背後，還存在一個各自學術的根本意義的差異問題：嚴格說來，學術的意義只能在各自的「歷史語境」中丈量和衡定，也就是說，是不同時代各自所面對的歷史狀況和問題的針對性決定了學術的眞正價值，離開了這個歷史語境，並不一定存在一個跨越時空的「絕對的正誤」標準。不同時代，我們對問題的不同認知和解答乃是基於各自需要解決的命題，其差異幾乎就是必然的。

所有這些冗長的論述，主要是想說明一個問題：我們完全可以重新展開 1980 年代對文學史的結論，重新就一些重大問題再行討論，這並不是爲了顛覆 1980 年代的「思想啓蒙」和學術立場，而是爲了更有力地推進學術的深化。

在這裡，我想強調的是，今天，我們對於「文學」的認知其實已經與 1980 年代大有不同了。這不是因爲我們比 1980 年代的人們更高明、更深刻，而是今天的我們遭遇了與 1980 年代十分不同的環境。

在 1980 年代，文學幾乎就是全社會精神文化的中心，甚至國家政治、倫理、法制、教育的巨大問題都被有意無意地歸結到「文學」的領域來加以確定和關注。

回顧歷史我們可以知道，「改革開放」的 1980 年代的中國人民生活，就是在以對新文化傳統的想像當中展開的，是對「五四」傳統的呼喚中開始的。那個時候，中國學術界的很多人，言必稱「五四」，言必稱魯迅。以我們中國語言文學學科爲例，基本上無論是搞外國文學也好，搞比較文學也好，搞現當代文學也好，搞美學也好，搞文藝理論也好，他們學術興趣的起點幾乎都是從「五四」開始的，從對魯迅的重新理解開始的。甚至普通的中國人也是這樣，那個時候新華書店隔一段時間「開放」一本書，隔一段時間「開放」一個作家，老百姓排著隊在新華書店買書，其中很多是新文學的作品。新文學、中國當代文學的一些探索，一些思考，一些問題，直接成爲我們思考、解決當前社會問題，包括解決我們人生問題的重要根據。那個時候講教育問題，我們首先想到的是劉心武的《班主任》。《班主任》的意義不是一本小說的意義而是帶來整個教育改革的啓迪。到後來，工廠搞改革，全國人民都知道一本《喬廠長上任記》，大家是通過閱讀這本小說來研究中國怎麼搞改革的。賈平凹的小說《雞窩窪的人家》，後來被改編成電影《野山》。電影上演後，引發了全社會對改革時期家庭倫理問題的討論，報紙上發表的文章，題目直接就是《改革，就必須換老婆嗎？》。因爲賈平凹在小說裏講述了農村改革時期兩個家庭的重新組合問題，大家認爲文學作品是一種家庭倫理關係的示範，生活中的家庭關係處理問題直接可以從小說中得到答案。中國人生活中的很多困惑都會通過 1980 年代那些著名的小說來回答，包括那個時候城鄉流動，很多農村人想改變自己的戶口，想到城裏邊來，改變「二等公民」的地位……那時候一部小說特別打動人，那就是路遙的《人生》。在《人生》開篇的地方，路遙引用了柳青的一段話：「人生的道路雖然漫長，但緊要處常常只有幾步，特別是當人年輕的時候。」這樣的文學表述一下子就被當作 「人生金句」，成了中國人抄錄在筆記本上的格言，到處流傳。我們的文學就是如此深入地介入了現實社會、現實政治的幾乎一切的領域，直接成爲人生的指南！

1990 年代，一切都在發生著變化。一方面是西方的經濟方式繼續在中國滲透，中國人的日常生活開始有了新的娛樂方式，「文學失去了轟動效應」，另一方面，文學也不再探討社會改革的重大問題，不再執著於現代的啓蒙、反思和改造國民性之類的沉重話題，或者這些話題也巧妙地隱藏在各種「喜聞樂見」的娛樂形式之中，「大眾娛樂」的價值越來越受到文學家和藝術家的認可，一些重要的通俗文學地位上升，例如金庸武俠小說開始登上 「大雅之堂」，進入了「文學史」。

最近一些年，人們開始提出了另外一個問題，這就是重新思考「五四」，質疑「五四」。其代表性的觀點就是：中國文化發展到今天出了問題，出了什麼問題呢？我們曾經很長一段時間過分相信西方，「五四」雖然有好處，但是「五四」也犯了錯誤，犯了什麼錯誤呢？就是割裂了我們民族文化的傳統。「五四」的最大問題是以偏激的激進主義觀點，割裂了中華民族文化的很多優秀的傳統。所以說，「五四」那個時候有一個口號成了今天重新被人質疑的一個問題，這就是「打倒孔家店」。有人說今天我們怎麼能「打倒孔家店」呢？你看看今天人人都要重新談孔子，重新談國學，國學都要復興了，那「五四」不是有問題嗎？「五四」知識分子最大的問題就是偏激，他們偏激地引進西方文化，而又如此偏激地割斷了與傳統文化的聯繫。今天，在改革開放 40 年之後，歷史完成了一個循環，而這個循環就是我們這 40 年是以對「五四」的繼承開始的，但又是以對「五四」的質疑告終的。

在這裡，我們暫時不對形成這些歷史轉變的複雜原因作出分析挖掘，而只是藉此正視一個基本的事實：無論我們的情感態度如何，我們需要研讀的「文學」都已經出現了重大的變化；無論我們對這樣的變化持怎樣的遺憾或者批評，都不能不看到它本身絕非是荒誕不經的，也深刻地體現了某種思想文化邏輯的眞實面相；在今天，我們只能將「失去轟動效應」的文學表現與曾經如此富有轟動效應的文學夢想一併思考，才能更全面更準確地把握歷史的脈搏，從而對一個世紀以來的「文學」的命運重新作出解釋。

「文學」研究：從大夢想回到小細節

與 1980 年代那些直接介入社會的巨大的文學夢想比較，今天的我們更應該展開的工作就是面對這命運坎坷、「瘡痍滿目」的「文學」的現實，認眞地回答它「從哪裏來」，一路「遭遇」了什麼，又可能「走到哪裏去」。

對「五四」以降百年來中國文學的研究將從具體入手，從細節處的困惑開始。

這不是簡單對抗 1980 年代的宏大的夢想，而是將夢想的產生和喪失一併納入冷靜的觀察，理性梳理二十世紀文學之「夢」的來源和局限，同時從外部和內部多個方面來梳理「文學」的機理。

這也不是要否定文學被賦予的「社會責任」，不是爲了拒絕這些「社會責任」而刻意攻擊 1980 年代的所謂「宏大敘事」。恰恰相反，我們是試圖通過對文學結構的更細緻更有說服力的探尋來重新尋找我們的歷史使命，重新建構一種介入中國文化問題的可能。

顯而易見，新的追問也不是對 1990 年代以來文學研究日益「學院化」，日益在「學術規範」中孤芳自賞的認同，在正視 1980 年代困境的同時，我們繼續正視 1990 年代以來的新的困境。

今天我們面臨的一大困境在於：文學被抽象化爲某種「純粹」的高貴，而這種高貴本身卻已經沒有了力量，更無法解釋自「五四」以來中國現代文學自身就存在的那種干預社會的強大的能量，儘管 1980 年代所寄予文學的希望可能超過了文學本身的能力負荷，但是我們卻不能說當時的「希望」都是空穴來風，是完全沒有歷史根據的臆想。雖然我們今天也無法預測未來的中國文學究竟怎樣在文學的自主性與社會使命之間獲得平衡，比 1980 年代的理想主義更能切實地實現自己的歷史價值，但是重新回到中國現代文學發生發展的事實當中，更細緻更有說服力地清理其內在的精神結構，解釋那些文學家們如何既能確立自己，又能夠眞誠地介入社會，而且，這一切的文化根據究竟有哪些？

我們的解釋可能就會擺脫「走向世界」的故轍，眞正將中外多種文化都作爲解釋中國作家的精神秘密的根據。因爲，很明顯，近代以後，單純地強調「純文學」的引進已經不足以解釋中國文學的種種細節，例如魯迅，這位在民初大力引進西方「純文學」觀念的啓蒙先驅，後來又常常陷入「不夠文學」的寫作窘迫之中，而且從最初的無奈的自嘲到後來愈發堅定的自信，這裡的「文學」態度眞是耐人尋味：

> 也有人勸我不要做這樣的短評。那好意，我是很感激的，而且也並非不知道創作之可貴。然而要做這樣的東西的時候，恐怕也還要做這樣的東西，我以爲如果藝術之宮裏有這麼麻煩的禁令，倒不如不進去；還是站在沙漠上，看看飛沙走石，樂則大笑，悲則大叫，憤則大罵，即使被沙礫打得遍身粗糙，頭破血流，而時時撫摩自己的凝血，覺得若有花紋，也未必不及跟著中國的文士們去陪莎士比亞吃黃油麵包之有趣。〔註 2〕

歷史更有趣的一面是：就是這位在新文學創立過程中大力呼喚「純文學」（美術）的先驅者，到後來被不少的學者批評爲「文學性不足」，甚至「不是文學」。這裡接受者、解讀者的思想錯位甚至混亂亟待我們認眞清理——在現代中國，究竟有什麼樣的「文學觀」？何以出現如此弔詭的現象？

〔註 2〕魯迅：《華蓋集·題記》，《魯迅全集》第三卷 4 頁，人民文學出版社 2005 年。

至於整個中國現代文學，在當今已經獲得了一個很有代表性的印象：非文學。20 世紀的中國歷史幾乎被公認爲是「非文學」的時代：「中國新文學運動從來就和政治浪潮配合在一起，因果難分。五四時代的文學革命——反帝反封建；三十年代的革命文學——階級鬥爭；抗戰時期——同仇敵愾，抗日救亡，理所當然是主流。除此之外，就都看作是離譜，旁門左道，既爲正統所不容，也引不起讀者的注意。這是一種不無缺陷的好傳統，好處是與祖國命運息息相關，隨著時代亦步亦趨，如影隨形；短處是無形中大大減削了文學領地，譬如建築，只有堂皇的廳堂樓閣，沒有迴廊別院，池臺競勝，曲徑通幽。」〔註 3〕即便不是出於刻意的貶低，我們也都承認，在這一百年之中，更需要人們解決的還是社會民生的一系列重大問題，「文學本身」並沒有太多的機會隆重登場。這一描述大概不會有太多的人否認，然而，困惑卻沒有就此消除：難道「文學」僅僅是太平盛世的奢侈品？在困苦年代人們就沒有資格談論文學，沒有資格獲得文學的滋養？古今中外大量的歷史事實都可能將這一結論擊得粉碎。這裡，再次提醒我們的還是一個事實，我們必須對「文學」觀念本身展開認眞的追問。正如朱曉進所說：「當我們回顧 20 世紀文學的發展時，我們看到的是這樣一個基本的歷史事實：在 20 世紀的大多數年代裏，文學的政治化趨向幾乎是文學發展的主要潮流。也許將此稱爲『思潮』並不準確，但文學與政治的特殊關係，卻無疑是其最爲顯性的文學發展的特徵之一。因此，在研究上述年代的文學現象時，首先應關注的也許倒不是純美學、純藝術層面的東西，而是文學的政治化潮流的問題。我們應該從政治文化的角度去看待這些年代的文學，對文學現象得以產生的政治文化氛圍，以及文學以何種方式、在多大程度上與政治文化結緣，政治的因素到底在多大程度上，到底以什麼形式，最終導致了一些文學現象的產生，以及最終支配了文學發展的趨向等等問題給予更多的關注。以政治或政治文化的角度來觀照和解釋 20 世紀文學發展中的許多現象，我們也許可以從更爲廣闊的範圍來探討其成因。」〔註 4〕

其實，在現代中國，「非文學」的力量何止是政治文化，還包括各種生存的考慮，包括我們固有的對於寫作的基本觀念。所有這些力量都十分自然地

〔註 3〕柯靈：《遙寄張愛玲》，《張愛玲文集》第四卷 427 頁，安徽文藝出版社 1992 年版。

〔註 4〕朱曉進：《文學與政治：從非整合到整合》，《社會科學輯刊》1999 年 5 期。

組成了二十世紀中國知識分子的生活與精神現實，不可須臾脫離。或者說，「非文學」已經與我們的生命形態融會貫通了。

於是乎，中國現代文學那些「非文學」的追求總是如此真誠，也如此動人心魄，我們無從拒絕，也無從漠視，你斷定它是文學也好，非文學也罷，卻不能阻斷它進入我們精神需要的路徑，而一旦某種藝術形態能夠以這樣的姿態完成自己，我們也就沒有了以固定的文學知識「打壓」「排除」它們的理由，剩下的問題可能恰恰在於：我們本身的「文學」觀念就那麼合理嗎？那麼不可改變麼？

這樣的追問當然也不是完成某種對「文學」的本體論式的建構，不是僅僅在知識來源上追根溯源，並把那種「源頭性」的知識當作「文學」的「本來」，將其他的歷史「調整」當作「變異」，恰恰相反，我們更應當關注「文學」觀念如何組合、流動、變異的過程，在這裡，文學的理念如何在西方「純文學」召喚下發生改變的過程更值得清理。

這樣的努力，也將帶來一種方法論上的重要的改進。在過去，我們一般傾向於相信，中國現代文學的發生在很大程度上源於西方文化的衝擊和挑戰，是西方的「人文主義」文化確立了「五四」對「人」的認識，是西方文學獨立的追求讓中國文學再一次地「藝術自覺」，在西方文化還被置於「帝國主義侵略」的一部分而傳統文化理所當然屬於「國粹」的時代，承不承認這種外來影響的作用，曾經是我們能否在一個開闊視野上自由研究的基礎，然而，在今天，當中外矛盾衝突已經不再是社會文化主要焦慮的今天，當援引西方思想資源也不再構成某種精神壓力的時候，我們完全可以建立一種新的更平和地研討中外文學與文化關係的機制，在這裡，引進西方文化資源並不一定意味著更加的開放和創新，而重述中國的傳統資源也不一定意味著保守和腐朽，它們不過都是現代中國人的心理事實，挖掘這樣的心理事實，是爲了更清楚地認識我們自己，讀解我們今天的文化構成，這是對 1980 年代以後中國現代文學研究「主體性」的眞正重塑。

重述現代中國的「文學」觀，就應當從這些歷史演變的具體細節開始。

「文學」研究：從小純粹到大歷史

當強調學術研究從大夢想回到小細節，這個時候，我們獲得的「文學」研究也就從審美的「小純粹」進入到了一個時代的「大歷史」，也就是朱曉進先生所謂「20 世紀文學發展中的許多現象，我們也許可以從更爲廣闊的範圍來探討其成因。」

在這裡，與傳統中國密切關聯的另外一種「文學」理解方式——雜文學或曰大文學理念不無啓示。雜文學是相對於近代以來被強化起來的「純文學」而言，而「大文學」則可以說是對包含了「純文學」觀念在內的更豐富和複雜的文學理念的描述。

現當代中國概念層出不窮，有外來的，有自創的，有的時候出現頻率之高，已經到了人們無法適應的程度，以致生出反感來。最近也有人問我：你們再提這個「雜文學」或「大文學」，是不是也屬於標新立異啊？是不是在中國現當代文學批評的沈寂年代刻意推出來吸引人眼球的啊？

我的回答很簡單，這早就不是什麼新概念了，相反，它很「舊」，五四時代就已經被運用了，最近十多年又反覆被人提起、論述。只不過，完整系統的梳理和反思比較缺少。今天我們試圖在一個比較自覺的學術史回顧的立場上來檢討它，應當屬於一種冷靜、理性的選擇。

據學者考證，「早在 1909 年，日本學者兒島獻吉郎就曾經出版過一部《支那大文學史》，這恐怕是『大文學』這一名稱見於學術論著的最早例證。稍後謝无量於 1918 年出版的《中國大文學史》，則將文字學、經學、史學等，都納入到文學史中，有將文學史擴展爲學術史的趨勢，故其『大』主要表現爲『體制龐大，內容廣博』。這裡的『大文學史』雖與第一階段的文學史寫作沒有本質的差別，但這一名稱的提出對於後來的文學史研究者卻無疑具有啓示意義。」〔註 5〕在我看來，謝无量提出「大」乃是有感於五四時期西方「純文學」的定義無法容納中國固有的寫作樣式，以「大」擴容，方能將固有的龐雜的「文」類納入到新近傳入的「文學」的範疇。《中國大文學史》的出現，形象地說明了兩種「文」（文學）的概念的衝突，「大」是一種協調、兼容的努力。

當然，謝无量先生更像是以「大」的文學史擴容來爲傳統中國的文學樣式留下足夠的空間，也就是說，將早已經存在於傳統中國的、又不能爲外來的「純文學」理念所解釋的寫作現象收納起來，這更接近我所說的對「雜文學」的包容。傳統中國的「文學」專指學術，與當今作爲創作的「文學」概

〔註 5〕劉懷榮：《近百年中國「大文學」研究及其理論反思》，《東方叢刊》2006 年 2 期。

念近似的是「文」——用今天的話來說就是「文章」，不過此「文章」又是包羅萬象，既有詩詞歌賦之類的「文學」作品，也有論、說、記、傳等論說之文、記敘之文，還有章、表、書、奏、碑、誄、箴、銘等應用之文，與西方傳入之抒情之「文學」比較，不可謂不「雜」矣。

我們可以這樣來粗略描述這源遠流長又幾經演變的「文學」過程：

在古老的中國，存在多樣化的寫作方式，我們以「文」名之，那時，人們無意在實用與抒情、史實與虛構之間做出明確的區分，因而不太符合現代以後的學科、文體的清晰化追求。但是，這樣的模糊性（尤其是混合詩與史的模糊性）卻不能說對今天的作家就完全喪失了魅力，「雜」的文學理念餘緒猶存。

在晚清民初，西方的「純文學」概念開始引起了人們的注意，人們試圖借助「純文學」對外在政治道德倫理的反叛來解放文學，或者說讓文學自傳統僵化思想中解脫出來，重新確立自己的獨立性，於是，有意識地去「雜」趨「純」具有特殊的時代啓蒙價值。

然而，新的「文學」知識一旦建立，卻出現了新的問題：傳統中國的各種豐富的創作現象如何解釋，如何被納入現有的文學史知識系統當中？謝无量借助日本學術的概念重寫《中國大文學史》，就是這樣一種「納舊材料入新框架」的努力。

進入現代中國以後，中國作家的創作同時受到多種資源的影響。這裡既有傳統文學理念的延伸，又有新的歷史條件下文學在事實上超越「純粹」的趨向，後者就不僅僅是「雜」的問題，更蘊含著現代中國式「文學」精神的獨特發展。我們或可以「大文學」的視野來觀察它們：相對於西方「純文學」而言，這些超出「藝術」的元素可能多種多樣，只能以「大」容之——「大」依然是現代知識分子文學關懷的潛在或顯在的追求，不能理解到這一層，我們就會失去對現代中國一系列文學現象的深刻把握，例如魯迅式雜文。關於魯迅式的雜文究竟是不是文學，曾經有過爭論，我們注意到，所謂非文學指謫的主要根據還是「純文學」，問題是魯迅雜文可能本來就無意受制於這樣的「純粹」，他是刻意將一切豐富的人生感受與語言形態都收納到自己的筆端，傳統「文」的訓練和認知十分自然地也成爲魯迅自由取捨的資源。

除了雜文式的文學之「雜」，日記、筆記、書信甚至注疏、點評也可能成爲中國知識分子抒情達志的選擇，它們都不夠「純粹」，但在中國人所熟悉的人生語境與藝術語境中，卻魅力無窮，吸引著中國現代作家。

「大」與「雜」而不是「純」的藝術需求對應著這樣一種人生現實：我們對文學的期待往往並不止於藝術本身，在這個時代，我們需要迫切解決的東西可能很多，現實世界需要我們回答的問題也很多，遠遠超過了作爲語言遊戲的文學藝術本身。換句話說，「純粹」並不能滿足我們，我們對現實的關懷、期待和理想都常常借助「文學」來加以闡發，加以表達，「大」與「雜」理所當然，也理直氣壯。現代中國文學不就是如此嗎？猶如學者斷言二十世紀本來就是一個「非文學」的世紀。這一判斷不僅是批評、遺憾，更是一種客觀的事實陳述，我們其實不必爲此自卑，爲此自責。相反，應該以此爲基點重新梳理和剖析現代中國文學的一系列重要特徵。

在這個意義上，所謂的「大文學」也就是文學的寫作本身超過了純粹藝術的目的，而將社會人生的一系列重要目標納入其中。這就不可謂不「大」，或者不「雜」了。

從傳統的「文」到近代的「純文學」，再到因應「純」而起的「雜文學」之名，最後有兼容性的「大文學」，這一過程又與百年來中國學術的發展過程相共生，正如文學史家陳伯海所剖析的那樣：「考諸史籍，『大文學』的提法實發端於謝无量《中國大文學史》一書，該書敘論部分將『文學』區分爲廣狹二義，狹義即指西方的純文學，廣義囊括一切語言文字的文本在內。謝著取廣義，故名曰『大』，而其實際包涵的內容基本相當於傳統意義上的『文章』（吸收了小說、戲曲等俗文學樣式），『大文學』也就成了『雜文學』的別名。及至晚近十多年來，『大文學』的呼喚重起，則往往具有另一層涵義，乃是著眼於從更廣闊的視野上來觀照和討論文學現象如傅璇琮主編的《大文學史觀叢書》，主張『把文化史、社會史的研究成果引入文學史的研究，打通與文學史相鄰學科的間隔』，趙明等主編的《先秦大文學史》和《兩漢大文學史》，強調由文化發生學的大背景上來考察文學現象，以拓展文學研究的範圍，提示文學文本中的文化內蘊。這種將文學研究提高到文化研究層面上來的努力，跟當前西方學界倡揚的文化詩學的取向，可說是不謀而合。當然，文化研究的落腳點是在深化文學研究，而非消解文學研究（西方某些文化批評即有此弊），所以『大文學』觀的核心仍不能脫離對文學性能的確切把握。」〔註6〕

〔註6〕陳伯海：《雜文學、純文學、大文學及其他》，《紅河學院學報》2004年5期，文章所論「發端」當指中國學界而言。

如果我們承認在這一闊大空間之中，活躍著多種多樣的文學樣式，那麼這些文學追求一定是既「大」且「雜」的。爲了解釋這樣的文學，我們必須讓文學回到廣闊的歷史場景，讓文學與政治博弈，與經濟互動，與軍事對話，與人生輝映……

大文學，這就是我們重新關注百年中國文學之歷史意味所召喚出來的學術視野與學術方法。

這樣的新「文學」研究可以做哪些事呢？

顯然，我們可以更寬闊地揭示現代中國文學的生態景觀。也就是說，我們將跳出「爲藝術」的迷幻，在一個更眞實也更豐富的人生場景中來理解現代作家的生存現實，在這裡，除了獻身藝術的衝動，大量的社會政治的訴求、生存的設計乃至妥協都同樣不容忽視，它們不僅形成了文學的內容，也決定著文學的形式。

我們也有機會藉此更深入地挖掘現代中國作家精神中的現實與歷史基因。中國現代作家一方面沿著西方近現代文學的鼓勵不斷申張著「文學獨立」「爲了藝術」等追求，但是一百年的現實問題並不可能讓他們安然陶醉於藝術的世界之中，從文學的象牙之塔走向十字街頭幾乎注定了就是普遍的事實，最終這種生存的事實又轉化成了精神的事實。

我們可以更準確地把握中國文化傳統之於現代文化創造的實際意義。跳出對「純粹」的迷信，我們就會知道，中國知識分子對「文學」的理解另有來源，包括我們「古已有之」的「文」的傳統、「文章」的傳統等等，在這個意義上，我們可以說，眞正的古代傳統並沒有在「五四」激烈的批判中失落，作爲一種文化血脈，它的確是一直潛藏在一代又一代中國知識分子的精神深處，並成爲我們回應「現代問題」的重要資源。

當然，我們可以在這種精神資源的梳理中，更清晰地揭示現代中國作家文學觀念的民族獨創性。這也就是我們經常所表述的：無論「五四」一代知識分子如何激烈地傳遞著「西化」的願望，在現實關懷、家國意識等一系列問題上文學的特殊表達形態都依然存在，而且往往還發揮著關鍵性的作用，這種作用也不是「強制性」認同的結果，更屬於知識分子內心深處的無意識選擇，當它因呼應現代中國的生存問題而自然生成的時候，更可能閃爍著民族獨創的光彩，例如魯迅雜文。

現代中國作家這種深厚的民族獨創性讓我們能夠在一個表面的「西化」

「歐化」進程中深刻而準確地把握歷史的脈絡，從而對中國文學傳統的傳承和開拓作出更有價值的闡述。在這個基礎上，現代中國文學的豐富的藝術觀將得以重塑，而闡釋現代中國文學也將出現更多的視角和向度。總之，我們將由機會進一步反思、總結和提升中國文學的學術方式。

自然，在借助這種種之「雜」進入文學之「大」的時候，有一個學術的前提必須必辨明，這就是說今天的討論並不是要將中國文學的研究從傾向西方拉回頭來，轉入古典與傳統，這樣的「二元對立」式研究必須警惕，正如王富仁先生在反省現代中國學術時所指出的那樣：「在這個研究模式當中，似乎在文化發展中起作用的只有中國的和外國的固有文化，而作爲接受這兩種文化的人自身是沒有任何作用的，他們只是這兩種文化的運輸器械，有的把西方文化運到中國，有的把中國古代的文化從古代運到現在，有的則既運中國的也運外國的，他們爭論的只是要到哪裏去裝運。但是，人，卻不是這樣一部裝載機，文化經過中國近、現、當代知識分子的頭腦之後不是像經過傳送帶傳送過來的一堆煤一樣沒有發生任何變化。他們也不是裝配工，只是把中國文化和西方文化的不同部件裝配成了一架新型的機器，零件全是固有的。人是有創造性的，任何文化都是一種人的創造物，中國近、現、當代文化的性質和作用不能僅僅從它的來源上予以確定，因而只在中國固有的文化傳統和西方文化的二元對立的模式中無法對它自身的獨立性做出卓有成效的研究。」〔註 7〕

事實上，從單純強調中國文學與西方的關係到今天在更大的範圍內注意到古今的聯繫，其根本前提是我們承認了現代中國作家自由創造是第一位的，確立他們能夠自由創造的主體性是第一位的，只有當我們的作家能夠不分中外，自由選擇之時，他們的心靈才獲得了眞正的創造的快樂，也只有中外文化、文學的資源都能夠成爲他們沒有壓力的挑選對象的時候，現代文學的馳騁空間才是巨大的。在魯迅等現代作家進入「大文學」的姿態當中，我們可以比較清楚地看到這一點。

2019 年 1 月於成都江安花園

〔註 7〕王富仁：《對一種研究模式的置疑》，《佛山大學學報》1996 年 1 期。

中國的「西方之光」（代序）

進入20世紀以來，中國的文化與文學開始了全面的現代轉型，隨之在20世紀的二十年代初，就已經出現了關於中國文化與文學的「地方色彩」的詩思。只不過，「地方色彩」的詩思從一開始就呈現出從本土色彩到本地色彩的區分。

在這裡，展開現代中國文化與文學的本土色彩之思，所要追問的就是：外來現代文化與文學同本土傳統文化與文學之間的關係到底如何？這實際上首次觸及到中國文化與文學在現代轉型過程之中，是否出現了所謂的「斷裂」現象。〔註1〕然而，無論是從新文化運動來看，還是從文學革命來看，現代中國文化與文學的本土色彩一直保持著內在的連續性，即使是表現出從文化到文學在現代性影響之中趨向一致的文學啓蒙，與「文以載道」之間就具有著基於文學工具性的本土延續，儘管兩者的功利性意向存在著現代與傳統之分。

然而，進行現代中國文化與文學的本地色彩之思，所要追溯的則是：中國文化與文學的現代轉型同地方文化與文學之間的關係到底如何？事實上，傳統的中國文化與文學的南北之分，已經在20世紀的中國文化與文學的現代轉型之中轉向了東西之分。具體而言，也就是從古代中國北方的黃河流域與南方的長江流域這樣的人文地理空間，轉向了現代中國東方的沿海城市與西方的內陸城市這樣的人文地理空間。無論是新文化運動，還是文學革命，都率先興起於中國東方的沿海城市，無疑表明中國文化與文學的現代轉型呈現出從東方到西方這樣的人文地理空間的延伸，因而促使中國文化與文學的現

〔註1〕聞一多：《女神之地方色彩》，《創造週報》第5號，1923年6月10日。

代轉型在從東到西一波又一波的漸次拓展的同時，凸顯出不同地方文化與文學在這一拓展中的本地色彩。

所以，對於中國文化與文學的本地色彩之思，始於曾經生活在巴山蜀水這樣的中國「西方」之中，並且已經走向東方乃至世界的中國「西方人」，也就不足爲怪。畢竟是這樣的中國「西方人」，對於中國文化與文學的現代轉型，尤其是隨之出現的東西之分，保持著高度的敏感與沸騰的激情。〔註2〕這個提出應該吟唱中國「西方」與「西方人」的詩人，就來自長江上游的內陸城市重慶。

這個詩人生於斯長於斯的重慶，不僅擁有巴蜀文化與文學這一歷史悠久的本地資源，而且在中國現代化浪潮之中率先開埠，內陸城市的重慶由此而被視爲長江上游的中心城市。〔註3〕所有這一切，促使重慶向著現代城市快速成長，開始向世人展現出中國的「西方」之光。必須看到的是，由於重慶地處中國西方的內陸，無論是重慶的文化，還是重慶的文學，較之中國東方的沿海城市，都表現出現代轉型之中的滯後性，因而在一時間無法保持與整個中國文化與文學現代轉型的同步，從而導致這一「西方之光」難以彰顯出其固有的本地色彩來。

這樣，如何才能趕上文化與文學現代轉型的中國步伐，甚至能夠率先走出現代轉型的第一步，也就成爲生活在中國「西方」的重慶人的最大心願。這不僅需要相當的時間，也許更需要特定的機遇。當這樣的時間與機遇能夠在中國文化與文學轉型的過程之中，現實地重疊在一起之時，也就提供了一個前所未有的歷史契機，一旦把握住這一契機，或許就會出現奇蹟，讓中國「西方」的重慶文化與文學絢麗奪目，大放光彩，爲中國「西方」、全中國，乃至全世界所矚目。

〔註2〕吳芳吉：《籠山曲．小引》，《新群》第1卷第2期，1920年2月。在這裡可以看到的是：自古以來，就有東南西北四方之成說。除了南方與北方沿用至今之外。在如今被稱爲中國西部的地方，實際上在20世紀初尚被視爲中國的「西方」，只不過，隨著「西方」一詞被逐漸賦予了特定的政治意識形態內涵，於是乎，就用中國的西部來對中國的「西方」進行語用的替代。與此同時，中國的「東方」也同樣逐漸被稱爲中國的東部。

〔註3〕1876年中英簽署《煙臺條約》，其中規定重慶爲中國對外通商口岸之一，1891年重慶海關開關，重慶正式開埠，由此走上中國內陸城市的現代發展之路。重慶市地方志編纂委員會總編輯室編著：《重慶大事記》，重慶，科學技術文獻出版社重慶分社，1989年，第22～23頁。

隨著抗日戰爭的全面爆發，中國文化與文學發生了區域分化，中國的東方出現了日本侵略者佔領下的淪陷區，而中國的西方則出現了國民政府領導下的抗戰區。在這一區域分化的戰時過程之中，中國文化與文學中心自然而然地出現了從東向西的戰時轉移，具體而言，也就是從中國東方的沿海城市遷徙到中國西方的內陸城市。正是這一中國文化與文學中心的西移，爲地處中國西方的重慶文化與文學的全面發展提供了必不可少的歷史契機。然而，如何將這一歷史契機轉化爲當下現實，不僅需要經受住嚴酷的戰時考驗，而且需要樹立起抗戰到底的堅強信念，更加需要進行民族精神的現代重建。

儘管侵略戰爭給中國人民造成了空前的浩劫，但是，在客觀上也促進了現代轉型的全面展開。正如郭沫若當年所說的那樣：「舊中國非經過一次大掃蕩，新中國是不容易建設的。這大掃蕩的工作，卻由日本軍部這大批蛆蟲在替我們執行著了」，〔註 4〕從而促使「民族復興」成爲抗戰之中的中國現實。顯而易見的是，「民族復興的眞諦」就是在從文化到文學的戰時發展之中，既要「富於反侵略性」，更要「富於創造性」，進而趨於「富於同化力」，以便能夠在汲取中外文化與文學的精華的現實過程之中，彰顯出現代中國文化與文學那厚積而綿長的地方色彩，以最終「復興我們中華民族的精神」。〔註 5〕

儘管可以說郭沫若只是從中國文化與文學的戰時發展這一基點，在指出中國文化與文學發展的戰時契機已經到來的同時，而沒有能夠看到中國文化與文學在戰時條件下所呈現出來的區域分化趨勢，尤其是文化與文學的中國中心勢必出現從東向西的轉移。但是，郭沫若以詩人的敏感第一個揭示出抗日戰爭對於中國文化與文學發展的內在影響，並且提升到民族復興的高度來加以言說。或許是這一個人見解，在抗戰烽煙激蕩之際顯得多少有點不合時宜，因而只能在抗戰區與淪陷區之間的持久對峙之中才得以公開面世。

這無疑表明中國文化與文學發展的戰時契機固然是現實地存在著，不過，這僅僅是一種現實的可能性。即使是在抗戰區與淪陷區的逐漸分化之中，中國文化與文學中心從東向西的轉移，也畢竟是爲重慶文化與文學的戰時發展提供了一種最大的可能性。如何使這一可能性成爲重慶文化與文學的戰時

〔註 4〕郭沫若：《關於華北戰局所應有的認識》，作於 1937 年 10 月 4 日，後收入《羽書集》，1941 年由孟夏出版社出版。

〔註 5〕郭沫若：《民族復興的眞諦》，作於 1938 年 12 月 23 日，後收入《羽書集》，1941 年由孟夏出版社出版。

發展現實呢？事實上，在抗戰建國的政略與抗戰到底的戰略之間趨向一致的持久抗戰國策所形成的戰時體制之中，以重慶爲中心的中國「西方」，已經成爲中國抗日戰爭的大後方，全力支撐著中國抗日戰爭走向最後的勝利。

對於執政的中國國民黨來說，面對日本帝國主義從局部侵略的現實到全面侵略的可能，都不得不未雨綢繆。在 1931 年「九一八事變」之後，隨即就制定了「長期抗戰」的國策，這就是在 1932 年 3 月 10 日，中國國民黨中央常委會通過《鞏固國防長期抗戰案》。1932 年就制定要進行的戰略，同時在政略上要求「全國軍隊應抱同一長期抗戰之決心」，並且同時決定以「長安爲陪都」、「洛陽爲行都」；在戰略上決定成立國民政府軍事委員會，「其目的在捍禦外侮，整頓軍事，俟抗日軍事終了，即撤銷之」。〔註 6〕1933 年 4 月 12 日，國民政府軍事委員會委員長蔣中正，在南昌舉行的「軍事整理會議」上，首先就指出「現在對於日本，只有一個法子——就是作長期不斷地抵抗」，進而強調：「這樣的抗戰越能持久，越是有利。若是抵抗得三、五年，我預料國際上總有新的發展，敵人自己國內也一定將有新的變化，這樣我們的國家與民族才有死中求生的一線希望。」〔註 7〕

隨著日本帝國主義對中國侵略事態的日漸擴大，國民政府軍事委員會制定的 1935 年度《防衛計劃綱要》，進行了戰略的及時調整，「將全國形成若干防衛區及核心，俾達長期抗戰之要求」。〔註 8〕於是，1935 年 1 月，國民政府軍事委員會南昌行營參謀團，由主任賀國光率隊到達重慶，與四川省政府進行磋商，並且對重慶進行從行政、財政到金融、交通的全面考察。同年 10 月，國民政府軍事委員會南昌行營參謀團奉國民政府令，改組爲國民政府軍事委員會委員長重慶行營。在 1936 年度的國防防衛計劃中，最後確立以四川爲對日作戰的總根據地，重慶行營成立江防要塞建築委員會。1937 年 3 月，成渝鐵路正式開工。同年 4 月，四川省政府遷往成都，川軍退出重慶，中央軍進駐重慶。〔註 9〕這就表明從 19 世紀末以來已經成爲長江上游經濟中心城市的重慶，早在抗日戰爭全面爆發之前，爲了應對戰爭風雨的即將來臨，就已經

〔註 6〕榮孟源主編：《中國國民黨歷次代表大會及中央全會資料》下冊，北京，光明日報出版社，1985 年。

〔註 7〕國民政府軍事委員會檔案，中國第二歷史檔案館館藏。

〔註 8〕國民政府軍事委員會檔案，中國第二歷史檔案館館藏。

〔註 9〕重慶市地方志編纂委員會總編輯室編著《重慶大事記》，重慶，科學技術文獻出版社重慶分社，1989 年，第 151～152 頁。

被國民政府設定爲抗戰大後方的核心城市。

1937 年的「七七事變」，證實了中國的抗日戰爭已經從局部反侵略戰爭，擴大爲全面反侵略戰爭。持久抗戰的國策，隨即進行了從戰略到政略的全面調整。1937 年 11 月 20 日，國民政府發表《遷都宣言》稱：「國民政府茲爲適應戰況，統籌全域，長期抗戰起見，本日遷駐重慶。以後將以最廣大之規模從事更持久之戰鬥」，「繼續抗戰，必須達到維護國家民族生存獨立之目的。」〔註 10〕這就在於，「中國持久抗戰，其最後決勝之中心，不但不在南京，抑且不在各大城市，而實寄全國之鄉村與廣大強固之民心，」〔註 11〕所以，遷都重慶，在確立中國抗日戰爭以重慶爲中心的大後方的同時，更確認了在中華民族復興之中以重慶爲文化重建的中國中心。這就促使地處中國「西方」的重慶開始走上城市現代化的戰時之路。

1939 年 5 月 5 日，國民政府令重慶由四川省政府直轄之乙種市改屬爲行政院院轄市。1940 年 9 月 6 日，國民政府明定重慶市爲國民政府陪都。〔註 12〕陪都重慶在中國「西方」的出現，不僅加快了陪都重慶的城市現代化進程，而且推動了以大後方爲主體的中國「西方」的文化發展。於是，在抗戰前期，以西遷大後方的數百家工廠爲骨幹，以陪都重慶爲中心，開始建構出較爲完備的現代工業基礎體系；與此同時，爲了應對日機大轟炸出現的疏散區與遷建區，在客觀上擴大了陪都重慶的市區，並且從中央到地方的雙重行政協調管理之中，加快了城市建設，奠定了陪都重慶作爲全國政治中心的行政基礎；尤其是隨著城市人口的迅速增長，市民的文化素質也相應不斷提高，各級人民團體大量出現，而全國性的人民團體總部普遍設立在陪都重慶，大大有利於各項文化運動在陪都重慶的蓬勃開展，陪都重慶文化與文學的影響，不僅直接輻射到整個大後方，同時也間接擴散到淪陷區。〔註 13〕

1941 年 12 月 8 日，太平洋戰爭爆發，隨著中、美、英等國對日正式宣戰，中國抗日戰爭成爲世界反法西斯戰爭的重要組成部分。正如國民政府軍事委員會委員長蔣中正在相繼發表的《告全國軍民書》、《告海外僑胞書》之中所宣稱的那樣——「自茲我中華民國已與全世界反侵略友邦聯合一致，共同奮

〔註 10〕《國民政府公報》，渝字第 1 號，1937 年 12 月 1 日。

〔註 11〕蔣中正：《中國國民黨臨時全國代表大會講演詞》，《新華日報》1938 年 4 月 1 日。

〔註 12〕重慶市地方志編纂委員會總編輯室編著：《重慶大事記》，重慶，科學技術文獻出版社重慶分社，1989 年，第 167、172 頁。

〔註 13〕郝明工：《陪都文化論》，烏魯木齊，新疆大學出版社，1994 年，第 35～39 頁。

鬥，誓必消滅日德意軸心侵略之暴力，達成我保衛世界人類文明之目的而後已。」〔註 14〕這就表明，抗戰後期的陪都重慶即將迎來向著國際大都市發展的歷史契機。

儘管蘇聯政府在 1941 年 12 月 8 日發表聲明，宣稱蘇聯不會因爲太平洋戰爭的爆發，改變同年 4 月 3 日簽訂的《蘇日中立條約》所確立的蘇日關係，但是，一大批歐洲、美洲、非洲、大洋洲的國家，先後對日宣戰或宣布斷絕外交關係。同時這些國家也成爲《聯合國家宣言》的主要簽字國。1942 年 1 月 1 日，26 個反法西斯戰爭國家的代表，在美國首都華盛頓簽署了《聯合國家宣言》，在推動民族國家走向獨立自決的同時，推進了民主化的世界進程。從此，「中日戰爭成爲世界戰爭，兩大陣營分明」。〔註 15〕隨後，國民政府進行了一系列的外交活動，以廢除歷史上被強加於中國的不平等條約，到了 1943 年 1 月 11 日這一天，中國與美國在華盛頓、與英國在倫敦，同時簽署了廢除不平等舊約建立平等國家關係的新約，帶動了其他有關國家迅速地與中國之間廢除舊約與簽訂新約。這就從根本上恢復了中國的大國形象，進而確保中國作爲反法西斯戰爭四強之一的國家地位，從而使中國得以在 20 世紀第一次展現出世界大國的姿態。

更爲重要的是，在以陪都重慶爲中心的大後方，掀起了一陣又一陣的民主浪潮，不僅各級人民團體的規模繼續擴大，爲推進民主化提供了社會基礎，而且社會各界人士更是紛紛提出實現民主的具體主張，要求成立聯合政府，給人民以言論、出版的基本權利。正是在這樣的民主化現實之中，隨著《廢止戰時圖書雜誌原稿審查辦法令》的發布，陪都重慶出現了大量的圖書、報刊，尤其是出現了眾多作家創辦的出版社，出版了大量的中外文學叢書，從一個側面上顯現出陪都重慶文化與文學的迅猛發展。〔註 16〕

可以說，在中國抗日戰爭勝利的前夕，陪都重慶已經踏上了現代大都市的發展之路，繼抗戰之前中國唯一的現代大都市上海這一中國「東方明

〔註 14〕《新華日報》1941 年 12 月 11、12 日。

〔註 15〕蔣中正：《元旦講話》，《新華日報》1942 年 1 月 1 日。此時沒有對日宣戰的蘇聯，也是《聯合國家宣言》的簽字國之一，不過，由於蘇聯與英國的反對，簽字國前四名排序由美國、中國、英國、蘇聯改變爲美國、蘇聯、英國、中國，然後其他國家按英語字母順序排序。張弓等編：《國民政府重慶陪都史》，重慶，西南師範大學出版社，1993 年，第 411～412 頁。

〔註 16〕郝明工：《陪都文化論》，烏魯木齊，新疆大學出版社，1994 年，第 168～176、207～212 頁。

珠」之後，在抗戰之中成爲中國的「西方明燈」，不僅照亮了反法西斯侵略這一正義戰爭的中國勝利之路，而且照亮了中國內地城市現代化的發展之路。然而，必須指出的是，陪都重慶畢竟是在中國抗日戰爭期間，在戰時體制下隨著文化與文學的區域分化而走上現代都市化之路的。因此，在抗日戰爭迎來勝利之後，陪都重慶這一戰時的「西方明燈」，也就在漫捲詩書喜欲狂的「復員」大潮中，失去了必不可少的諸多文化與文學資源，而不得不黯然失色，爲 20 世紀的中國文化與文學，尤其是區域文化與文學留下了一抹難以忘懷的「西方之光」。

或許從根本上看，也就在於：陪都重慶文化與文學這一中國的「西方之光」，正是因爲其戰時的輝煌，而最終成爲抗戰八年之間暫時出現的區域文化與文學現象，從而揭示了民族國家之內區域文化與文學的存在，至少是有其時間上的嚴格限定的。於是，由陪都重慶文化與文學這一現象出發，將會引發關於區域文化與文學中國存在，乃至世界各國存在的進一步普遍思考。

目次

導言　區域的文化與區域的文學

一、文化與文學的區域分化及類型

何謂區域文化？何謂區域文學？從目前已經出現的有關研究成果與當前的研究現狀來看，無論是對區域分化中的文化現象，還是對區域分化中的文學現象，在相關的研究論著之中，通常更多的是從政治性的意識形態與行政區劃這兩個層面上來加以確認的，致使對它們的學理把握呈現出某種學術偏至，由此而來，民族國家內出現的區域文化與區域文學，也就常常被限制在所謂的地域文化與地域文學的單一層面上。導致如此學理偏至的一個直接原因，主要是沒有能夠從學理上區分大文化與小文化之間的概念差異。顯然，這就需要從基本概念出發，來進行有關區域文化與區域文學的中國討論。儘管這一討論無疑是具有嘗試性的學理探討，但是，這一學理探討同時更是具有開拓性的學術嘗試，以試圖建構具有普適性質的區域文化與文學理論體系。

在這裡，大文化是相對於小文化而言的，大文化即廣義上的文化，而小文化即狹義上的文化，因而進行大文化與小文化之分，實際上也就是要求對於人類文化進行整體認識。這就在於，文化生成於人類生活方式的歷時性變遷與共時性演變之中，從人類生活方式從歷史到現實的互動發展來看，包括物質生活方式、群體生活方式、精神生活方式在內的人類生活方式，是逐漸形成並不斷擴展其整體性的。在這樣的前提下，可以說文化也就成爲對於人類生活方式整體樣態的學術性術語式指稱，由此更進一步，大文化所指稱的正是人類生活方式這一廣義上的文化，而小文化所指稱則是人類精神生活方式這一狹義上的文化，不僅大文化包容進了小文化，而且小文化更是成爲大文化的基本構成，從而顯現出大文化與小文化之間的整體性關係：大文化具有涵蓋小文化的總體性，而小文化則體現出大文化的層次性。

事實上，早在十九世紀中葉發表的《共產黨宣言》中，就已經出現了這樣的社會學意義上的大文化觀，展示了大文化的三個層面劃分，並且推進了有關經濟基礎，上層建築、意識形態的理論性思考。〔註 1〕這就在實際上與經濟、政治相鼎足而立的狹義文化進行了理論區分。不過，還應該看到的是，由於忽視了這一大文化觀提出的歷史語境，也導致了將文化僅僅限定在意識形態領域之內這一庸俗社會學的政治誤認。

在中國，梁啓超從中國文化現代轉型的角度出發，較早提及文化的三分，認爲文化可以分爲器物層、制度層、心理層這樣的三個層面。〔註 2〕從這樣的大文化觀出發，進一步可以看到的是就，在文化的層次三分之中，文化每一層面上都呈現出兩極化的構成向度：在器物層面上，呈現出生存方式與生產模式的兩極區間，其間包容了從生活形態到生產方式的諸多變體，具有著不同民族的具體文化樣態；在制度層面上，呈現出群體規範與社會體制的兩極區間，其間包容了從習俗體系到權力結構的諸多變體，具有著不同民族的具體文化樣態；在心理層面上，呈現出國民心態與主流意識的兩極區間，其間包容了從族群記憶到世界觀念的諸多變體，具有著不同民族的具體文化樣態。

這樣，丹納在《藝術哲學》中從美學的角度，在提出有關文化與文學發展的種族、環境、時代的三原則同時所進行的相關討論，〔註 3〕將會給出這樣的啓示：從文化的器物層面到心理層面，具有著界於生存環境與族群素質之間的文化內涵，並且這一文化內涵空間的與日俱化，與時代的更迭是密不可分的，從而揭示出文化發展的橫向性與縱向性，表明文化發展的整體性需要。由此而促成了必須立足於大文化觀來認識人類文化發展的整體性，不僅在世界範圍內是如此，而且在一國疆域內更是如此。

如果從大文化觀的角度來看，區域文化只能是民族國家之內文化發展過程中出現的特殊現象。顯而易見的是，區域文化也同樣具有著發展的整體性需要，只不過，區域文化在民族國家形成與發展過程中，由於受到文化發展

〔註 1〕《馬克思恩格斯選集》第 1 卷，北京，人民出版社，1972 年，第 252～270 頁。

〔註 2〕梁啓超：《五十年中國進化概論》（1922 年 4 月），抱一編：《最後之五十年》，申報館，1923 年。

〔註 3〕〔法〕丹納：《藝術哲學》，傅雷譯，北京，人民文學出版社，1980 年，第 336～358 頁。

的橫向性與縱向性的特定時空條件限制，因而促使區域文化的基本構成要素出現了歷史性的構成二分，即地域文化與地方文化。與此同時，地域文化與地方文化又可以進行二分，地域文化具有著意識文化與地區文化的兩重性構成，而地方文化則具有著地緣文化與民族文化的兩重性構成。

區域文化之中的地域文化，作爲促成區域性文化現象得以發生的構成要素，首先表現爲意識文化，即區域文化的意識形態主流，其功能就是對區域文化進行意識調控，具有著文化心理層中的主流意識與制度層中的社會體制這兩者相融合的文化內涵，意識調控總是以政策性手段來進行的。其次表現爲地區文化，即區域文化的政治行政區劃，其功能就是對區域文化實施行政調控，具有著文化制度層中的社會體制與器物層中的生產模式這兩者相融合的文化內涵，行政調控一般通過體制性手段來推行的。最後，在意識文化與地區文化之間，不僅文化內涵以社會體制爲中心進行互動與互補，而且文化調控的政策性手段與體制性手段是在滿足政治需要的前提下達成一致的，這就賦予地域文化以體制性的政治色彩。

區域文化之中的地方文化，作爲導致區域性文化現象賴以出現的構成要素，首先顯現爲地緣文化，即區域文化的人文地理環境，其功能就是對區域文化提供資源支撐，具有器物層中的生存方式、制度層中的群體規範、心理層中的國民心態，這三者相融合的文化內涵，資源支撐通常是以地理邊際爲條件的。其次顯現爲民族文化，即區域文化的民族歸屬區分，其功能就是對區域文化提供生活導向，具有器物層中的生活形態、制度層中的習俗體系、心理層中的族群記憶，這三者相融合的文化內涵，生活導向通常是以民族歸屬爲條件的。最後，在地緣文化與民族文化之間，不僅文化內涵將會出相互現融通甚至重合，而且文化提供的地理條件與民族條件是在滿足生存需要的基礎上交融爲一體的，這就給予地方文化以實存性的民俗風貌。

於是，區域文化擁有了意識文化、地區文化、地緣文化、民族文化這四大基本構成要素，而區域文化的二分，不僅體現出民族國家的形成過程中區域文化的歷史性發展，而且體現出民族國家的發展過程中區域文化的總體性發展。與此同時，無論是包容著意識文化與地區文化的地域文化，還是包容著地緣文化與民族文化的地方文化，已經成爲區域文化的兩大中介性構成要素，並且在特定的歷史條件下進行兩者之間的互動，從而在區域文化之間形成從意識形態主流到民族歸屬區分這樣的多重性文化聯繫。只有在這樣的認識前提之下，才有可能在此對區域文化進行第一次基於區域文化構成的描述性界定——區域文化是擁有意識文化、地區文化、地緣文化、民族文化四大基本構成要素，並且以地域文化與地方文化爲中介形式的一種文化現象。

顯然，如果進行區域文化的歷史考察，就會看到區域文化作爲文化現象，在人類歷史進程中具有著特定的時空規定性，也就是說，區域文化只能發生在在特定的時期之內，並且只能出現在特定的環境之中。這也就是說，在區域文化的基本構成要素中，地域文化與特定的時期直接相關，因而表現出地域文化的時期性與波動性；而地方文化與特定的環境直接相關，因而表現出地方文化的持久性與累積性。

所謂地域文化的時期性與波動性，主要是指由於社會體制在一定時期內的變動，所導致的意識文化與地區文化之間的體制性一致的形成與消解，從而促成了區域文化的形成與解體圍繞著社會體制的變動而波動。地域文化的時期性與波動性特徵，也就體現到意識文化特徵與地區文化特徵之中。

具體地說，首先就是意識文化的意識形態主導性，在文化意識多元構成的基礎上強化政治思想與政治體制的一致性，以進行意識形態的政策調控；其次也就是地區文化的行政區劃限定性，在地區劃分歷史延續的前提下增進經濟需要與行政體制的一致性，以進行行政區劃的體制調控。如果說意識文化的意識形態主導性更多地體現出地域文化的時期性，那麼，地區文化的行政區劃的限定性則更多地體現出地域文化的波動性。

所謂地方文化的長久性與累積性，主要是指由於群體生活在一定環境中的持續，所形成的地緣文化與民族文化之間的實存性交融，一方面是文化交融過程是一個持續不斷的較爲長久的歷史過程，特定的地理條件爲其提供了環境保障；另一方面是文化交融過程同時也是文化內涵不斷豐厚起來的逐漸累積的現實過程，特定的民族條件爲其提供了生活保障。地方文化的長久性與累積性特徵，也就體現到地緣文化特徵與民族文化特徵中。

具體而言，首先就是地緣文化的人文地理穩定性，在地理條件的限制下，生存環境、群體規範、國民素質經過長期演變而密不可分，奠定了提供資源支撐的人文基礎；其次是民族文化的民族歸屬獨特性，在民族條件的限制下，生活風貌、習俗構成、族群原型經過逐漸演進而渾然一體，賦予了提供生活導向的民族特徵。事實上，無論是地緣文化的人文地理穩定性，還是民族文化的民族歸屬獨特性，對於如何體現出地方文化的長久性與累積性來說，儘管各有其側重，但是，都離不開兩者之間進行的相輔相成的融通，特別是在兩者出現重合的情況下，更是如此。

必須看到的是，區域文化的意識形態主導性、行政區劃限定性、人文地理穩定性、民族歸屬獨特性，只有在民族國家之內才能夠得到完整地體現。這不僅在於不同民族國家之間，一般不會出現類似地域文化的時期性與波動性的文化發展特徵；而且也在於類似地方文化的長久性與累積性的文化發展，在不同民族國家之間，一定會出現歷史性的差異。這實際上也就意味著，在民族國家之內，區域文化的存在是相對而言的：首先是區域文化之間具有文化上的內在聯繫，其次是區域文化有可能成爲民族國家文化發展的典範。這樣，對於區域文化勢必進行基於區域文化特徵的描述性界定——區域文化是民族國家之內在特定時期與環境中存在著的，具有著意識形態主導性、行政區劃限定性、人文地理穩定性、民族歸屬獨特性這四大特徵的一種文化現象。

最後，關於區域文化的初步界定就是：民族國家之內在特定時期與環境中存在著的，擁有意識文化、地區文化、地緣文化、民族文化四大基本構成要素，並且具有著意識形態主導性、行政區劃限定性、人文地理穩定性、民族歸屬獨特性這四大特徵的一種文化現象。

當然，如果說對區域文化進行的認識需要基於大文化觀，那麼，對區域文學的把握則需要基於大文學觀，以突破局限於書面化純文學這一小文學觀的限制，從而使文學與文化之間的文本聯繫能夠得到一種基於歷史的審美闡釋。這不僅是因爲區域文學是對於區域文化的形象表徵，而且更是因爲區域文學對於區域文化的文學性表徵具有著文學與文化的雙重內涵。在這樣的意義上，也就可以對區域文學現象的出現進行如下初步描述：在以區域文化爲對象的文學審美過程中，以區域文化的現實存在爲基礎，通過區域文學的發生而成爲區域文化的一個組成部分，在促成區域文化發展的同時推進區域文學的自身發展。

從區域文學的文本存在來看，實際上擁有兩大文本系統：口頭語言文本與書面語言文本，兩者的代表分別是：前者主要是由民間采風而來的文本，是關於集體創作的口頭流傳文本的文字記錄；後者主要是由專人寫作而來的文本，是個人創作的書面傳播文本的文學書寫。這兩大系統的文本的寫作，不僅呈現出由集體創作向著個人創作進行轉換的趨勢，而且也相應地表現出由民間流傳向著大眾傳播進行轉換的傾向。更爲重要的是，從區域文學的文本構成來看，具有著縱橫兩個蘊涵向度：橫向的蘊涵向度表現爲對於區域文化從睿智的哲思到激情的迷狂這樣的包涵，而縱向的蘊涵向度則呈現爲對於區域文化從現實的觀照到歷史的追溯這樣的包蘊。這樣，區域文學對於區域文化進行的文本表達之中，已經促使地域文學的產生與地方文學的出現之間，形成了趨向一致的可能性，最終成爲區域文學的存在現實。

區域文學中地域文學與地方文學二分，與區域文化中地域文化與地方文化二分相對應，從一個側面上表明了區域文化與區域文學之間的本質性深層內涵關係。因此，在地域文學與地方文學之間，將表現出不同的文本特徵。首先，地域文學的文本存在具有兩大文本系統，並以書面文本爲主；而地域文學的文本構成以地域文化爲對象，並以橫向的蘊涵向度爲主，因而無論是從文本的寫作到文本的傳播，還是從文本的對象到文本的蘊涵，都將受到意識調控與行政調控的種種約束。其次，地方文學的文本存在也具有兩大文本系統，且口頭文本與書面文本並重；而地方文學的文本構成以地方文化爲對象，並以縱向的蘊涵向度爲主，因而無論是從文本的寫作到文本的傳播，還是從文本的對象與文本的蘊涵，都將受到人文基礎與民族特徵的種種影響。所以，從文學審美的角度來看，地域文學與地方文學之間，兩者的審美自由度，由於外來的地域文化干預與內在的地方文化局限，會導致兩者之間的實質性差異的出現。

這一差異源自地域文學與地方文學的文化內涵的不同，從而體現出地域文化與地方文化之間的基本構成差異。這實際上也就意味著地域文學與地方文學都同樣具備著文化內涵的二分。就地域文學而言，具備了意識文化導向與地區文化限度這樣的文化內涵二分：意識文化導向是意識文化現實追求的文學表現，而地區文化限度是地區文化轄區邊際的文學表現，從而顯現爲從政治意向到行政體制對於地域文學的可能限制。就地方文學而言，具備了地緣文化特性與民族文化底蘊這樣的文化內涵二分：地緣文化特性是地緣文化歷史發展的文學表現，而民族文化底蘊是民族文化傳統延續的文學表現，從而顯現爲從風土人情到風俗習慣對於地方文學的潛在制約。

這樣，區域文學的文化內涵分爲意識文化導向、地區文化限度、地緣文化特性、民族文化底蘊的不同層次。根據這些文化內涵不同層次在區域文化與區域文學興衰過程之中展示出來的歷史穩定性，這四者之間形成了從表層到深層的層次構架，也就是意識文化導向是區域文學最表層的文化內涵，而後由地區文化限度到地緣文化特性逐層深入，直到民族文化底蘊的最深層，表現出從變動不居到穩固更新的層次特徵，並且顯現出層層遞進的可能相關，從而形成了區域文學中地域文學與地方文學之間的文化內涵層次區分。

由此可見，從地域文學到地方文學，由於存在著兩者之間在文化內涵上的層次差異，不僅會繼續保持著地域文化與地方文化的特徵性影響，而且將獨自表現出地域文學與地方文學的可能性發展來，從而使地域文學與地方文學能夠通過文化內涵的互動與互補，在地方文學的歷史基礎上與地域文學的現實發展相融合，實現兩者之間在文化內涵上的兼容並包，從而使之成爲具有著體制性政治色彩與實存性民俗風貌，這兩大基本特點的區域文學的現實。至此，可以對區域文學進行第一次描述性的界定：所謂區域文學，就是以區域文化爲審美對象，擁有意識文化導向、地區文化限度、地緣文化特性、民族文化底蘊這四大文化內涵的文學現象。

正是由於在區域文化與區域文學之間，始終保持著在文化內涵上的有機構成關係，因而在區域文化的主要特徵與區域文學的一般特點之間，形成了對應性的關係，具體而言，一方面就是地域文化的時期性與波動性特徵，將直接表現爲地域文學的地域變動性，不僅地域文學的性質隨著意識文化導向的轉變而轉變，而且地域文學的邊際隨著地區文化限度的調整而調整，因而使之成爲區域文學是否出現的一個決定性因素。而另一方面就是地方文化的長久性與累積性特徵，將間接體現爲地方文學的地方永久性，在地方文學的人文資源爲地緣文化特性所固定的同時，地方文學的語言表達也爲民族文化底蘊所決定，因而使之成爲區域文學能否存在的一個根本性因素。這樣，地域文學與地方文學之間正是從不同文化內涵層次上，展示出區域文學一般特點的基本內容，也就是地域文學以地方文學爲歷史根基，而地方文學以地域文學爲現實樣態。

地域文學的地域變動性，從文化內涵的角度來看，一方面直接表現爲意識調控的可能性，即通過文學政策的制定，來進行調控以確定區域文學發展的可能限度；另一方面直接表現爲行政調控的有效性，即通過行政區劃的調整，來進行調控以確認區域文學發展的有效空間。無論是文學政策的制定，還是行政區劃的調整，都具有著政治性的基本內容，表現爲體制性的政治運作所產生的社會制約作用。在這樣的意義上，可以說地域文學是一種政治性的區域文學現象，因而從地域文學到區域文學的現象性存在，實質上也就取決於民族國家在特定時期之中文化發展的政治性需要。

地方文學的地方永久性，從文化內涵的角度來看，一方面間接體現爲人文基礎的歷史性，即進行人文地理開拓，來提供必要的人文資源根基以促進區域文學的形成；另一方面間接體現爲民族特徵的體系性，即進行民族語言發展，來提供必要的語言表達符號以推動區域文學的出現。從人文資源根基到語言表達符號，都具有著地方性的基本內容，表現爲人文性的語言運用所產生的群體影響作用。在這樣的意義上，可以說地方文學是一種地方性的區域文學現象，因而從地方文學到區域文學的現象性存在，實質上取決於民族國家在特定環境之中文化發展的地方性表達。

由此可見，區域文學的一般特點具有著地域變動性與地方永久性這兩方面的基本內容，具體化爲意識調控的可能性、行政調控的可行性、人文基礎的歷史性、民族語言的體系性，進而形成了有關區域文學一般特點的，從政治性需要到地方性表達這樣的文化內涵層次的兩極區分，由此而賦予了區域文學以政治性與地方性這樣的文化存在關係標誌。一旦區域文學在全國範圍內成爲從政治性需要到地方性表達的文學典範，區域文學也就具有了全國代表性。

不過，區域文學的全國代表性，與區域文學的存在一樣，同樣也是在民族國家的特定歷史階段之中呈現出來的，並且往往要比區域文學的自身存在在時間上更爲短暫。這首先就意味著區域文學的全國代表性，會發生從一個區域到另一個區域的文學轉移。這其次也更意味著區域文學能否具有全國代表性，較之區域文學自身存在而言，僅僅是一個可能之中的可能。

正是在這樣的認識前提下，對於區域文學也就可以進行描述性的再次界定：所謂區域文學，就是民族國家中以區域文化爲審美對象，擁有意識文化導向、地區文化限度、地緣文化特性、民族文化底蘊這四大文化內涵，地域文學的政治性需要與地方文學的地方性表達趨於一致的文學現象。

所以，無論是區域文化，還是區域文學，兩者都不過是民族國家內在特定歷史時期與現實環境中存在著的區域性文化與文學現象，因而從區域文化的存在到區域文學的存在，彼此之間表現出了從時間到空間的同一性。所以，區域文化與區域文學之間形成了兩者最基本的關係，就是區域文化與區域文學之間的存在關係。

這一存在關係，首先分別體現在區域文化與區域文學之內。從區域文化之內看，主要體現爲地域文化與地方文化之間的存在可變性關係：如果沒有地域文化的出現這一可變性因素，區域文化的形成就會失去現實的體制保障；反之，如果沒有地方文化的產生這一不變性因素，區域文化的形成就會缺乏歷史的資源保障，從而表明區域文化正是在地域文化的可變與地方文化的不變趨於一致的過程中形成的。從區域文學之內看，主要體現爲地域文學與地方文學之間的發展延續性關係：如果沒有地域文學的出現這一階段性因素，區域文學的形成就會失落現實的發展樣態；反之，如果沒有地方文學的產生這一持續性因素，區域文學的形成就會缺少歷史的發展根基，從而表明區域文學正是在地域文學的階段發展與地方文學的持續發展相一致的過程中形成的。

這一存在關係，其次集中表現在區域文化與區域文學之間。從地域文化與地域文學之間看，主要表現爲兩者之間在存在上的時間同一性關係，無論是地域文化，還是地域文學，都只能在特定時期裏出現，或者是地域文學隨著地域文化的出現，或者是地域文學的出現成爲地域文化出現的先導。從地方文化與地方文學之間看，主要表現爲兩者之間在存在上的空間同一性關係，無論是地方文化，還是地方文學，都只能在特定環境中產生，地方文化有可能直接促成地方文學的發展，而地方文學則有可能間接促進地方文化的發展。

正是因爲如此，從區域文化與區域文學之間的存在關係看，事實上，區域文化與區域文學也就可以分爲——可變／時間性層面、延續／空間性層面——這樣的兩個存在層面：可變／時間性層面是地域性的文化與文學，是區域文化與區域文學中的時期性生成物，因而成爲區域文化與區域文學的存在表層；延續／空間性層面是地方性的文化與文學，是區域文化與區域文學中的長期性存在物，因而成爲區域文化與區域文學的存在深層。兩個層面能否渾然一體，儘管取決於民族國家的社會發展，特別是這一發展在特定時期與特定環境之中的直接制約，但是，民族國家社會發展水平在從古至今的發展過程中的差異性，也就不能不影響到區域文化與區域文學的形成，呈現出從古代到當代的變化來。具體而言，也就是區域文學與區域文化在存在的時間長度上趨於長，特別是在存在的空間範圍上趨於廣。更爲重要的是，人類社會由傳統向現代的文化轉型，促使古今之差的時間性轉化爲傳統與現代的時代性差異，民族國家在現代發展過程之中，區域文化與區域文學的形成具有了更大的可能性。

無論是民族國家的形成，還是民族國家的發展，都經歷一個漫長的歷史過程，在這一歷史過程中，民族國家出現分裂與統一的不同階段，進而呈現出從分裂到統一的歷史趨勢，從而爲區域文化與文學的形成提供了必不可少的歷史條件，具體而言，也就是特定的歷史時期與特定的歷史環境。與此同時，區域文化與文學形成的歷史條件，也規定著區域文化與文學的基本類型及其從歷史到現實的可能演變。

更爲重要的是，民族國家發展過程中歷史條件的變動，影響著區域文化與文學類型分化的可能性，促使區域文化與文學在基本類型的基點上生成形形色色的具體類型，由此而進行概括，可以將區域文化與文學分爲兩大可能類型，一大類型是與基本類型大致相符，可稱之爲區域文化與區域文學的主型；另一大類型是與基本類型大體相關，可稱之爲區域文化與區域文學的亞型。對區域文化與區域文學進行主型與亞型的區分，不僅有助於對區域文化與區域文學進行歷史考察與現實把握，而且有利於對區域文化與區域文學進行學術探討與理論建構。

這就在於，區域文化與區域文學的類型區分，主要與從區域文化到區域文學對於區域這一概念的理論認識存在著密切的關係。在通常有關區域概念的認識過程中，會出現狹化的兩極性誤認。關於區域的最基本的「現代漢語」界定是：「地區範圍」，因而在實際上排除了「地緣邊際」這一應有之義，直接導致了區域文化與區域文學在概念上與地域文化與地域文學相混淆，特別是出現了對於地區文化與地區文學關係進行以行政區劃爲邊界的理論性誤認。

然而，隨著將「地緣邊際」納入到區域一詞的概念之中，其概念的外延與內涵有所擴大，又出現了將地方文化與地方文學誤判爲區域文化與區域文學的學理混淆。這樣，對於區域一詞的從地域到地方的兩極性誤認，也就發生了對於區域文化與區域文學進行確認的狹化傾向，從而直接影響到區域文化與文學的類型劃分。因此，有必要對區域一詞進行概念界定，即區域包含著從「地區範圍」到「地緣邊際」這樣的外延與內涵，由此而進行區域文化與文學的主型與亞型之間的明確區分。

所謂區域文化與區域文學的主型，即是在地域文化與地域文學，同地方文化與地方文學相一致的基礎上，能夠整體性地體現出區域文化與區域文學之間，從存在到構成，從影響到互補的多重關係，具體而言，就是區域文化與區域文學的主型將達到區域文化與文學之間的四個同一：意識形態的主導性與意識調控的可能性，行政區劃的限定性與行政調控的可行性，人文地理的穩定性與人文基礎的歷史性，民族歸屬的獨立性與民族語言的體系性。更爲重要的是，區域文化與文學之間的四個同一，將分別以地域文化與地域文學、地方文化與地方文學爲中介進行整合，從而成爲具有整一性的區域文化與區域文學的主型。

所謂區域文化與區域文學的亞型，即是在地域文化與地域文學，同地方文化與地方文學相分離的前提下，沒有能夠完整地表現出區域文化與區域文學之間的關係。實際上，區域文化與區域文學的亞型是區域概念狹化的產物，分別與地域文化與地域文學、地方文化與地方文學直接相關，並且形成了趨於地域性或地方性的極端現象。就民族國家內而言，可分爲這樣的兩極：單一的以「地區範圍」爲行政邊界的地域文化與地域文學，和單純的以「地緣邊際」爲地理限定的地方文化與地方文學。

此外，較之對於民族國家之內的區域文化與文學進行類型確認的狹化，還出現了對於區域文化與文學進行類型確認的泛化，不僅將區域文化與區域文學現象的發生推向了民族國家之外的世界各大洲之內，甚至還推到了洲際之間。或者是現代意義上的具有陣營性質的政治性文化與文學現象，也許最爲時髦的就是所謂「第某世界文化與文學」；或者是傳統意義上的符碼性質的地緣性文化與文學，可能引起追憶的就是所謂的「某某文化圈文化與文學」。顯而易見的是，對於區域文化與區域文學進行類型確認的泛化，實際上又成爲另一種意義上的狹化，更爲重要的是，這樣的類型確認的泛化，已經是超出了有關區域文化與區域文學的理論界線。

如果不是過於執著區域文化與區域文學進行類型確認的狹化及泛化，那麼，所能夠看到的就是：在區域文化與區域文學的主型與亞型之間，實際上存在著兩者相互轉化的可能性，即介於區域文化與區域文學的主型與亞型之間的兼類現象，同時具有地域文化與地域文學、地方文化與地方文學之中的某些層面，這樣的區域文化與區域文學兼類，既有可能從區域文化與區域文學的亞型轉變爲區域文化與區域文學的主型，即從地域文化與地域文學或地方文化與地方文學，向著區域文化與區域文學的方向轉變；也有可能從區域文化與區域文學的主型退化爲區域文化與區域文學的亞型，即從區域文化與區域文學向著地域文化與地域文學或地方文化與地方文學的方向退化。這一區域文化與區域文學的主型與亞型之間的轉化可能性，將主要取決於民族國家發展過程之中的階段性歷史條件。

所以，即使是在以「全球化」爲標誌的人類文化發展新浪潮之中，所謂「全球化」有可能是一個促成區域文化與文學現象存在或消退、出現或消逝的，而與民族國家社會發展的階段性歷史條件相關的重要因素，然而，決非是一個具有著決定意義的現實因素。在這樣的意義上，有關區域文化與區域文學的個人思考，或許能夠在對現行研究範式發起質疑的同時，成爲促進新的研究範式建構的一次小小嘗試。事實上，也許只有在承認理論的有效性是基於理論的有限性這一認識邏輯的前提之下，認可區域文化與區域文學是民族國家之內出現的文化與文學發展的階段性現象，由此而進行有關區域文化與區域文學及其類型確認的學理探討，才有可能使之成爲一種有效的理論闡釋方法，以便促成對區域文化與區域文學理論體系性建構的較爲普遍的學術探討。

二、中國的「西方」與文學的現代發展

20 世紀的中國文學，正是在百年間的現代發展之中，促使文學的區域分化成爲文學現代發展中的歷史現象與現實格局。問題在於，區域文學在現代中國出現的可能性，理應追溯到 20 世紀二十年代有關文學「地方色彩」的個人書寫之中，其後隨著抗日戰爭由局部到全國的蔓延，直接促動著 20 世紀的中國文學進入區域化的發展過程，形成了大陸文學、臺灣文學、港澳文學這三者之間的鼎足而立，並且一直延伸到 21 世紀的當下。更應該看到的是，在整個 20 世紀的百年之中，現代巴蜀作家率先提出了中國的「西方」這一稱謂，並且以之來指稱巴蜀文化的發源地，由此而展開了基於巴蜀文化的區域文學書寫，這一以地方色彩爲主要特徵的區域文學書寫，無疑催生並肇起了區域文學在現代中國的出現。

在這裡，所謂區域文學書寫就是作家對於區域文化進行的個人文學書寫，通過不同文本形式來顯現區域文化的諸多構成，以展示 20 世紀的中國文化與文學在現代轉型之中的本土文化多元性與文學多樣性。

這樣，現代巴蜀作家通過他們的區域文學書寫，在形象地表達巴蜀文化的諸多內涵的同時，無疑參與了 20 世紀的中國區域文學從生成到發展的全過程。其中，不僅有來自蜀地的詩人郭沫若對峨嵋山與巫峽的交相輝映展開了詩情的揮灑，更有來自巴地的詩人吳芳吉對中國的「西方」與「西方人」的相依爲命進行了詩意的發現。隨後，無論是蜀地作家之巴金、李劼人、艾蕪、沙汀……，還是巴地之作家何其芳、路翎、劉盛亞……，同樣也是以其區域文學書寫，通過從詩歌到小說的不同文本形式來促進著 20 世紀以來中國區域文學的持續發展。

事實上，在20世紀的中國文學現代轉型之中，進行有關區域文學書寫源起的追溯，至少在聞一多對於郭沫若的《女神》進行的評價之中，實際上就可以初見端倪。也許可以說，在二十年代初有關新文學之中「地方色彩」的個人認識，實際上並沒有呈現出與區域文學書寫的直接相關性。可是，正是聞一多在《女神之時代精神與地方色彩》一文裏，儘管作出了「《女神》眞不愧爲時代底一個肖子」這一樂於爲人所引用的評價，然而，聞一多同時更指出：《女神》「薄於地方色彩」——也就是本土民族文化傳統及詩歌傳統的某種缺失。之所以如此，並不僅僅在於郭沫若是在「一個盲從歐化的日本」這樣的文化環境中進行著《女神》的創作，主要是在於「《女神》之作者對於中國文化之隔膜」——「《女神》不獨形式十分歐化，而且精神也十分歐化了。」具體而言，就是割斷了本土的文學與文化傳統。這樣，聞一多批評郭沫若詩歌因缺少「地方色彩」以至成爲歐化的新詩，實際上已經成爲對於此時中國新詩通病的一次具有針對性的切實指弊。

應該如何理解文學的「地方色彩」呢？聞一多是從「好的世界文學」的角度來加以提示的，指出「只有各國文學充分發展其地方色彩」。於是，根據這一提示，從世界文學轉向中國文學，「好的」中國文學顯然就需要中國各地文學「充分發展其地方色彩」，〔註4〕而區域文學正是在一國之內在特定時期形成的各地文學。所以，《女神》的作者郭沫若此時「對於中國文化的隔膜」，不僅僅表現爲對於本土文化與文學的暫時捨棄，同時也是對巴蜀文化與文學的暫時放棄。儘管如此，關於「地方色彩」缺失的個人言說，無疑表明20世紀的中國文學現代轉型過程之中，區域文學書寫對於中國文學現代發展的必要性，從二十年代開始就已經給提出來了，並且促成了具有如此「地方色彩」的個人書寫。進入抗戰全面爆發的三十年代，隨著文學發展的區域化，實際上已經出現了這樣的獨具「地方色彩」的中國各地文學，從而促使中國文學由此沿著區域文學這一基本軌跡進行其現代的發展。

也許可以說在《女神》之中郭沫若未能寫出具有「地方色彩」的詩作，但是，絕對不可以說在郭沫若的詩歌書寫之中從來就不存在具有「地方色彩」

〔註4〕由於有關《女神》個人肯定與個人批評的評價差別是如此之大，該文分別以《女神之時代精神》、《女神之地方色彩》刊載於《創造週報》第4、5號，1923年6月3日、10日；參見聞黎明：《聞一多傳》，北京，人民文學出版社，1992年，第65頁。

的詩作，即使是在郭沫若早期詩歌之中，就已經出現了充滿巴山蜀水之詩情畫意的上佳之作，這就是在 1928 年 1 月 8 日這同一天，郭沫若所寫成的《峨嵋山上的白雪》和《巫峽的回憶》。

在《峨嵋山上的白雪》中，「峨嵋山上的白雪」與「大渡河的流水」顯現出鮮明的地方色彩，並且賦予了充滿了詩意的追懷——「大渡河的流水浩浩蕩蕩，／皓皓的月輪從那東岸升上」——「我最愛的是月光之下，／那巍峨的山嶽好像要化成紫煙；／還有那一望的迷離的銀靄，／籠罩著我那寂靜的家園。」

同樣，在《巫峽的回憶》之中，眼見著「巫峽的兩岸眞正如削成一樣」，與想像著「催淚的猿聲」、「爲雲爲雨的神女」，催生出如此心靈吟唱：「巫峽的奇景是我不能忘記的一樁。／十五年前我站在一隻小輪船上，／那時候有迷迷濛濛的含愁的煙雨，／灑在那浩浩蕩蕩的如怒的長江」，尤其是「峽中的情味在我的感覺總是迷茫，／好像幽閉在一個峭壁環繞的水鄉」，由此而寄寓著如此詩人情懷——「但我只要一出了夔門，／我便要乘風破浪！」〔註 5〕由此，郭沫若在表達個人的故土追懷之情的同時，爲中國新詩如何進行區域文學書寫，進行了一次基於巴蜀文化的個人書寫示範。

不過，區域文學書並非是要自限於區域文化的個人書寫之中，恰恰相反，進入 20 世紀以來，區域文學書寫需要這樣的個人書寫必須「出了夔門」，以便能夠擁有從中國到世界的文化與文學的雙重視野。

較之蜀地詩人郭沫若在 1928 年以歐化的新詩進行區域文學書寫，巴地詩人吳芳吉早在 1920 年前後，就以巴地特有的民歌體、民謠體來開始區域文學書寫的個人探索。同樣是以與郭沫若相類似的「出了夔門」這一個人之旅，吳芳吉從中國的「西方」內陸城市重慶出發，來到中國東方現代都市的上海，獲取空前闊大的個人接受視界之後，從一己對於摩托車的中國感受出發——「在外國爲平民之所利賴，在中國則爲貴族之所自私」，而寫出了這樣的《摩托車謠》:「摩托車，摩托車，／行人與你是冤家。」與此同時，吳芳吉也並沒有對現代都市生活進行全面排斥，在《賣花女》中就吟唱出「一帶紅樓映柳條，／家家爭買手相招」這一日常生活景象，來表示自己對於「賣花女」沿街叫賣的同鄉之情，畢竟彼此都是來自中國的「西方」的「西方人」。

這就表明，區域文學書寫是離不開個人接受視界的擴大的，兩者之間形

〔註 5〕《郭沫若全集・文學編》第 1 卷，北京，人民文學出版社，1982 年，第 395～398 頁。

成了正向的良性循環：越是能夠拓展從中國到世界的文化與文學的個人視野，也就越是能夠進行眞正意義上的區域文學書寫。

特別需要指出的是，吳芳吉此時在個人書寫之中，已經能夠從中國的「西方」，尤其是巴山蜀水的四川，來進行文學「地方色彩」的個人思考——「我是四川人，所以詩中注重地方色彩。原來四川文學與中國文學之關係，其重要親切，猶如蘇格蘭的風尚，在英國詩史中之位置。」

這就表明，對於「地方色彩」的中國之思，早在 1920 年，就由吳芳吉在其發表《籠山曲》一詩時所寫的「小引」中展開。可以說，這是 20 世紀的中國詩人對於區域文學書寫最早進行的個人之思，尤其是吳芳吉對於巴蜀文化的「地方色彩」進行了如下表述——不僅「四川山水別有境界，他的境界的表示，都是磅礴，險峻，幽渺，寂寞，及許多動心駭目之象」，而且「我們的祖宗從西方遷來，我們對於秘密的西方，總是莫名其妙，不知不覺，便養成一種返本之思」，因此，「我望現今的新詩人輩，要得詩境的變化，不可不赴四川遊歷。而遊歷所經，尤不可不遍於他的疆界。」〔註 6〕

吳芳吉在此強調了「地方色彩」之於區域文學書寫的極端重要性，更難能可貴的是，吳芳吉還揭示出關於 20 世紀的中國文學中個人進行區域文學書寫的可能性與可行性——不僅祖居巴山蜀水的作者可以進行區域文學書寫，而且遊歷巴山蜀水的作者也同樣可以進行區域文學書寫，以共同的書寫來力圖顯現出巴山蜀水特有的文學境界來，更進一步預示著 20 世紀的中國文學發展過程之中，通過區域文學書寫而走向以豐富多彩的「地方色彩」爲標識的中國各地文學之路。

更爲重要的是，吳芳吉對中國的「西方」的個人指認，是以四川爲中國的「西方」與東方之間的邊際線的。這就是說，在中國的四川以西，包括四川，以及在 20 世紀中已經三度直轄的重慶在內的廣大國土，就是當年中國的「西方」，而如今已經這中國的「西方」已被稱爲中國的西部。無論是當初的中國的「西方」，還是如今的中國的西部，一代又一代的作家以其具有「地方色彩」的個人書寫，促進了中國現代文學中的區域文學發展，並且這一文學的現代發展已經完成了世紀性的跨越，從 20 世紀到 21 世紀，中國的西部文學已經成爲中國文學的現代發展之中最具「地方色彩」的文學現象。

〔註 6〕賀遠明、吳漢驤、李坤棟選編：《吳芳吉集》，成都，巴蜀書社，1994 年，第 86～114 頁。

問題在於，隨著世紀之交「西部大開發」這一有關中國社會總體發展的政治決策進入了實施過程，在中國西部，一種具有著區域性特徵的文化現象，也就是西部文化，將有極大的可能隨之出現。這樣，西部文學作爲西部文化的審美表徵，也會由於西部文化的出現而產生。然而，較之西部文化這一區域性的文化現象的可能出現，已經成爲現實的西部文學，在事實上成爲了一種地方性的文學現象。要言之，在區域性的西部文化可能出現之前，地方性的西部文學已經存在。

西部文學的中國存在，一方面固然可以看成是西部文化在中國出現的現實基點，因爲文化的發展具有著一個累積的過程；另一方面更應該看到的是，現實中存在著的西部文學，僅僅是地方性的，而不是區域性的，也就是說，它只是對存在於中國西部的諸多地方文化進行審美表徵的集合體，而不是對中國西部有可能出現具有著整體性的區域文化進行審美表徵的產物。換句話說，西部文學在審美自由創造之中所需要的文化資源支撐，主要是由已經存在著的地方文化來提供的，而不是由可能形成中的區域文化所提供的，這就充分表明了對於西部文學的地方文化資源進行探討的必要性。

事實上，對西部文學的地方文化資源進行探討的意義，不僅僅是爲了西部文學的自身發展需要，在更大的程度上，則是爲了在現實存在著的西部文學與可能會出現的西部文化之間，尋求一條對應與融合中的區域發展之路，以免在對西部文學的地方性存在進行誤認的同時，對於西部文學的區域性發展前景卻視而不見。

這就直接牽涉到在實施「西部大開發」的現實過程之中，一般是通過對於有關政策的政治調整，來促動具有區域性意義的經濟發展，實際上更多地體現出有關區域經濟發展的現實政治需要來。這樣，如果是從區域文化的基本構成要素來看，「西部大開發」的實施，所能夠直接影響到的，主要是現存的地域文化之中的意識文化與地區文化，而對於現存地方文化之中的地緣文化與民族文化而言，則只能是產生某種程度上的間接影響。

「西部大開發」所能發揮的直接影響，首先從意識文化來看，主要表現爲意識形態的主導性影響，這一影響相對大陸而言，實際上是並沒有出現區域性的差異，也就是說，仍然保持著意識形態主流的一元化權威，而區域文化得以出現的一個基本條件就是：在意識文化上形成相對多元的意識形態選擇。正是因爲如此，對於中國西部若干民族的生活影響較大的宗教精神，也就將會是相應地在西部文學創作之中，逐漸得到一種具有藝術眞實性的個人表達。

其次從地區文化來看，主要表現爲行政區劃的限定性影響，從對於西部十省、市、區到十二省、市、區的行政區劃擴張這一事實來看，主要是要將所謂的「老、少、邊、窮」這樣的經濟發展落後的貧困地區，盡可能地包容進去，以便能夠進行政策上的傾斜，而區域文化得以出現的另一個基本條件就是：在地區文化上形成相對協調的行政區劃地理邊際。事實上，在西部十二省、市、區之間，不僅存在著行政區劃在空間上的不協調，呈現出偏東又偏南的地理性邊際；而且更存在著行政區劃在體制上的不協調，表現爲民族自治與否這樣的體制性差別，從而有可能促使西部文學的現實發展，會由於行政調控下經費分配的不均衡，最終導致文學自身發展的不平衡。

無庸諱言，「西部大開發」能否對地方文化產生某種程度上的間接影響，在事實上取決於其對於地域文化發展所能發揮的直接影響。這就是說，「西部大開發」對於現存的西部文學的可能性影響，同樣也僅僅是一種間接影響，並且這一間接影響的程度，必須透過從地域文化到地方文化的雙重性中介作用，才有可能滲透到西部文學之中。

這首先就意味著，「西部大開發」對於西部文學產生影響的可能性，將取決於地域文化發展的可能性，這一點主要表現在對於現行文學政策與文學體制的可能性調適方面。

這其次就意味著，「西部大開發」對於西部文學產生影響的現實性，也將取決於地方文化發展的現實性，這一點主要體現在文學空間與文學自由的現實性增長方面。

簡言之，「西部大開發」對於西部文學所能達到的間接影響程度，一方面固然與來自地域文化的政治調適具有著一定的對應性，而另一方面則更是與地方文化的資源增長保持著高度的同步性。這無疑表明，在地方性的西部文學與區域性的西部文化之間，將會形成越來越緊密的內在聯繫，西部文學有可能成爲西部文化興起的一個現實基點，關鍵在於，西部文學在審美創造中所表徵的地方文化，在「西部大開發」中能否與地域文化進行全面的融合，從而推動西部文學能夠向著表徵整個西部文化的區域文學方向發展。在這樣的意義上，可以說，對於西部文學的地方文化資源進行考察與分析，將具有著極其重要的歷史意義與現實作用。

首先，從西部文學這一地方性文學現象來看，具有著源遠流長的歷史發展過程，因而地方性的西部文學發展本身，則又成爲對於地方文化發展的一種過程性的審美觀照與表達。所以，不僅可以通過現存的西部文學，來把握地方文化從古至今的發展，透過多姿多彩的藝術形象來探索豐富多采的文化底蘊；而且更可以通過現存的西部文學，來揭示地方文化不同階段的發展，借助多種多樣的藝術形態來見出紛繁複雜的文化樣態。這就是說，在西部文學中藝術形象與藝術形態的多樣性，和地方文化中文化底蘊與文化樣態的多源性之間，已經達到了從地緣文化到民族文化的歷史性整合，這就是中國西部的地方性文化與文學的同步發展。

其次，從西部文學向著區域性文學的可能發展來看，具備了歷史上從來未有的現實契機，因而區域性的西部文學的當下發展，更是成爲促動西部文化興起的一次審美超越與創造。因此，正在發展中的西部文學，一方面借助「西部大開發」的歷史契機，通過文學政策與文學體制的可能調適，在地域文化與地方文化的逐漸融合的大背景之下，就會促使可能形成的西部文化在文學表徵上能夠擁有獨特的藝術視野與藝術構成；另一方面是隨著地域文化與地方文化的趨向融合，在文學空間與文學自由的現實增長的過程中，也同樣會促使可能形成的西部文化在文學表徵上達到藝術意向與藝術表達的相一致。這就是說，對於西部文學的區域性發展來說，無論是從藝術視野到藝術構成來看，還是從藝術意向到藝術表達來看，都與「西部大開發」之中可能形成的西部文化保持著程度不等的現實相關性。

問題在於，較之具有著時間可變性特徵的地域文化，地方文化則具有著空間永久性特徵。這樣，根據易變性與持久性的層次分化原則，在區域文化層次構成之中，表層的地域文化與深層的地方文化這兩者之間，也就呈現出如此的存在關係：前者爲後者提供了現實性的發展契機，而後者爲前者奠定了歷史性的發展根基，因而中國西部的地域文化與地方文化之間進行當下的全面融合，也就只能是基於地方文化。在這樣的前提之下，即使是對於從地方性文學向著區域性文學發展的西部文學來說，中國西部固有的地方文化也自然是具有著決定性作用的文化資源。

由此可見，無論是從歷史發展的過程來看，還是從現實發展的可能來看，對於西部文學發展而言，地方文化這一資源始終都是至關重要的。

顯而易見，一個不可否認的事實就是：從現存的到未來的西部文學，其主要文化資源都只能是中國西部的地方文化，因而對於西部這一具有著相應而相對的地理邊際的空間概念，將首先進行歷史性的考察，以便確認西部的地理空間性，是否能夠與地方文化的空間永久性，特別是地緣文化的人文地理穩固性之間，形成具有同一性的相符而相稱的對應關係。

當長安第一次在漢代成爲一代王朝的首都，就標誌出中原文化的政治中心，相對周邊文化而言，實際上形成了民族國家興起過程之中的區域性文化雛形，並且同樣是第一次載入了史冊。從《史記》開始，對於中國西北邊陲的「西域」各國與西南邊陲的「西南夷」，就進行了相應的記載，從而第一次對於中國的「西方」進行了具有地理邊際意義的空間劃分。當然，這一首次進行的史書式的空間劃分，顯然是基於地域文化，特別是地區文化的行政區劃的。這就在於，從民族國家的角度來看，在民族國家興起過程中出現的種種地區性政權，與其說是彼此獨立而對峙相向的不同「國家」，還不如說是彼此具有著藩屬關係的不同的「國」，要言之，它們並不是現代意義上獨立的主權國家，更多地是類似於現代意義上的行政地區這樣的「國度」。這無疑已經證實了：從《史記》開始的對於中國「西方」的史書式空間劃分，在事實上主要是基於地域文化的現實分化的。因此，古代中國的「各國」文化，也就是以國名來命名的種種文化，諸如從東方的齊文化到西方的秦文化，更大程度上是一種地域文化現象，從而呈現出古代中國文化發展過程中主流意識與行政體制的一致性傳統。

較之主要顯示出地域文化特性，並且進入官方記載的史書式空間劃分，具有地方文化特性的地理大發現式空間分割，實際上早已開始。這就是大約在公元前三世紀，也就是秦末漢初之際，在孕育了巴蜀文化的四川盆地，以成都爲中心，就已經開闢出了經緬甸、印度一直延伸到阿富汗的西南絲綢之路，隨後當漢武帝派遣張騫出使西域，實施文化交流的「鑿空」之舉。從此以後，在葱嶺以東、天山南北的地理空間之內，僅僅在西漢與東漢的交替過程之中，竟然出現了從三十六國到五十五國這樣的變動不居的地區分化。儘管如此，對於西域的地理大發現，最大的收穫是導致了西北絲綢之路的開通。

於是，西北絲綢之路以長安爲起點，並且經由西域而向西逐漸綿延到了歐洲。根據有關史料所載，西南絲綢之路主要是由民間商人開闢的，而西北絲綢之路最初是由官方使節開通的。從商人牟利到使節出使，兩者之間對於絲綢之路的出現，雖然各有其動機與目的，但至少是在客觀上，正是通過兩者的齊心協力，完成了對於中國「西方」的古代地理大發現。

這樣，無論是稍早一些由民間開闢的西南絲綢之路，還是稍晚一些由官方開通的西北絲綢之路，都同樣是最大限度地展示出中國「西方」形形色色的地方文化，尤其是通過各個地方之間的文化交流，極大地顯現出地緣文化的人文性質：以絲綢爲標幟的文化交流，除了表明在器物層次上進行的生產物品與生活用品的文化交換以外，更是意味著從制度層次到心理層次上的文化交融。這一從交換到交融的文化融通，不僅出現在從貨幣鑄造式樣到文字書寫格式等方面，而且出現在從崇尚漢官威儀到引進西域樂舞等方面。更爲重要的是，文化交流之中的彼此交融，都同樣顯示出對於各自文化傳統的固守：西域各國可以接受漢朝官制，甚至漢朝印綬，但又強娶已經婚聘他國的漢朝公主；而漢朝可以欣賞西域樂舞，乃至西域幻術，卻偏偏要寓教於樂以進行道德教化。儘管如此，至少可以說，從古代到當下中國西部的地方文化，一直保持著獨特的人文色彩，並且極爲突出地表現在對於這些地方文化進行載歌載舞而又賞心悅目的民間說唱這樣的藝術表達上。

這一地方文化的人文色彩的持久性，實際上首先是與地緣文化的人文地理穩固性所分不開的。即使是當年的長安變成了如今的西安，而西南絲綢之路與西北絲綢之路的地理大發現，演變成了西南與西北這樣的行政大區，然而，中國西部從南到北的絲綢之路，已經從歷史地理的角度，爲中國西部分割出了西南與西北這樣兩個橫向地理空間，而以青藏高原爲軸線又對中國西部進行縱向地理空間的切割。

這樣一來，在青藏高原以東，不僅西南有長江，而且西北有黃河；而在青藏高原以西，既有荒漠戈壁，又有綠洲牧場。不用說，在長江與黃河的兩岸，有著無盡的盆地丘陵與平原高坡；在青藏高原的周邊，雪域莽莽，湖泊點點，峰巒重重，林海蒼蒼。更不用說，中國西部邊緣的茫茫草原，煌煌大漠，滾滾江流，巍巍群山。如此多變的地形地貌，爲地緣文化的人文地理穩固性提供了自然環境的天然屏障，在這樣的地理環境之中，形成了相對穩定的群體關係，爲對應於地理環境的群體環境的營造，奠定了群體生存的生活基礎，從而產生了獨立而獨特的人文地理現象，從純自然的地形地貌擴張爲人文性質的風土風物。這就爲西部文學提供了博大無垠的地緣文化資源——從藝術想像的地緣文化空間到藝術表達的地緣文化背景。

在特定的地理環境之中生活著的群體，如果與其他群體出現了文化上的整體性差異，也就意味著一個民族的誕生。在這樣的前提下，中國大地上的 56 個兄弟民族的聚居地，除了滿族、朝鮮族、赫哲族、鄂倫春族、高山族、黎族等幾個兄弟民族之外，都分布在如今的中國西部，與形形色色的地緣文化形成了地方文化意義上的對應關係。這就是說，中國西部 50 個兄弟民族那多種多樣的民族文化，在事實上又成爲與之相對應的地緣文化的群體根基。這也就是說，如果在地緣文化與民族文化之間形成一對一的對應關係，地方文化也就是這兩者同中無異的重合，地方文化具有單一民族文化的基本構成；而如果地緣文化與民族文化之間形成一對二以上的對應關係，地方文化就是這兩者的求同存異的融合，地方文化具有多民族文化的基本構成。

在這裡，不僅對於地緣文化來說，地理空間的大小沒有實際上的文化意義，而且對於民族文化來說，群體人數的多少也同樣沒有實際上的文化意義，因而地方文化並不以其地理空間的大小與群體人數的多少，來決定其文化發展水平與文化蘊涵價值的高低與否。在這樣的認識前提下，應該說「少數民族」這一慣用說法，至少是從作爲學術研究的術語來看，的確是沒有兄弟民族這一說法具有規範性，因爲後者更能夠充分體現出不同民族之間的平等關係。因此，從學術研究的規範性出發，理應將少數民族改稱爲兄弟民族，而兄弟民族這一說法，在現實的語言運用中，已經開始得到某種程度上的社會認同。

特別是，如果承認民族文化與地緣文化的對應關係，事實上就可以看到，地方文化與地域文化在一般情況下，是難以形成類似的對應關係的。除了地緣文化與地區文化之間在地理空間上難以一一對應之外，更重要的是，在民族文化與意識文化之間更難以一一對應，並且往往會出現主流意識與民族意識之間的對立。從這樣的意義上看，可以說民族之間的矛盾，主要是民族文化的矛盾。

然而，地方文化與地域文化之間如何才能形成對應關係的這一難題，實際上也只有在區域文化形成的過程之中來得到解決。這首先就是在一定程度上打破地區文化的行政區劃限定，依託地緣文化的人文地理邊際，來達成區域文化之內的對應，比如說，近年來在關於「西部大開發」與教育發展問題的一些研究中，就提出了「藏區」的說法，已經開始涉及到了對於這一對應難題的具體解決。當然，這僅僅是一種嘗試，如果能夠在民族文化與意識文化之間，尋找出一種類似以中華民族來統一指稱 56 個兄弟民族這樣的多元一體的解決方法，在區域文化之內承認從主流意識到民族意識的多元共存，也許也就不難形成至少是最低限度的對應關係。自然，這一多元共存的解決方案，不過僅僅是一種可能的設想。

顯然，無論是已經開始的嘗試，還是當下可能的設想，距離眞正解決地方文化與地域文化之間的對應難題，實際上還差得很遠很遠。這不僅是因為可能出現的西部文化尚待不斷地努力，更是因為這一努力還需要從地方性的西部文學來做起。因此，在對西部文學的地緣文化資源進行了初步分析之後，也應該對西部文學的民族文化資源進行同樣的探討。

就兄弟民族文化之間的差異而言，最具有代表性的差異恐怕就是語言的差異。這是因為，民族語言不僅是民族文化承傳的符號體系，而且也是民族文化的基本構成，正是因為如此，民族語言的發展才會與民族文化保持著高度的一致。在民族語言中，口頭語言是根本——最基本、最持久、最鮮活、最多變的言語體系，一個民族可以沒有文字，乃至書面語言，卻始終擁有著以口頭語言為代表的本民族語言。根據有關統計顯示，在 1949 年以前，除了漢族以外的其他兄弟民族，有著本民族文字的在 20 個左右；而在 1949 年以後，大約有 11 個兄弟民族創製了本民族文字。所以，從總體上看，說唱藝術在中國西部的諸多兄弟民族之間的盛行，與其本民族語言發展的這一狀況是有著某種內在的聯繫的。尤其值得指出的是，在各族人民之間廣泛傳唱的情歌，從西北的「花兒」到西南的「對歌」，已經成為西部文學的寶貴民族文化資源之一。事實上，面對各個兄弟民族的奇風異俗，只要不是以一種獵奇的心態來采風，就能夠使各個兄弟民族的民俗民情得到富有藝術魅力的自由表達。

更為重要的是，在多元一體的中華民族這樣的文化大前提之下，對於民族共同語的需要，已經成為 56 個兄弟民族的共同心願。這一心願的實現，將表現為一個歷史性的過程。僅就漢語而言，除了回族、滿族等兄弟民族早已經開始使用之外，也逐漸成為各個兄弟民族的通用語言，特別是書面語言。漢語在西部文學的個人創造過程中，已經得到較為普遍的個人運用的這一事實表明：民族語言，特別是民族語言中的書面語言，具有著超越單一民族文化的表達限制，而成為表達不同民族文化的藝術符號體系。在這樣的意義上看，漢語文學作品，也就成為一種可以包括所有兄弟民族在內的，包容了所有兄弟民族文化內涵的藝術文本。較之漢語，其他兄弟民族的語言，也同樣有可能成為民族共同語。這就需要在西部文學從地方性文藝現象向著區域性文藝現象發展的過程中，對於民族語言這一民族文化資源予以充分的注意，來逐步推動民族共同語的一再出現。

對於民族語言與民族共同語的同時運用，有可能在中國西部的各個兄弟民族之間，促成民族文化及文學發展之中雙語現象的出現。怎樣認識這一雙語現象的現實影響，對於西部文學發展所依存的民族文化資源來說，無疑將具有著極其重要的意義。從正面看，雙語現象的出現將會有利於民族文化之間的相互交流與融合，加快了民族文化的發展，使西部文學的民族文化資源越來越豐富而豐厚；而從負面看，雙語言現象的出現也有可能導致民族文化承傳的語言障礙，特別是在國民教育落後的狀態下，很有可能造成從文化到文學的民族失語這樣的嚴重後果。正是因爲如此，如何以文學審美的藝術方式來展示民族語言與民族共同語的文化魅力，在擴大雙語現象的有益作用的同時，降低雙語現象的可能損害，已經成爲西部文學的一個文化使命。

至此，20 世紀初在中國的「文學革命」全面展開之時，胡適就提出「國語的文學」與「文學的國語」這一具有建設性的口號來，以便通過兩者之間的互動發展來推進中國文學的現代化。因此，在 21 世紀初，胡適這一得到歷史確認的口號，對於中國的「西方」的現代文學，即西部文學來說，無疑就應該具體化爲「雙語的文學」與「文學的雙語」，已能通過兩者之間的互補發展，促使中國的西部文學能夠在西部文化逐漸成爲區域文化現實的根基上，最終成長爲現代的區域文學。

上篇　陪都文化的空間綿延

一、巴蜀文化的流變

在中國，巴蜀文化無疑是歷史最爲悠久的區域文化命名之一，同時更是以其文化空間的歷史綿延成爲最爲穩定的區域文化現象之一。僅就學界目前對中國文化所進行的區域性劃分來看，一般都是要追溯到先秦時期，並以此作爲進行區域文化命名的歷史依據，因而能夠與巴蜀文化相對舉的，由西向東就分別有所謂的荊楚文化、吳越文化，而從南到北就分別有所謂的秦隴文化、三晉文化、齊魯文化，形成了自先秦以來諸多區域文化共存的中國景象，由此也就促成區域文化研究在中國當代的興起。

從區域文化的角度來看，無論是中國文化的西部與東部之分，還是中國文化的南方與北方之分，從古至今都是以文化空間的地理分布來作爲劃分基準的。事實上，早在先秦時期，中國文化的區域分化就已經出現，諸多區域文化的現實存在，都包含著時間與空間這兩個向度上的文化構成：一個是與政治行政區劃相關的地域文化，在從古至今的演變之中，呈現出在不同歷史階段中變動不居的政治色彩，具有政治性的橫向時間斷裂的文化特徵；一個是與人文地理環境相聯的地方文化，顯現出在漫長的歷史過程裏穩定累積的民俗風貌，具有民俗性的縱向空間綿延的文化特徵。

必須指出的就是，地域文化僅僅是區域文化得以發生的現實條件，而地方文化則是區域文化賴以出現的歷史根基，因而在當下，不僅中國文化的區域性劃分，通常要以先秦時期的諸多區域文化來命名，並且中國文化的區域性共存，一般更展現爲區域文化空間在綿延之中的諸多地方文化，至於地域文化則在區域文化時間的斷裂之中難以延續。所以，較之以地域文化構成爲主的秦文化，只有以地方文化構成爲主的秦隴文化，才能夠實現區域性的文化空間綿延；同樣，較之以地域文化構成爲主的齊文化，只有以地方文化構成爲主的齊魯文化，才能夠實現區域性的文化空間綿延。這樣，以地方文化構成爲主的巴蜀文化，它的區域性空間綿延也就完全成爲從古到今的文化現實。

通過對先秦時期諸多區域文化進行史實考察，無疑將表明，無論是區域文化的西東之分，還是區域文化的南北之分，都是需要基於區域文化的基本構成來加以辨析的。因此，在 20 世紀之中，對於巴蜀文化等諸多地方文化，逐步展開了以諸多地方文化爲研究對象的群體性研究，成立了諸多地方文化研究機構。

但是，對於巴蜀文化等地方文化的相關研究，主要集中在對於不同地方文化的單獨研究之上，而缺乏整體綜合的文化譜系研究。所幸的是，此前所有那些地方文化的單獨研究，爲進一步推進文化譜系研究奠定了必不可少的基礎。於是，在 20 世紀與 21 世紀之交，已經出現了對黃河文化與長江文化進行綜合研究的轉向。

在新世紀的第一年的 2001 年，由甘肅人民出版社、陝西人民出版社、寧夏人民出版社、內蒙古人民出版社、山西人民出版社、河南人民出版社、山東人民出版社聯手推出《黃河文化研究叢書》，分爲「黃河人」、「黃河史」、「服飾卷」、「民食卷」、「住行卷」、「名勝卷」、「文苑卷」、「藝術卷」、「宗教卷」、「民俗卷」等 10 冊，對黃河文化進行了較爲廣泛的研究。但是，這一研究是初步的，顯然還不具備整體綜合的研究特點。有人認爲這一研究的不足「主要表現在以下三個方面：一是缺乏對黃河文化研究的自覺意識；二是對黃河文化的研究不系統、不深入；三是對黃河文化的研究及其所取得的成果與流域機構的地位不相適應。」由此而提出「對黃河文化的研究亟待加強」。〔註 1〕如果排除所謂流域機構的行政指涉因素，單單從學術研究的角度來看，那麼，要對黃河文化進行自覺而深入的系統研究，整體綜合的文化譜系研究將是不可或缺的——具體而言，就是針對從黃河上游的秦隴文化，到黃河中游的三晉文化，直至黃河下游的齊魯文化，以所有這些具有標誌性的黃河文化構成爲主幹的文化譜系來展開整體綜合研究。

三年之後的 2004 年，長江出版集團旗下的湖北省教育出版社，出版了《長江文化研究文庫》，分爲「綜論」、「學術思想」、「文物考古」、「民族宗

〔註 1〕張光義：《對黃河文化的研究亟待加強》，《黃河報》2007 年 8 月 21 日。

教」、「經濟科教」、「文學藝術」、「社會生活」7 大系列，共 52 冊，而其中有一冊題名爲《長江上游的巴蜀文化》。這就表明，長江文化研究已經開始步入文化譜系研究的門檻。

所以，有論者指出在研究中必須進行國際接軌，因爲「在國際大文化格局中，流域文化的研究、開發和建設已成爲世界性潮流」；進而認爲需要突破長江文化的廣義與狹義之分——「廣義的長江文化，是以長江流域特殊的自然地理和人文地理位置優勢以及生產力發展水平爲基礎的具有認同性和歸趨性的文化體系。換言之，即長江流域的一切物質文化和精神文化的總合。其概念內涵既有專門性、特指性，又有包容性、序列性。狹義的長江文化，是指文化地理學或歷史學意義上的長江流域文化」；而這樣的長江文化，實際上將「遠祧仙人洞文化、彭頭山文化、河姆渡文化、馬家濱文化、大溪文化、北陰陽營文化、良渚文化、屈家嶺文化和西南、華南地區一些尚待確認定名的新石器時代文化；蘊藉滇黔文化、巴蜀文化、荊楚文化、吳越文化；容納巫覡文化、儺文化、道教文化、南方佛教文化和江南士族文化；包孕近代湖湘文化、海派文化、嶺南文化及閩臺文化；發展爲現代革命文化和當代社會主義新文化。」。儘管在對長江文化的文化構成進行個人把握之中，由於忽略了文化構成的三分而導致個人認識偏差的不時出現，但是，畢竟能夠開始意識到長江文化是以上游的巴蜀文化、中游的荊楚文化、下游的吳越文化爲主幹的文化譜系。

更爲重要的是，該論者特別提出——「或許有人會問，既然中華文化主要由黃河文化和長江文化這二元耦合而成，而且長江文化的整體水平並不比黃河文化遜色，在某些方面甚至有過之而無不及，爲何人們對黃河文化的青睞和對長江文化的冷漠會形成如此強烈的反差？我以爲，這種強烈反差的形成，導源於以下三『差』，即政治中心的『位差』、考古發現的『時差』和文化學者的『視差』」。〔註 2〕這就毫無疑問地反證了要進行文化譜系研究，是離不開區域文化的研究視角的，因爲所謂「三差」誤導出來的冷熱不均的研究現狀，正是沒有能夠注意到無論是長江文化譜系，還是黃河文化譜系，都是以民俗性的地方文化爲基本構成，同時必須除祛地域文化的政治性遮蔽在學術研究之中的負面影響。

這樣，立足於中國西南的巴蜀文化，不僅可以在進行文化譜系的由西向東追溯之中與荊楚文化、吳越文化共存，而且可以在文化譜系的從南到

〔註 2〕劉玉堂：《關於長江文化研究的若干問題》，《光明日報》2007 年 1 月 13 日。

北追溯之中與秦隴文化、三晉文化、齊魯文化共存，進而在共存之中達到彼此交融的境地。

從區域文化的角度來看，巴蜀文化的現實構成事實上包含著兩個方面：一個方面是與政治行政區劃可能相關的地域文化，在從古至今的演變之中，呈現出在不同歷史階段中變動不居的政治色彩；另一方面是與人文地理環境必然相關的地方文化，表現出在漫長的歷史過程裏穩定累積的民俗風貌。在這樣的意義上，可以說，巴蜀文化的基本構成就應該是巴蜀故地的地方文化，也就是巴蜀文化主要是以四川盆地爲地理邊際的巴蜀故地的地方文化，而不能簡單地認作是從巴國與蜀國開始，經過歷朝歷代的行政區劃的變動，一直延伸到當下囊括了四川省與重慶市的地域文化。這就在於，如果沒有能夠在理論上對於區域文化達成一種學術共識，有可能會導致關於區域文化構成層次的學術誤認，如果陷入對於巴蜀文化構成的本末倒置泥潭，顯然是極不利於對巴蜀文化的根本屬性的學術把握。

巴蜀文化獨存於四川盆地這一巨大的地理空間之內，只不過，由於民俗空間的深層分化，在從古至今的歷時性衍化之中呈現出兩者的共時性並存——沿長江上溯，出現了盆地之東的巴文化與盆地之西的蜀文化，進而在從地理到民俗的空間綿延之中被統稱爲巴蜀文化，成爲中國歷史上最悠久的區域性文化現象之一。

巴地文化與蜀地文化共同構成的巴蜀文化，其差異性現實地出現在地域文化構成之中，由於文字資料的大量缺失，已經無法對其先秦時期的意識文化構成差異進行歷史還原，而只能通過對於一些出土文物的歷史考據來加以假定性的說明，因而無法對其意識文化差異進行較爲完整的描述，所能留下的僅僅是《華陽國志・蜀志》中所稱道的：「周失綱紀，蜀先稱王。七國皆王，蜀又稱帝」。蜀地文化中的這一政治創舉，或許直接導致了這一說法的一再演變，直到所謂「天下未亂蜀先亂，天下未治蜀先治」的說法的出現，成爲傳統政治文化之中的意識形態預言。

唯一能夠得到有關典籍印證的，正是其地區文化，因爲對於巴蜀文化所進行的行政區劃描述，已經呈現爲從古至今基於巴蜀故地的變動不拘——從《尚書・禹貢》中的「梁州」，一直到《中華人民共和國地圖》中的「四川省」與「重慶市」。這就在事實上將巴地文化與蜀地文化分割爲不同的行政區劃，致使巴蜀文化這一命名遭遇到了行政區劃的挑戰。當然，這一行政區劃的挑戰，在巴蜀文化興起之時也曾發生過，想當初巴蜀兩國的疆域就曾經大大超出過四川盆地的地理邊際。所有這一切，都無疑證實，巴蜀文化的地域文化構成，無論是意識文化，還是地區文化，對於巴蜀文化來說，都不是具有決定性的文化構成，而僅僅是形成了特定歷史階段中的政治特徵。這就需要在有關巴蜀文化的諸多研究中，應該儘量排除偏於行政區劃這一構成因素的種種干擾，以保證學術研究的規範性與嚴肅性。

不過，巴蜀文化的地域文化構成所暴露出來的諸多研究缺陷的存在，反而證明了巴蜀文化的地方文化構成所包蘊的種種研究可能。

這是因爲區域文化之中的地方文化，作爲導致區域性文化現象賴以出現的構成要素，首先顯現爲地緣文化，即區域文化的人文地理環境，其功能就是對區域文化提供資源支撐，具有器物層中的生存方式、制度層中的群體規範、心理層中的國民心態，這三者相融合的文化內涵，資源支撐通常是以地理邊際爲條件的。其次顯現爲民族文化，即區域文化的民族歸屬區分，其功能就是對區域文化提供生活導向，具有器物層中的生活形態、制度層中的習俗體系、心理層中的族群記憶，這三者相融合的文化內涵，生活導向通常是以民族歸屬爲條件的。

所以，眞正能夠表明巴地文化與蜀地文化能夠爲天下之先的，倒是由於「天府之國」這一稱號的特別賦予，而使巴蜀文化聞名遐邇並如雷貫耳。這是因爲，天府之國之所以最終成爲對於巴地文化與蜀地文化相共存的空間性命名，也就在於所有那些能夠用來對巴蜀文化的進行文化描述的言詞當中，無論是物華天寶也好，還是人傑地靈也好，都是以四川盆地這一特定地理空間之內人與自然的互動關係，在漫長的文化發展過程中逐漸成爲現實的文化存在，來作爲語言判斷的文化基準，同時又注入特定的文化內涵。這樣，巴蜀文化以其文化空間綿延的全過程，來展示著巴地文化與蜀地文化相共存的歷史悠久。

事實上，如果將籠罩在「百穀自生」這一天府之國的自然景象之上的聖人色彩加以剝離，顯而易見的就是四川盆地爲農耕文明的出現提供了得天獨厚的自然地理環境，再加上巴人與蜀人的辛勤勞作，也就爲天府之國奠定了必不可少的人文精神基礎，由此而得到詩情畫意的文化表達——在《華陽國志・巴志》中留下了這樣的文化記載——「川崖惟平，其稼多黍，旨酒嘉穀，可以養父；野爲阜丘，彼稷多有，旨酒嘉穀，可以養母」。僅僅是居於四川盆地東部的巴地生活，就湧現出如此「農家樂陶陶」的文化吟唱，足以折射出整個四川盆地之中從巴地到蜀地的情深文明，在當時所能達到的農耕文明高度。

從先秦時期到抗戰時期，四川盆地之內的漢族，經過從北到南、由東向西的數度大移民，已經成爲巴地文化與蜀地文化注入了漢族文化這一元素，而四川盆地之內的諸多兄弟民族以其獨立的民族文化，同樣也爲巴地文化與蜀地文化提供了多樣性的民族文化元素。通過各個民族文化之間生生不息的長期交流與交融，在建構了巴蜀文化的多元性文化內涵的同時，更賦予巴蜀文化以獨特的文化風采。雖然「天府之國」曾經被視爲「妖巫淫祀之國」，《史記・封禪書》就稱蜀人萇弘「明鬼神事」。這不過表明了一個事實：巴地與蜀地眾多先民的「尙巫」，表現出原始宗教對於四川盆地之中諸多民族的共同文化影響，直到如今在巴蜀故地還流行著形形色色的類似「跳端公」驅鬼的民間宗教習俗。這就從一個側面上顯現出從原始宗教到民間宗教所包容著的文化交互影響來，而相似的文化影響早已經超出了宗教的領域，擴張到各個民族的日常生活之中。就此而言，對於巴蜀文化理應保持一種開放性的研究眼光，將巴蜀文化的多元文化內涵確認爲研究對象的重中之重。

在這裡必須看到的是，早在巴地文化與蜀地文化出現的巴蜀兩國時期，它就擁有了區域文化的主要特徵，並且與共時存在的諸多諸侯國，促成了從春秋時期到戰國時期中國區域文化的普遍發生；繼而在《三國志通俗演義》所描述的歷史時期，再一次催生三足鼎立的中國區域文化現象；最後進入抗戰時期，又被納入中國區域文化版圖之中。儘管如此，但在新中國建立之後，特別是重慶市直轄以來，巴地文化與蜀地文化，它們在逐漸揚棄地域文化這一構成要素的同時，繼續保留並發展著地方文化這一構成要素，巴地文化與蜀地文化之間，更多地呈現出來的是地緣文化與民族文化之間固有的同一性，從而使巴地文化與蜀地文化再一次以地方文化的現實形態以確保其文化空間的綿延與共存。

這就在於，在人類文化發展過程中，出現了文化構成的層次三分，在每一層面上都呈現出兩極化的構成向度：在器物層面上，呈現出生存方式與生產模式的兩極區間；在制度層面上，呈現出群體規範與社會體制的兩極區間；在心理層面上，呈現出國民心態與主流意識的兩極區間。在這三個層面均出現兩極化構成向度的前提下，城市的出現促成文化三大層面的全面融合，進而表現出全面融合的正相關性，城市功能的日益體系化直接促進文化在器物、制度、心理層面上出現兩極化構成向度的互動性融合，從而使城市自然而然地成爲區域文化的文化中心。從區域文化空間綿延的可行性來看，城市既是地域文化的現實性中心，更是地方文化的歷史性中心。因此，僅僅是作爲地域文化中心的城市將會不斷消逝在歷史的長河之中，先秦時期諸多文化之中的地域文化中心城市如今已經成爲考古遺址，就是最好的證明；不過，兼具地域文化中心與地方文化中心的城市，仍然能夠在以地方文化中心來抗拒歷史長河的沖刷，最終能夠成爲源自先秦時期的歷史文化名城，來顯示其歷史悠久的區域文化的現實存在。

巴蜀文化之中，無論是巴國立國之故都，還是蜀國最初之故都，雖然都已經湮沒在歷史的洪流之中，然而，無論是巴地文化，還是蜀地文化，在區域文化及其文化空間綿延之中，出現了兼具地域文化中心與地方文化中心這樣的城市，在巴地是重慶，而在蜀地則是成都，它們都出現在所謂的「壩子」上，重慶是峽江壩子上的中心城市，而成都是川西壩子上的中心城市。不過，峽江壩子與川西壩子之間的地理差異是非常明顯的，前者是峽江臺地，城市建立在萬里波濤之濱，而後者是川西平原，城市建立在千里沃野之中，兩者的這一差異無疑會影響到同爲地方文化中心的重慶與成都之間互動互補的可能性與可行性。

巴地文化中心的重慶，在最初以江州命名之時，已經是巴國的最後之都，而秦國滅巴國之後，設巴郡而築江州城，此即《漢書‧地理志》中所稱「巴郡，故巴國」，而巴郡江州縣則爲巴郡治所。其後巴郡江州縣之名在南北朝時期又先後更替爲巴郡墊江縣、楚州巴郡巴縣，到隋唐始有渝州巴縣之稱，而北宋末年更名爲恭州巴縣，直至南宋初的1189年，恭王趙惇即位爲光宗，依律升恭州爲重慶府，而巴縣成爲重慶府治所。由此可見，從行政區劃來看，重慶的定名不僅歷經了江州縣、墊江縣、巴縣的城市命名更迭，而且也完成了從江州、巴郡、楚州巴郡、渝州、恭州、重慶府的城市功能演變，最後以重慶城的一再構築而形成了重慶市區。這樣，即使是失落了地域文化中心的城市地位，重慶卻一直保持著地方文化中心的歷史地位，引領著巴地文化的發展。

較之重慶的城市命名多變，成都僅僅在短短時間內更名過一次，那就是西漢末年，公孫述稱帝，將成都改名爲成家。事實上，從蜀王遷都之後，新都建立歷時三年，所謂「一年而所居成聚，二年成邑，三年成都」，而成都之名即由此而來。與重慶一樣，成都在秦國滅蜀國之後改蜀國爲蜀郡，按咸陽格局興築成都城，設成都縣爲蜀郡治所。至漢武帝時，歸併巴蜀兩地設益州，而成都爲益州治所。在王莽篡漢時，把益州改稱庸部，而蜀郡改爲導江郡，但仍然以成都縣爲州郡治所，隨即從東漢又改回益州蜀郡，而成都在唐宋兩代均設爲成都府。

更爲重要的是，由於在三國鼎立之中，劉備一統巴蜀，建都於成都，大規模築城，不僅唐明皇避「安史之亂」來到成都之後稱其爲「南京」，而且前蜀和後蜀也先後定都於成都，尤其是後蜀時「發民丁十二萬修成都城」，並在城牆上遍種芙蓉樹，一到秋天，四十里花開如錦，絢麗動人，稱之爲芙蓉城，故成都又簡稱「蓉城」。

由此可見，成都不僅設府較早，而且多次建都，其城市功能在政治權力的強勁支撑下迅速擴張，由唐入宋，成都商業空前繁榮，而造紙印刷業領先全國，早在北宋初年就以紙印的「交子」來代替笨重的錢幣，成爲世界上最早的紙幣。所以，到元朝初年，設四川行中書省，簡稱四川省，巴蜀兩地由是而統稱四川，其時四川省治所先設在重慶，不久即遷到成都，此後明清兩代，成都一直是四川的首府。由此，凸現了重慶與成都之間第一次城市較量。

不過，到了 19 世紀末，重慶已經逐漸成長爲長江上游的中心城市，尤其是長江上游的經濟中心。這正如美國學者施堅雅早在《中華帝國晚期的城市》一書中就指出的那樣：在長江上游地區，「在 19 世紀九十年代，重慶已經成爲地區內外貿易的主要中心，從這個意義上說，整個地區可以看做重慶的最大腹地」，這是因爲此時的「經濟中心只要有可能總是坐落在通航水道上，整個中國都是如此」。〔註 3〕

隨著辛亥革命爆發，蜀軍政府在重慶的建立，重慶的城市功能由經濟擴展到政治領域，促進重慶向著現代城市的發展，從四川省政府所在地到國民政府直轄的陪都，不斷的行政升級促成重慶沿著國際化大都市的軌跡開始滑動。儘管在抗戰全面爆發前夕，四川省政府重新遷回成都，但城市發展的速度與規模已經與重慶不可同日而語。由此，顯現了重慶與成都之間的第二次城市較量。

這兩次較量是城市文化實力的較量，其中雖然不乏地域文化共時性盛衰的現實影響，但主要是地方文化歷時性強弱的歷史演變所導致的。因此，

〔註 3〕〔美〕施堅雅主編：《中華帝國晚期的城市》，葉光庭、徐自立、王嗣均、徐松年、馬裕祥、王文源等譯，北京，中華書局，2000 年，第 343、344 頁。

重慶與成都之間的較量，主要是地方文化中心之間的巴蜀之爭，在文化實力比拼之中，有關誰能爭鋒的回答就是平局。這就意味著重慶與成都之間的文化之爭，只能在繼續進行之中，來尋求一個能夠促使巴蜀文化在綿延之中共存的文化空間。

新中國建立之後，重慶作爲西南大區的首府，是全國十大直轄市之一；而成都作爲四川省會所在地，隨著四川併入西康地區，也顯現出行政地位的上升趨勢。只不過，隨著第二度直轄的重慶直轄市被撤銷之後，又併入了四川省，重慶與成都之間的行政地位難以維持在同一水平線上，直接導致了城市文化實力的此伏彼長。因此，在同爲巴蜀文化中心城市的重慶與成都之間，地方文化中心在逐漸偏向成都的同時，重慶不得不在滯後之中偏離，巴蜀文化的雙中心格局面臨著解體的結局。

隨著重慶市在臨近 20 世紀末的三度直轄，消解了重慶與成都之間的行政區劃禁錮，使兩者能夠分別成爲巴地文化中心與蜀地文化中心。更爲重要的是，根據由重慶年鑒社 2006 年出版的《重慶年鑒（2006）》，與成都年鑒社 2006 年出版的《成都年鑒（2005）》，無論是重慶，還是成都，隨著城市體制改革的不斷推進，促成了重慶主城 8 區與成都主城 9 區的最終形成，促使建立成渝都市圈具有了前所未有的可行性，直接推動著重慶與成都兩地的城市文化向著都市文化發展，並且成爲巴蜀文化這一地方文化的內核構成，與此同時，促動了巴地文化與蜀地文化之間在再度融合之中走向現代發展。

顯而易見的是，這就需要對同爲地方文化中心的重慶與成都兩地的城市文化進行重新命名。如果說，在重慶市直轄之後巴渝文化的提出，能夠得到較爲廣泛的社會認同，是與巴地中心城市的重慶曾經稱爲渝州是分不開的，那麼，也就可以借用其來對重慶的都市文化命名，使巴渝文化能夠展示出巴地文化的現代發展方向。與此同時，成都的都市文化應該如何命名呢？在此不妨參照左思在《蜀都賦》之中稱成都爲蜀都，化而用之稱爲蜀都文化，以展現成都的都市文化整體風範，由此而顯現出蜀地文化的現代發展當向。

於是乎，巴渝文化與蜀都文化將在相映成趣之中相得益彰，從重慶與成都之間的城市經濟功能對接出發，以推進兩者之間城市功能體系的全面接軌，進而推動巴地文化與蜀地文化走向全面融合，使巴蜀文化最終能夠成爲 21 世紀中國文化在區域分化之中的地方文化之典範，進而成爲巴蜀文化向著區域文化發展的現實根基。

二、巴蜀文化的高地

從巴蜀文化的古老歷史來看，在巴地文化與蜀地文化之間分分合合的過程之中，最終促成了兩大文化中心城市的出現——巴地的渝州與蜀地的成都；而從巴蜀文化的現代變遷來看，渝州被納入了當下直轄的重慶，而成都則沿襲了四川首府的行政地位，從而在都市化進程之中成爲巴蜀文化的都市高地，在分別彰顯著巴渝文化與蜀都文化的同時，共同促進著巴蜀文化走向再度融合。

在這裡，無論是巴渝文化，還是蜀都文化，均爲基於巴蜀文化中心城市的現代都市文化：首先，巴渝文化的文化空間，是直轄市重慶的主城區，故而不稱重慶而稱渝州，以顯現古今文化空間的渝州貫通，並得到巴渝文化這一現實性命名；其次，蜀都文化的文化空間，是承襲了古都所在地的主城區，並與現實中的省會成都，進行了古今文化空間的成都對接，並得到蜀都文化這一現實性命名。

在巴蜀文化的現代發展過程之中，正是由於巴渝文化與蜀都文化這兩者的共時性存在，因而由重慶與成都這同屬巴蜀文化中心的雙城，來共同建構以都市文化爲基礎的成渝都市圈，無疑就具有了最大的現實可能性。

在成渝都市圈逐漸建構中已經面臨著都市文化現代發展的這一現實，所以，無論是巴地文化中的巴渝文化，還是蜀地文化中的蜀都文化，勢必在互相交匯與彼此融入的過程之中，在促進巴渝文化與蜀都文化之間雙向吸納、一體發展的同時，推進成渝都市文化帶一步又一步地現實生成。於是，隨著成渝都市圈的建構，尤其是成渝都市文化帶的生成，無論是重慶，還是成都，兩者不僅將成爲連接巴蜀文化的文化高地，引領著巴蜀文化的變遷；而且將打破巴蜀文化之間的空間壁壘，推進著巴蜀文化的融合，從而促成巴蜀文化沿著從互動到互補的變遷與融合軌跡，最終趨向久分之後的必合。

雖然在區域文化生成的過程中，具有時間性規定的地域文化是其能否發生的行政區劃前提，但是具有空間性限制的地方文化則是其是否出現的人文地理根基。事實上，在巴蜀文化之間分分合合的漫長歷史過程之中，分的原由更多地來自行政區劃的不時變動，而合的原因則在更大程度上源自人文地理的長久穩定。相對區域文化表層構成的地域文化而言，作爲區域文化深層構成的地方文化，是區域文化得以生成的根本。在這樣的意義上，也就可以說，巴蜀文化的歷史，主要是巴地文化與蜀地文化的地方文化變遷史，沒有巴蜀文化在地方文化層面上的率先融合，也就難以眞正突破地域文化層面上的行政分隔。

從重慶渝州主城區的巴渝文化，到四川成都主城區的蜀都文化，如何對它們進行考察，勢必透過都市文化那繁華而紛繁的地域文化表象，深入到都市文化那複雜而豐富的地方文化底蘊之中，才有可能去求解巴蜀文化趨向融合的當下之途。因此，這也就有必要從區域文化深層的地方文化出發，通過對巴蜀文化中心制高點的渝州與成都進行從地標建構到民氣互補之間多重關係的相關考察，以期能夠嘗試著去揭示巴渝文化與蜀都文化由分而合的當下可能性。

在這裡，必須認識到——區域文化作爲民族國家之中的特定文化現象，出現了地域文化與地方文化的時空分化。一方面，區域文化中的地域文化，是時間性的文化表層，其文化內涵更多地與生產模式、社會體制、主流意識這些文化構成緊密相關，因而在生產方式、權力結構、世界觀念諸方面表現出較大的變動性，並且這一變動性受到行政變更的直接控制。另一方面，區域文化中的地方文化，是其空間性的文化深層，其文化內涵與生存方式、群體規範、國民心態這些文化構成緊密相關，因而在生活形態、習俗體系、族群記憶諸方面表現出較大的穩定性，並且這一穩定性受到地緣穩固的直接制約。

所以，在 20 世紀末重慶尚未第三次直轄之前，由於城市之間的行政地位不對等，在事實上擴大了巴地文化與蜀地文化之間的文化分離程度，與此同時，隨著文化資源的行政分流，無論是渝州，還是成都，其都市化進程也出現了具有單一性的畸變——從生產性的工業中心到消費性的行政中心，因而也難以展現出成渝都市文化帶生成的可能遠景來。只有當重慶直轄之後，成渝都市文化帶的如何生成才開始被提上議事日程，使之成爲令人耳目一新的促動巴蜀文化從分離趨向融合的文化區域發展的當下目標。

不得不看到的是，被視爲巴蜀文化高地的成渝都市文化帶能否生成，實際上受制於從地域文化到地方文化的雙重影響：一方面是地域文化所造成的行政分隔在日漸消除的同時，基於行政資源的文化支撐也當相應地隨之有所增大，這就促進渝州與成都之間的文化差異在地域文化層面上日漸縮小，有助於成渝都市文化帶這一巴蜀文化高地的早日出現；另一方面是地方文化所導致的地緣反差基本上無法消失，因而來自地緣偏見的文化之爭自然會持久存在，這就促使渝州與成都之間的文化差異在地方文化層面上一時間難以化解，反而不利於成渝都市文化帶這一巴蜀文化高地的盡快出現。

這無疑表明，在巴蜀文化趨向融合的現代發展過程之中，渝州與成都之間的文化差異主要是地方文化差異，即存在著從生活形態到族群記憶的民俗性文化差異，具體而言，也就更多地表現爲從生存方式到國民心態的諸多不同。這是因爲，在地方文化之中，最能夠展示出區域文化民俗性特徵的，是與文化心理內核相聯繫的族群記憶，尤其是與之直接相關的國民心態。更爲重要的是，在地方文化的衍變過程中，這樣的國民心態不僅是在特定的人文地理環境中形成的，而且一旦形成就會沉積到族群記憶之中，從而在互動之中促成國民心態趨向正面與負面的兩面性嬗變，在顯現出地方文化的正面性的同時又顯露出地方文化的負面性。所以，從區域文化到地方文化，國民心態所由之而形成的這一特定人文地理環境，也就成爲地緣性的文化標識，即從區域文化到地方文化的文化地標。

問題在於，無論是山水都市的渝州，還是宜居都市的成都，如果從地方文化的角度來追溯其文化地標建構，都只能從與城市發展最爲相關的地緣性標識，而不是行政性標識來開始。這也就是說，不是要去追溯渝州與成都何時成爲城市，並且還要去尋找那些體現出政權存在之威勢與威風的標幟，諸如城牆、官衙、樓閣之類的古建築；而唯一需要去做的，就是要去探尋在渝州與成都的城市發展過程中，與市民生活最爲相關之所，即能夠與市民命運切切攸關而又難以割捨的所在，其到底是什麼地方。正是這個地方必須能夠集中地顯現出一代又一代的市民從生存到心態的生活需要來。

對於渝州而言，與城市發展密切相關的是黃金水道的長江水系，無論是重慶渝州成爲長江上游的經濟中心，還是重慶渝州成爲陪都時期的中國文化中心，都是與長江水系不可分離的。正是在長江水系的山山水水之間，出現了林林種種的碼頭，不僅爲長江水系的客貨運輸提供了前所未有的巨大便利，更是爲渝州的城市發展注入了生機勃勃的無盡活力。

從古代到現代，曾經有過那些一段又一段的黃金年代——在長江兩岸及其支流嘉陵江沿岸，商賈、船工諸色人等熙熙攘攘地流動於各個碼頭之間，尤其是在兩江匯合之處的老朝天門碼頭，更是人頭攢動，千船競發，直到當下依然是渝州的城市標幟之一。雖然從城市文化變遷的漫長歷程來看，可以說碼頭並非是渝州的唯一城市標幟，但是，碼頭正是渝州所建構出來的唯一文化地標，因爲渝州之最終能夠走上都市化的道路，與碼頭最初的大量出現是分不開的。儘管在都市化的過程之中，碼頭的地方文化使命也許已經完成，碼頭的日漸衰敗不可避免地成爲都市化的伴生景象，不過，碼頭依然還在，似乎是正在以其日新月異的工廠化面貌來伴隨著都市化的當下進程。在這樣的意義上，可以說，從地方文化的角度來看，因渝州而得名的巴渝文化，其地方文化內涵構成中實際上是無法剝離掉碼頭文化的，而渝州也以其碼頭氣來見證其城市文化的古今風光。

不過，較之重慶渝州，對於四川成都來說，與其城市發展密切相關的，是自古以來一以貫之的行政中心地位，進而奠定其政治中心、經濟中心而文化中心的悠久歷史。自現代而古代，成都不僅一直被視爲西南重鎮，而且也曾數度立爲國都，尤爲世人所矚目的是成都經過多次擴建而不斷擴張的新城，吸引著形形色色的市民來居住，而其中最爲引人注目的市民就是歷朝歷代的眾多官家，紛紛在成都安居，因而在成都興建了形形色色的公館來渡過悠閒乃至優裕的時光，於是乎，大大小小的公館遍布整個城中。

從城市發展的角度來看，可以說，在成都曾經出現過的滿城之中公館遍布的城市氣象，不僅整合了所有那些有利於城市發展的消費需求，使成都成爲商業繁榮的消費城市，而且造就了影響至今的有助於城市發展的宜居環境，爲成都轉向都市發展奠定了始基。因此，在成都能夠始終吸引眾人眼球的，是那些似乎已經過時的公館，尤其是那些具有文物價值的老公館，顯然是成都文化傳統中不可剝離的城市標識之一。即使是時過境遷，公館的氣數難以爲繼，可是，公館的氣度尤存，公館的風貌與風韻仍然縈繞在市民的內心之中，久久難以忘懷，因而能夠被視爲成都的文化地標的，依然只能是那些在記憶中存在著的多姿多彩的公館，以及那些保留至今的主人不再的公館。由此，因成都而得名的蜀都文化，在其實質上也不得不包容進公館文化這一地方文化的內涵構成，而成都也因其公館氣而顯現出城市文化的古今風采。

不可否認的是，無論是渝州的碼頭，還是成都的公館，在中國現代轉型的時代大潮沖刷之下，早已經在 20 世紀的上半葉，都已經開始衰落，所以，在巴金的《家》中，官宦人家宜居之地的公館，是與所謂的封建大家庭聯繫在一起的，封建大家庭的沒落直接導致了公館的衰亡；而同樣在巴金的《寒夜》中，那些在山山水水間來來往往跑碼頭的人們，早已經從跑灘匠的下里巴人，轉換爲南來北往的精英分子，並且通過百姓小家庭生活的描寫，同樣閃耀出反封建的文學鋒芒。這樣，在巴金筆下所出現的所有那些關於巴蜀雙城的小說書寫，已經毫無疑問地表明：無論是渝州的碼頭，還是成都的公館，都面臨著退出城市文化舞臺中心的無奈結局。

光陰荏苒，渝州碼頭的風采不再卻風光依舊，而成都公館的風光不再而風采依然，不是因爲碼頭與公館或多或少地仍舊保留在如今的城市之中，而是恰恰在於——無論在渝州，一座座千年碼頭所孕育出來的碼頭氣，還是在成都，一處處百年公館所培育出來的公館氣，都同樣能顯現出文化地標所包容的地方文化蘊涵，進而分別在渝州與成都的都市化進程之中發揮著潛在的文化作用，直接影響到成渝都市文化帶的現實生成。

在渝州碼頭與成都公館從興盛到衰亡的漫長過程中，使人可以看到區域文化的地標建構，與區域文化高地的城市文化發展相始終，只不過，進入 21 世紀之後，隨著城市面臨著都市化這一嚴峻的中國現實，文化地標因其古老而被逐漸在有意或無意之中給人遮蔽，一時間在大都市的流光溢彩中黯然失色。然而，依託碼頭而生的碼頭氣，與仰仗公館而生的公館氣，卻始終是成渝兩座城市之間爆發文化「口水仗」，進行地方文化孰優之爭的根本動因。所以，這新世紀中渝州與成都這雙城之間的文化「口水仗」綿綿不斷而層出不窮，不是因爲兩個城市中的人們好逞口舌之利，在飛短流長之中一見口才高低，而是因爲巴蜀文化長期分離所遺留的族群記憶，表現爲兩個城市之間國民心態的極度失衡，因此城市本身成爲引發文化之爭的導火索，而兩個城市及其居民之間的種種文化差異，更是成爲一切「口水仗」中不得不說的對攻內容。

拿城說事也好，拿人說事也罷，其根本都要追溯到巴地文化與蜀地文化之中的地方文化上去，而渝州與成都不過是地方文化差異的城市放大器。

問題在於，從區域文化到地方文化，文化地標作爲地緣性的文化標識，首先是是國民心態賴以產生的特定人文地理環境，對於渝州與成都來說，與碼頭相輔相成的碼頭氣，與公館相依相存的公館氣，分別是這兩個城市長久保留在市民心底裏的族群記憶，並且表現爲具有某種普遍性的國民心態。更爲重要的是，在地方文化的衍變過程中，這樣的國民心態不僅是在特定的人文地理環境中形成的，並且一旦形成就會沉積到族群記憶之中去，從而在彼此交互之中促成國民心態趨向正面與負面的兩面性嬗變，在顯現出地方文化的正面性的同時又暴露出地方文化的負面性。

如果要追問這一問題的焦點與熱點，其根本就在於——正面性的國民心態有助於地方文化之間的發展與融合，而負面性的國民心態不利於地方文化之間的發展與融合。如果進行更進一步的追問，則有可能會發現這樣的此消彼漲的文化心態演變之態勢——在地方文化之間的發展與融合之中，國民心態的正面性一時難以拓展，而國民心態的負面性則不斷迅速膨脹，導致地方文化之間發展與融合的失範，甚至在對抗之中出現激烈的衝突。

於是乎，從文化心態演變的角度來看地方文化中所包容的國民心態，也就是通常所說的民氣，出現了兩極分化的走向——正面性的國民心態在民氣中養成了浩然之氣的文化浩氣，而負面性的國民心態在民氣中釀成了暴戾之氣的文化戾氣。正是由於文化浩氣的消退而文化戾氣的暴漲，在巴蜀文化走向再度融合的新世紀過程之中，渝州與成都之間屢屢爆發文化對罵的「口水仗」，而文化「口水仗」一波又一波地連綿不斷地出現，不過是地方文化在發展與融合之際國民心態負面性的城市宣洩，表明了民氣之中文化戾氣陣發性肆虐症的確實存在。

面對著文化戾氣在陣發性肆虐之中化為如此文化對罵，勢必需要在追溯國民心態各自形成的地標建構的同時，去追尋彼此之間國民心態的共時性嬗變。這一點，無論是對渝州來說，還是對成都來說，無疑都是至關重要的——因為這不僅關係到成渝都市文化帶，在由城市文化向著都市文化發展的現代過程之中，能否漸趨生成的可行性，而且更關係到巴地文化與蜀地文化之間再度融合的可能性。

以渝州為其文化空間的巴渝文化，從文化地標的角度來看，似乎又可以簡單地稱作碼頭文化。不過，以碼頭文化來指稱巴渝文化，通常被認為是帶有貶義的，這是為什麼呢？

從文化心態中民氣衍生的過程來看，展現碼頭文化心理的碼頭氣，實際上包含著這樣的兩極性構成：草莽英雄的豪氣干雲，顯現出碼頭氣中浩氣長存的一極；而混世魔王的匪氣衝天，顯現出碼頭氣中戾氣常在的另一極。隨著渝州從城市建制開始轉向都市發展，在草莽英雄退出歷史舞臺的同時，混世魔王紛紛登臺表演，消解了豪氣而凸現了匪氣，碼頭氣乃至碼頭文化也就同時帶有了貶義。

這無非是表明，在文化浩氣與文化戾氣之間，文化浩氣在民氣衍生之中，較多地潛沉到族群記憶之中，而文化戾氣在民氣衍生之中，更多地表現在日常生活之中。這一點，對於以成都為其文化空間的蜀都文化來說，也同樣不會例外。同樣從文化地標的角度來看，蜀都文化似乎也可以簡稱為公館文化，問題在於，公館文化及公館氣的如此稱謂也同樣帶有貶義，因而也必須要去問出一個為什麼來。

試看成都的公館氣，與渝州的碼頭氣一樣，也是具有文化心理的兩極性構成的：從文化浩氣這一極來看，珠光雲蒸而寶氣霞蔚之中，道貌岸然下謙謙大方君子之大氣充盈公館；而從文化戾氣這一極來看，官氣彌漫而等級森嚴之中，秩序井然下鬼鬼祟祟小人之詭氣密布公館。然而，隨著官家擁有公館的時光實難一再延續，在大氣難以承續之中，詭氣仍時時困繞人心，公館氣以至公館文化也就自然成爲帶有貶義之稱。

由此可見，在渝州與成都之間所激發出來的文化「口水仗」，在排除來自行政區劃方面的種種干擾因素之外，應該說在基本上是由於地方文化所包容的文化戾氣使然，尤其是當匪氣與詭氣之間相互較勁的對罵力度，一旦給發揮到最大的限度，也就自然而然地達到了文化「口水仗」之高潮。

事實上，無論是碼頭氣，還是公館氣，如果能夠恢復其本來面目，在封存匪氣與詭氣的同時，發掘出豪氣與大氣來，毫無疑問的就是——渝州與成都之間在文化心態的民氣衍生之中將趨向良性互補。更爲重要的是，這一良性互補應該是剛柔相濟的文化互補。

這是因爲：從有關巴人勇武與蜀人機敏的古老文化人格的不斷言說之中，透露出來的正是巴地文化與蜀地文化所共有而又各別的族群記憶。故而，這樣的巴蜀文化基因必須得到當下的全面延續——既要將巴人的霸氣提升爲陽剛之氣，注入到碼頭氣之中以恢復其本來面目，因而在碼頭氣的豪氣與匪氣之間，有可能在形成剛強、剛直、潑辣這樣的文化浩氣諸多變體的同時，促成了粗鄙、粗暴、強橫這樣的文化戾氣諸多變體的出現；也要把蜀人的文氣昇華爲陰柔之氣，輸入進公館氣之中以恢復其本來面目，同樣有可能在形成柔韌、柔媚、嫵媚這樣的文化浩氣諸多變體的同時，促成了奸猾、奸詐、陰損這樣的文化戾氣諸多變體的出現。

儘管可以說，在渝州與成都之間，無論是文化浩氣，還是文化戾氣，在兩兩分別相對應之中都可以進行文化互補，但是，文化戾氣的互補是劣性而劣質的，很可能在如此陰陽互補之中，實際上出現的將不會是巾幗不讓鬚眉式的剛柔相濟，而只能是導致男人婆與娘娘腔並出的文化惡果。

最關鍵的一點也就在於，渝州與成都之間的良性互補只能是文化浩氣的優質互補。這是豪氣與大氣的文化心態互補，具體而言就是要在剛強、剛直、潑辣與柔韌、柔媚、嫵媚之間進行陰陽調和，在剛毅與柔美趨於一致的剛柔相濟之中促動成渝都市文化帶的開始生成，進而推進巴蜀文化趨向交融，從而催生出巴蜀文化的當下新境界。

在這樣的認識前提下，無論是碼頭，還是公館，作爲區域文化地標的城市建構，都應該置於巴地文化與蜀地文化之中，來重新得到認識，由此才有可能展開渝州碼頭氣與成都公館氣之間的民氣良性互補，促使成渝雙城之間的文化浩氣在不斷承傳之中交融重鑄，以實現國民心態的當下更新，最終奠定出巴蜀文化再度融合的都市文化心態基點，以促動巴蜀文化的當下融合。所有這一切的關鍵之關鍵，勢必取決於巴蜀文化高地的能否最終出現。這是因爲，一旦巴蜀文化高地出現在巴蜀大地之上，巴蜀文化的現代發展將會成爲不可逆轉的事實。

就巴蜀文化的發展前景來看，目前展現在眼前的就是：已經進入新世紀都市化進程的重慶與成都，在依託巴地文化與蜀地文化的地方文化資源，建構成渝都市圈的當下過程之中，不斷推進著巴渝文化與蜀都文化之間的全面交匯與融入，從而促動成渝都市文化帶的生成。更爲重要的是，隨著重慶與成都這雙城共建的巴蜀文化高地的現實出現，巴蜀文化也將進入整體發展的區域文化之正軌。

三、陪都文化的肇起

區域文化現象的存在不僅基於地方文化的空間綿延之上，而且有賴於地域文化的時間限制之中。這是因爲地方文化的空間綿延固然是區域文化出現的根本，而地域文化的時間限制則應是區域文化發生的前提。所以，只有當地方文化與地域文化呈現出共時性的一致性融合，才有可能形成具有整體性的區域文化現象。這就表明，現代中國文化的區域分化首先發生於抗日戰爭期間不是偶然的。從 1937 年 7 月 7 日爆發盧溝橋事變，到 1945 年 9 月 3 日宣告中國抗戰勝利，長達八年的抗日戰爭，既是中國區域文化現象發生的必要條件，也是抗戰時期中國區域文化現象存在的時間界限。

正是在戰時體制中，出現了抗戰區與淪陷區的二元性區域分化，促成了抗戰區文化與淪陷區文化的並存。在這二元性區域文化並存的中國格局之中，無論是在抗戰區文化之內，還是在淪陷區文化之內，由於從地方文化到地域文化的雙重差異而產生的現實作用與直接影響，由此促動了更進一步的區域分化，在抗戰區與抗戰區文化之內，就分化出了陪都重慶與陪都文化。正是在八年抗戰中，重慶由地方性的巴蜀文化中心成長爲具有全國代表性的區域文化中心，首先體現出戰時體制對於文化的區域發展的推動作用，其次表現爲行政資源對於文化區域發展的促進作用。然而，無論是戰時體制，還是行政資源，對於陪都重慶文化所發揮的階段性作用與影響，僅僅是顯示出區域文化肇起的時間限制，揭示了區域文化現象何以發生的現實原因，而區域文化現象得以出現的歷史原因，理應到區域文化肇起的空間綿延中去探求。

區域文化肇起的空間綿延，就是區域文化現象得以出現的地理邊際，具有著從行政區劃到人文地理的兩極，因而呈現出區域文化的地理性，並且分別展現爲區域文化的地區性與地緣性。具體地說，由於行政區劃往往會隨著政治體制的變動而出現地理邊際的波動，因而區域文化的地區性呈現出動態的性質；而人文地理由於自然環境的限制而保持地理邊際的穩定，因而區域文化的地緣性呈現出靜態的性質。在這一動一靜之中，無論是最爲活躍的意識文化因子，還是最爲穩固的民族文化因子，均有可能分別透過行政區劃與人文地理的中介作用，在地理邊際的趨於重合之中進行逐層交融，從而促成了區域文化在特定地理空間的階段性存在，成爲民族國家文化發展版圖中具有著歷史意義的獨特文化景觀。

由此可見，區域文化肇起的根本還得從地方文化這一構成之中來開始，而對於陪都文化的重慶肇起來說，也就意味著要從巴蜀文化之中的巴地文化來著手進行。儘管如此，也不應忽視陪都文化肇起中的時間限制。這是因爲區域文化現象畢竟只是在特定的歷史階段內存在著，因而地域文化這一基本構成的作用也不容忽視，尤其是地域文化沿著時間長軸會呈現出一定的政治性變遷來，對區域文化的整體性進行著直接影響。只有當地域文化與地方文化之間達到文化發展的平衡狀態，才有可能促成區域文化的出現。這一點，在陪都文化的重慶肇起之中，顯得尤其重要——隨著國民政府的遷渝，直接推動了地域文化發展速度在重慶的迅速提升，使之能夠與地方文化相匹配，促進了陪都文化的重慶肇起。

現今屹立在直轄市重慶鬧市中心的「解放碑」，其前身既是抗戰時期建立的「精神堡壘」，也是抗戰勝利以後重建的「抗戰勝利紀功碑」。在這一碑上面所鐫刻的《抗戰勝利紀功碑碑文》一文中，就這樣贊曰：其一，「國民政府西遷入蜀，重慶建爲陪都，巍然繫中華民族命運之樞機，爲國際觀聽所矚目」，「亞洲之戰爭既與歐洲合流，中國逐自獨立作戰之孤軍進而爲民主陣線遠東之一翼」，「在此八年之中，國際輿論，目重慶爲戰鬥中國之象徵，其輝光實與歷史同其永久」；其二，「雖敵方之陸海軍力限於夔門，而空軍之戰略襲擊則集中於重慶」，「然重慶以上百萬之市民，敵愾越強，信心愈固，財力物力之輸委，有過於自救其私，實造民族精神之峰極」，「重慶之所以無忝為陪都，不僅以其地理形勢使然，亦此種卓越之精神有以副也」，；其三，「重慶承四大河流之匯，上溯四江達康黔滇青，下循揚子東通於海」，「重慶將進為新中國工業經濟之重心，大西南之吞吐港」，「十年之後，將見大橋橫貫兩江，二千平方公里，二百萬市民之大重慶湧現華西，以西南之財富，弼宗國之繁榮」。一言以蔽之：「後世史家循流溯源，深究中國復光之故，將知重慶之於國家，時不止於八年戰時之獻效已也」。

雖然在現代中國進行陪都的設立，除了重慶之外，還有西安等其他城市，但是，陪都的中國設立並非意味著陪都文化必定隨之出現，而是與城市文化能否從地方文化向著區域文化方向進行發展直接相關。所以，在現代中國的諸多陪都之中，只有巴蜀大地之上的巴蜀文化中心城市的重慶，在抗日戰爭期間被明定為陪都之後，進行了從地方文化到區域文化的陪都文化建構，成為唯一擁有陪都文化的中國陪都。這其中的一個關鍵也就在於，從陪都的重慶設立到陪都文化的重慶建構，都是與國民政府遷渝八年是密不可分的。

然而，無論是對於陪都的重慶設立，還是對於陪都文化的重慶建構，在進行相關研究之時，無疑都同樣面臨著一個共同的問題：陪都何謂？因而一切將不得不從「陪都」一詞的語義辨析來開始。

在漢語中對於「陪都」與「行都」的區分與運用，可以追溯到先秦時期，並且至少從歷史到文學的文本之中得到相關的印證。所謂「陪都」，即「在首都之外另設的一個都城。如周代的洛邑，宋代的建康，李白《永王東巡歌》：『王出三江按五湖，樓船跨海次陪都』」；而所謂「行都」，則為「在首都之外另設的一個都城，以備必要時政府暫駐。《宋史・黃裳傳》：『出攻入守，當據利便之勢，不可不定行都』」。〔註 4〕由此可見，「陪都」與「行都」之間的語義差異，主要在於是否成為「政府暫駐」之地，兩者相同之處更在於並非是對於首都的取而代之的「另設的一個都城」。當然，一個詞的語義往往會隨著時代的更替而發生衍變，但萬變不離其宗，「在首都之外另設的一個都城」的基本義將是穩定的。

那麼，「陪都」的語義發生了什麼樣的現代衍變呢？當下有關「陪都」的一個英語譯名 Temporal Capital，正好提供了一個就其語義衍變而進行辨析的語用起點。這是因為，如今每當有關陪都或陪都文化研究的一些學術論文在得以發表的時候，由於要與國際學術規範接軌，於是乎需要一個英語的篇名

〔註 4〕《辭海（上）》，上海，上海辭書出版社，1979 年，第 1005 頁「陪都」；《辭海（中）》，上海，上海辭書出版社，1979 年，第 1823 頁「行都」。

與摘要及關鍵詞來「陪伴」著。就目前所見到的對於「陪都」英語譯名來看，最多的就是「Temporal Capital」。只不過，這樣的英語譯名，從直譯的語義來看，不過是「臨時首都」。但是，從漢語中對於「行都」與「陪都」的語義區分來看，其基本義倒應該是用以「陪伴」作爲一國之正式首都的「另設的一個都城」，也就是從屬於國都的具有著與國都相類似的行政功能的預備性質的非正式首都，簡言之，就是國都之外的「副都」即「陪都」。在這樣的基本語義規定下，「陪都」用英語來硬譯，似乎倒應該是「Vice Capital」。

一般地說，在現代國家之內，只有在戰爭爆發的情況下，中央政府被迫遷移，才有可能由於國都的淪陷，促使陪都成爲戰時首都這樣的暫時首都，即臨時國都。由此可見，「陪都」一詞的基本義應該是「副都」，而衍生義則是「臨時首都」。或許因爲如此，抗戰時期設立在重慶的「陪都」，當時的英語譯名就只能是「Provisional Capital」，既是國都之外具有預備性質的副都，又是國都之外的臨時首都。

從陪都的基本義來看，一個城市能否成爲陪都，往往與其是否成爲行將發揮全國影響的區域文化中心有關，具有著較高的經濟發展速度、較強的政治控制效率、較快的社會意識演變，從而成爲民族國家之中與國都相似的、具有較大文化凝聚力的中心城市。不可否認的是，對於國都與陪都的行政性確認，事實上雖然是直接取決於執掌一國政權的執政者，然而，這並不意味著可以任意對一個城市進行這樣的行政性確認。一個政府要進行這樣的確認，除了必須認可這一城市在全國文化發展過程中所擁有的區域中心地位之外，還必須選擇進行確認的時機，而這一時機往往是與國家的政治需要緊密相關的，特別是在面臨戰爭威脅之下，進行從政略到戰略的重大調整，從而才有可能確立這一城市在戰爭之中所可能發揮出來的戰時首都的文化功能。這也就意味著只有當一個城市成爲區域文化中心之後，才有可能被確認爲陪都。正是基於這一前提，無論是作爲「副都」的陪都，還是作爲「臨時首都」的陪都，都是與區域文化中心的這一城市保持著從空間到時間上的階段性一致。

事實上，對於 20 世紀的中國來說，並非僅僅是在抗日戰爭全面爆發這一歷史期間之內，而是執政者基於從政略到戰略的現實需要，當抗日戰爭在中國局部發生之時，就開始提出必須設立陪都，以有利於進行持久抗戰。

儘管人們已經習慣於將中國抗日戰爭時期稱作「八年抗戰」，不過，中國抗日戰爭時期的起點，僅僅是從時間上來看，就應該是 1931 年 9 月 18 日的瀋陽事變，因爲從那一天開始，局部戰爭向著全面戰爭演變的可能性日漸突出而最終成爲現實性的侵略事實。這就表現爲數月之後 1932 年 1 月 8 日的淞滬事變——日本帝國主義的侵略戰火，已經從關外的瀋陽燃燒到關內的上海，直接威脅著首都南京。在 1932 年 1 月 29 日出刊的《中央週刊》上，發表了《外交部對淞滬事變宣言》，明確指出「淞滬事變」已經導致了「對於首都加以直接危害與威脅」這樣的嚴重後果。第二天，也就是 1932 年 1 月 30 日，國民政府發布《國民政府移駐洛陽辦公宣言》，宣布自即日起移駐洛陽辦公。2 月 1 日，蔣中正在徐州召開軍事會議，商討對日軍事防禦；2 月 6 日，國民政府軍事委員會成立。由此可見，此時的中國執政者不得不面對這一嚴酷的戰爭現實，而如何確立陪都，也就具有了從政略到戰略的緊迫性。

1932 年 3 月 1 日，中國國民黨第四屆二中全會在洛陽召開。會議通過了《以洛陽爲行都以長安爲西京》這一提議案，議定「以長安爲陪都，定名爲西京」;「關於陪都之籌備事宜，應組織籌備委員會，交政治會議決定」。3 月 6 日，中國國民黨中央政治委員會在議決該提議案的同時，又通過蔣中正擔任國民政府軍事委員會委員長的任命。這樣，從抗日的戰略角度來看，設置陪都的現實目的主要是爲了進行持久抗戰，並且都具體體現在 3 月 10 日中國國民黨中央常委會通過的《鞏固國防長期抗日案》之中。〔註 5〕

如果從抗日的政略上來看，早在中華民國建立之初的 1912 年，中華民國臨時大總統孫中山就認爲:「南京一經國際戰爭，不是一座持久戰的國都」，因而主張要在「西北的陝西或甘肅，建立一個陸都」。〔註 6〕由此可見，在抗擊外來侵略戰爭的過程中，特別是在中國的軍事力量處於敵強我弱的狀態下，進行持久戰具有著從政略到戰略上的理論意義與現實作用。因此，無論是孫中山從理論上第一個提出了持久戰的遠見卓識，並以在中國內地建立「陸都」的方式來予以實施的具體設想；還是中國國民黨、國民政府遵行總理遺訓，爲了抗日而制定持久抗戰與設立陪都的國策，都顯現出在政略與戰略相一致的政治前提下，在抗日戰爭時期，在中國大地上，陪都重慶的出現，不僅至少是一種難以避免的現實機遇，而且更是一種勢必如此的歷史選擇。

〔註 5〕中國社會科學院臺灣研究所編:《中國國民黨全書（上)》，西安，陝西人民出版社，2001 年，第 441～442 頁；榮孟源主編:《中國國民黨歷次代表大會及中央全會資料》下冊，北京，光明日報出版社，1985 年，第 142、156 頁。

〔註 6〕中華人民共和國公安部檔案館編注:《在蔣介石身邊八年》，北京，群眾出版社，1992 年，第 9 頁。

這是因爲，對於那些研究中國區域及其城市發展的國外學者來說，重慶早在 19 世紀末就已經被他們視爲是長江上游地區最大的中心城市了——「在 19 世紀九十年代，重慶已經成爲地區內外貿易的主要中心」。〔註 7〕這無疑表明，進入 20 世紀之後的重慶在城市化過程中，已經具備了現代城市的所有基本功能，並且逐漸成爲長江上游地區，即巴蜀大地之中的文化中心城市。

隨著重慶的經濟功能的不斷發展，首先直接影響到重慶的政治功能的相應增長。在辛亥革命爆發以後，重慶蜀軍政府率全川之先，於 1911 年 11 月 22 日宣告獨立，被各省軍政府承認爲「四川政治中心」。此後，重慶無論是在「二次革命」中，還是在護國戰爭與護法運動裏，都成爲兵家必爭之地，隨後又成爲地方軍事勢力眼中的一塊肥肉，到 1935 年 2 月，改組後的四川省政府在重慶成立。隨著經濟功能與政治功能的上升，重慶又具備了現代城市文化功能之一的意識功能，來推動思想意識從傳統到現代的更新。以 1919 年的「五四」愛國群眾運動爲起點，不僅組織了重慶商學聯合會來推進群眾愛國運動的持久進行，而且成立了中國勤工儉學會重慶分會以促動思想解放運動的繼續深入。〔註 8〕由此可見，重慶這一長江上游地區的文化中心城市，到抗日戰爭全面爆發之前，已經具有了經濟、政治、意識這三大基本文化功能，從而爲重慶成爲區域性文化中心奠定了堅實的文化基礎。這樣，重慶作爲長江上游地區的文化中心城市，顯然已經具備了被選擇成爲陪都的基本文化條件，而能否成爲陪都，還得等待選擇的時機。

隨著日本對中國的侵略態勢不斷擴大，國民政府軍事委員會制定的 1935 年度《防衛計劃綱要》中，就明確規劃「將全國形成若干防衛區及核心，俾達長期抗戰之要求」。爲了實施這一綱要，1935 年 1 月 12 日，國民政府軍事委員會行營參謀團抵達重慶，開始對重慶進行從行政、財政、軍事到金融、交通諸多方面的整頓。3 月 2 日，蔣中正首次飛抵重慶這個當時四川省政府所在地；4 日，蔣中正在四川省黨務特派員辦事處舉行的擴大紀念週大會上，發表題爲《四川應爲復興民族之根據地》演講，強調說：「就四川地位而言，不僅是我們革命的一個重要地方，尤其是我們中華民族立國的根據地，無論從

〔註 7〕〔美〕施堅雅主編：《中華帝國晚期的城市》，葉光庭、徐自立、王嗣均、徐松年、馬裕祥、王文源等譯，北京，中華書局，2000 年，第 343 頁。

〔註 8〕重慶市地方志編纂委員會總編輯室編著：《重慶大事記》，重慶，科學技術文獻出版社重慶分社，1989 年，第 38、48、57～63、141、68～70 頁。

哪方面講，條件都很具備，人口之眾多，土地之廣大，物產之豐富，文化之普及，可說為各省之冠，所以古稱天府之國，處處得天獨厚。我們既能有了這種優越的憑藉，不僅可以使四川建設成為新的模範省，更可以使四川為新的基礎來建設新中國」。〔註 9〕這實際上是從政治的角度承認了重慶的區域文化中心地位，直接影響到國民政府進行設立陪都的戰時調整。

1935 年 3 月 6 日，中國國民黨中央常委會通過《中央地方劃分權責綱領》；6 月 18 日，四川省政府決定由重慶遷往成都。10 月 3 日，駐川參謀團奉國民政府令，改組為國民政府軍事委員會委員長重慶行營。在 1936 年初制定的《國防計劃大綱草案》中，正式確立以四川為對日作戰的總根據地，而重慶行營隨即成立江防要塞建築委員會。1937 年 3 月 21 日，成渝鐵路開工建築；4 月 16 日川軍退出重慶，中央軍隨即進駐重慶。〔註 10〕這樣，在抗日戰爭全面爆發的前夕，以重慶為核心城市的戰略大後方已經處於逐漸形成之中，重慶也就自然而然地成為國民政府在抗戰時期設立陪都時所能選擇的主要對象。由此，隨著抗日戰爭的全面爆發，促成了陪都在重慶的再次設立。

1937 年 7 月 7 日，「盧溝橋事變」的發生，標誌著抗日戰爭的全面爆發。從 7 月 8 日到 13 日，國民政府軍事委員會委員長蔣中正，一再電告抗戰前方將領，強調「盧案必不能和平解決」，應「運用全力抗戰」，並在 31 日發表《告抗戰全軍將士書》，重申「全力抗戰」的國策。8 月 12 日，中國國民黨中央常委會決議撤消國防會議及國防委員會，設立國防最高會議，並以國民政府軍事委員會為最高統帥部；8 月 13 日日軍進攻上海，國民政府隨即發表《自衛抗戰聲明書》；16 日，國防最高會議常會決議，由國民政府授權蔣中正為三軍大元帥，統率全國陸海空軍，與此同時，國民政府下達國家總動員令，劃全國為四個戰區，建立戰時體制。9 月 10 日，國民政府通電全國，誓以必死決心，求最後勝利；22 日，中央通訊社播發《中國共產黨為公布國共合作宣言》，次日蔣中正發表《對中國共產黨宣言的談話》，從而標誌著抗日民族統一戰線的最後形成。於是，中國國民党進行相關的政略調整，10 月 15 日，中國國民黨中央政治委

〔註 9〕《防衛計劃綱要》，國民政府軍事委員會檔案，中國第二檔案館藏；《四川應作復興民族之根據地》，國民政府軍事委員會委員長行營編：《參謀團大事紀》，1937 年。

〔註 10〕中國社會科學院臺灣研究所編：《中國國民黨全書（上）》，西安，陝西人民出版社，2001 年，第 449 頁；重慶市地方志編纂委員會總編輯室編著：《重慶大事記》，重慶，科學技術文獻出版社重慶分社，1989 年，第 141～144、151～152 頁。

員會議決，以國防最高會議爲全國國防最高決策機關，對中央政治委員會負責；11 月 16 日，中國國民黨中央常務委員會議決，國防最高會議代行中央政治委員會之職權。這就爲抗日民族統一戰線的現實發展提供了基本政治條件。〔註 11〕

11 月 19 日，國民政府國防最高會議主席蔣中正在國防最高會議上，作了題爲《國府遷渝與抗戰前途》的報告，指出：「國府遷渝並非此時才決定的，而是三年以前奠定四川根據地時早已預定的，不過今天實現而已。」第二天，國民政府發表《遷都宣言》:「國民政府茲爲適應戰況，統籌全域，長期抗戰起見，本日遷駐重慶，以後將以最廣大之規模從事更持久之戰鬥」，「繼續抗戰，必須達到維護國家民族生存獨立之目的」。26 日，國民政府主席林森乘船抵達重慶，十萬民眾齊集碼頭熱烈歡迎。〔註 12〕顯然，此次國民政府的到來，與數年前遷往洛陽已經大不一樣，不是出於一時的權宜之計，而是在戰時體制之下，以重慶爲戰時首都，進行戰時中國文化的當下重建，以便實現政略與戰略相一致的持久抗戰這一現實需要。這樣，國民政府對於重慶作爲戰時文化發展的全國中心的政治確認，已經毫無疑問，因而也就導致陪都重慶的最後設立。

當然，對於陪都的設立，不僅必須考慮到在戰時體制下重慶的城市功能是否能夠得到不斷增強，以保障行政資源的充分發揮作用；而且也必須考慮到在戰時體制下重慶的文化資源是否能夠相應增長，以保證重慶文化當下建構的諸多需求。所有這一切，都意味著陪都在重慶能否最後設立，必須經過戰時體制的全面檢驗，特別是抗日時期的戰爭考驗。

戰時體制通過對於戰時文化各個層面進行指令性控制，促成適應抗日戰爭需要的特別發展機制：在經濟上，轉向戰時生產，保障經濟建設的專門性與針對性，國民政府組建經濟部主管戰時工業生產，並將重慶定爲大後方工業發展的重點基地，從而確立了重慶作爲大後方工業中心的城市地位；在政治上，穩定社會秩序，保證行政管理的有效性和連續性，重慶由四川省轄乙種市改爲國民政府行政院直轄市，直接促進了中央機關與地方政府之間的聯繫與督導，有利於市區的擴大與市政建設；在意識上，喚起民眾覺醒，保持思想導向的主流性與及時性，國民精神動員總會在重慶成立，「動員全國國民之精神充實抗戰國力」，使「國家至上，民族至上」的思想深入人心。〔註 13〕

〔註 11〕中國社會科學院臺灣研究所編：《中國國民黨全書（上）》，西安，陝西人民出版社，2001 年第 454～455 頁。

〔註 12〕《國民政府公報》渝字第 1 號，1937 年 12 月 1 日。

〔註 13〕《國民精神總動員綱領》,《新華日報》1939 年 3 月 12 日。

這就爲陪文化的重慶肇起提供一切必需的基本條件。隨著國民政府明定重慶爲陪都，陪都文化的重慶建構也隨之進行，在八年的抗日戰爭之中，陪都文化與陪都重慶一樣，經受了血與火的戰爭考驗。

由此可見，隨著抗戰期間陪都在重慶的設立，並憑藉全民抗戰到底的民族意志建構了陪都文化這一無堅不摧的反法西斯正義戰爭的時代「精神堡壘」，爲中華民族的全面復興，在奠定了戰時根基的同時展示出未來方向，由此而彰顯了在20世紀的中國抗日戰爭中，陪都文化的重慶肇起所獨具的歷史作用與文化意義。與此同時，隨著巴地文化發展成爲區域文化的陪都文化，以陪都重慶爲文化中心的陪都文化，已經成爲巴蜀文化現代發展過程之中的一個空前輝煌的階段性文化現象，並且通過空間綿延得以影響著巴蜀文化的當下發展、尤其是巴蜀文化高地的現實建構。

四、陪都文化的建構

從區域文化發展的角度來看，區域文化的發生與出現，必須具有時間性與空間性這兩個建構維度。這是因爲區域文化作爲民族國家之內文化發展的階段性分野現象，只能發生在特定時期之內，並且只能出現在特定環境之中。這就是說，陪都重慶的文化建構，無論是重慶成爲陪都的時間性維度，還是陪都存於重慶的空間性維度，在抗戰時期中國區域文化發展的過程中，高度體現了從特定時期到特定環境的雙重維度特點，促使陪都文化的重慶建構成爲抗戰時期區域文化發展的全國典範。

陪都文化的重慶建構，之所被以稱爲重慶建構，主要在於陪都文化建構發生地的重慶這一命名，不僅是一個行政區劃的命名，而且也是一個人文地理的命名。一方面，在重慶這一命名的前後，其行政區劃的地理邊際，歷朝歷代處於或大或小的波動之中；另一方面，在重慶這一命名之後，其人文地理的地理邊際，從古至今保持著自然天成的穩定。正是在抗戰時期這一特定時間維度之中，重慶的戰時首都地位爲重慶提供了行政區劃波動的戰時條件，而重慶的自然地理環境爲重慶創造了人文地理穩定的戰時基礎，隨著重慶被明定爲陪都而使兩者趨於合一，因而陪都文化的重慶建構才最終具有了特定環境下的空間維度。

因此，陪都文化的重慶建構只有實現了時間維度與空間維度之間的相一致，才有可能在促使重慶的陪都文化進行戰時發展的同時，進而奠定起重慶的陪都文化在抗戰時期中國文化區域發展之中的全國性中心地位。

正是在抗戰時期，中國西部的內陸城市重慶第一次升格爲直轄市，而國民政府隨後又明定爲陪都，在政治功能上，爲了保證行政管理的有效性與連續性以穩定社會秩序，駐陪都重慶的國民政府各機關對重慶行政進行必不可少的督導，有利於市區的擴大與市政建設。例如，國防最高委員會過問重慶市政府日常行政工作，行政院批准重慶市政府制定的法令法規，內政部參與重慶市地方自治。這不僅使陪都重慶成爲抗戰區城市發展的表率，而且也使陪都重慶加快向現代大都市過渡，以奠定陪都重慶這一全國性文化中心的行政基礎。

在日機連續進行大轟炸的不斷威脅之下，重慶市政府奉國民政府令動員全市機關、學校、商店疏散到市郊。重慶市政府成立緊急疏散委員會負責疏散市民，而中國國民黨中央黨部與國民政府各機關組成遷建委員會決定各單位遷散。這樣，通過疏散區與遷建區的建立而擴大了重慶的原有市區，促使陪都重慶的城市化進程得以在較短的時間內完成。首先，被稱爲重慶市文化區的沙坪壩，就是由疏散區劃歸爲重慶市政府轄區，形成了由數十家大中型企業、各級行政機構、近 20 所大專院校和幾十家醫療單位爲主體的現代城市社區；其次，北碚在劃爲遷建區以後，也由戰前的鄉村建設實驗區改變成爲具有一定現代市政基礎，公共設施較爲齊備，城市環境較爲優美的衛星城市。〔註 14〕

隨著陪都重慶市區的逐漸擴大，城市功能在快速發展中具備了整體性，在經濟功能與政治功能不斷發展的同時，其意識功能也得到了空前的擴張，以發動廣大市民積極參與抗日，保持思想導向的主流性與民眾動員的及時性。正是由於在陪都重慶出現了眾多人民團體，充分體現了《中國國民黨抗戰建國綱領》的有關精神——「發動全國民眾，組織農工商學各職業團體，改善而充實之，使有錢者出錢，有力者出力，爲爭取民族生存之抗戰而動員」。到 1944 年，陪都重慶的人民團體共 257 個，其中職業團體爲 167 個，社會團體爲 90 個；會員人數達 154898 人，其中職業團體會員 113901 人，社會團體會員 40997 人，從每一團體會員平均人數來看，陪都重慶居於全國各省市首位，會員人數約占全市總人口的 15%，由此可見陪都重慶民眾動員的組織水平之高。〔註 15〕

不容忽視的是，陪都重慶所達到的較高民眾動員水平，與各人民團體總部大都設立在陪都重慶有著緊密的聯繫。這不僅有助於陪都重慶人民團體發

〔註 14〕重慶市地方志編纂委員會總編輯室編著：《重慶大事記》，重慶，科學技術文獻出版社重慶分社，1989 年，第 173～175 頁；隗瀛濤：《近代重慶城市史》，成都，四川大學出版社，1991 年，第 467～470 頁。

〔註 15〕社會部統計處編：《全國人民團體統計》第 7、5 頁。

動並舉行形形色色的動員活動，而且通過陪都重慶的動員示範而直接影響到整個大後方與各戰區。1939 年 5 月 1 日，重慶 1 萬餘工人爲慶祝「五一」國際勞動節舉行集會和遊行，當天晚上 7 時，國民政府召開國民精神總動員宣誓大會，會後 10 萬餘人參加了火炬遊行，顯示了陪都重慶人民團體爲堅持抗戰到底而作出的積極努力。〔註 16〕在這裡，民眾動員水平決非是一個可以用「萬」爲單位進行統計的數字顯示，而正是一個由各種人民團體爲連接點，並具體體現爲社會行動的民眾動員組織過程的程度顯現。所以，在陪都重慶開始的國民精神總動員運動對於全國來說是具有示範作用的。

事實上，自從 1939 年 2 月 7 日國民政府成立國防最高委員會以來，在 3 月 11 日，國民政府設立隸屬於國防最高委員會的國民精神動員總會，並於 12 日頒布了《國民精神總動員綱領》及《國民精神總動員實施辦法》，從而掀起了以國民精神總動員運動爲標誌的全國民眾總動員——「國民精神總動員，有國民人人所易知易行之簡單明顯之三個共同目標，爲國民精神所當集結者，當首先標揚之，即（一）國家至上民族至上，（二）軍事第一勝利第一，（三）意志集中力量集中是也。」〔註 17〕這三個共同目標的實質，就是使全體國民知道必須動員起來，全力以赴將抗戰進行到底。顯然，「國民精神總動員」的號召向全國各地的發出，完全是符合抗日民族統一戰線的現實需要的，因而「國民精神總動員」的這一號召在抗日陣營中，更是得到了及時而有力的響應。

1939 年 4 月 26 日，中國共產黨中央委員會在《中央爲開展國民精神總動員運動告全黨同書》中，認爲國民精神總動員的三個共同目標「都是根本正確的」，在一一予以重申之後，指出「國民精神總動員，應成爲全國人民的廣大政治運動，精神動員即是政治動員」，「只有經過民主方式，著重宣傳鼓動才能推動全國人民，造成壓倒敵人刷新自己的巨潮。」〔註 18〕幾天之後的 5 月 1 日，延安也與重慶一樣，舉行了各界「國民精神總動員」暨慶祝「五一」國際勞動節大會，在大會演講中，毛澤東又一次重申了《國民精神總動員綱領》所提出的三個共同目標，在帶頭高呼「擁護蔣委員長，擁護國民政府，

〔註 16〕重慶市地方志編纂委員會總編輯室編著：《重慶大事記》，重慶，科學技術文獻出版社重慶分社 1989 年版，第 179 頁。

〔註 17〕《國民精神總動員綱領》，《新華日報》1939 年 3 月 12 日；參見中國社會科學院臺灣研究所編：《中國國民黨全書（上）》，西安，陝西人民出版社，2001 年，第 458 頁。

〔註 18〕《中央爲開展國民精神總動員運動告全黨同書》，《群眾》週刊第 3 卷第 1 期，1939 年 4 月 28 日。

擁護國民黨與共產黨合作」，「擁護國民政府，擁護國民精神總動員」的同時，更倡導「艱苦樸素的工作作風」和「堅定正確的政治方向」，提出「從今天起，全國國民都要眞正實行三民主義」。〔註19〕

這無疑表明，抗戰到底的思想導向，在已經成爲廣大民眾的愛國主義集體意識根基的同時，也成爲國共兩党進行政治合作的三民主義意識形態基石。所以，國民精神總動員運動不僅僅是民眾動員與政黨合作的社會運動，而且更是將陪都的政治效應擴大到文化的各個領域，尤其是文學這一領域中去的現實運動，正如《國民精神總動員綱領》中所說的那樣——「至於文化界，言論界，著作家之人士，更望省察國家安危民族盛衰之責任」，「接受精神總動員之要旨，而爲共同之奮鬥」。這樣一來，陪都重慶文學運動無疑將承擔起前所未有的動員重擔，來激發出陪都效應的全部文化能量。

在戰時體制下，陪都文化的重慶建構連續不斷地經受住了戰火的嚴峻考驗。舉世聞名的「重慶大轟炸」正是日軍對重慶進行「航空進攻作戰」的罪惡「傑作」，其目的就是「壓制、消滅殘存的抗日勢力」，「摧毀中國抗戰意志」，「迅速結束中國事變」，因而進攻重點就是「攻擊敵戰略及政略中樞」，「消滅敵最高統帥和最高政治機關」，「重要的政治、經濟、產業等中樞機關」，尤其是「直接空襲市民」，「給敵國民造成極大的恐怖」。於是，日機從 1938 年 12 月 26 日開始轟炸重慶，「重慶大轟炸」的持續時間之久，生命犧牲之慘烈，寫下了抗日戰爭史上空前悲壯的一頁。然而，陪都重慶並沒有在大轟炸之中消失，而是以其嶄新的面貌顯現出不屈不撓的中華民族所創造出來的文化奇蹟，以至於多次駕機去轟炸重慶的日軍飛行員，也不得不在最後哀歎「重慶轟炸無用」，因爲「單憑轟炸，使其屈服是不可能的」。〔註20〕

在那些抗戰時期齊集重慶的作家們眼中，正是重慶大轟炸直接促進了中華民族精神的煥然一新——「火光中，避難男女靜靜的走，救火車飛也似的奔馳，救護隊搖著白旗疾走；沒有搶劫，沒有怨罵，這是散漫慣了的，沒有秩序的中國嗎？像日本人所認識的中國嗎？這是紀律，這是勇敢——這是五千年的文化教養，在火與血中表現它的無所侮的力量與氣度！」。更是在大地上出現了這樣的「陪都轟炸小景」——「廢墟上熱騰的從草棚噴出麵香，／時髦男女的笑聲

〔註19〕毛澤東：《國民精神總動員的政治方向》，《群眾》週刊第 3 卷第 3 期，1939 年 5 月 12 日。

〔註20〕〔日〕前田哲男：《重慶大轟炸》，李泓、黃鶯譯，成都，成都科技大學出版社，1989 年，第 38、59、236 頁。

落滿污黑座頭，／生活原沒有固定大小，固定尺寸，／戰爭教大家懂得幸福的伸縮性。」〔註21〕無論是五千年文明所養育而成的民族精神在戰時生活中的復興，還是抗日戰爭所薰陶出來的樂觀態度在戰時生活中的煥發，都是基於一個共同的信念：那就是抗戰到底！具體而言也就是——「『寧爲玉碎，不爲瓦全』。必須吾人人抱定最大之決心，而後整個民族乃能得徹底解放。」〔註22〕

在經受血與火的考驗的同時，陪都重慶已經成爲民族復興的具有全國代表性的區域文化中心，於是，1940 年 9 月 6 日國民政府正式在重慶設立陪都——「四川古稱天府，山川雄偉，民物豐殷，而重慶綰轂西南，控扼江漢，尤爲國家重鎮。政府於抗戰之初，首定大計，移駐辦公。風雨綢繆，瞬經三載。川省人民，同仇敵愾，竭誠紓難，矢志不移，樹抗戰之基局，贊建國之大業。今行都形式，益臻鞏固。戰時蔚成軍事政治經濟之樞紐，此後更爲西南建設之中心。恢宏建置，民意僉同。茲特明定重慶爲陪都，著由行政院督飭主管機關，參酌西京之體制，妥籌久遠之規模，藉慰輿情，而彰懋典」。〔註23〕

這就充分證明：陪都的重慶設立，首先在於 20 世紀的重慶，早已經成爲長江上游以至中國西南部的區域性中心城市，而抗日戰爭的全面爆發爲重慶設立爲陪都提供了一次歷史契機，這就充分表明，陪都文化的重慶建構，呈現出陪都文化爲區域文化中心的陪都重慶，奠定了在巴蜀文化的後續發展中必不可少的現代文化基礎。

不過，即使是重慶具有了陪都這樣的行政地位，也並不一定意味著陪都文化的重慶建構就會自然而然地擁有了全國代表性。只有在陪都重慶從地方文化中心發展成爲區域文化中心的現實狀態之下，才有可能使陪都文化的重慶建構在抗戰時期成爲中國文化區域發展的主要代表。

正是因爲如此，當 1940 年 9 月 6 日國民政府明定重慶爲陪都之後，每年的 10 月 1 日，也就被同時定爲「陪都日」。1940 年 10 月 1 日，在陪都重慶行了慶祝首屆「陪都日」的盛大集會。當天陪都重慶各報紛紛發表社論。

《新華日報》的社論首先指出：「明定重慶爲陪都，恢宏建置，一由於重慶在戰時之偉大貢獻，再鑒於重慶在戰後之發展不可限量」。《新華日報》的社論進而強調：「重慶軍民在敵機狂炸被毀的廢墟瓦礫場中舉行盛大的慶祝大會，當

〔註21〕老舍：《五四之夜》，《七月》第 4 第 1 期，1939 年 7 月：蓬子：《夜景》，《抗戰文藝》第 7 卷第 4～5 期合刊，1941 年 11 月 10 日。

〔註22〕蔣中正：《重申抗戰到底告國民書》，《中央日報》1938 年 10 月 30 日。

〔註23〕《行政院院長蔣中正訓令》，《國民政府公報》渝字第 270 號，1940 年 9 月 7 日。

然大家的心裏都不須要是一種粉飾太平的點綴，而是要表現我們抗戰不屈團結到底的鐵的意志。所以這一次的盛大示威，應該是中國軍民抗戰到底的一個大示威，應該是中國軍民有決心有勇氣斬斷一切荊棘奮勇前進的旗幟，我們在暴敵蹂躪後的殘磚頹壁之間湧出一股民族正氣，來證明日寇狂炸的無聊，告訴了我們的敵人，中華人民的生命財產固然可以被毀，然而中華民族的抗戰意志是只有愈炸愈強，愈經痛苦的磨煉愈見高揚的」。《新華日報》的社論最後認爲：「把中華民族堅決抗戰的精神發揚起來，這是我們慶祝陪都最重要的意義」。

在這裡，《新華日報》的社論中有關陪都重慶與「陪都日」的文化意義的把握，應該說是實事求是的。這就是，一方面通過肯定陪都重慶在戰時的偉大貢獻與戰後發展的不可限量，實際上揭示出陪都重慶具有從地方性到區域性的文化中心這樣的雙重地位，尤其是兩者達成一致之間的全國代表性；另一方面通過宣揚「陪都日」的「最重要的意義」就是「把中華民族堅決抗戰的精神發揚起來」，實際上顯現出國共合作的思想基礎與政治綱領的趨於一致，特別是這兩者之間的政治緊密性。

早在重慶被明定爲陪都兩年多以前的 1938 年 3 月 29 日，中國國民黨臨時全國代表大會就在重慶開幕，至 4 月 1 日在武昌閉幕，通過了《中國國民黨抗戰建國綱領》的政綱，4 月 3 日，《新華日報》發表了《中國國民黨抗戰建國綱領》，而《中央日報》則於 7 月 2 日正式公布。《中國國民黨抗戰建國綱領》由「總則」及「外交、軍事、政治、經濟、民眾、教育各綱領」構成。總則即「（一）確定三民主義暨總理遺教，爲一般抗戰行動及建國之最高準則。（二）全國抗戰力量，應在本黨及蔣委員長領導之下，集中全力，奮勵邁進。」其餘各綱領即爲總則之內容在不同領域內的具體實施方案，強調了「全國人民捐棄成見，破除畛域，集中意志，統一行動之必要」，「欲求抗戰必勝，建國必成」。

對於中國國民黨的「抗戰建國」政綱，中國共產黨予以了積極響應。1938 年 10 月，毛澤東在《新階段——抗日民族戰爭與抗日民族統一戰線發展新階段》的報告中指出，中國國民黨「有三民主義的歷史傳統，有孫中山先生、蔣介石先生前後兩個偉大領袖，有廣大忠忱愛國的黨員」，因而「三民主義是抗日民族統一戰線與國共合作的政治基礎」，而抗戰建國的最終目的就是要「建立一個三民主義共和國」；同時，「抗日民族統一戰線是以國共兩黨爲基礎的」，「抗日戰爭之進行與抗日民族統一戰線的組成中，國民黨居於領導與基幹的地位」，「兩黨中以國民黨爲第一大黨，抗戰的發動與堅持，離開國民黨是不能設想的」；不過，「各黨派各階層政治力量的不平衡，同時在地域分布上也表現這種不平衡。國民黨是第一個具有實力的大黨，共產黨是第二黨」，並且「由於有兩黨的軍隊，使得抗日戰爭中兩黨克盡分工合作的最善責任。」〔註24〕隨後，在11月16日通過的《中共擴大的六中全會政治決議案》中，重申「中國共產黨對於擁護三民主義，擁護蔣委員長、擁護國民政府的誠心誠意」，「對執行三民主義及抗戰建國綱領應該採取最誠懇最積極的立場」，以達到「國共長期合作，保證抗戰建國大業的勝利，爲三民主義的新中國而奮鬥」。〔註25〕

所有這一切無疑都表明，無論是三民主義，還是抗戰建國綱領，在整個抗戰過程中發揮著文化導向的現實作用，特別是在以陪都重慶爲中心的大後方，更是成爲文化主導的現實表現，而且也成爲陪都重慶文化與邊區延安文化之間文化差異存在的現實標誌。就此而言，集中地表現在國共兩黨對於三民主義的理解與抗戰建國綱領的實施的並非完全一致上。事實上，正是基於中國共產黨所闡釋的三民主義與所實行的抗戰建國綱領，陪都重慶的紅岩嘴13號，在以國民革命軍第18集團軍駐渝辦事處名義租賃下來之後，不僅成爲國民革命軍第八路軍（不久之後按照戰鬥序列改稱第18集團軍）兼陸軍新編第四軍的駐渝辦事處，中國共產黨代表團與中共中央南方局的辦公地，更是成爲國共兩黨合作抗日的現實風向標，由此而使中國共產黨在陪都重慶的政治影響最終形成一種獨特的政治文化意識——紅岩精神，成爲陪都重慶的一種具有獨特性的政治文化現象，並且在此後成爲重慶文化與中國共產黨的革命傳統相聯繫的一種具有稀缺性的政治文化資源。

當然，在陪都重慶，由於戰時體制的影響，中國國民黨對於三民主義的闡釋與抗戰建國政綱的實行，不可避免地帶有執政黨的意識形態偏見，特別突出地表現在文化政策與文藝政策的制定與貫徹之上，具體地說就是推行三民主義文化與三民主義文藝。只不過，無論是推行三民主義文化運動，還是鼓吹三民主義文藝競賽，都是在抗戰到底的民族意志與反法西斯主義的時代精神的陪都文化主流制約之下進行的，即使是中國國民黨在其所制定的文化與文藝政策上出現了政治偏差，但是，基本上還是爲陪都文化的重慶建構提供了相對自由的空間與相應的行政保障。

〔註24〕毛澤東：《論新階段》，華北新華書店，1938年。

〔註25〕《中共擴大的六中全會政治決議案》，《中共中央抗日民族統一戰線文件選編（下）》，北京，檔案出版社，1986年。

自從1933年9月1日國民政府行政院令內政部與軍政部兩部保障新聞從業人員以來，中國新聞界即開始以每年的9月1日爲「記者節」，直到1944年3月經國民政府行政院核定正式公布爲每年一度的記者節。1942年9月1日，中國新聞學會在這一天召開年會，以紀念「記者節」並「檢討新聞界的現狀和困難」，集中討論了「對今後中國新聞事業應建立何種制度」，要求保障新聞自由。一方面，對「中國新聞界現勢」進行總結：「抗戰以來，中國新聞事業經長時間之奮鬥，發生劇烈之變化，與抗戰形勢相配合，成爲陣容之主流」；另一方面，要求改進「報紙的單調」：「這需要各報自己努力，把內容弄豐富，同時管理方面把檢查尺度放寬，報紙的內容就不會單調了」。〔註26〕1943年2月15日，國民政府公布《新聞記者法》，在給予新聞記者以一定法律保障的同時，對於新聞自由也作出了相應的限制。因而在這一年的中國新聞學會的年會上，就提請政府修訂《新聞記者法》。〔註27〕僅僅從陪都重慶的新聞傳播這一角，就可以看出陪都文化的重慶建構的相對自由空間在逐漸擴大。

較之新聞自由而言，出版自由更能體現出個人言論自由的現實狀況。儘管有人認爲「文化中心以編輯出版事業爲標誌」。〔註28〕但是，如果僅僅強調出版事業中的編輯這一環節，而抽掉三位一體之中印刷與發行這兩個環節，事實上也就在強化出版過程中的意識形態控制之餘，在忽視市場流通之中而最終失去了出版事業的傳播功能，所以難易令人信服。其實，較爲準確的表述應該是：文化中心同時也就是出版中心，出版中心的形成與出版作爲大眾傳播行業所達到的文化信息交流水平直接相關；文化中心控制著文化信息，出版行業傳播著文化信息，正是出版物使二者統一起來。因此，出版物既是信息源的物化形式，又是信息傳播的現實手段，出版物的質與量也就具體地決定著文化信息交流的水平。在這樣的意義上，可以說只有出版物才是文化中心的標誌，因爲它能夠反映出文化發展的變化來。

根據統計，抗戰時期在陪都重慶出版的所謂「渝版圖書」，至少有 4386種之多，而包括商務印書館、中華書局在內的各類出版機構已經超過100家。當然，戰時檢查制度對於陪都重慶的出版事業發展是有所影響的，後來有人統計過，抗戰期間陪都重慶被查禁的圖書達2000多種、期刊200餘種。不過，

〔註26〕宣諦之：《一年來中國新聞界大事記》，陳德銘、周欽嶽：《中國新聞界現勢一瞥》，王芸生：《新聞的選擇與編輯》，《中國新聞學會年刊》（1942年編）。

〔註27〕參見《大公報》1943年10月2日相關報導。

〔註28〕姚福申：《中國編輯史》，上海，復旦大學出版社，1990年，第410～411頁。

根據當時的中央圖書審查委員會的有關報告，這一統計並非完全準確，或者說只有表面上的準確，因爲「自廿七十月至卅二年十二月列表取締之書刊共一千六百二十種」，其中「一千四百一十四種中，經各地查獲沒收者僅五百五十九種，其餘八百五十五種，則虛有取締之名，而毫無所獲」。之所以如此，這就與戰時檢查制度的執行不力有關，更與戰時檢查制度的不得人心相關，隨著抗戰勝利的到來，不僅陪都重慶的出版機構採取了自動拒檢不送審的抵制行動，而且國民政府在 1945 年 10 月 1 日宣布，即日起廢除戰時新聞檢察和書刊檢察制度，原審查人員全部轉移到收復區。〔註 29〕

較之新聞出版，陪都重慶的文藝發展自由空間顯得更爲寬鬆。這一點特別突出地表現在陪都重慶的抗戰戲劇運動的蓬勃開展上。這就在於，抗戰戲劇的藝術綜合性，集文學與藝術之所長於一身，並且通過二度創作在舞臺上直接訴諸觀眾，造成了當時涵蓋面最大的社會傳播效果。特別是抗戰話劇，通過重現抗戰現實而顯現出進行抗戰宣傳和民眾動員的巨大作用，以至於在抗戰初期擔任國民政府軍事委員會政治部部長的陳誠，就有過十個演劇隊能「當作十個師使用」之說。所以，在日軍偷襲珍珠港以後，世界反法西斯戰爭全面展開之際，田漢提出將演劇隊擴充爲一百隊，即「一百個『文化師』」來「有效地爭取抗戰勝利」。〔註 30〕陪都重慶的抗戰戲劇運動不僅成爲大後方抗戰戲劇運動的代表，而且更成爲整個抗戰時期中國戲劇發展的代表，據不完全統計，「抗戰八年」陪都重慶上演的多幕劇就超過 120 部。〔註 31〕可以說，僅僅是陪都重慶的抗戰戲劇運動，無疑就充分顯現出陪都文化的重慶建構在抗戰時期中國文化區域發展中的全國代表性來。

隨著中國抗日戰爭成爲世界反法西斯戰爭的重要一翼，不僅促進了民族意識的高度自覺，而且還促成了經濟建設與政治民主的協同發展。陪都重慶在成爲工業發展中心的同時，也成爲民主運動中心。1942 年 6 月，遷川工廠聯合會、中國西南實業協會、國貨廠商聯合會在陪都重慶聯合發表了《工商界之困難與期望》的聲明，要求保障經濟建設發展的合法權利。1943 年 6 月，在陪都重慶舉行的全國第二次生產會議上，工商界人士與當局達成了共識，隨後落實的工礦事業貸款總額爲 20 億元（其中公營企業 8 億元，民營企業爲 12 億元）。這一

〔註 29〕郝明工：《陪都文化論》，烏魯木齊，新疆大學出版社，1994 年，第 213～215 頁。

〔註 30〕田漢：《響應黃少谷先生的號召——擴充演劇隊到一百隊》，《戲劇春秋》第 2 卷 4 期，1942 年 10 月 30 日。

〔註 31〕田進：《抗戰八年來的戲劇創作》，《新華日報》1946 年 1 月 16 日。

要求保障經濟建設的合法權利的民主運動一直持續到抗戰勝利。

與此同時，維護合法權利的民主運動更是直接地出現在對於民主憲政的不斷努力之中。1943 年 10 月，國防最高委員會設置憲政實施協進會，周恩來、董必武作爲中共代表被指定爲其成員。這是一個包括各派政治力量以推行民主憲政的官方機構，先後提出廢除圖書雜誌審查、健全地方行政機構等提案。1944 年 1 月 3 日，憲政座談會在陪都重慶召開，這是一個非官方的包括各黨各派與各界著名人士，旨在加快民主進程的鬆散組織，先後討論了「自由與組織」、「成立聯合政府」等問題，進而籌組民族憲政促進會。事實上，實施憲政的關鍵在於是否盡快「成立聯合政府」，否則，「國家前途必要有陷於不幸之境者」。〔註32〕顯然，從經濟民主到政治民主，已經成爲中國走向現代的必經之路。

由此可見，正是由於陪都文化的重慶建構在時間維度與空間維度趨於一致之中出現了全面而深入發展的強勁勢頭，在陪都重慶開創了巴蜀文化發展進程之中有史以來最輝煌的一頁。不僅爲巴蜀文化進行區域文化的現代發展提供了陪都文化這一歷史的證明，而且更是爲巴蜀文化的空間綿延提供了陪都文化這一現實的資源，從而表明陪都文化的重慶建構能夠爲新世紀之中的巴蜀文化從地方文化向著區域文化發展，提供必不可少的歷史經驗與不可或缺的現實導向。

〔註32〕郝明工：《陪都文化論》，烏魯木齊，新疆大學出版，1994 年版，第 173～176 頁。

中篇　陪都重慶文學的戰時拓展

一、陪都重慶文學與「重慶形象」變遷

從區域文學出現的角度來看，重慶文學是具有人文地理空間邊際的地方文學；而從區域文學發生的角度來看，重慶文學又是擁有行政區劃時間限定的地域文學。這無疑就意味著，重慶文學的地方文學構成是區域文學在重慶生成的歷史前提，而重慶文學的地域文學構成是區域文學在重慶生成的現實條件，因而只有具備了這樣的歷史前提與現實條件，重慶文學才有可能發展成爲區域文學，從而表明重慶文學的區域文學生成，不過是重慶文學發展的階段性產物。

審視重慶文學發展從古到今的整個歷程，可以說，古代的重慶文學主要是表現巴地風土、風物、風情、風俗的地方文學，只不過，在時至今日之中，古代的巴地文學又被一些人視爲所謂的「巴渝文學」。然而，進入 20 世紀之後的重慶文學，在進行現代發展的同時，也就呈現出從地方文學向著區域文學變遷，繼而由區域文學向著地域文學變遷這樣的世紀軌跡來，與 20 世紀的中國文學區域化過程之中文學發展的政治化保持著高度同步；特別是 20 世紀下半葉以來，大陸文學發展的政治化一方面促成了對其地方文學構成的忽視，而另一方面則強化了其地域文學構成的政治一元取向，於是乎，不僅大陸各地文學發展趨向地域文學的單一層面，而且以省級行政區劃爲界限的省域文學史「書寫熱」的湧現，也就不足爲奇。〔註 1〕

〔註 1〕誠所謂「盛世修史」之舉在文學研究領域内的當下回應，已經面世的，諸如《上海現代文學史》、《浙江現代文學史》、《貴州現代文學史》等等。

不過，進入 21 世紀的新世紀以來，隨著個人的文學書寫在摒棄人身依附與疏離人爲控制之間開始回歸自主狀態，「重慶形象」的文本塑造在弱化其地域性特徵的同時，也開始強化其地方性特徵，從而預示著重慶文學在新世紀的發展有可能進入一個前所未有的新階段。正是因爲如此，就區域文學之所以能夠生成的根本而言，必須認識到的就是：文學的地方性特徵是較爲穩定的，而文學的地域性特徵則是易變的——無論是顯示意識形態主導、文學政策規範，還是顯現行政區劃調整、地區建制重組，均是在政治需要更替之中隨時間長軸波動而不斷得到整合的。

所以，在 20 世紀的重慶文學現代發展過程之中，具有區域文學的地方性與地域性雙重特徵這樣的重慶文學，就是抗戰時期的重慶文學，即陪都重慶文學。儘管陪都重慶文學這一命名是與陪都重慶的行政確定分不開的，但是，陪都重慶文學所表徵出來的正是陪都文化——由地方文化中心成爲區域文化中心的陪都重慶所建構的區域文化。陪都文化的文學表徵在表現出全國性影響的同時，更呈現出區域性樣態，具體而言的文學標識，就是區別於其他區域文學的「重慶形象」。

在這裡，從何謂重慶文學的文學命名到何爲重慶文學的文學認定，事實上主要依託於「重慶形象」的文本塑造——只要是能夠對重慶文化的不同層面進行相應的文學表徵，並且塑造出「重慶形象」來的，都是重慶文學，從而避免了對於重慶文學從命名到認定的種種無謂之爭：文本是有關重慶還是無關重慶的題材之爭，作者是本地還是外地的籍貫之爭，因爲本地作者有可能寫出與重慶無關的文本，而外地作者也有可能寫出與重慶相關的文本，以便保持重慶文學發展的開放性——既不以作者籍貫的差異來進行其是否歸屬重慶文學的文學判斷，也不以文本題材的選擇來作爲是否重慶文學的文學裁定——陪都重慶文學的生成已經證實了這一點。

不可否認的是，「重慶形象」並非僅只是具有地方性與地域性雙重特徵的區域文學形象，而且還有可能分別是具有地方性特徵的地方文學形象或地域性特徵的地域文學形象，在這樣的認識前提下，可以說，20 世紀中重慶文學的現代發展，與「重慶形象」的變遷是相輔相成的：始於地方文學，而終於地域文學。顯然，對於重慶文學現代發展的考察，應該從地方文學層面上開始，而實際上從重慶文學走上現代發展道路之初，這一點就已經被意識到了，並且在個人文學書寫之中加以極力鼓吹。

早在 1920 年前後，詩人吳芳吉就以重慶本地特有的民歌體、民謠體來開始進行地方文學的個人書寫。不過，這一個人書寫是對中國與世界的文化與文學進行借鑒乃至汲取爲前提，來進行著對中國的「西方」與「西方人」的詩歌吟唱，寫出了巴山蜀水間的種種人與種種事。

於是乎，就有了發表在 1919 年 11 月出版的《新群》創刊號上的《秧歌樂》一詩，通過對「撒秧樂」、「栽秧樂」、「薅秧樂」、「打秧樂」、「收秧樂」，這一稻子從播種到收穫的農事活動五步曲的吟唱，來大顯「西方人」之樂：在從春到秋的農事活動之中，首先是其樂無窮的前三步，表現爲「撒秧樂」、「栽秧樂」、「薅秧樂」，在這一連串的與稻子生長有關的農事活動之中，顯示出經過長期辛勞而豐收在望的持久快樂；其次是其樂融融的後兩步，凝結爲「打秧樂」、「收秧樂」，從收割稻子的「打秧」到出售稻子的「收秧」，更是展現出豐收已成現實的闔家歡樂。正是在凸現這些從農事到方言的種種地方性特徵的個人吟唱之中，顯現出重慶文學在地方文學層面上開始了向著現代文學的轉向——不僅要書寫出農家之樂，更要寫出農家之苦。

所以，在 1920 年初，詩人吳芳吉發表了《兩父女》一詩，主要是通過「亂山間，松矯矯，／亂松間，屋小小。／屋前泥作牆，／屋頂瓦帶草」的詩句，來烘托重慶鄉村窮苦人家的日常生活，對相濡以沫的父女倆表以深切的憐憫：「冷月寒宵，／風湧捲松濤。／一聲長嘯，／千山震撼。／只地下媽媽知不知曉？」這就將傳統文學中的「貧賤夫妻百事哀」轉化爲現代文學中的貧窮之家事事悲，具有了全面而深刻的文學批判性，因爲對於那些生活在重慶的窮人來說，除了飢寒交迫之外，更要命的是「你莫哭，快睡好。／你要哭，兵來了。」這就證實，不時在重慶鄉間燃起的戰火，直接威脅著無路可逃的窮人們的生命安危，果眞是人禍更甚於天災。然而，正是這一現代性的詩意揭露，引發了讀者認爲此詩是否眞實的質疑——「聞者頗多感泣，乃有以此事問我爲眞是否」——由此而顯現出進行地方文學的個人書寫對於中國現代文學發展的重要性。〔註 2〕

爲了向世人揭示重慶戰火頻頻的確是一種禍害家鄉的現實存在，詩人由此將詩情的怒火灑向如同洪水一樣蔓延在巴山蜀水之間的四川兵災，而寫出了敘事長詩《籠山曲》。正是通過描寫「我胸中一段山水」，來最終表

〔註 2〕在後來的「選編」過程之中，《秧歌樂》一詩中的「撒秧樂」、「栽秧樂」、「薅秧樂」、「打秧樂」、「收秧樂」的重慶方言表達，被統統置換爲「秧歌樂」，很顯然是沒能注意到地方文學的文化特徵。賀遠明、吳漢驤、李坤棟選編：《吳芳吉集》，成都，巴蜀書社，1994 年，第 75～84、54～56、92～98 頁。

達那獨特的個人情懷——「只望那後隊兵，／麻麻密密！／偏有個乞食的山僧，／布囊瓢飯，／獨在那人叢中，／似掩面涕泣，／似掩面涕泣！」——悲天憫人的敘事之中顯露出來的正是眾生平等的巨大同情心，而「山僧」在敘事結束時的出場，無疑可視爲詩人的個人自況，其中已經注入了詩人所受到的人道主義這一外來現代影響。由此可見，重慶文學在現代發展過程之始，有關地方文學的個人書寫，總是離不開現代文化與現代文學的直接影響的。

這就充分證明，地方文學書寫並非是要自限於地方文化的個人書寫，恰恰相反，進入20世紀以來，進行地方文學書寫需要個人書寫必須能夠擁有從中國到世界的文化與文學的雙重視野，從地方文學形象的個人書寫開始，進而在推動地方文學的區域性發展的同時，促成地方文學形象的區域性變遷。不僅詩人吳芳吉能夠如此吟唱，詩人何其芳也能夠如此吟唱。

詩人何其芳在最初的詩歌吟唱之中，就緊緊抓住了地方文學書寫中的重慶形象不放手，主要是以「江水」、「桃花」這樣一些具有濃鬱「地方色彩」的詩歌意象，來開始自己的心靈吟唱。於是，就有了第一首發表在《新月》上的具有高度抒情性的敘事詩《鶯鶯》，詩人一開始就進行著如此深情的吟唱——「請把槳輕輕地打在江心」，「見否那岸上的桃花繽紛？」然而，「請不要呀，不要／讓你們的槳聲歌聲，／驚動了靜睡在那墳裏的幽魂」……

這是一篇癡心女子與負心漢的詩意傳奇，這更是一曲癡情至死終不悔的青春頌歌，使「落花有意而流水無情」的傳統敘事，在女性追求人間至愛的現代氛圍之中，成功地進行了個人書寫之中有關重慶形象的敘事建構，於是乎，才會展現出重慶形象所特有的詩歌境界：「很早的春天，／桃花剛才紅上她的芽尖，／江水又織成一匹素絹」，而滾滾東去的江水邊，一年一度的桃花下，「就是墳所在，／埋著的是美麗也是悲哀」。〔註 3〕

隨後，詩人何其芳以家鄉的紅砂磧爲刊名，個人創刊《紅砂磧》，以抒發心中對於重慶的無限懷念。在《想起》之中，「想起堤岸上，／我們一排坐。／流金萬點，／是月影掉下江波」，而在《我不曾》中，「我不曾察覺到春來春歸，／只看到了一度花開花飛」——「樹上的桃花已片片飛墜，／夾在書內的也紅色盡褪」，以此反覆吟唱來表達青春年華在激情躁動之中的種種獨特感受。不僅有著《當春》之中的青春焦慮：「當春在花苞裏初露了笑意，／我

〔註 3〕 羅泅編：《何其芳佚詩三十首》，重慶，重慶出版社，1985 年。

是去探問我青春的消息」；而且更有著《青春怨》之中的青春失落：「一朵朵，一朵朵，又一朵朵，／我的青春像花一樣的謝落」。

借助重慶形象中特有的「江水」與「桃花」這樣的地方文化意象，走進了青春的年華與激情的個人吟唱，青春的年華猶如江水一去不復返，而青春的激情猶如桃花留下絢麗的記憶，使得青春的詩意吟唱展露出別具一格的文學境界。當然，對於何其芳來說，他的地方文學書寫並非是僅僅限於詩歌，在發表《鶯鶯》的同時，在《新月》上還發表了《摸秋》等小說，〔註 4〕通過對重慶鄉村特有的八月十五「摸秋」這樣的民間狂歡進行小說描寫，來展示故土鄉民們的日常生活，初步顯現出地方文學書寫中重慶形象的文本魅力。

詩人何其芳還進行過對於重慶形象的地域性擴張，這就是他在抗戰後期寫成的與「重慶街頭所見」有關的《笑話》一詩，這首詩的政治傾向性顯然是旗幟鮮明的，通過對陪都重慶陰暗面的政治諷刺，傳達了從聖地延安重返陪都重慶之後進行政治批判的個人激情。不過，這一急就章的「笑話」已經同樣鮮明地暴露出個人書寫中政治與藝術兩者之間的嚴重失衡，因而自然會導致文本傳播中社會影響的甚微。〔註 5〕儘管如此，這至少從政治層面上表明在抗戰時期，陪都重慶文學對於重慶形象變遷的現實推動。

這就在於，陪都重慶文學不僅與與中國社會的政治進程保持著一致，更是與中國文化的現代轉型保持著同步。從區域文化與區域文學的關係來看，正是在抗戰時期，重慶被國民政府明定為陪都，在成為臨時性的戰時首都的同時，也成為永久性的區域中心城市。於是，陪都重慶在意識形態主導與行政區劃調整這兩個方面，從地域文化的層面上推進了重慶向著現代大都市發展，由此而促動重慶文化向著區域文化發展，也就是從以人文地理資源與本地民俗底蘊兩大構成為主的地方文化，轉向地域文化與地方文化並重的陪都文化的現實發展，從而促成陪都重慶文學具有了地方文化與地域文化的雙重內涵和地方文學與地域文學的整體構成，完成了從地方文學向著區域文學的現實過渡。

這一發展的文學標誌就是重慶形象的戰時變遷，已經能夠在所有文學樣式的文本表達中得到較為充分的展現。這樣，陪都重慶文學中的重慶形象，就是以陪都文化這一區域文化為表現對象而形成的區域文學形象。陪都重慶文學中的重慶形象，具有兩大文學構成層面，一個是陪都氣象，一個是山城

〔註 4〕羅泅：《何其芳創作年譜》，《萬縣師專學報》創刊號，1985 年。

〔註 5〕《何其芳文集》第 1 卷，北京，人民文學出版社，1984 年。

意象，它們都是在陪都重慶的戰時生活基礎上演變而成的區域文學形象。只不過，在陪都氣象與山城意象之間，不僅兩者在區域文化的內涵構成上各有不同，而且兩者在重慶形象的文學構成層面上有內外之分。

陪都氣象的文化內涵構成是陪都文化之中的地域文化，表現出戰時生活中陪都重慶從意識形態主流到行政權力控制的政治特徵，既達成抗戰建國的共識，也進行思想自由的限制，而直轄市的行政地位對主流意識的兩極分化，在戰時體制下都分別以不同的形式進行了程度不等的強化，這就賦予陪都氣象以兩極對峙的外觀，在文本表達之中呈現出從明朗到陰暗的地域文學形象變化來。

山城意象的文化內涵構成是陪都文化之中的地方文化，表現出戰時生活中陪都重慶從人文地理環境到本地生活導向的民俗特徵，既升騰起青山綠水的驚喜，也湧動著大霧彌天的消沉，加之峽江生活的粗放與粗獷，在戰時條件下分別從兩個向度以不同的方式進行著強度不同的衝擊，這就給予山城意象以兩極對立的外觀，在文本表達中呈現出從明朗到陰沉的地方文學形象變化來。

由此可見，在陪都氣象與山城意象之間，兩極化的文學形象外觀具有著同構性，這正是它們彼此在文本表達中有可能融合成爲具有整體性的重慶形象的內在連接點。在這樣的意義上，文本中「陪都重慶」綻放的明朗，不僅能喚起陪都氣象的溫暖感，而且能喚起山城意象的溫柔感，也可能喚起重慶形象的溫馨感；而「霧重慶」的文本進入，既可特指陪都氣象的陰暗，也可專指山城意象的陰沉，更可表徵重慶形象的陰森。可以說，重慶形象在游動於陪都氣象與山城意象之間進行文本表達的同時，還有可能在史詩性的文本表達中進行陪都氣象與山城意象的文本融合，這一點，至少在陪都重慶的長詩、長篇小說、多幕劇的敘事性書寫中已經顯露出來。

同時更應該注意到，陪都氣象是重慶形象構成的地域性表層，當然會隨著時間的流逝而消褪，最後將隨同陪都行政地位的消失而成爲歷史性的文學景觀，因而無法在重慶形象不斷變遷之中得到延續；而山城意象是重慶形象構成的地方性深層，自然會因爲空間的長存而常在，即使陪都消失也會保持住現實性的文學更新，將會在重慶形象不斷變遷之中延伸拓展。從區域文學發展的角度來看，陪都文化的區域文化價值，首先需要在文本表達中得到文學的確認，其次需要對陪都文化的整體性進行文學的文本表達，從而促成區域文學的陪都重慶文學的出現。在這樣的前提下，可以說抗戰時期重慶形象的區域性變遷，顯然是具有歷史合理性與現實必然性的。

特別值得指出的就是，陪都重慶文學雖然是區域文學，但是它在抗戰時期發揮的文學影響與文學作用，實際上並不偏於陪都重慶一隅，這對於重慶形象變遷的實際進程來說，無疑會成爲直接的動力。

這首先是因爲陪都重慶在抗戰時期已經成爲具有全國代表性的區域文化中心，而文化中心的標誌之一就是出版中心。在抗戰前期，首先是陪都重慶的報刊紛紛改版，從《新蜀報》到《商務日報》，從《春雲》到《詩報》；其次是大批報刊遷渝之後的復刊，從《新民報》到《新華日報》，從《抗戰文藝》、《戲劇新聞》到《七月》。諸多報刊，以專欄與專刊的形式，都爲陪都重慶文學的發展，尤其是爲擴大重慶形象在全國的影響提供了必不可少的傳播陣地。隨著重慶報刊的創刊數量不斷增加，到抗戰後期，不僅陪都重慶新創辦報紙的數量達到了 110 家，其中抗戰前期爲 44 家，抗戰後期爲 66 家；而且陪都重慶新創辦文藝刊物的數量也達到 50 家，其中抗戰前期爲 17 家，抗戰後期爲 33 家。

同時還應該看到，在抗戰後期，隨著商務印書館、中華書局的遷渝，眾多作家在陪都重慶也掀起了自辦出版社的熱潮，從郭沫若等人創辦的群益出版社到老舍等人創辦的作家書屋，數量達到 120 家左右，與此同時，也出版了 120 種以上的文學叢書，無疑更有利於陪都重慶文學之中的優秀作品，尤其是全國文學之中的典範作品的社會傳播。〔註 6〕

這其次就在於全國性的作家社團，從中華全國文藝界抗敵協會到中華全國戲劇界抗敵協會遷來陪都重慶以後，各大協會在陪都重慶的總會與分散在全國各地的分會之間進行了較爲緊密的組織聯繫，形成了推動抗戰文學運動全國開展的社團體系。中華全國文藝界抗敵協會先後在昆明、成都、延安、桂林、貴陽等地建立了分會，並且在長沙、香港等地建立了通訊處，尤其是晉察冀邊區分會的建立，被總會稱爲「在敵後建立的一巨大文藝堡壘」。與此同時，中華全國戲劇界抗敵協會也在昆明、桂林、延安等地建立了分會。〔註 7〕正是通過在陪都重慶的各個總會對全國各地分會的有效組織，有力地發揮了陪都重慶文學在全國的主導作用，促成陪都重慶的抗戰文學運動能夠展示出

〔註 6〕郝明工：《陪都文化論》，烏魯木齊，新疆大學出版社，1994 年，第 195、212、210 頁。

〔註 7〕靳明全主編：《重慶抗戰文學論稿》，重慶，重慶出版社，2003 年，第 105～107 頁；葛一虹主編：《中國話劇通史》，北京，文化藝術出版社，1990 年，第 207 頁。

中國文學運動的全國方向來。陪都重慶文學的這一主導作用在抗戰勝利之後，隨著各大協會的離渝也隨之不復存在。

更為重要的是，隨著大批外地作家來到重慶，他們與本地作家一起，一方面直接推動著重慶文學的區域性發展，為陪都重慶文學這一區域文學的生成進行著共同的努力；另一方面，無論是外地作家，還是本地作家，他們的文學創作空間並不限於陪都重慶，而是向著全國進行拓展，抗戰區與淪陷區的戰時生活都成為文學創作的對象，突破了區域文學從地域性到地方性的雙重文化限制，從而使陪都重慶文學在具備區域性的同時又具有了全國性。在這樣的意義上，陪都重慶文學不僅能夠代表區域文學的重慶文學，而且也能夠代表全國文學的現代文學。正是因為如此，從外地知名作家到本地新進作家，通過他們的創作，不僅為陪都重慶文學奉獻出優秀之作，而且也為全國文學提供了典範之作。可以說，陪都重慶文學，也就是抗戰以來的重慶文學，在此時全國文學版圖上所佔有的中心地位，完全是建立在厚重而堅實的文學文本基礎之上的。

從抗戰前期的陪都重慶文學發展來看，通常文學史中所謂抗戰文學在創作上的小型化現象，實際上與報告文學熱的興起是分不開的。這就在於報告文學以其迅速及時的紀實性敘事，實現了動員全民抗戰的宣傳要求，成為抗戰前期文學創作的文學體裁樣板，隨之出現了報告長詩、報告小說、報告話劇的個人創作，不僅成名作家是如此，新進作家也是如此。由此可見，報告文學熱的興起固然有其宣傳抗戰的必要性，在趨於強勁的寫作熱潮之中，同時也付出了戰時生活紀實流於粗疏這一文學創作的藝術代價。可以說，抗戰前期文學創作的小型化，實際上也就是報告文學化，其根本則在於個人的文學書寫是為擴大全民抗戰的社會影響而進行的。

從抗戰後期的陪都重慶文學發展來看，個人的文學書寫必須回到作家自己熟悉的生活去，才有可能在進行基於戰時生活的文學創作之中，促成具有史詩性的文本產生。這首先就需要作家在擺脫主題先行的創作前提下，進行張揚創作個性的自由寫作；這其次也就需要作家在張揚自己的創作個性的基礎上，進行現實性與史詩性相一致的個人寫作。這樣，作家通過對不同文學樣式中不同文學體裁的個人選擇，從自己熟悉的生活出發，展開具有史詩性追求的個人寫作，來滿足進行文化人格重建的中國文化發展的戰時需要，從而創作出各種各樣而形式多變的文學史詩來，展現出從個人心靈的更新到民族靈魂重鑄的一致性進程。可以說，無論是外地作家，還是本地作家，都能夠通過個人寫作來自由地體現出這一文學創作的史詩性趨向。

顯而易見的是，陪都重慶文學生成過程中所湧現出來的優秀之作和典範之作，主要出現在抗戰後期也就不是偶然的：一方面表明作家對於戰時生活的熟悉需要經過一個較長的體驗與回味的個人過程，個人寫作所能展現戰時生活的深度與廣度，實際上決定於自己對於戰時生活的熟悉程度；另一方面證明作家對於創作自由的把握需要一個較長的適應與調整的個人過程，個人寫作能否在展現戰時生活中達到藝術創新的高度，事實上依託於自己在展現戰時生活中的創作積累。這就是說，戰時生活對於作家的影響，一是文學對象的生活形態由和平到戰爭的現實轉變，二是文學主體的自由狀態由被動到主動的個人把握，從而使戰時生活在成爲個人寫作的主要對象同時，又規定著個人寫作的自由限度。

所有這一切，都集中體現在陪都重慶文學中重慶形象的文本塑造之上。這首先就需要在陪都重慶文學書寫中達成文本擴張與文本淳化的相一致，才能夠有可能書寫出上佳的文本來。這是因爲文本擴張能夠爲文本增光添彩，並賦予文本較大的陪都文化包容度；而文本淳化能夠使文本引人入勝，並帶給文本較大的陪都文化融合力，從而增加文本的閱讀魅力，在產生較大的文本影響的同時，也就使重慶形象擁有了較高的文本價值，最終得到特定時期文學典範之作這樣的文學史確認。

陪都重慶文學中重慶形象這一文本塑造的個人努力，應該說已經率先出現在短篇小說的個人敘事之中，其中較爲突出者這就是沙汀的《在其香居茶館裏》——將川西固有的茶館置於抗日戰爭的戰時氛圍之中，給古老斑斕的茶館點綴上一絲絲抗戰的煙雲，與此同時，作者更是將自己在重慶防空洞裏聽來的一段令人回味的關於戰時徵兵的龍門陣，融進小說的敘事之中，突破了川西茶館的地方限制，顯示了廓大之中的個人敘事眼界。由此，在文本擴張之中，巴蜀兩地此時仍在民間流行的「吃講茶」，已經成爲小說敘事的主導線索與關鍵場景，在似曾相識的眾語喧嘩之中，營構出一派嬉笑怒罵的鬧劇氛圍，正當打嘴仗的鬧劇轉爲肉搏戰的廝拼，有可能消解這一越來越精彩的鬧劇之時，突兀其來的好消息——注定要成爲壯丁的兒子，據說是不適合「打國仗」給放回了家——將這一場鬧劇推向了最高潮。〔註 8〕這樣，關於抗戰時

〔註 8〕《沙汀選集》，成都，四川人民出版社，1982 年；沙汀：《生活是創作的源泉》，《收穫》1979 年第 1 期。

期「抓壯丁」的茶館敘事，實際上成爲陪都重慶文學中的政治諷喻，從揭示消極抗戰的視角來展開對重慶形象的文本淳化。

這樣，無論是陪都重慶文學書寫的文本擴張，還是陪都重慶文學書寫的文本淳化，對於重慶形象的文本塑造來說，僅僅是陪都重慶文學的文化表達底線，還需要通過對文本史詩性的銳意追求，才有可能從整體上顯現出陪都文化的全部內涵與陪都重慶文學的所有構成。在抗戰時期居住在陪都重慶的作家之中，巴金顯然是具備進行史詩性小說敘事的個人眼光與能力的，突出地表現在他對巴山蜀水之間的雙城——成都與重慶——進行了長篇小說的書寫，在顯現出從新文化運動以來直到抗戰時期巴蜀城市生活變化的同時，更是通過長篇小說敘事來初步展現中國內地的傳統城市轉向現代城市的現實進程，也就是從傳統的內地城市如何開始走向現代的中國大都市。

巴金先是在《激流三部曲》之中對蜀地的省城成都進行城市史詩的個人敘事，後又在《寒夜》之中對巴地的陪都重慶進行城市史詩的個人敘事：從空間上來看巴蜀雙城的同中有異，巴蜀一體使得雙城之間擁有共同的巴蜀文化傳統，而巴蜀相離使得雙城之間各具蜀地與巴地的人文地理特徵；從時間上來看巴蜀雙城的異中有同，巴蜀分劃使得雙城之間進行著中心城市的行政更替，而巴蜀一統使得雙城之間具有著現代發展的區域趨向。

封閉的生存狀態決定著封閉的意識存在，對於古老傳統的守成，不僅在成都是如此，而且在重慶也是如此，並且由於同屬巴蜀大地的中心城市，固守傳統的社會心態，在戰火襲來之中已經轉變成爲潛沉在市民心底的一種病態心理。所以，在《寒夜》中，巴金將自己目光轉向了重慶陋巷中普通人家的「汪家」，這是因爲隨著抗日戰爭的全面爆發，戰前曾經是四川省政府所在地的重慶已經轉變爲民國陪都，無論是政治地位，還是經濟地位，都在節節上升，吸引著如同「汪家」這樣的來自四面八方的眾多遷徙者。

陪都重慶在戰時體制下的城市開放，並不意味著將會直接引發所有市民的意識開放，反而在實際上暴露出那些固守傳統的市民個人的意識滯後。所以，「汪家」的解體，似乎在表面上可以歸罪於城市膨脹之中的難以謀生，而實際上應該看到的就是——「汪家」的解體是來自婆媳間「孔雀東南飛」式的病態內耗。事實上，抗戰期間，陪都重慶的居民由戰前的 40 餘萬上升到 100 萬以上，外來之家已經遠遠超過原住之家，絕大多數的市民之家都能夠在戰時的艱難生活之中相濡以沫，至少也會做到相安無事，從而在客觀上有利於陪都重慶向著現代大都市的方向邁進。這就表明，《寒夜》中通過對陪都重慶深夜時分地凍霧濃的小說敘事，來顯現人心愚昧所引發的彼此隔膜與無以溝通，以至於釀成家庭悲劇的那種令人心寒到零度的「寒夜」氛圍。就這樣，巴金通過對陪都重慶的普通人家生活進行心路歷程的史詩性敘事，揭示了中國人生存悲劇的本土文化淵藪。

「茶館」所能展示出來的重慶形象，使人看到的正是地域性文學表象壟斷了文本敘事，阻礙了地方性文學蘊涵在敘事之中的文本滲入，促成重慶形象的單一與淡薄，不足以引發對於陪都重慶文學的普遍關注。不過，「寒夜」所能顯現出來的重慶形象無疑多彩且厚重，達到了小說敘事的史詩性高度。這是因爲在個人的陪都重慶文學書寫中，巴金不僅能夠促成文本擴張與文本淳化之間的一致，而且更能夠對本土文化傳統與病態人格構成進行較爲深入而全面的文本挖掘，由此而激發起對於陪都文化的一再文學書寫，這一文學書寫一直持續到抗戰勝利之後。〔註 9〕

正是因爲這樣，陪都重慶文學中重慶形象的文本塑造，事實上直接催生了文學書寫的中國「雙城現象」，老舍從文化人格重建的個人視角書寫了中國的南北雙城——《四世同堂》中的六朝古都北平與《鼓書藝人》中的民國陪都重慶，路翎從文化精神反思的個人視角書寫了中國東西的蘇渝雙城——《財主底兒女們》上卷中的名城蘇州與下卷中的陪都重慶……由此可見，陪都重慶文學與重慶形象變遷之間，的確是相互依存而又相互促進的。

陪都重慶文學與「重慶形象」變遷的密不可分，首先表明了 20 世紀的中國文學在區域化過程中，區域文學的生成不是偶然的，既需要地方文學的穩定根基以保障其出現，又需要地域文學的易變趨向以促成其發生；其次也表明了作爲 20 世紀的中國文學構成之一的重慶文學，經歷了從地方文學到區域文學、再到地域文學的世紀過程，「重慶形象」也隨之完成了世紀變遷。

二、陪都重慶文學的審美特徵嬗變

抗日戰爭時期的中國文學版圖在區域分化之中，出現了抗戰區文學與淪陷區文學的二分格局，其中，抗戰區文學主要由於從意識形態到行政區劃的政治

〔註 9〕巴金對陪都文化進行的史詩性小說書寫，主要是在抗戰後期開始寫作的長篇小說《寒夜》之中，自然，他對陪都重慶的文學書寫當不限於小說，還有散文，詩歌與劇本，但最能顯現陪都文化色彩的，則是他的小說，尤其是長篇小說。參見《巴金全集》，北京，人民文學出版社，1988～1993 年。

性差異，於是就出現了以重慶爲中心的大後方文學與以延安爲中心的根據地文學。這一大後方文學與根據地文學的二分格局，在抗日戰爭勝利之後的解放戰爭時期，隨即轉換成爲通常所說的國統區文學與解放區文學。在這樣的前提下，可以說，陪都重慶文學不僅是大後方文學的核心構成，而且更是抗戰區文學的主要構成，並且最能體現出抗戰時期中國文學區域發展的審美特徵。所以，在諸多有關中國現代文學史的教材與專著之中，與陪都重慶文學相關的作家、作品、文學論爭、文學現象，也就佔據了抗戰時期中國文學的主要篇幅。

不過，即使是從中國現代文學史料保存的角度來看，「抗日戰爭年代的文學作品，延安和解放區的已陸續有『叢書』或『選集』出版」，而以重慶爲中心的大後方文學尚有待「塡補空白、搶救資料」，故而《中國抗日戰爭時期大後方文學書系》得以在當年曾經是陪都的重慶出版。不過，該書系關於大後方的區域範圍劃分過大，因而直接對抗戰時期的中國文學進行大後方，解放區，淪陷區的三分，尤其是將大後方視爲國統區，如夏衍在該書系《總序》中就認爲大後方「也就是所謂國統區」，進而有 1949 年舉行的「第一次文代會是在全國前夕召開的，是一次解放區、大後方和淪陷區文藝工作者的會師大會」這樣的說法。〔註 10〕

由此可見，由於堅持將大後方與國統區等同起來，不僅導致了對抗戰勝利之後已經不復存在的淪陷區文學的歷史性誤認，而且更是對抗日戰爭時期，在國共合作基礎上建立抗日民族統一戰線之後，根據地是隸屬於國民政府的行政區劃，即「邊區」這一歷史事實而不置一顧。顯而易見的是，從區域文學的角度看來看，有必要對大後方文學及解放區文學進行學術性的正名。因此，大後方文學可以描述性地界定爲抗戰時期以國民政府陪都重慶爲中心的，包括中國西南與西北的戰略大後方這一區域之內的文學，而陪都重慶文學是其核心構成。

事實上，隨著國民政府的遷渝，接著又明定重慶爲陪都，文化中心從中國東部向中國西部逐漸轉移。正如中華全國文藝界抗敵協會由武漢遷駐重慶之後，其負責人老舍針對以重慶爲中心的大後方文學運動，就及時地進行了這樣的強調：「在完整區域的總後方，文藝活動應該有努力加緊的必要，由於出版條件的具備，優秀作家的集中，那兒應該是指導中樞的所在。」因此，

〔註 10〕《編輯的話》，《中國抗日戰爭時期大後方文學書系》第 1 卷，重慶，重慶出版社，1989 年。

在陪都重慶出版的「會刊《抗戰文藝》應該負起指導全國文藝作家在抗戰中一切活動的任務，拿我們創作的筆，掃蕩歷史積累下來的腐敗現象，加強抗戰的力量，培養革命的新世代」，從而「使整個的文藝活動參加到民族解放這一偉大的事業裏面，使民眾理解抗戰這一神聖事業固有的革命性質，動員他們起來，貫徹抗戰的目的。」於是，無論是作家，還是讀者，都應該思考這樣一個關鍵性的問題——「怎樣使文藝在抗戰上更有力量？」〔註 11〕這實際上更是陪都重慶文學發展所面臨的生死攸關的現實問題。

這一關鍵性問題無非表明，必須對抗戰時期陪都重慶文學的審美特徵進行重新審視，因爲從已有的研究來看，往往注意到的主要是文學與抗戰之間的現實政治關係，將陪都重慶文學視爲抗戰文學，而忽略了陪都重慶文學是戰時文學，既包括了抗戰文學，也包括了與抗戰沒有直接關係的其他文學創作。陪都重慶文學應該也能夠在服務於抗戰的前提之下，對戰時生活進行全面而深入的個人書寫，既要寫出中國人在抗戰時期的戰鬥生活，更要寫出中國人在抗戰時期的日常生活。

問題在於，面對祖國山河淪喪，作家自覺地進行了文學服務於抗戰的個人選擇，因而也就導致了戰時文學的題材選擇受到相應限制，直接影響到作家的創作自由。事實上，1938 年年底在陪都重慶發生的「與抗戰無關」的爭論就集中反映出這一點：儘管存在著爭論者雙方在主觀上的，特別是由於歷史宿怨的影響，而出現了論爭中某種對立性的情緒化，但是，從客觀上看，梁實秋此時認爲在文學創作中，「與抗戰有關的材料，我們最爲歡迎，但是與抗戰無關的材料，只要眞實流暢，也是好的，不必勉強把抗戰截搭上去，至於空洞的『抗戰八股』，那是對誰都沒有益處的」，〔註 12〕這一富有預見性的個人主張應該說是有利於促進大後方文學的正常發展的。

對此，中華全國文藝界抗敵協會在《給〈中央日報〉的公開信》中予以及時的回應，認爲「目前一切，必須與抗戰有關」，〔註 13〕不過，或許是由於必須尊重文學的審美本質和作家的寫作自由這樣的現代文學意識對當事人的影響，因而最終能夠保持自我克制，而終於沒有將這一公開信予以公開發表。不久之後，在「與抗戰無關」的論爭之中，中華全國文藝界抗敵協會主要成

〔註 11〕老舍：《三年來的文藝運動》，《大公報》1940 年 7 月 7 日。
〔註 12〕梁實秋：《編者的話》，《中央日報・平明》1938 年 12 月 1 日。
〔註 13〕《中華全國文藝界抗敵協會資料選編》，四川省社會科學院出版社，1983 年。

員之一的胡風，就提出了這樣的看法：「肯指示努力的方向也當然是好的，但不應把戰鬥生活裏的作家拉回寺院或者沙龍」，因爲「戰爭的要求在文藝上打退了一切反戰爭的甚至游離於戰爭的主題方向」。〔註14〕客觀地來看，這實際上就在有意無意之間，或多或少地認可了梁實秋的說法。正是因爲如此，此時初步顯現出陪都重慶文學所面對著的「戰爭的要求」，在實質上早已規定著在宣傳性的抗戰主題傾向與藝術性的個人創作之間，從表面上的創作題材選擇到內在的藝術傾向選擇，因而兩者之間的對立乃至衝突已經是不可避免的。

這就是說，在陪都重慶文學中，「戰爭的要求」在對文學與抗戰之間的政治關係進行高度強調的同時，創作題材與創作自由之間的現實矛盾實際上已經深化爲主題先行與創作個性之間的具體衝突：「在文藝者的心裏，一向是要作品深刻偉大，是要藝術與宣傳平衡」——「一腳踩著深刻，一腳踩著俗淺；一腳踩著藝術，一腳踩著宣傳，渾身難過！這困難與掙扎，不亞於當青蛙將要變爲兩棲動物的時節——怎能深刻又俗淺，既是藝術的又是宣傳的呢？」，這是擔任中華文藝界抗敵協會負責人的老舍，對大後方文學，尤其是陪都重慶文學「三年來的文藝運動」具有總結性的如是說。

由於老舍的這一看法，不僅僅是他此時的個人感覺，也是文壇中人的普遍感受，更是陪都重慶文學的審美特徵在抗戰前期的具體表現。所以，對於文學創作的未來趨向，難怪老舍要說：「漸漸地，大家對於戰時生活更習慣了，對於抗戰的一切更清楚了，就自然會放棄那種空洞的宣傳，而因更關切抗戰的原故，乃更關切於文藝」。〔註15〕接下來，郭沫若更要說：「現在作家們只是單純地從正面地、冠冕堂皇地寫抗戰文藝，有時也不免近於所謂公式化。以後應該拿出勇氣來，即使是目前所暫時不能發表的作品，也要寫出來，記下來。這所寫的才配稱眞正的新現實，能夠正確地把握這個新現實，才能產生歷史性的大作品」。〔註16〕

這就表明，陪都重慶文學必須擺脫以文學來進行抗戰宣傳的一面，以避免個人創作的公式化的種種負面影響，致使文學創作在空洞的正面宣傳中流於工具化。與此同時，陪都重慶文學必須堅持面對戰時生活這一新現實以進行基於

〔註14〕胡風：《關於時代現象》，《中央日報》1939年9月14日。

〔註15〕老舍：《三年來的文藝運動》，《大公報》1940年7月7日。

〔註16〕《1941年文學趨向的展望（會報座談會）》，《抗戰文藝》第7卷第1期，1941年1月1日。

創作個性的自由書寫的一面，促使文學發展走上藝術化的審美道路，即使是那些與抗戰宣傳沒有直接關係的作品，因而被視爲脫離了抗戰宣傳，所謂「目前暫時不能發表的作品」，只要能夠顯現戰時生活，尤其是戰時條件下的日常生活，只要能夠對這樣的「新現實」進行個性化的藝術把握，就完全會有可能創作出展示民族心靈的「歷史性的大作品」，即史詩性作品來。

如何在創作中進行藝術與宣傳的個人平衡，儘管對於陪都重慶文學來說，成爲一個貫穿整個抗戰時期的實際問題，但是，這一問題的側重點在抗戰前期與抗戰後期是有所不同的，也就是在抗戰前期較爲強調創作題材與創作自由之間如何進行選擇，而抗戰後期則更爲看重創作主題與創作個性之間如何進行選擇。

在這裡，對中國抗日戰爭進行抗戰前期與抗戰後期的劃分，當以 1941 年 12 月 8 日爲時間界限：隨著日軍偷襲珍珠港，太平洋戰爭爆發，中國、美國、英國隨之正式對日宣戰，第二次世界大戰的反法西斯陣營最終形成，中國抗日戰爭進入了世界性的反法西斯主義戰爭與民主主義浪潮興起的新階段。〔註17〕這就對陪都重慶文學產生了多方面的影響，尤其是作家在創作過程中進行個人選擇的自由空間呈現出擴大的趨勢，使之有可能對戰時生活進行基於審美的藝術顯現。這就意味著在進入 1942 年以後，陪都重慶文學的審美特徵將會出現從現世性到現實性的創作轉向：抗戰前期以宣傳爲前提來進行個人選擇，以達到文學審美的紀實性與正面性的創作平衡；而抗戰後期則以藝術爲基點來進行個人選擇，以實現文學審美的眞實性與史詩性的創作平衡。

陪都重慶文學的審美特徵在抗戰前期呈現出密切關注抗戰而進行宣傳這一現世性的創作傾向，主要表現在將抗戰文學視爲戰爭文學，並且以文學爲戰鬥的武器，也就限制了創作題材選擇的可能範圍，直接導致對於創作自由的相應擠壓，因而文學審美在藝術與宣傳之間，是偏向宣傳的紀實性與正面性之間的創作平衡。隨著進入抗戰後期，陪都重慶文學的審美特徵逐漸擺脫現世性的創作影響，轉向面對戰時生活進行藝術描寫的現實性的創作方向，於是，在努力克服創作主題選擇中主題先行的同時，創作個性由自在的壓抑逐步轉爲自主的張揚，因而在藝術與宣傳之間，是基於藝術的眞實性與史詩性之間的創作平衡。

〔註17〕《中國共產黨爲太平洋戰爭的宣言》，《解放日報》1941 年 12 月 10 日；《聯合國家宣言》，《新華日報》1942 年 1 月 1 日。

這樣，陪都重慶文學所面臨的「既是藝術的又是宣傳的」的審美平衡訴求，直接制約著從散文、小說到詩歌、話劇這些不同文學樣式的文本書寫，影響著陪都重慶文學在從抗戰前期到抗戰後期的現實發展過程中的審美轉向。

通常文學史中所謂抗戰文學在創作上的小型化現象，主要出現在抗戰前期，實際上與報告文學熱的興起是分不開的。這就在於報告文學以其迅速及時的紀實性敘事，達到了激勵抗戰精神的正面性要求，成為抗戰前期陪都重慶文學的審美導向——報告文學跨越散文敘事與新聞通訊的雙重邊界，在即事而發的文學敘事之中充分展現出陪都重慶文學在抗戰前期的審美特徵，與此同時，報告文學更是為抗戰前期的陪都重慶文學提供了切實可行的創作範式。

於是，對於瞬息萬變的戰局，如何在戰事紀實與抗戰宣傳相一致的前提下，通過較為全面的文本書寫來及時展示戰爭全景，將面臨著時間與空間的雙重限制。在這裡，突破時間限制的努力主要表現為從創做到發表的快捷，而突破空間限制的努力主要表現為從創做到發表的廣泛，因而在文本書寫中形成了篇幅的短小與作者的眾多的趨勢，也就不可避免，只有通過短小的篇幅與眾多的作者，才有可能展開多樣化的文本書寫，最終集聚成為對於戰爭全景的文學展示。

所以，就陪都重慶文學中的報告文學而言，不僅其篇幅基本上在萬字以下，而且其作者除了作家之外，包括從新聞記者到工人、學生、士兵，甚至官員政要——「宋美齡所寫的報告文學《從湖北前線歸來》，眞實地反映了傷兵出院重赴前線殺敵、婦女服務隊的辛勤勞動、農民種地送公糧熱烈支持部隊抗戰的感人事蹟」。不可否認的是，抗戰前期大後方報告文學的文學敘事，的的確確還暴露出藝術與宣傳之間難以平衡的另一面：「因現實的需要，對藝術的要求不一定是能夠精雕細刻。但這類報告文學作品的特點，是粗而健，給中國人民增強了抗戰意志和必勝信念。」〔註 18〕

由此可見，報告文學熱的興起固然有其正面宣傳抗戰的必要性，在趨於強健的書寫熱潮之中，同時也付出了紀實戰時生活流於粗疏這一文本書寫的藝術代價。儘管如此，報告文學熱不僅以其短小的篇幅，對戰時生活是矚目於戰爭進程並進行不同角度的文學掃描，展現了多姿多彩的戰爭景象，為紀

〔註 18〕宋美齡所作應為《從湘北前線歸來》，見《中國抗日戰爭時期大後方書系》第 9 卷，重慶，重慶出版社，1989 年。碧野：《序》，《中國抗日戰爭時期大後方書系》第 8 卷，參見《後記》，《中國抗日戰爭時期大後方書系》第 10 卷，重慶，重慶出版社，1989 年。

實性與正面性之間的平衡奠定了文本基礎；而且以其眾多的作者，對戰時生活專注於戰爭場面進行不同層次上的文學勾勒，顯現了多維多變的戰爭氛圍，爲紀實性與正面性之間的平衡開發了作者資源，從而在克服時間與空間這一雙重限制的文學敘事之中，促成了紀實性與正面性的文學敘事平衡，形成立足於正面宣傳而進行戰爭紀實的創作範式，所謂「粗而健」不過是對於這一創作範式的風格學意義上的概括。在這樣的認識前提下，可以說，抗戰前期文學創作，特別是文本書寫的小型化，實際上也就是報告文學化，其根本則在於文學審美是通過大眾傳媒，在擴大全民抗戰的社會影響之中展開的。

報告文學化這一抗戰前期陪都重慶文學的創作範式，不僅對於小型化的文學文本書寫進行著直接的創作示範，而且對於大型化的文本書寫也發揮著間接的創作影響，特別是在長篇小說中發生了追求文本書寫的紀實性與正面性之間創作平衡的個人努力。

茅盾在 1938 年寫成的《第一階段的故事》就具有典型的報告文學特徵，被稱爲「報告小說」，更被譽爲開「紀實小說」之先河。只不過，「何去何從」這一擬定的最初題目，已經透露出「青年知識分子選擇了正確的道路——到陝北去」的題材選擇的個人意向來，結果在《立報》上連載時不得不被迫更名爲「你往哪裏跑」，茅盾「因此一直不喜歡」而進行腰斬，最後以「第一階段的故事」出版單行本。儘管因爲種種原因，茅盾已經習慣於腰斬自己的作品，在此之前有《虹》，在此之後又有《霜葉紅似二月花》。這樣，抗戰期間茅盾創作的唯一完整的長篇小說，就是似乎與陪都重慶有某種關聯的《腐蝕》，並且從 1941 年 5 月 17 日到 9 月 27 日連載於《大眾生活》週刊上。

不過，《腐蝕》的文本書寫從根本上就脫離了陪都重慶的戰時生活，以至於爲了顯現出在《腐蝕》在藝術上的紀實性，不得不在文本書寫之初以「小序」的形式來標明日記體的《腐蝕》，的確是源自重慶某防空洞中發現的一本日記。實際上，《腐蝕》更看重的正是在宣傳上的正面性，從而給予了女主人公以「自新之路」——「在當時的宣傳策略上看來，似亦未始不可」。只不過，《腐蝕》以如此個人書寫的方式來實現的藝術與宣傳的個人平衡，反倒是極爲容易地引發對於《腐蝕》的文本書寫是否具有現實生活依據的普遍置疑——這是因爲，無論是從作者的創作動機來進行自我辯白，還是從文本主題思想來加以曲意辯解，都同樣是無法證實《腐蝕》具有多少藝術眞實性的。〔註 19〕

〔註 19〕茅盾：《後記》，《第一階段的故事》，重慶，重慶亞洲圖書社，1945 年；《〈腐這就表明，如何在文本書寫中達到紀實性與正面性的創作平衡，已經成爲抗戰前期的作家在創作題材上不得不進行的個人選擇。所以，巴金在抗戰前期開始創作的《火》，也是出於「我想寫一本宣傳的東西」，「不僅想發散我的熱情，宣洩我的悲憤，並且想鼓勵別人的勇氣，鞏固別人的信仰」，甚至「爲了宣傳，我不敢掩飾自己的淺陋」，「倘使我再有兩倍的時間，我或許會把它寫成一部比較站得穩的東西」。結果，爲了宣傳抗戰而失落了藝術眞實，表面上的紀實性與正面性之間的文本平衡難以避免創作上的失敗——「《火》一共三部，全是失敗之作」，而主要原因就是「只看到生活的表面，而且寫我自己不熟悉的生活。」與巴金同樣在抗戰前期所成功完成的「激流三部曲」之《春》、《秋》相比較，接著寫出來的《火》所遭遇到的失敗，不僅揭示出文本書寫在個人選擇中從現實性到現世性這一轉變的文本差異，進而顯現出文本的紀實性與眞實性之間可能出現的藝術鴻溝。於是，巴金在親身體驗戰時生活的同時，通過《憩園》、《第四病室》的個人書寫，重新回到自己熟悉的生活。這樣，在臨近抗日戰爭勝利的日子裏，儘管自稱「我連做夢也不敢想寫史詩」，巴金卻在《寒夜》中開始了對陪都重慶「小人物」日常生活悲劇的一次成功的個人書寫。〔註 20〕

由此可見，只有回到作家自己所熟悉的生活去，才能夠克服抗日宣傳對於文本書寫的現世性干擾，從而有可能在現實性的文學敘事之中，避免個人創作中出現文本差異現象的可能發生，以有利於文本在從紀實性到眞實性的藝術轉化之中促成具有史詩性的文本產生。這首先就需要作家在擺脫主題先行的個人書寫前提下，進行張揚創作個性的寫作；這其次也就需要作家在張揚自己的創作個性的基礎上，進行眞實性與史詩性相一致的文本書寫。

這一點，在抗戰後期陪都重慶文學的長篇小說中，顯得尤爲突出的是路翎的《財主底兒女們》，正是通過對抗戰時期中國青年一代的心靈狀態進行如實揭示，從「整個的生命在呼著」的起點進行現代文化人格重建的個人書寫。

蝕〉後記》，《腐蝕》，北京，人民文學出版社，1954 年。參見丁爾綱：《茅盾評傳》，重慶，重慶出版社，1998 年，第 423、486～489 頁。

〔註 20〕巴金：《〈火〉第一部後記》，《火》第一部，重慶，重慶開明書店，1940 年；《〈火〉第二部後記》，《火》第二部，重慶，重慶開明書店，1941 年；《〈火〉第三部後記》，《火》第三部，重慶，重慶開明書店，1943 年；《關於〈火〉——〈創作回憶錄〉之七》，《文匯報》（香港版）1980 年 2 月 24 日；《〈寒夜〉後記》，《寒夜》，上海，上海晨光出版公司，1947 年。

所以，《財主底兒女們》的文本意義，從根本上顯示出陪都重慶文學在文本書寫之中，已經在從現世性向著現實性演變的過程之中，如何進行審美追求的這一面來，進而表明了在陪都重慶文學從抗戰前期到抗戰後期的發展過程之中，文本書寫要達到眞實性的審美高度，就必須從豐富多彩的戰時生活出發，進行史詩性的個人書寫，以滿足文化人格重建的陪都文化建構的這另一面來——「在這裡，作者和他底人物們一道身在民族解放戰爭底偉大風暴裏面，面對著這悲痛然而偉大的現實，用驚人的力量執行了全面的追求也就是全面的批判」。〔註21〕胡風的如是說，不能僅僅視爲這是直接針對《財主的兒女們》而言的，事實上，更可以將此說視爲對於抗戰後期從陪都長篇小說乃至整個陪都重慶文學的審美特徵進行的總體概括。

事實上，陪都重慶文學的審美特徵在陪都詩歌之中，尤其是敘事長詩之中也得到了較爲充分的文本書寫體現。從「抗戰與詩」的現實關係來看，已經發生了前所未有的戰時生活大發現——「一般詩作者所熟悉的，努力的，是在大眾的發現和內地的發現。他們發現大眾的力量的強大，是我們的抗戰建國的基礎。他們發現內地的廣博和美麗，增強我們的愛國心和自信心」。而從「詩的趨勢」的中外比較來看，正是在這樣的生活大發現的個人體驗基礎上，將有可能改變「我國抗戰以來的詩，似乎側重『群眾的心』而忽略了『個人的心』」的偏向，以有助於敘事長詩從「個人的心」出發而對「群眾的心」進行上下求索。〔註22〕這樣，「新詩的前途」自然也就是「在一個小說戲劇的時代，詩得儘量採取小說戲劇的態度，和用小說戲劇的技巧，才能獲得廣大的群眾」。〔註23〕

由此可見，陪都重慶文學中長篇小說的文本書寫對敘事長詩的影響不是偶然的，也是不容忽視的。更爲重要的是：無論是戰時生活的個人發現，還是詩歌發展的戰時趨向，在陪都重慶文學的發展過程之中，眞實性與史詩性趨於一致的個人吟唱已經成爲抗戰後期的詩歌主流，在重新進行藝術與宣傳之間的詩歌平衡的過程中，敘事長詩得以眞正成爲詩歌發展的先鋒——不僅「題材不一，表現手法多樣」，而且「一部接一部地出現在讀者面

〔註21〕路翎：《財主底兒女們》上卷，重慶，南天出版社，1945年；《財主底兒女們》下卷，上海，上海希望出版社，1948年。張以英：《路翎的生平、小說和書信（——代序）》，《路翎書信集》，南寧，灕江出版社，1989年。

〔註22〕朱自清：《抗戰與詩》、《詩的趨勢》，《新詩雜話》，上海，三聯書店，1984年。

〔註23〕聞一多：《新詩的前途》，《天下文章》第2卷第4期，1944年8月。

前，有的甚至長達萬行。前面提到的力揚的《射虎者及其家族》以及玉杲的《大渡河支流》都是。」〔註 24〕

抗戰後期陪都重慶文學中敘事長詩層出不窮的洋洋大觀，是由中年詩人與青年詩人共同營造出來的。一方面，中年詩人臧克家創作了「抗戰以來第一篇試驗的五千行的英雄史詩」《范築先》，歌頌了古老中華民族的「一個新英雄」，「用戰鬥爲國家民族和自己另闢一個嶄新的生命」而催生了「古樹的花朵」，成爲中華民族氣節與人格所綻放的眾多「人花」之中「燦爛的一朵」。〔註 25〕另一方面，青年詩人力揚創作了《射虎者及其家族》，以更爲宏大的氣魄寫出了「射虎者的子孫」那一代又一代的冤屈淤積成的仇恨，一代又一代的血汗澆灌成的好夢，在這仇恨與好夢的交替之中展現出民族精神的負面，因而這關於「射虎者及其家族」的「悲歌」，最終也就成爲推動中國文化重建而進行「復仇的武器」。尤其需要指出的是，以上這些敘事長詩都是爲了迎接詩人節的再度到來而進行的個人吟唱，「是要效法屈原的精神，是要使詩歌成爲民族的呼聲」。〔註 26〕應該承認，敘事長詩在陪都重慶的大量出現，尤其是達到了眞實性與史詩性相一致的文學書寫高度，實際上也是離不開陪都重慶文學運動中有意識有組織的文學社團倡導的。

如果說詩人節的發起對於陪都詩歌的發展起到了促進的作用，〔註 27〕那麼，中國戲劇節的創建，則爲陪都戲劇的繁榮一直進行著強勁的推動。1938 年 10 月 10 日，中華民國第一屆戲劇節在陪都重慶開幕，展開了一年一度的戲劇節演出活動。戲劇節創建的目的，一方面號召戲劇工作者在共赴國難之中建立中華民族戲劇體系的新方向，另一方面要要求戲劇工作者在進行民眾動員之中提高抗戰戲劇運動的藝術水準。〔註 28〕

〔註 24〕臧克家：《序》，《中國抗日戰爭時期大後方文學書系》第 13 卷，重慶，重慶出版社，1989 年。

〔註 25〕《范築先》從 1942 年 6 月到 8 月在《詩創作》第 12、13、14 期上連載，同年 12 月改名《古樹的花朵》出版單行本。臧克家：《我的詩生活》，《學習生活》第 3 卷第 5、6 期連載；《序》，《古樹的花朵》，重慶，東方書社，1942 年。

〔註 26〕力揚創作《射虎者及其家族》的時間長度幾乎歷經了整個抗戰後期，並陸續發表。《射虎者及其家族》，《文藝陣地》7 卷 1 期，1942 年 8 月；《射虎者及其家族續篇》，《詩文學》第 1 輯，1945 年 2 月。

〔註 27〕中華全國文藝界抗敵協會：《詩人節緣起》，《新華日報》1941 年 5 月 30 日。

〔註 28〕葛一虹：《第一屆中國戲劇節》，《新蜀報·中華民國第一屆戲劇節特刊》1938 年 10 月 10 日；張道藩：《中華民國第一屆戲劇節的意義》，《掃蕩報》1938 年 10 月 11 日。

由於陪都重慶每年 10 月到來年 5 月常有大霧，而日機轟炸在能見度惡劣的氣候條件下難以進行，爲了保證戲劇演出活動的正常進行，從 1941 年 10 月 10 日第四屆戲劇節開始舉行「霧季公演」。「在短短五個月中，竟演出了將近四十齣戲，創造了從未有過的成績。如果我們細細回想過去造成那種盛況的原因；除了部分應該歸功於戲劇工作者的努力與成就之外」，「很重要的條件就是當時的客觀環境助長了劇運的發展」。〔註 29〕由此而來，霧季公演也就成爲抗戰後期戲劇運動的轉折點，通過話劇演出活動對多幕話劇的創作提出了更高的藝術要求——「克服粗製濫造的趕場現象，並且反對那種把演戲當作商業的買賣」。這樣，在整個抗戰時期，僅僅在陪都重慶上演的多幕話劇共約 120 部，其中在 1941 年 10 月以後上演的在 80 部以上。〔註 30〕

儘管 1942 年 9 月國民政府社會部以戲劇節不宜與國慶節合併舉行爲由而予以取消，並且直到 1944 年初才明定每年 2 月 15 日爲戲劇節，但並沒有影響到霧季公演的正常進行，反而推動了抗戰戲劇運動的全國展開——從陪都重慶的霧季公演到桂林的「西南九省戲劇運動展覽大會」，從大後方到「全國各地，在都市，在鄉村，在游擊區」，乃至「暫時失去了自由的淪陷區，特別是在上海，我們中國話劇運動發育成長的地方」，都在以各種不同形式的活動來紀念戲劇節這個「我們自己的節日」。與此同時，「最近上演的一個戲劇《戲劇春秋》，就告訴了我們，三十年來我們戲劇運動的一部可歌可泣的歷史」——「爲著要求得我們民族的自由解放，爲著要創造一個現代化的國家，爲著要提高我們全民族的文化水準，我們戲劇工作者三十年如一日，永遠站在中國人民的立場，不避困難，不怕危險地繼續我們的工作」。〔註 31〕

顯而易見的是，《戲劇春秋》從書寫到演出之所以能夠取得藝術上的巨大成功，主要是因爲該劇通過對於戲劇工作者自身生活的史詩性再現，展示出抗戰時期多幕話劇發展的藝術方向，從而表明抗戰後期陪都重慶文學中多幕話劇的創作繁榮正是話劇運動發展的戰時產物，同時更是證實抗戰後期陪都重慶文學中的多幕話劇對從中國社會到中國人進行文化人格重塑發揮了不可替代的藝術作用。

〔註 29〕章罌：《劇季的過去與現在》，《新華日報》1943 年 10 月 21 日。

〔註 30〕田進：《抗戰八年來的戲劇創作》，《新華日報》1946 年 1 月 16 日；石曼：《抗戰時期重慶霧季公演劇目一覽（1941 年 10 月～1945 年 10 月）》，《抗戰文藝研究》1983 年第 5 期。

〔註 31〕《攜起手來，更勇敢地前進！——中華全國戲劇界抗敵協會三十三年戲劇節廣播詞》，《戲劇時代》第 1 卷第 4、5 期合刊。參見石曼：《重慶抗戰劇壇紀事》，《重慶文化史料》1992 年第 2 期。

在陪都重慶，在整個抗戰期間，無論是散文與小說的個人書寫，還是詩歌與話劇的個人書寫，都從文學書寫的不同側面，充分地表現出陪都重慶文學的審美特徵這一「既是藝術的又是宣傳的」兩面性。或許正是因爲如此，在對於陪都重慶文學所進行的相關研究之中，往往會使人較多地去關注陪都重慶文學審美特徵中偏向文學的宣傳性這一面，而沒有能夠對陪都重慶文學審美特徵中偏向文學的藝術性這另一面，未能進行較爲客觀而準確的發掘，以至於直接影響到對於整個抗戰時期中國文學的歷史評價，結果導致以「政治第一」爲主要評價標準來對陪都重慶文學及其審美特徵進行審視與評判的單一研究範式。之所以如此，也就在於「政治第一」的評價標準主要是基於文學的宣傳效應這一表層價值構成之上的，而忽略了文學的藝術審美這一深層價值構成，致使「政治第一」的評價標準遮蔽了陪都重慶文學的歷史本來面貌。

如果是採用「藝術第一」的評價標準，首先就必須承認政治對於文學的干預在抗戰時期的中國文學發展中是空前的，雖然不是絕後的。正是因爲如此，堅持以「藝術第一」這一審美標準來對陪都重慶文學進行價值判斷，以之作爲進行文學評價的基準，就有可能通過陪都重慶文學審美特徵的兩面性進行重新的認識。只有在這樣的認識前提下，才有可能對陪都重慶文學敘事的審美特徵及其兩面性，進行全面的評價，具體而言，要更多地關注陪都重慶文學審美特徵中藝術性的這一面，而不能僅僅停留在陪都重慶文學審美特徵中宣傳性的那一面。只有穿透宣傳的政治表象才能夠深入藝術的審美根基，從而對陪都重慶文學的審美特徵進行逼近歷史眞相的揭示——從抗戰前期到抗戰後期，在從紀實性向著眞實性、從正面性向著史詩性的雙重演變之中，促成了文本書寫趨向宣傳性與藝術性的個人平衡。

三、小說史詩的雙重建構

陪都重慶文學的史詩性，最爲完整地呈現在陪都小說對於戰爭與生活的個人書寫之中。從抗戰前期到抗戰後期，作家對於小說文本書寫的史詩性追求，主要體現在兩個層面上的戰時生活史詩的小說建構之中：在第一個層面上，是對與抗日戰爭直接相關的戰爭生活展開小說書寫，以進行戰爭史詩的小說建構；在第二個層面上，是對與抗日戰爭間接相關的日常生活展開小說抒寫，以進行生活史詩的小說建構。要言之，在陪都小說發展過程中進行戰時生活史詩的雙重性小說建構，也就意味著無論是與抗戰看似有關的戰爭史詩，還是與抗戰看似無關的生活史詩，歸根結柢都是與戰時生活密切相關並且達到了史詩性高度的小說書寫。

要求現代小說書寫應該達到文學的史詩性高度，是黑格爾在 19 世紀二十年代就提出來的一個美學命題：「關於現代民族生活和社會生活，在史詩領域裏有最廣闊天地的要算程度不等的各種小說。」〔註 32〕這就是說，在個人書寫現代小說之中，進行史詩性高度的藝術追求，是具有某種必然性的，因爲在小說書寫之中，最有可能對人類文化現代發展之中人的生活進行整體性的藝術把握，從而在對史詩性的追求中達到史詩性高度。與此同時，小說書寫的史詩性高度也在對史詩性進行追求的個人書寫中不斷提升，在相輔相成之中促進了史詩的小說建構的書寫水平。

從地方文學在重慶的現代發展來看，僅僅是到了 1936 年底，重慶才創刊了第一份以發表小說爲主的地方性文學月刊《春雲》。〔註 33〕《春雲》的出現，對於重慶文學來說，不僅證實重慶的地方文學已經完成了從業餘到專業的現代過渡，而且也爲陪都重慶文學在抗戰時期的發展，尤其是小說的發展，顯示出不可缺少的地方文化資源的存在。一年之後的 1937 年 12 月，《春雲短篇小說選集》在重慶出版，這不僅表明重慶出現了第一個本地作家群即《春雲》作者群，而且更證明重慶本地的《春雲》作者群在創作實力上雖然有限，並尚有待提高，但是至少他們能夠在和平轉向戰爭的生活巨變之中，努力地用自己筆來書寫戰時生活的方方面面。

僅從《春雲短篇小說選集》中，所收入的那些在盧溝橋事變之後寫成的小說來看，其中可以看到的就是：李華飛的《博士的悲哀》所要揭示的是國人的精神負面性，通過固有的奴才意識經過所謂留學美國的洋化之後的個人表現，來展示這種洋化的奴才意識在抗日戰爭所引發的愛國熱潮之中如何蛻變成爲個人的心理畸變，從而走向亡國奴「博士的悲哀」這一可悲的個人結局。這就從一個側面顯現出戰時生活中以社會精英自居的某些人心中的卑劣與陰暗；與此同時，金滿成在《中日關係的另一角》中，則再現了中國社會精英們的正面形

〔註 32〕〔德〕黑格爾：《美學》第 3 卷下冊，朱光潛譯，北京，商務印書館，1981 年，第 187 頁。

〔註 33〕《春雲》是同人文學刊物，其編輯部主要成員均爲重慶銀行的青年職員，並且經費來源主要依靠各銀行、錢莊的廣告費，不足的開支由重慶銀行補足，每期印數爲 1000 冊。《春雲》於 1939 年 4 月出版了第 5 卷第 1 期後停刊，共出 25 期，每期約 5 萬字，發表小說近百篇。參見李華飛：《〈春雲〉文藝始末》，《抗戰文藝研究》1983 年第 2 期。

象，借助小說中那個打心眼裏就愛國的主人公，哪怕是頂著國人眼中既娶了日本老婆又同日本人經常打交道這樣的漢奸嫌疑，仍然堅持要用自己的生命來喚醒那些沒有喪失良知的日本士兵放下殺人的武器，從而就顯現出抗日戰爭的正義性與侵略戰爭的非正義性對於中日兩國關係的可能影響來。

由此可見，《春雲》作者群從抗戰伊始，就能夠以比較開闊的眼光，來關注戰爭風雲，不僅要揭示出抗戰時期國人在日常生活中可能存在著亡國奴心理的精神表現，而且更顯現出抗戰時期國人在前線奮戰中企盼中日兩國人民共同反對侵略的精神追求。這無疑表明，早在抗戰之初，重慶的本地作家就能夠在對戰時生活保持一定程度上的開放眼光之中進行著與抗戰有關的小說書寫。或許正是因爲他們生活在抗戰大後方的重慶，無時無刻不在感受到戰火的即將襲來，在有感而發之中自然而然地對戰時生活展開小說的個人書寫。從總體上看，《春雲》作者群至少還能在小說書寫之中對戰時生活進行如實的描寫，保持著文本的本眞與質樸，同時又難免粗疏與簡陋，無法融入小說史詩的重慶建構這一文學發展的未來趨勢。

這就需要及時打破這一小說書寫的重慶現狀，以促成小說書寫之中的史詩建構的盡快出現。隨著大量外地作家陸續湧入陪都重慶，同時又有一大批青年作家在陪都重慶快速成長，爲陪都小說的史詩建構提供了必不可少的人力資源。同樣重要的是，陪都文化的發展又爲陪都小說的史詩建構提供了不可或缺的區域文化資源。所有這一切，都爲戰時史詩的雙重建構提供了充分的資源保障。這一點，可以由老舍在陪都重慶的創作經歷來予以證明。

1938 年 8 月，老舍隨同中華全國文藝界抗敵協會總會從武漢遷來重慶，1946 年 2 月，老舍接受了美利堅合眾國國務院赴美講學之邀離開重慶出國，其間整整在重慶生活了八年。老舍不僅像茅盾一樣，腰斬過從 1938 年初開始寫作的長篇小說《蛻》，而且也像巴金一樣，在 1943 年寫出了自認爲是失敗之作的《火葬》，與此同時，從 1939 年到 1942 年，老舍還留下了一段長達四年之久的小說創作的空白。之所以會出現這樣的個人創作現象，也許正如老舍自己在《我怎樣寫〈火葬〉》中所說的那樣：「它的失敗不在於它不應當寫戰爭，或是戰爭並無可寫，而是我對戰爭知道得太少」，因此「我應當寫自己的確知道的人與事。但是，我不能因此將抗戰放在一旁，而只寫我知道的貓兒狗兒」。〔註 34〕

〔註 34〕老舍：《我怎樣寫〈火葬〉》，《火葬》，重慶，重慶出版公司，1944 年。

事實上，在陪都重慶長達八年的戰時生活，不僅使老舍能夠更加深入地去體味中國文化人格的正負兩面，而且也使老舍能夠更加開闊地去感受平民百姓戰時精神面貌的區域演變，從而使其小說視野得到空前的拓展並進入個人創作的第二次高峰。老舍在 1943 年重新開始小說的寫作之時，不僅寫了與戰爭有關的《火葬》，而且還寫了與日常生活有關的一些小說，從短篇小說《一筒炮臺煙》到中篇小說《不是問題的問題》，對中國人的文化人格重建進行了前瞻性的審美觀照。也就在這 1943 年 11 月，老舍的家人輾轉逃難從北平來到重慶，這就使得老舍能夠瞭解並體驗到日軍佔領下的北平市民的生活，從而進行《四世同堂》的創作。〔註 35〕除了對古都北平的市民生活「的確知道」之外，老舍畢竟在陪都重慶生活了八年，對於流亡到陪都重慶的北平市民的日常生活也同樣是「的確知道」，所以，在美國講學期間，老舍創作了以北平人在陪都重慶爲題材的長篇小說《鼓書藝人》。

較之成名作家，青年作家主要是在陪都重慶成長起來的年輕一代作家。在這些青年作家之中，既有著土生土長的重慶籍作家，也有著隨著流亡潮而來的外省籍作家。抗戰時期的重慶生活不僅爲他們進行小說創作提供了必不可少的個人動機和現實契機，促成他們開始去描寫戰時生活的方方面面；而且更是爲他們在小說的個人書寫之中，打開了前所未有的個人眼界和歷史視野，促使他們去追溯中國文化的根根底底，從而以他們自己的獨特視角，來觀照抗戰時期複雜多變的國民靈魂：城裏人與鄉下人，尤其是市民、農民，工人、藝人、船夫、縴夫、官員、職員、教員、演員，在眾多人生角色扮演之中，從南到北又從西向東的全中國男男女女的內心世界，通過戰時生活中人生場景的不同放大，所能展現出來的——人性的錯位與張揚，人心的延宕與決斷，人情的壓抑與膨脹，人格的顛倒與追求——從文化意識到文化心態的不同層面上來進行民族復興那曲折而複雜的全過程。

對於抗戰時期重慶出現的土生土長的青年作家來說，他們浸潤在生於斯長於斯的本地文化之中，重慶形象內化爲進行小說敘事中個人動力，在描寫重慶戰時生活的同時，更是將審美的生活視野擴大到整個中國乃至整個世界，他們中較爲突出的是劉盛亞。劉盛亞不僅在南京、北平讀過中學，而且到德國留過學，因而先後寫出了揭露德國法西斯主義專制暴行的《小母親》，

〔註 35〕《四世同堂》的第一部《惶惑》從 1944 年 11 月 10 日開始在《掃蕩報》上連載，由良友復興圖書公司 1946 年出版單行本。

展現北平京劇女演員在抗戰前後悲劇生涯的《夜霧》，最後又寫出在淪落中張揚女性本色的城市女性傳奇的《地獄門》，小說敘事的視線從外向內地收斂，小說的個人書寫也開始趨向對於史詩性的追求。

對於抗戰時期流亡重慶而成長起來的青年作家來說，他們被迫離開故鄉而長途跋涉，重慶生活給予他們以希望與絕望並存的雙重感受，重慶形象在引發了小說敘事的個人欲望的同時，更是激發小說敘事的個人批判，他們中尤爲突出的是路翎。從下江人的少年路翎成長爲重慶人的青年路翎，在失學與失業的生活窘迫之中開始了小說的書寫，從《「要塞」退出以後》到《卸煤臺下》，流亡生活的印象逐漸爲重慶生活的現實所替代，而從《飢餓的郭素娥》到《財主底兒女們》，對於原始生命強力的女性追溯轉向現代文化人格的青年重塑，由此而顯現出已經不斷滲入小說之中的重慶形象，小說敘事的挖掘從現實表象向著歷史底蘊的深入，從而也就表明進行個人文化批判需要展開由重慶到故鄉的史詩性的文化尋根。

在抗戰前期，已經有作家在小說書寫之中試圖擺脫小說的宣傳性書寫，轉向藝術性的小說書寫，在個人書寫之中從現世性的正面宣傳開始逐漸轉爲現實性的小說審美。1940 年底，中華全國文藝界抗敵協會徵求抗戰長篇小說進行評選，陳瘦竹個人書寫的《春雷》即爲評選出來來的兩部佳作之一。《春雷》是一部接近於戰爭史詩的長篇小說。雖然小說素材是作者取自陪都重慶報紙刊登的「江南我人民自衛軍極爲活躍」的報導，但在個人書寫過程中，作者經過「調查實細」之後，再努力進行藝術虛構以「表現日寇和漢奸的暴行，表現故鄉人民的苦難和鬥爭」。因此，《春雷》達到了這樣的小說書寫個人高度——「故鄉的無名英雄的這段事蹟表揚於世界，不致湮沒，或能予別地方的戰士一點鼓勵」，故而很快就改編爲話劇《江南之春》在各地演出，擴大了小說文本的藝術影響。〔註 36〕《春雷》從現實的抗日活動出發來進行小說的藝術虛構，不僅打破了拘泥於事件報導的小說書寫的宣傳困境，而且更是成爲那預示著小說書寫轉向小說史詩雙重建構的第一聲藝術春雷。

從此以後，無論是成名作家，還是青年作家，無論是外地作家，還是本地作家，都紛紛著眼於整個戰時生活，進行著更爲全面而又更爲深刻的小說書寫，於是，陪都小說的史詩追求終於化爲小說史詩的雙重建構。

隨著太平洋戰爭的爆發，中國抗日戰爭由抗擊日本帝國主義侵略的抗

〔註 36〕陳瘦竹：《春雷・楔子》，《春雷》，南京，江蘇文藝出版社，1986 年。

戰前期，轉入了世界反法西斯主義戰爭的抗戰後期。長篇小說在陪都重慶大量發表，湧現出達到史詩性高度的個人之作，顯示出陪都小說已經完成從紀實性小說書寫向著史詩性小說建構的文本轉向，由此而代表著抗日戰爭全面爆發以來中國小說發展的現代方向。不僅成名作家進入了個人長篇小說的第二次創作高峰期，而且青年作家也開始了長篇小說的個人創作，共同促成了小說史詩的雙重建構。

長篇小說創作在陪都重慶的欣欣向榮，一個最主要的原因就是：長期的戰時生活個人體驗與深厚的小說書寫個人經驗，促使所有這些生活在陪都重慶的作家，都已經具備了進行長篇小說的基本條件。同樣不可忽視的是，較之短篇小說或中篇小說，只有長篇小說才能夠呈現出在抗日戰爭這一歷史場景之中的戰時生活全景。所以，通過長篇小說的個人書寫將更有可能達到現代小說的史詩性高度，從而使現代史詩的審美理想在長篇小說書寫中最大限度地由想像的可能變為文本的現實。

這樣，無論是淪陷區人民的奮力抗爭，還是抗戰區人民的抗戰到底，都將通過長篇小說的個人書寫來完成有關中國戰時生活的文本顯現，由此而揭示出在艱苦卓絕的八年抗日戰爭中，千千萬萬中國人的靈魂蛻變，尤其是精神成長的心路歷程，使長篇小說有可能成為國人精神及其文化人格戰時演變的史詩性文本。這樣的史詩性文本應該被稱為中國現代小說中的戰時生活史詩，具體分為兩大類小說史詩：一類就是與抗戰直接相關的書寫戰爭生活的小說史詩，即戰爭史詩；一類就是與抗戰間接相關的書寫日常生活的小說史詩，即生活史詩。

企圖進行戰爭史詩的個人書寫，往往會由於作家對於戰爭場景缺乏切身感受，不僅沒有可能進行史詩性的小說書寫，而且甚至也無法進行紀實性的小說書寫，最終失落了眞實性這一藝術根基，直接導致小說文本在個人書寫之中的失敗，即使是知名作家也難以避免這樣的失敗。所以，無論是巴金的《火》，還是老舍的《火葬》，均成為游離於藝術眞實性之外的失敗之作，也就不是偶然的。當然，這並不是說戰爭史詩不需要虛構，恰恰相反，戰爭史詩必須在基於戰爭眞實的基礎上進行趨向藝術眞實的個人虛構。如果這樣的藝術虛構，能夠擺脫紀實性的敘事約束，也就有可能促成個人敘事向著戰爭史詩的方向轉換，因而《春雷》在抗戰前期的出現，正好表明陪都重慶的作家早已開始進行這樣的小說書寫轉向，進而預示著在進行史詩性的書寫突圍之中，戰爭史詩的個人書寫即將轉變成爲長篇小說的文本現實。

事實上，爲了衝破紀實性的書寫牢籠，有必要把藝術虛構的敘事功能加以大大地張揚，所以，這就需要進行傳奇性的小說敘事，來促成戰爭史詩的盡快誕生，因而也就意味著陪都重慶的作家們會通過戰爭傳奇的個人書寫，來開拓戰爭史詩這一中國現代長篇小說的創作荒野。於是，也就有了徐訏的《風蕭蕭》。

《風蕭蕭》不僅僅是作者個人書寫的傳奇格調在戰爭史詩之中的延續，也是作者個人生活所累計的戰時體驗在戰爭史詩之中的個性顯現，由此而涉及到抗戰時期在淪陷區所發生的間諜之戰。這一秘密戰線上正義與邪惡之間的反覆較量過程，一旦作爲小說主導線索來推動小說情節的展開，也就在揭露日軍及其間諜的殘忍與陰險的同時，更是顯現出中國人民與其同盟者的智慧與勇氣。

特別重要的是，《風蕭蕭》通過對間諜之戰的小說書寫，充分地展示了男女主人公各自不同而又獨特多彩的性格特徵，進而將男主人公置於兩個層面上的複雜男女關係之間，來分別表現出具有人性深度的激情奔湧與情感波瀾：潛心於哲學研究而又「抱獨身主義」的男主人公徐先生，在戰爭陰影籠罩下的上海，一方面與分屬中美日三國的女間諜白蘋、梅瀛子、宮間美子進行周旋，並且在周旋的過程之中激發民族感情，最後投入間諜之戰而踏上抗戰之途；另一方面，又與美國女郎海倫在彼此敬慕之中開始交往，並且在交往之中萌生戀情，最後不得不揮淚斬斷情思。

在這裡，離別淚顯現出個人情感服從於民族大義的悲壯，當徐先生以敘述者的「我」進入文本敘事，從民族情到男女情的兩個層面，通過恨中有愛與愛中有憾的個人感受進行小說敘事的藝術縫合，從而促使有關戰爭傳奇的個人敘事極大地拓展了藝術虛構的敘事功能。與此同時，《風蕭蕭》爲了強化小說敘事的傳奇性，採用了色香味交互的通感手法，來醇化中外女性的內外和諧之美，顯現出藝術虛構所必需的想像張力，而藝術虛構的敘事功能的拓展，正是基於想像力之上的。合理的虛構與獨特的想像自然而然地賦予《風蕭蕭》以動人心弦的閱讀魅力，戰爭傳奇的史詩性小說書寫對於習慣於紀實性小說書寫這一小說閱讀定勢的讀者來說，自然是在大力衝擊之中開始動搖而後傾心，其閱讀反響可想而知。這就難怪《風蕭蕭》發表的 1943 年會成爲「徐訏年」。〔註 37〕

〔註 37〕徐訏的《風蕭蕭》從 1943 年 3 月起在《掃蕩報》上連載，隨後由成都東方書店在 1944 年出版單行本。

「徐訏年」的到來不是偶然的，除了戰爭傳奇對小說閱讀定勢的動搖所引發的小說創作格局的分化之外，陪都重慶的青年作家在小說書寫之中對史詩性的追求顯得更爲自覺，進一步推動著生活史詩的小說書寫。劉盛亞進行了追求史詩性的小說嘗試，他在《地獄門》中通過女主人公從城市底層進入上層，最又淪落到城市底層的坎坷人生，來顯現市民女性的抗爭本能，儘管這一小說的個人書寫由於不夠全面，不夠深刻，而未能達到生活史詩的史詩性高度，但也不能由此而被批評爲所謂完全脫離現實，而僅僅是在「描寫下層民性民情」方面有「唯一可取之處」。〔註 38〕

顯而易見的是，長篇小說書寫的史詩性轉向，固然不能離開戰時生活這個最大的現實，然而也不是非要以個人戰鬥的經歷爲描寫對象，除了戰爭場景之外，戰爭過程中的個人生活無疑更爲長篇小說的史詩性書寫所關注。這樣，包括民風民情民俗在內的地方文化勢必成爲生活史詩的描寫對象，也就不足爲怪。所以，不僅需要對戰時生活的個人體驗，而且也需要對地方文化的個人感受，只有在兩者均不偏廢的狀態之中進行小說史詩的個人書寫，才有可能促使長篇小說的個人書寫最終達到史詩性高度。

無論是在抗戰區，還是在淪陷區，較之戰爭生活，日常生活更是與絕大多數人分不開的。在這樣的前提下，可以說，同爲戰時史詩兩大類型構成的戰爭史詩與生活史詩，後者較之前者，無疑能夠更加豐富多彩地顯現出戰時生活那更爲普遍而深刻的一面來，並且由此而延伸到戰爭前後的日常生活過程之中，呈現出生活史詩所能體現的歷史整體感。這就意味著小說史詩需要進行雙重建構，通過戰爭史詩與生活史詩的眾多個人書寫，來實現在雙重建構之中促成小說書寫趨向史詩性高度的統一。這就需要作家通過一己體驗來拓展生活視野，基於創作個性來擴大想像空間，從而使作家能夠以本地人與外地人的雙重文化眼光，打破戰時生活的區域文化限制，發掘生活史詩賴以生長的豐厚文化底蘊。

1944 年路翎完成了《財主底兒女們》的寫作，從整個小說書寫來看，抗日戰爭——從 20 世紀三十年代初開始的抗擊日本帝國主義侵華戰爭的民族解放戰爭——僅僅是爲小說書寫提供了歷史背景，以 1937 年抗日戰爭全面爆發爲界，小說分爲上下卷，分別描寫了蘇州財主蔣氏家族的分崩離析與流亡旅途蔣氏兒女的心靈吶喊，展示出從遠離關外戰火的封建世家的衰落，到硝煙

〔註 38〕劉盛亞：《地獄門》，上海，上海春秋出版社，1949 年。楊義：《中國現代小史》第三卷，北京，人民文學出版社，1991 年，第 134 頁。

彌漫關內的破落子弟的奮起這一全過程，主人公們的日常生活成爲貫穿和平日子與戰爭年代的敘事軌跡，從而演繹出一部完完整整的生活史詩來。〔註 39〕

更爲重要的，那個舉起了自己的整個生命來呼喊的蔣純祖，是《財主底兒女們》中最具叛逆性的人物。這一叛逆性不僅表現在他對於封建家族制度進行的家庭批判上，而且更表現在他對於整個中國封建文化意識進行的社會批判上。正是抗日戰爭的全面爆發促成了蔣純祖在從南京到重慶的顛沛流離之中，展開了從家庭轉向了社會的反封建主義，將全面的追求置於全面的批判之中，也就需要將全面的批判寓於追求「人的覺醒」的國民性批判之中。在此可以看到作家憑藉著過去生活的回憶與當下生活的親歷，在兩者相互交織之中來展示對於未來生活的嚮往。

與此同時，《財主底兒女們》顯示出獨特的文化蘊涵，僅僅由主人公蔣純祖從蘇州到南京，從南京到武漢，從武漢到重慶的流亡生活，就可以看到長江文化顯現出從下游的吳越文化，到中游的荊楚文化，再到上游的巴蜀文化的譜系性區域分化，並且在小說書寫中得到詳略不同的顯露，尤其是蔣純祖在陪都重慶，經歷了從演劇隊到農村小學的生活場景轉換，對於陪都重慶的城市與鄉村進行了較爲深入的感受，由此而使得小說的個人書寫能夠眞正透露出陪都文化的獨特與局限來。

如果說《財主底兒女們》所進行的文化批判經歷了從家庭本位到社會本位的轉變，那麼，巴金在《寒夜》中所進行的文化批判仍然是以家庭爲本位的，不過，在《寒夜》中出現了從封建大家庭到百姓小家庭這樣的轉換。這就在於巴金的個人生活軌跡發生戲劇性的轉變——巴金到陪都重慶之前，在淪陷區的上海已經完成了「激流三部曲」中的《春》與《秋》的創作，此後離開上海來往穿行於昆明、桂林、重慶之間，寫成了自認爲是失敗之作的《火》的系列性長篇小說。此時，汲取了《火》的寫作失敗教訓的巴金，終於能夠下定決心結束長期的單身流浪生活，1944 年 5 月，巴金結婚之後建立了小家庭，從貴陽來到陪都重慶長住，憑藉自己所熟悉的戰時生活，尤其是身處其中的小家庭生活，巴金先後完成了中篇小說《憩園》和《第四病室》的寫作，從而促使巴金在小說的個人書寫之中再度轉向長篇小說。〔註 40〕於是，巴金

〔註 39〕路翎於 1944 年上半年寫完《財主底兒女們》，1945 年 8 月由南天出版社出版上卷，1948 年 2 月由上海希望出版社出版下卷。

〔註 40〕唐金海、張曉雲主編：《巴金年譜（一九〇四——一九四九）》，成都，四川文藝出版社，1989 年，第 481、537、540～541、610～618、626～629、657～659 頁。

寫出了《寒夜》這一關於陪都重慶市民日常生活的生活史詩。

一般說來，人們往往關注《寒夜》中在戰時體制重壓之下汪文宣一家的悲劇性解體，並且直接歸罪於戰時體制本身，而往往忽略了傳統意識對人心的毒害與扭曲，才是這個家庭解體的內在原因，從而更是根本原因之所在。這是因爲無數的家庭在戰時體制之下都能夠相濡以沫，堅持到抗戰勝利的到來，而這一家人重演「孔雀東南飛」式的古老悲劇，不能不引發人們對於中國反封建主義的思考，尤其是對於一貫堅持對不合理的制度進行「我控訴」的巴金小說來說，更是以從《家》到《寒夜》這樣的小說個性化書寫，將反封建主義的必要性從上流社會的大戶人家推廣到社會底層的普通人家，由此可見，與抗戰間接有關的生活史詩已經能夠顯現出進行小說的文化批判之極端重要性。

在生活史詩中，小說的文化批判與小說的文化重建應該是同時發生的，儘管在不同的作家那裡各有所側重。1944 年開始陸續發表《四世同堂》，將人放到淪陷區的放大鏡下來見出「北平人」與「道地中國人」之間的巨大文化人格差異：前者苟安、忍隱、麻木，而後者抗爭、不屈、清醒。〔註 41〕所以，當前者安於亡國奴的現狀之時，後者寧願爲國殺身成仁，由此而展示了中國文化的眞正力量與巨大感召力。文化重建需要剝離出民族文化的優秀傳統來作爲現實基礎，承載這一傳統的文化人格正是導致文化重建的個人前提，古都北京提供文化重建所需要民族文化傳統與個人文化人格，而淪陷區的存在促成了文化傳統的剝離與文化人格的分野，而「小羊圈胡同」就是淪陷區北平的小說縮影，「祁家」的故事就是北平人的現實生活的小說寫照。由此可見，《四世同堂》的史詩性主要表現在文化批判與文化重建的小說書寫之中。

《四世同堂》是北平人的老舍居住在陪都重慶對淪陷區北平生活的個人回顧，而《鼓書藝人》則是老舍這個在陪都重慶整整生活過八年的作家，在美國寫成關於北平鼓書藝人方寶慶一家在陪都重慶過日子的長篇小說。〔註 42〕在《鼓書藝人》中，陪都重慶的戰時生活，通過北平逃難來的鼓書藝人這一外地人眼光，顯然得到了較爲完整的折射：一方面，從北平出逃到落腳陪

〔註 41〕《四世同堂》第一部《惶惑》從 1944 年 11 月 10 日在《掃蕩報》上開始連載，單行本由良友圖書出版公司在 1946 年出版；第二部《偷生》完成於 1945 年冬，第三部《饑荒》完成於 1948 年。有關出版情況參見關紀新：《老舍評傳》，重慶，重慶出版社，1998 年，第 382 頁。

〔註 42〕《鼓書藝人》完成於 1949 年，該小說的寫作與出版情況，參見關紀新：《老舍評傳》，重慶，重慶出版社，1998 年，第 405～406 頁。

都重慶，大鼓仍舊唱得那麼漂亮，藝人一家受到了芸芸眾生的喜愛，而從賣藝爲生到不忘愛國，鼓詞振奮了抗戰的鬥志，藝人一家得到了全社會的尊重；另一方面，從茶館演唱到學校讀書，在世人的白眼之中，藝人一家默默忍受屈辱，而從日機轟炸到官員橫行，在權勢的欺凌之下，藝人一家歷經重重人禍，從而展現出陪都重慶戰時生活的不同側面。《鼓書藝人》正是通過對來自北平的鼓書藝人在陪都重慶的日常生活所進行的全方位描寫，來揭示出展開文化重建的艱巨性，然而，文化重建的不可逆轉的潮流，正如《鼓書藝人》的結尾那樣，主人公在抗戰勝利之時面對滾滾江水，唱出了「長江後浪推前浪，一代新人換舊人」這一滾滾向前的文化心聲。

抗戰時期在陪都重慶所出現的小說史詩的雙重建構，正是通過眾多作家，無論是成名作家與青年作家，還是外地作家與本地作家，在彼此之間的鼎力協之中，主要是以長篇小說這一小說體裁，分別通過對戰時生活的個人書寫，不僅書寫出了戰爭史詩，更是書寫出了生活史詩，共同完成了從戰爭史詩到生活史詩這兩大類型的戰時生活史詩的小說書寫，在展現陪都重慶、抗戰區、淪陷區的戰時生活全貌的同時，更是爲中國現代文學發展貢獻了前所未有的史詩性小說文本，從而將中國現代小說的個人書寫推向了史詩性的時代新高度。

四、詩歌探索的多元趨向

無論是現代詩歌在重慶本地的群體性創作，還是現代詩人在重慶本地的群體性聚集，都是臨近抗日戰爭的 1936 年底才眞正出現的地方文學現象，同樣也是以《春雲》的創刊爲其標幟。隨著抗日戰爭的全面爆發，促成了現代詩歌的重慶視野持續不斷開放，在諸多外來成名詩人的努力創作與直接影響下，年輕一代的詩人在陪都重慶大量湧現，促成了普遍性的詩藝探索，形成了中國現代詩歌戰時發展的空前繁榮。陪都重慶的詩歌探索，不僅表現在詩歌語言上，而且也表現在詩歌體裁上，兩者均出現了個性化的多種嘗試，使得現代詩歌形態呈現出千變萬化，在大力融匯中外詩歌的詩形與詩式的同時，又開始貫穿古今詩歌的詩律與詩韻。

更爲重要的是，在陪都重慶進行的詩歌探索，與陪都文化從地方文化向著區域文化的發展向伴隨，從陪都重慶的地方文化到地域文化，從中國東部的文化到中國西部的文化，從中國的傳統文化到外國的現代文化，都程度不等地融入現代詩歌的蘊涵之中，詩意與詩情的厚積，爲眾多詩人在陪都重慶進行從詩思到詩風的全面探索，提供了前所未有的豐富而繁複的文化資源，在詩歌視野不斷開拓的前提下，個人的詩興與詩性在詩歌創作中亦爲之一變。於是乎，從抗戰前期到抗戰後期，陪都詩歌在持續探索中不斷發展，顯現出從詩歌體裁到詩歌蘊涵的全面轉型的多元趨向來。

不過，在陪都重慶，這一現代詩歌探索的多元趨向，由詩歌嘗試的可能直接成爲詩歌創作的現實，又是與形形色色的詩歌發表陣地不斷出現是分不開的。

首先，在抗戰前期，除了陪都重慶本地報刊紛紛改版之外，大批外地報刊遷渝之後立即復刊，與此同時，又開始創辦新的報刊。所有這些報刊，紛紛以專欄或專刊的形式，都爲陪都重慶的詩人們在現代詩歌創作中展開的個人探索，提供了必不可少的發表機會。其次，進入抗戰後期，不僅陪都重慶新創辦的報紙在數量上達到了 110 家，而且陪都重慶新創辦的文藝刊物在數量上也達到 50 家，這就爲陪都重慶的詩人們提供空前巨大的創作與探索的發表空間，在推動著抗戰時期的中國現代詩歌發展的同時，更是擴大了陪都重慶在個人探索現代詩歌多元之路的全國影響。

對於詩歌發展之路的戰時探索，早在抗戰之初，重慶的本地詩人就已經朦朧地意識到了。這就是，在 1937 年 12 月 16 日，重慶的第一個現代詩歌刊物《詩報》試刊號，伴隨著抗戰的隆隆炮聲在中國大地上的迴蕩而誕生。正如《詩報》的發刊詞《我們的告白》中所說：「詩歌，這短小精悍的武器，毫無疑義，對抗戰是有利的，它可以以經濟的手段暴露出敵人的罪惡，也能以澎湃的熱情去激發民眾抗敵的意志」，與此同時，抗戰更需要「強化詩歌這武器，使它屬於大眾，使它能衝破四川詩壇的寂寞」。這就表明，現代詩歌爲了適應戰時生活的巨變，必須進行前所未有的藝術探索，這既是抗戰到底的時代需要，也是詩歌變革的審美需要。

所以，在陪都重慶出現的詩歌探索，其多元趨向，除了集中體現在對於重慶形象的個人吟唱之外，還放眼於整個中國西部、整個中國、整個世界。

於是，在曹葆華的《西北牧羊女》一詩中，不僅出現了有著「不飾脂粉／鮮如蘋果的圓臉」的「西北牧羊女」，而且更展示出離別中的期盼：「當你半回頭／看長長的山峽裏／曳過了多少騾車／馱著寒衣／向天外送去」。〔註43〕這樣，少女的離別情懷與民族命運的緊密相聯，自然也就超越了個人的小

〔註43〕曹葆華：《西北牧羊女》，《國民公報》1940 年 7 月 6 日。

天地，在天眞嫵媚之中顯出激昂向上的另一面來。更爲重要的是，這一吟唱有助於拓展詩人們的個人視野，同時也爲陪都重慶的詩歌增探索增添了幾分來自大西北的清新與自然、粗獷與奔放。

這樣，僅僅是在陪都重慶出版的《新華日報》上，不僅發表了《敬禮，守衛國土的老媽媽》，〔註44〕來歌唱太行山手持紅纓槍的老媽媽們，而且也發表了《邊塞吟》，〔註45〕來歌唱察哈爾草原上浴血奮戰的蒙古族英雄，更發表了《夜過秦嶺——贈別西北》，通過反覆的吟唱來表達這樣的離別之情：「難以忘懷啊！／那堅實的黃土地，／和堅實的戰鬥夥伴們。」〔註46〕所有這些短唱與長吟，雖然都是直抒胸臆的頌歌，但是，對於包括大西北在內的中國軍民堅持抗戰到底的執著信念與犧牲精神的高度頌揚，在震撼著每一個獻身於神聖抗戰的讀者與詩人，中國的崇山峻嶺、廣闊草原、黃土地開始闖進他們的心靈深處。

在陪都重慶，隨著外地詩人的紛紛到來，有關重慶形象的個人吟唱無疑已經成爲詩歌探索之中的一種有意識的個人創作選擇，並且呈現出由兩相對照到意境融通的詩藝探索來。

在《雨》之中，「看不見山頂的古塔／層巒中現出蒼茫的雲海」這樣的雨中山城，與「柳絲搖曳在湖邊／芭蕉聲攪碎旅人情懷」這樣的故園情景，在鮮明的詩意對峙之中凸顯出來的，「是飢寒交迫的流亡者之哀呼／長空裏一兩聲雁唳」。〔註47〕而在《蘆花》之中，身在戰時首都重慶的流亡者那思鄉之情，正是通過「蘆花白透河塘」之後「夜沉沉，雁南歸」的追憶，來喚起「少年流落在遠方」的離鄉背井之痛。〔註48〕應該說，無論是重慶形象之中的山城意象，還是重慶形象之中的陪都氣象，在這些外地詩人的吟唱中已經開始或明或暗地在詩情抒發之中得到了初步的表達，抒發了一種別開生面的詩意。

對於本地詩人來說，對於重慶形象的個人吟唱，已經開始有意地將山城意象與陪都氣象融爲一體：「遠山模糊，江邊流娓著白霧／纖纖的柳枝閃起了嫩綠／爆竹裏傳來雄壯的《義勇軍進行曲》」。這就是《聽，那峰巒》之中閃現出來的一個完完整整的重慶形象，一個抗戰豪情高萬丈的充滿活力的重

〔註44〕袁勃：《敬禮，守衛國土的老媽媽》，《新華日報》1938年12月27日。

〔註45〕戈茅：《邊塞吟》，《新華日報》1939年11月6日。

〔註46〕李嘉：《夜過秦嶺——贈別西北》，《新華日報》1940年12月30日。

〔註47〕蘇吉：《雨》，《新蜀報》1938年9月30日。

〔註48〕孫望：《蘆花》，《國民公報》1939年11月30日。

慶形象——「這是群綠竹一樣的年輕行列／從山城，挺拔的去到祖國的原野」——「嘉陵江畔輪船的汽笛長鳴／山風波蕩著海潮般的歡聲／江水，也藍澄澄的漾出多情」。如此明朗歡樂的重慶形象，烘托出如此慷慨激昂的抗戰豪情，儘管戰士們出征之時要告別自己的媽媽、告別自己的妻兒，可是，爲著眞正安樂的家庭，爲著不再荒蕪的田園，必須高舉抗戰的大旗，「聽，那峰巒，那峽壁，遠遠回應著軍歌／船身東去了，可是——／抗戰的炮火卻燃燒著每個人的心窩」。〔註 49〕

無論是外地詩人，還是本地詩人，隨著抗日戰爭的持久進行，都面臨著同樣的選擇：爲了抗戰到底而堅持歌唱。正是擁有了共同的選擇，詩人彼此之間的戰鬥情誼與日俱增。《打馬渡襄河——寄風磨》中出現了這樣的贈答：「七百里風和雪，／我向東方，／打馬渡襄河。／你從枇杷坪，／寫詩來送行，囑我——／趕著春天去，／去豐收一個秋天。」〔註 50〕無論是上前方，還是在重慶，千里同心爲抗戰，彼此之間只留下激勵與思念。不過，離開陪都重慶上前方要做到輕裝上陣，倒也並非容易——「從此擺脫這兒女的私情，／不留守巴蜀的山景」，只因爲堅信「春不遠了，／江南三月天；／看敵人總崩潰！／看健兒躍馬立功！」這正是從《春來歌大地》中傳出的告別壯歌。〔註 51〕

所有這些在陪都重慶發出的個人吟唱，極力表現了全民抗戰的鬥志高昂，從後方到前方，從南方到北方，對詩歌視野進行了全方位的藝術拓展，與此同時，重慶形象的內外兩面也分別在詩情抒發中浮現出來，趨向山城意象與陪都氣象的詩意融合。不可否認的是，所有這些吟唱，往往是以心靈告白的方式進行詩情的個人宣洩，雖然降低了詩歌接受的門檻，卻又促使詩歌創作走向詩味的淡薄與詩意的單薄。於是，詩人們面臨著詩情抒發的詩藝選擇。

能否通過對傳統詩歌營養的汲取來促進現代詩歌吟唱的多姿多彩呢？康陳珠英在《懷舊別曲》進行了這樣的個人嘗試，「城樓邊，／簫鼓滴出金馬的悲鳴」與「唱一聲——起來！／不願做奴隸的人們！」之間，〔註 52〕企圖進行詩與歌的古今縫合，在難能可貴之餘，留下了詩藝的生硬縫隙。這種詩藝的生硬，稍後在馮玉祥的《哀杜鵑》中得到某種程度上的緩解，能夠以杜鵑花替代杜鵑鳥，

〔註 49〕李華飛：《聽，那峰巒》，《新蜀報》1939 年 3 月 17 日。
〔註 50〕呂劍：《打馬渡襄河——寄風磨》，《中國四十年代詩選》，重慶，重慶出版社，1985 年。
〔註 51〕朱亞南：《春來歌大地》，《國民公報》1940 年 5 月 20 日。
〔註 52〕康陳珠英：《懷舊別曲》，《國民公報》1939 年 3 月 29 日。

來化用「杜鵑啼血」的傳統意象，進行這樣的吟唱：「我哀杜鵑，／我哀杜鵑，／我哀國家的金錢，／我哀人民的血汗！」來控訴著國賊與倭寇的罪惡。〔註 53〕

然而，只有當詩人們在詩情抒發之中由直白的傾訴轉向委婉的表達，才有可能在堅持詩歌吟唱的個性色彩的同時，使個人吟唱的詩風顯現出獨特的韻味來，所以，依然還是那古往今來一體的月光、荒店、行人……，不過「一壺土味的水酒，／醉去八百里的疲勞，／一床金黃的稻草，／好編織旅途的長夢」，〔註 54〕無疑賦予《荒店》以較爲新鮮的詩思與較爲醇厚的詩味來。

在抗戰前期，陪都詩歌的個人探索尚未成爲有意識的個人選擇，往往是於無意之中偶然發生的。因此，有意識的詩藝探索出現在從抗戰前期向著抗戰後期過渡的 1941 年。

在 1941 年 2 月 28 日的《新蜀報》上，發表了曉鶯的《唱下去》一詩，其中發出這樣的呼喚：「爲眞理而歌罷！／直到旭日照到山頭，／而大地開滿花朵」。〔註 55〕這就是爲堅持抗戰而唱下去，這就是爲獻身抗戰而唱下去，這將意味著可能的犧牲。同樣的感受，卻有可能以不同格調的吟唱來進行個人的表白。所以，到了 1941 年 10 月，晏明在《假如，我死了》一詩中反覆吟唱：「假如，我死了，我死了，／爲了我的碧綠的碧綠的府河，／和淡藍淡藍的夢澤湖，／姑娘，你莫悲傷，莫悲傷！」……「假如，我死了，我死了，／請爲我立一塊很小很小的石碑，／碑上刻著：一個年輕人爲祖國而戰死！／姑娘，你莫悲傷，莫悲傷！」……〔註 56〕在一唱三迭的詠歎之中，詩情抒發開始進入盪氣迴腸與幽遠深長交互融入的境地。

這就難怪一年後，在 1942 年 2 月 6 日的《新蜀報》上，詩人禾泥在《醒後》一詩中，從「兒時的夢」醒來之後，對於「苦澀的快樂」進行如此獨特的個人吟唱：「眉月無言瞅著江水／我浸浴在晚風裏／憶想到故鄉流水的低唱」……「然而歸期呢／很深的／很遠的／像無底的海」。從此時的江水到彼時的流水，延伸爲未來的海水，綿延不絕的懷鄉情呈現爲水的傳統意象在當下流蕩。

當然，在詩意抒發之中，出現了更多男女青年詩人的努力探索。左琴嵐在《新葉》上，似乎看到「羞澀的嬌小的新葉」，不僅是「春天的襁褓」，而且是「生命的象徵」，更是美的化身——「我彷彿看見你坐在紅色的帆裏／漂

〔註 53〕馮玉祥：《哀杜鵑》，《馮玉祥詩選》，成都，四川人民出版社，1982 年。
〔註 54〕程康定：《荒店》，《詩前哨》叢刊第 2 輯，1944 年。
〔註 55〕曉鶯：《唱下去》，《新蜀報》1941 年 2 月 28 日。
〔註 56〕晏明：《假如，我死了》，《詩叢》第 1 期，1943 年 10 月。

浮在藍色的天空的泡沫裏了」。〔註57〕而沈慧則在《四月的風》裏，似乎聽到「四月的風」，吹來了像晚霞一樣「鮮紅美麗」的山桃花，也吹出了像「江流一樣寬暢」的好心情，所以，「四月的風／低唱在茫茫的夜空」，「星兒」、「月亮」、「我」都「沉醉在你的呼喚裏」。這就是女詩人以其細膩的情思與豔麗的辭藻，所觸摸到的春天的葉與春天的風。〔註58〕

在迎來抗戰勝利的1945年，如同春天的來臨一般，激動著男詩人的闊大情懷，在心潮澎湃之中不由得去追憶春天的由來。在曹辛之的《六行——贈梅》中，外來現代詩風吹拂著「梅」這一中國傳統意象，進行了個人詩情的任意揮灑，在堅貞裏鎔鑄犧牲的奉獻，從犧牲中喚起理想的追求，詩意充盈的詩境升騰到哲思的高度——「多少陣雜沓的音響，掠過你身旁，／一片玉瓣，是一滴生命，／剝落了生命，你召來燕語和鶯啼。／感謝你在我心裏投下溫馨與希望，將我從蒼白的國度帶向綠色世界，／而你卻在綠色的世界裏凋謝。」〔註59〕

僅僅由此，就可以看到從抗戰前期到抗戰後期，在陪都重慶，詩人們在詩歌創作道路上所進行的個人探索，從無意之中的單一轉向了有意之中的繁富，逐漸促進了詩歌探索的多元趨向在陪都重慶的形成。然而，在陪都重慶，詩歌探索的多元大潮的眞正形成，僅僅依靠青年詩人是遠遠不夠的，還得需要成名詩人的出場與在場。只有當成名詩人一旦到場，才有可能以他們在詩歌探索中的個人示範，在取長補短之中，去直接影響青年詩人進行詩思與詩風的不斷增益，尤其在詩藝上的推陳出新，從而使青年詩人與成名詩人在詩歌探索中形成合力，來推動著現代詩歌在陪都重慶的不斷向前發展。

這就需要從集體到個人的詩藝示範，而歷史老人無疑是偏愛陪都重慶的，爲詩人們提供了這樣的機遇，尤其是陪都重慶眾多發表陣地的存在，更是爲對這一機遇的詩人把握予以了穩操勝券的及時保障。

1938年底遷渝的《七月》，從1939年7月在陪都重慶復刊到1941年9月停刊，集聚了一大批青年詩人，由此而形成七月詩人群。從1942年到1944年，南天出版社出版了「七月詩叢」，顯現出七月詩人群的整體實力。〔註60〕

〔註57〕左琴嵐：《新葉》，《詩墾地》第4輯，1942年。

〔註58〕沈慧：《四月的風》，《新華日報》1942年4月24日。

〔註59〕曹辛之：《六行——贈梅》，《最初的蜜》，1945年。

〔註60〕由藍天出版社在1942年到1944年間陸續出版的「七月詩叢」，包括青年詩人們的個人詩集，有孫佃的《旗》、亦門的《無弦琴》、冀汸的《躍動的夜》、鄒荻帆的《意志的賭徒》、綠原的《童話》、魯藜的《醒來的時候》，以及胡風編的青年詩人合集《我是初來的》；另外還有成名詩人的詩集，有田間的《給戰

1944 年 12 月，《希望》在陪都重慶創刊，爲七月詩人群的穩固與壯大提供了有效的保障，促使七月詩人群在進行詩藝的個人探索中，完成了向著詩派的戰時轉換，成爲抗戰時期具有全國影響的七月詩派。

七月詩人群對於重慶現代詩歌發展的現實影響，從不斷擴大轉向日益深入，實際上是與七月詩派的形成保持著高度的一致的。1939 年 10 月在《七月》上發表鍾瑄的《我是初來的》一詩，預示著七月詩人群中的青年詩人，將以「黎明」追求者這樣的歡唱出現在陪都重慶的詩壇上——「我是初來的／我最初看見／從遼闊的海彼岸／所升起的無比溫暖的，美麗的黎明」——「黎明照在少女的身上／照在漁民的身上」，激發起民族意識在覺醒中不斷地高揚。這就難怪胡風在編選七月詩派 14 位青年詩人合集的時候，會借用「我是初來的」進行命名。由此可見，詩歌探索中所展現出來的理想追求，在個人吟唱中進行著從簡單到繁複的意象轉換，由單純的傾訴轉爲多重的品味，實際上已經促成詩意蘊涵的擴張與深化，與此同時，詩情抒發的方式與手段更趨向個人選擇的多樣化，從而構成了七月詩人群進行詩藝示範之中從詩思到詩形的兩極。

僅僅從七月詩人群所運用的詩歌體裁來看，抗戰之初，就已經出現了詩歌吟唱由短而長的變化來。從 1938 年 4 月艾青寫成《向太陽》這樣的抒情長詩，到 1938 年 5 月天藍寫成《隊長騎馬去了》這樣的敘事長詩，展示出抗戰時期中國詩歌發展的新動向。毫無疑問的是，七月詩人群素以擅長進行抒情長詩創作著稱，不過，他們還進行了組詩、寓言詩與諷刺詩的創作，而特別值得在此一提的，則是小詩的創作。

不僅有著鄒荻帆在《蕾》中對於生命初綻的憧憬：「一個年輕的笑／一股蘊藏的愛／一罈原封的酒／一個未完成的理想／一顆正待燃燒的心」，〔註 61〕而且有著曾卓在《隕落》中對於生命奉獻的讚頌：「流星是映照著愛者的晶瑩的淚珠／帶著聽不見的聲響落的／落了，落了，幾千年後的人間／閃著它不滅的生命的光」，〔註 62〕更是有著魯藜在《泥土》中對於生命價值的沉思：「老是把自己當作珍珠／就時時怕被埋沒的痛苦／把自己當作泥土吧／讓眾人把你踩成一條道路」。〔註 63〕在這裡，可以看到在戰時生活中詩歌對於生命張揚所能達到的個人極致，顯示出七月詩人群通過同中有異的個人吟唱，已經能

鬥者》、艾青的《北方》、天藍的《預言》。

〔註 61〕鄒荻帆：《蕾》，《意志的賭徒》，重慶，南天出版社，1943 年。

〔註 62〕曾卓：《隕落》，《曾卓抒情詩選》，北京，中國文聯出版公司，1988 年。

〔註 63〕魯藜：《泥土》，《希望》第 1 卷第 1 期，1944 年 12 月。

夠在詩思與詩形之間趨向高度的和諧。

顯而易見，正是七月詩人群中的青年詩人們，正是以其充滿青春活力而多姿多彩的創作，爲抗戰時期的中國詩人，特別是陪都重慶詩人進行了群體性的詩藝示範。不過，在來到陪都重慶的成名詩人之中，需要特別提及的，既有七月詩人群之中的艾青，還有七月詩人群之外的臧克家，他們同樣以激情洋溢而魅力十足的詩歌探索，爲抗戰時期的中國詩人，特別是陪都重慶詩人，進行了詩藝探索的個人性示範，從而與青年詩人一起，爲陪都重慶的詩歌探索趨向多元共同作出了突出的貢獻。

首先是艾青於 1940 年 5 月來到陪都重慶，而在前來陪都重慶的途中，他已經完成了長達千行的長詩《火把》，很快地於當年 6 月，就在陪都重慶出版的《中蘇文化・文藝專號》上發表。可是，沒曾想艾青在陪都重慶所發表的這首長詩《火把》，結果立即在陪都重慶詩壇引發了一場論爭，而論爭的焦點就是：《火把》是不是基於現實生活而又塑造出新女性形象的探索之作？〔註 64〕從文本構成的角度來看，如果說《火把》是抒情長詩，詩作裏卻出現了關於「我」這樣的人物設置與情節的大量虛構，如果說《火把》是敘事長詩，詩作裏則又同時出現了關於「我們」這樣的抒情主人公進行過多的激情宣洩，自然就會引起針鋒相對的說法。

更爲關鍵的是，艾青在《火把》一詩的創作中，是不是果眞在「指示私生活的公眾化」的同時避免了「公式化」？這就關係到艾青的《火把》之作，是否是一次眞正意義上的詩歌探索的個人嘗試。或許，如何評價《火把》中對詩藝的個人探索，倒應該是如同艾青自己所說的那樣：「我嘗試運用變化多端的手法，場景也一幕一幕的有所變換」。〔註 65〕至少從艾青自己的評論中，可以看出《火把》應該視爲敘事長詩。只不過，由於艾青本人是習慣於寫作抒情長詩的，因而《火把》中出現「我」與「我們」的並置，也就不足爲怪。因此，至少還可以說，艾青雖然只是在陪都重慶停留了半年多，不久之後，在 1941 年 2 月就離開了陪都重慶，不過，對於抒情長詩與敘事長詩到底應該如何寫，在成敗得失的激烈爭論之中，艾青與他的《火把》倒的確是進行了一次影響頗大的個人示範。

其次是臧克家於 1942 年 8 月來到陪都重慶，並且一直到 1946 年 6 月才

〔註 64〕郝明工：《陪都文化論》，烏魯木齊，新疆大學出版社，1994 年，第 160 頁。
〔註 65〕楊匡漢、楊匡滿：《艾青傳論》，上海，上海文藝出版社，1984 年，第 131、135 頁。

離開，在陪都重慶整整生活了 4 年。剛到陪都重慶的藏克家，如同艾青一樣立即開始在期刊上以連載的形式，來發表完成不久的，自稱是「五千行的英雄史詩」《范築先》。這是因爲，處於危難中的中華民族需要新的民族英雄來激勵民族精神的更生，猶如古樹綻放新花，而抗日戰爭催生了英雄的輩出，在臧克家看來，「人的花朵，先後開放了許多，而范築先，是這些人花中燦爛的一朵」。於是乎，《范築先》在期刊上連載之後，在陪都重慶出版單行本時，被臧克家改名爲《古樹的花朵》。〔註 66〕這不僅證明英雄史詩《范築先》在戰時中國的誕生，需要以抗日戰爭的眞人眞事爲原型，而且更說明英雄史詩《古樹的花朵》在陪都重慶的出版，需要確立民族精神更新之中的理想文化人格。

這一英雄史詩的個人創作，表明戰時史詩的文學書寫，已經能夠越出小說的疆域而進入詩歌的吟唱之中。臧克家在長詩創作的個人探索中，能夠率先寫出戰爭史詩之中的英雄史詩，即《古樹的花朵》這一抗戰以來最長的敘事長詩，也就在於此前他自己早已寫過「報告長詩」《走向火線》、《淮上吟》，並且完成了從《向祖國》到《他打仗去了》等六篇紀實性長詩，深深感受到「寫長詩特別需要氣魄和組織力」，只有通過艱苦的創作才有可能取得長詩吟唱的不斷成功。所以，接下來，臧克家在陪都重慶以自己已經獲得吟唱敘事長詩的如此「氣魄與組織力」，又一次寫出了生活史詩之中的愛情史詩《感情的野馬》。〔註 67〕臧克家通過自己對戰時生活進行的史詩吟唱，來進行著從英雄史詩到愛情史詩的個人示範。

所有這些從群體性到個人性的詩歌探索示範，引發了生活在陪都重慶乃至大後方的詩人們群起傚仿，同時也在整個抗戰區，乃至全國各地都產生了強烈的反響。一時間，形形色色的眾多詩作紛紛在陪都重慶的各種報刊上不斷問世——從抒情長詩到敘事長詩，從組詩、寓言詩到諷刺詩、小詩，都展現出在詩歌視野持續拓展之中的個人努力，詩歌探索在陪都重慶蔚然成風。於是，從外地詩人到本地詩人，從成名詩人到青年詩人，經過了詩藝探索的個人嘗試之後，已經展現出詩歌創作在較爲開闊的詩思與較爲完備的詩形之間的一致來，使陪都重慶的詩歌探索呈現出趨向多元發展的勢頭來。

從陪都重慶的各種報刊上所有這些已經發表的詩作來看，其中對基於陪都文化的重慶形象進行詩意表達的詩作，在詩歌探索中無疑佔據了極爲重要

〔註 66〕郝明工：《陪都文化論》，烏魯木齊，新疆大學出版社，1994 年，第 247 頁。
〔註 67〕孫晨：《臧克家傳》，濟南，山東大學出版社，2000 年，第 216、232 頁。

的地位，而詩人們同樣也是通過詩思與詩形之間相一致的個人嘗試，來進行陪都氣象與山城意象的個人吟唱。

中國的陪都重慶，已經成爲全民抗戰的精神支柱，「我向你默祝著珍重，／你天空多霧的／中國的瑪德里呵！」這是發自《離渝小唱》中的頌揚，因爲，「我要著上戎裝，／加入英勇的一群，／守衛祖國，／守衛你——／中國的瑪德里！」〔註 68〕這就表明，陪都重慶不僅與國際反法西斯主義的正義戰爭聯爲一體，而且更是成爲中國抗日戰爭堅持到最後勝利的後方基地，在同樣的流血犧牲之中，竭盡全力支撐著抗戰到底，從而使陪都氣象在個人吟唱中越來越顯明。

舉世聞名的「重慶大轟炸」自然進入了詩人們的視線。面對著陪都重慶在日機的狂轟濫炸之中，已經失去的無數生命，寧死不屈的意志仍然在烈火焚城之中衝天而起——難怪在深夜中堅守崗位的「更夫」，在「發著使黑夜痙攣的聲音，／刺撥喪家失業者的心靈」的同時，更「催促著睡眠的人們起來！／去迎接心聲的朝陽。」〔註 69〕正是在這樣的堅強意志的頑強支撐下，陪都重慶並沒有在轟炸中消失，反而在轟炸中屹立，只要人們經受住戰火的錘鍊，就完全有可能創造出前所未有的人間奇蹟，在茫茫人海之中的「他倆是在防空洞裏認識的」——「恐怕敵人也完全沒有想到過吧？——／他們的屠殺和破壞的炸彈／竟變成了／使得有情人終成眷屬的媒妁！」〔註 70〕

由此可見，即使是陪都氣象曾經有過陰霾的遮蔽，畢竟還是擁有能夠鼓舞全民抗戰到底的一派明朗。由此更可見，陪都重慶遭遇的大轟炸，從不同角度展示出陪都氣象所包蘊的堅定與從容。如果說陪都氣象展現的是重慶形象中戰時生活的地域文化表層，那麼，山城意象顯現的就是重慶形象中戰時生活的地方文化深層。正是山城的霧與嘉陵江的水，成爲建構山城意象的基本要素。

山城的霧是「灰黯而濃重的霧」，《灰色的囚衣》一詩中就這樣爲它定下了意象的底色，它使「葱郁的茂林晦暗了，／碧綠的山岩黴濕了，／曠闊的田野／在死寂的霧層裏沉沉地睡了」，而「生活在山國的人民」渴望「太陽，這山國美麗的稀客，／將用她千萬支纖長的金手／撩起這人間灰色的囚衣」。〔註 71〕在這裡，霧與太陽，也就成爲黑暗與光明，囚禁與解放的象徵，成爲個人吟唱中對舉的山城意象——這正是《重慶的霧》一詩所要引發的內心渴

〔註 68〕郭尼迪：《離渝小唱》，《中國詩藝》復刊第 2 期，1941 年 7 月。
〔註 69〕蒲汀：《更夫》，《新蜀報》1940 年 11 月 25 日。
〔註 70〕任鈞：《他倆》，《後方小唱》，上海，上海雜誌公司，1944 年。
〔註 71〕江村：《灰色的囚衣》，《新蜀報》1940 年 12 月 7 日。

望：「陰沉的霧就要消退了！／在它的後面會出現一輪紅輝的太陽！」〔註 72〕

嘉陵江的滾滾波濤，當能引起「我的家在東北松花江上」似的鄉愁與鬥志，《嘉陵江上》迴蕩著思鄉的情懷：「如今我徘徊在嘉陵江上，／我彷彿聞道故鄉泥土的芳香。／一樣的流水，一樣的月亮，我已經失去一切歡笑和夢想。／江水每夜嗚咽的流過，／都彷彿流在我的心上」；同時也激蕩著戰鬥的意志：「我必須回去，／從敵人的刺刀叢裏回去；／把我打勝仗的刀槍，／放在我生長的地方！」〔註 73〕

嘉陵江的滾滾波濤，又能引起對於「生和死並沒有什麼距離」的歎息與悲憤，《嘉陵江之歌》在傾訴著如此沉重的感歎與質疑：「生命是多麼狹窄而迅速啊！／生活不是更爲艱辛嗎」，因爲生生死死一瞬間就是嘉陵江船工的命運。由此，只能在無比的悲哀之中進行了這樣的憤怒回答：「嘉陵江是美麗／還是憂鬱的呢？／嘉陵江是悲哀的！嘉陵江是悲哀的！」〔註 74〕

山城的霧作爲意象構成是慘淡的單一，而嘉陵江的水作爲意象構成是濃烈的多變，這就爲山城意象提供了從單一到多變的構成形態，使之具有了變幻莫測的寓意性。如果說陪都氣象不乏陰霾的纏繞，那麼，山城意象也不乏陰沉的充斥，這就使從抗戰前期轉向抗戰後期的重慶形象染上了陰森的色調，與重慶形象的明朗形成鮮明的對照。

《別霧重慶》所傾訴出來離開重慶的理由，僅僅只有一個：「只怨這裡太冷，／留不住人，／讓人們追尋／另外的春！」〔註 75〕而從《山城的側面》來看，「一片濃霧」遮住山城「破爛的側面」，而山城就像「艙底破漏的海船／正迷失在霧海裏／漸漸靠近霧海的險灘裏」。〔註 76〕然而，在關於山城意象的個人吟唱中，所留下的並非僅僅是冷酷而險惡的霧遮蔽了重慶，江水也流淌著慘不忍睹的人間悲劇。

在《棄嬰》一詩中，一個嬰兒被拋棄在江岸上小巷的牆角邊，蜷曲在「一塊破破爛爛的布片遮蓋」之下，在過路人不加理睬的冷眼中，只有「街頭的野狗夾著尾巴蹣行而來，／幾隻烏鴉在空中困惑地盤旋著……」〔註 77〕嬰兒

〔註 72〕丹茵：《重慶的霧》，《民主週刊・增刊》第 1 期，1945 年 3 月。

〔註 73〕端木蕻良：《嘉陵江上》，《中國民歌集》，文匯書店，1942 年。

〔註 74〕高蘭：《嘉陵江之歌》，《高蘭朗誦詩》第 2 集，重慶，建中出版社，1944 年。

〔註 75〕高詠：《別霧重慶》，《戰時文藝》第 1 卷第 1 期，1941 年，11 月 20 日。

〔註 76〕吳視：《山城的側面》，《華西晚報》1944 年 12 月 10 日。

〔註 77〕邱曉崧：《棄嬰》，《遺忘的腳印》，1944 年。

是如此的不幸，而大人們也難以逃脫同樣不幸。在嘉陵江上游的煤礦重鎮白廟子，「冬天的嘉陵江啊！／清得像苦難的眼淚，／那樣悄悄地，那樣不盡地／從白廟子流下來」，這就出現了《白廟子》中所描畫的悲慘的一幕：「白廟子是一個黑色的國度，／在那裡礦工們彎著腰幹活，／在陰暗幽深的洞底，／掘取他們黑色的生活。」〔註 78〕

重慶形象就是在戰時日常生活的流逝中，被逐漸抹上了冷酷而險惡、冷漠而兇險的陰森色調，使陪都氣象黯然失色。所以才會出現《不是我們的城》中從憧憬到絕望的發現：「像一支停泊在寂寞裏的小船，／拍擊著希望的水花，／從遠方，我低唱著水花似的歌，／來到這被人們稱讚的山城」，而「山城的道越踏越不平」，證明它「不是我們的城」〔註 79〕問題在於，無論在現實中，還是在詩歌中，「我們」都是普普通通的大多數，而失去了這樣的「我們」的陪都重慶，也就失去了它繼續存在的眞正價值。

無論是重慶形象的陰森，還是陪都氣象的陰霾與山城意象的陰沉，實質上是基於戰時生活的負面現實。從整個抗戰時期，從陪都重慶出現的詩歌探索來看，僅僅是關於重慶形象從明朗到陰森的個人吟唱，就可以看到詩人們所付出的縷縷詩情與所表達的濃濃詩意。

抗戰的整整八年間，詩人們在陪都重慶不斷地努力擴展個人的詩歌視野，堅持著對戰時生活進行總體性的詩意表達與多樣性的詩情抒發。尤爲特出的是，詩人們對戰時生活進行從英雄史詩到愛情史詩這樣的個人嘗試，以顯現出詩藝探索的史詩性方向；與此同時，詩人們更是對重慶形象展開個人吟唱，以表現出詩學探索的陪都文化底蘊。就這樣，中國詩人們以陪都重慶爲詩歌探索的歷史起點，力圖開闢出中國現代詩歌在現實發展中的多元化道路。

五、話劇創作的兩極互動

在抗戰時期的全國文學運動中，陪都重慶話劇的創作影響遠遠超過其他文學樣式。造成這一文學運動奇觀的主要原因，首先應該從社會傳播的角度來看，話劇通過舞臺演出的二度創作，擴張了話劇影響的傳播速度與範圍，從讀者到觀眾的受眾數量，無疑會形成倍增效應，實現了話劇傳播的社會化；其次從接受美學的角度來看，話劇通過舞臺演出的二度創作，降低了文本傳

〔註 78〕夏淥：《白廟子》，《春草詩叢》第 3 集，1945 年。
〔註 79〕蒂克：《不是我們的城》，《詩叢》第 2 卷第 1 期，1945 年 5 月。

播的審美門檻與接受成本，從劇本到演出的受眾消費，自然會激發話劇創作需求，催生了話劇接受的大眾化。因此，這就促使話劇這一從國外移植的戲劇形式，在社會化的藝術傳播與大眾化的審美接受之中，通過彼此之間的現實互動，最終走向了話劇的中國化。

所以，抗戰伊始，從陪都重慶開始，話劇就逐漸成爲國人最爲喜愛的戲劇形式。在這樣的意義上，可以說，在整個抗戰時期，從中國戲劇到中國文學的現代發展之中，陪都重慶的話劇創作顯然是佔據著舉足輕重的領軍地位，並且發揮了表率全國的領先作用。

當然，無論是陪都重慶話劇創作的領軍地位，還是陪都重慶話劇創作的領先作用，都是與國民政府在整個抗戰區實施戰時體制分不開的，這就直接導致了陪都重慶的話劇創作充分體現出陪都重慶文學審美導向之間的互動——從抗戰前期以紀實的正面性宣傳動員爲主，轉向了抗戰後期以眞實的史詩性藝術創造爲主，進而具體化爲抗戰宣傳與話劇創作之間的兩極互動，現實劇與歷史劇之間的兩極互動。於是，陪都重慶的話劇創作就在這多重的兩極互動的合力推進之中，達到了中國文學運動戰時發展的頂點。

1937 年 9 月 15 日，怒吼劇社在重慶成立，在 50 多個成員中，既有來自重慶本地各行各業的青年話劇愛好者，又有來自北平、天津、上海等地的話劇界專業人士。從 10 月 1 日到 3 日，怒吼劇社在當時重慶最大的影劇院國泰大戲院連續公演三幕話劇《保衛盧溝橋》，取得極大的成功。這不僅是話劇第一次在重慶進行大規模的公演，同時也是話劇第一次在重慶以公演的形式來進行抗戰宣傳，因而 1937 年 10 月 4 日，在《新蜀報》當天發表的諸多評論中，都認爲「重慶有眞正的演劇，那是以怒吼劇社爲歷史紀元」。隨著中華全國戲劇界抗敵協會遷駐陪都重慶之後，各地的眾多戲劇演出團體也陸續來到陪都重慶，陪都重慶也因此成爲戲劇運動的全國中心。

1938 年 10 月 10 日，中華民國第一屆戲劇節在陪都重慶開幕，標誌著在戰時體制下陪都重慶這一全國戲劇運動中心地位的確立：不僅要展示出全國戲劇工作者共赴國難的團結愛國精神，在戲劇運動中樹立中華民族戲劇體系的發展新方向；〔註 80〕而且更需要全國戲劇工作者承擔起抗日宣傳的現實任務，在進行全民總動員的同時提高戲劇藝術的創作水平。〔註 81〕爲了達到全民總動員的

〔註 80〕 葛一虹：《第一屆中國戲劇節》，《新蜀報》1938 年 10 月 10 日。

〔註 81〕 張道藩：《中華民國第一屆戲劇節的意義》，《掃蕩報》1938 年 10 月 11 日。

宣傳目的，戲劇節演出委員會組織了「五分票價公演」，擴大了話劇的社會傳播規模，使之爲廣大觀眾樂於接受，進而推進話劇創作的走向繁榮。

第一屆中華民國戲劇節的壓軸戲，就是曹禺和宋之的共同改編的四幕話劇《全民總動員》。從 10 月 29 日到 11 月 1 日連續上演了 7 場，場場爆滿，反響熱烈。雖然《全民總動員》是在抗戰初期集體創作的《總動員》一劇的基礎上進行的改編，但是，由於改編者的精心修改，「結果只是引用了原著中一部分人的故事，由曹、宋兩先生另行構寫了另一個更適宜舞臺演出的故事。所以與其說《全民總動員》是『改編』的，無寧說是『創作』的更爲切實」。〔註 82〕

《全民總動員》較之其前身的《總動員》，除了對破獲代號爲「黑字二十八」的日本間諜這一故事進行精心重構，使全民動員肅清內奸外特，奮勇參軍殺敵的主題更爲鮮明突出之外，更重要的是，呈現出從集體創作轉向個人創作的戰時話劇創作大趨勢。這就是，在進行抗戰宣傳的同時，必須注重話劇藝術的個人獨創性，以便能夠使話劇的社會傳播與大眾接受的雙重影響在持續擴大之中，眞正有利於抗戰到底的全民總動員。

從 1939 年起，一年一度的中華民國戲劇節，雖然由於日機對陪都重慶的大轟炸，無法舉行大規模的演出活動，不過，在堅持演出之中，對於陪都重慶的話劇創作來說，反而起到了直接促進的作用。所以，到第三屆戲劇節舉行的前夕，據 1940 年 9 月 5 日《新蜀報》報導，僅國民政府行政院教育部審定公布的可供演出的話劇劇本就有 80 多種，由此可略見陪都重慶的話劇創作之一斑。這就深深扎下了話劇創作的現實根基，而話劇演出開始利用陪都重慶的霧季，既能避開日機的轟炸威脅，又能吸引大量觀眾的積極參與。

這就是，從每年的 10 月到來年的 5 月之間，在陪都重慶大霧彌漫時節，舉行話劇的公開演出。所以，從 1941 年第四屆戲劇節開始，形成一年一度的「霧季公演」，以其公演時間長，演出水平高，社會反響大，有力地推動了話劇創作。僅僅第一次「霧季公演」在「短短的五個月中，竟演出了將近四十齣戲，創造了從未有過的成績」，而其中話劇佔了絕大多數。〔註 83〕

正是陪都重慶的話劇創作所取得的突出成績，引起了國民政府有關部門的重視，於是對中華民國戲劇節的舉行進行了相應的時間修改，以利於話劇

〔註 82〕辛予：《〈全民總動員〉的一般批評》，《戲劇新聞》第 1 卷第 8～9 期合刊。《全民總動員》後改名《黑字二十八》由正中書局在 1945 年出版。

〔註 83〕章罂：《劇季的過去和現在》，《新華日報》1943 年 9 月 21 日。

創作的可持續發展。1942 年 10 月，國民政府社會部宣布取消每年 10 月 10 日的戲劇節，隨後又明令確立每年 2 月 15 日爲戲劇節。這就使得在陪都重慶肇起的中華民國戲劇節能夠突破區域性的時間限制，而成爲每年春節前後，在與民同樂之中進行抗戰宣傳與民眾動員的舉國一致的盛大節日。

1943 年 2 月 15 日，陪都重慶的各大報紙上發表了中國國民黨中央宣傳部新聞處提供的《抗戰以來的話劇運動》一文，其中就肯定了話劇「一直是現實主義的藝術，是服務於革命的藝術」，並且「差不多每一個劇本都是指向著這一目標的」，「顯然已有極大的成就與貢獻」，具體而言，就是對於戰時生活從「正面的反映英勇抗戰」擴展到整個戰時生活——由「後方工業的建設」到「淪陷區人民生活及其艱苦鬥爭」。這就表明，話劇從抗戰之初進行關於戰爭生活的全程「報告」，已經轉向當下對於戰時生活的全面「反映」。

顯然，《抗戰以來的話劇運動》一文的發表與中華民國戲劇節舉行時間的重新確立，同爲一天，並非完全是是一種巧合，而是恰恰證實了一個不可動搖的事實：中華民國戲劇節的確立，不僅表明陪都重慶的話劇創作在戰時體制的保障下已經進入繁榮時期，而且更是證明陪都重慶的話劇創作已經體現出陪都重慶文化與文學的全國代表性。這就在於，從抗戰前期到抗戰後期，陪都重慶的話劇創作有可能在展示出抗戰時期中華民族的心路歷程的同時，更揭示出中華民族的人格精神的未來方向，從而體現了抗戰時期中國文化與文學所能達到的精神高度。

事實上，這一民族人格精神重塑的文化需要，早已經融入抗日戰爭的發展過程之中。1943 年 2 月 4 日，在陪都重慶上演的《祖國在召喚》一劇，更是將人的意識轉換與世界反法西斯戰爭緊密地聯繫起來，深刻地揭示出在高昂的愛國熱情的促動下，人的心靈復甦，不僅源自對於法西斯侵略者殘暴行徑的憎恨，而且基於對於固有的生命價值觀念的重估，並且將這憎恨的激情與這重估的思考，統一在個人的心靈自懺與覺醒之中——「不管我墮落到什麼程度，我總還是一個中國人。老實說，這次打仗叫我懂得了許多事情，要是不打仗，我還不知道敵人是這麼可恨，祖國是這麼可愛呢！」〔註 84〕這就從全體中國人的角度，充分顯示了正義戰爭對於民族人格精神重塑的巨大推動力，尤其是在這一推動之下民族人格精神重塑的普遍意義。

尤其是那些直接以陪都重慶的人和事作爲題材來創作的話劇，從抗戰前期

〔註 84〕宋之的：《祖國在召喚》，重慶，遠方書店，1943 年。

創作的《霧重慶》、《重慶二十四小時》，到抗戰後期創作《山城故事》、《重慶屋簷下》，通過舞臺上先後演出之後都產生過不小的社會反響。不過，在所有這些話劇之中，《山城故事》與《重慶屋簷下》的藝術水準，遠遠超過《霧重慶》與《重慶二十四小時》，特別是《重慶屋簷下》一劇，在 1943 年到 1944 年之間的第三次霧季公演中，引起了一次又一次的對號入座者的干擾，以至發展到對簿公堂的地步，因而引發了關於該劇是否具有眞實性的激烈論爭。〔註 85〕

所有這一切，都從不同的層面上顯現出陪都重慶的話劇創作在審美導向上的兩極互動來。與此同時，在陪都重慶的話劇創作中也自然地出現了從抗戰前期到抗戰後期，政治需要與話劇創作之間的兩極互動來。

陪都重慶話劇運動所進行的抗戰宣傳動員，固然與話劇舞臺演出直接相聯，但更與話劇劇本創作緊密相關。儘管可以說話劇劇本創作與話劇運動之間的聯繫是具有間接性的，但是，話劇劇本的創作質量畢竟是話劇運動藝術水平能否提高的關鍵，所以，必須進行高質量的話劇劇本創作來保證高質量的話劇舞臺演出，只有當一流的劇本與一流的演出結合起來，話劇才有可能進行高水平的抗戰宣傳動員。正是因爲如此，在話劇基礎較爲貧弱的陪都重慶，話劇之樹的迅速生長，主要是與外來作者的辛勤澆灌分不開的。

1940 年 10 月，在陪都重慶舉行了第三屆戲劇節，首次公演了曹禺的《蛻變》，激發了具有轟動性的社會反響，促成了《蛻變》在全國範圍內的演出：從大後方演到根據地，從抗戰區演到上海孤島，每一次《蛻變》的演出，都激發起抗戰意志的高揚。到 1941 年 10 月 10 日，上海孤島（即公共租界）上演《蛻變》，每天日夜兩場，連續 35 天客滿（後來公共租界工部局迫於日本軍方壓力而禁演），每次演出都是在「中國，中國，你應該是強的」所喚起的同仇敵愾中，達到群情激奮的高潮。〔註 86〕

《蛻變》之所以能夠引發來自全國各地與社會各界的好評如潮，也就在於：《蛻變》中展現了曹禺所把握到的「我們民族在抗戰中一種『蛻』舊『變』新的新氣象」這樣的時代主題，抗日戰爭不僅是中國人民走向勝利的正義之戰，而且也是中華民族走向現代的文化復興。所以，巴金在爲《蛻變》所寫的「後記」中，這樣寫道：「一口氣讀完了《蛻變》，我忘記夜深，忘記疲勞，我心裏

〔註 85〕石曼：《重慶抗戰劇壇紀事》，《重慶文化史料》1991 年第 2 期。

〔註 86〕柯靈、楊英梧：《回憶「苦幹」》，《中國話劇運動五十年史料集》第 2 輯，北京，中國戲劇出版社，1959 年；胡叔和：《曹禺評傳》，北京，中國戲劇出版社，1994 年，第 150、165 頁。

充滿了快樂，我眼前閃爍著光亮。作家的確給我們帶來了希望。」〔註 87〕

1942 年 12 月 21 日，在陪都重慶新擴建爲 1000 座的抗建堂中，由中國萬歲劇團再次上演《蛻變》，到 1943 年 1 月，演出共達 28 場，引發了強烈而又廣泛的社會反響，不但報刊上對《蛻變》一片盛讚之聲，而且中國萬歲劇團也因演出《蛻變》，「抗戰建國增加莫大效果」而獲得戲劇指導委員會的嘉獎。更爲重要的是，中央圖書審查委員會於 1943 年 1 月決定對《蛻變》「頒發榮譽獎狀及獎金 1000 元」，並且「分別函請中央宣傳部及教育部，通令各劇團、學校獎勵演出」。於是，在 4 月 21 日，蔣中正爲首的政府要員觀看了《蛻變》，隨後也紛紛予以稱讚，並提出修改的希望。〔註 88〕

《蛻變》一劇從抗戰前期到抗戰後期都能夠取得演出的成功，其引發的社會反響一再證明：「蛻舊變新」的必要性已經成爲舉國一致的共識。這樣，《蛻變》通過揭露傷兵醫院的因循苟且來展示蛻舊變新的現實過程，大力讚美男女主人公，也就爲民族文化的復興樹立了人格榜樣。更爲重要的是，進入抗戰後期以來，陪都重慶話劇中類似《蛻變》裏那樣的人格榜樣，開始普遍出現，從而表明戰時條件下民族文化復興的可能，正在逐漸成爲曹禺所說的現實：「抗戰非但把人們的外形蛻變了，還變換了他們的內質」。

《蛻變》一劇的成功，更表明在政治需要與話劇創作之間的兩極互動，既有可能趨向良性的兩極互動，也有可能趨向惡性的兩極互動，關鍵取決於對話劇創作能否保持較爲客觀的評價姿態。如果採取藝術性的評價姿態，就能夠使良性的兩極互動成爲現實，在良性互動之中促進話劇創作。反之，如果採取宣傳性的評價姿態，就將會讓惡性的兩極互動出現在眼前，在惡性互動之中結果會妨礙話劇創作的走向繁榮。

1942 年 3 月 5 日，陳銓所作的《野玫瑰》一劇在抗建堂上演，共演出 16 場，觀眾 10200 人；4 月 3 日，郭沫若所作的《屈原》一劇在國泰大戲院上演，共演出 22 場，觀眾 32000 人。兩劇的演出均產生了轟動效應，引起了毀譽參半的激烈論爭。〔註 89〕有人認爲《野玫瑰》是鼓吹「漢奸也大有可爲」的「糖

〔註 87〕曹禺：《關於〈蛻變〉兩個字》、巴金：《後記》，《蛻變》，重慶，文化生活出版社，1941 年。

〔註 88〕1943 年 6 月 22 日《新華日報》刊出《蛻變》暫遭禁演的消息，其實是作者根據蔣中正等人的希望進行劇本修改之後再演出。石曼：《重慶抗戰劇壇紀事》，《重慶文化史料》1991 年第 2 期。

〔註 89〕石曼：《重慶抗戰劇壇紀事》，《重慶文化史料》1991 年第 1 期。

衣毒藥」，「企圖篡改觀眾讀者的抗戰意識；〔註90〕與此同時，又有人認爲《屈原》「與歷史相差太遠」，「牽強」、「滑稽」、「草率」、「粗暴」，「所表現的完全是『恨』」，從而形成了互不相讓的對攻局面。〔註91〕

4月下旬，《野玫瑰》獲得教育部學術審議會評定的學術三等獎，陪都重慶戲劇界200人聯名致函中華全國戲劇界抗敵協會，要求向教育部提出抗議以撤消頒獎。〔註92〕5月16日，中央文化運動委員會與中央圖書雜誌審查委員會聯合舉行招待戲劇界同人茶會，戲劇界同人再次提出嚴重抗議，要求撤消獎勵、禁止上演；而教育部長陳立夫則稱學術審議會獎勵《野玫瑰》乃投票結果，給予三等獎並非認爲「最佳者」，不過是「聊示提倡而已」。6月28日，《解放日報》以「獲得教育部學術審議會獎勵的爲漢奸製造理論根據之《野玫瑰》一劇」爲導語，報導了上述內容，並稱「《野玫瑰》現在後方仍到處上演」。

如果不是僅僅停留在政治性質的宣傳表象上，而是從藝術構成的創作角度來看，或許就會發現：《野玫瑰》與《屈原》之間，並非主題的對立，也非人物的對立，而是對劇中主題在評價姿態上的對立，進而把這一對立直接附著到劇中人物身上去，最終導致評價姿態的全面對立。然而，如果能夠從藝術評價的立場出發，對《野玫瑰》與《屈原》進行話劇的文本還原，那麼，就可以看到：《野玫瑰》中的「野玫瑰」就是置身於浪漫化的現實，並且戰鬥在秘密戰線上的民族鬥士，要表達出作者這樣的思想——「凡是對民族光榮生存有利的，就應當保存，有損害的，就應當消滅」；〔註93〕而《屈原》中的「屈原」就是獻身於現實化的歷史，並且爲人民解放而吶喊的戰士詩人，要表達出作者這樣的意願——「中國由楚人來統一，由屈原思想來統一，我相信自由空氣一定要濃厚，學術的風味也一定更濃厚」。〔註94〕

顯然，此時圍繞著《野玫瑰》與《屈原》所出現的對立性的評價與紛爭，主要與評論者的評價姿態是基於政治評價立場之上緊密相關，而與藝術評價立場無關，沒有能夠較爲公正地展開客觀性的評價，這無疑是不利於陪都重慶的話劇創作的。所幸的是，《野玫瑰》與《屈原》的作者們，似乎沒有受到這場對

〔註90〕方紀：《糖衣毒藥——〈野玫瑰〉觀後》，《時事新報》1942年4月8日、11日、14日連載。

〔註91〕王健民：《〈屈原〉、〈孔雀膽〉、〈虎符〉》，《中央週刊》第5卷第28期。

〔註92〕石曼：《重慶抗戰劇壇紀事》，《重慶文化史料》1991年第1期。

〔註93〕陳銓：《民族文學運動》，《大公報》1942年5月13日。

〔註94〕郭沫若：《論古代文學》，《學習生活》第3卷第4期，1942年9月。

立性評價的多大影響，繼續進行著個人的話劇創作，而其他在陪都重慶的話劇作者，似乎也同樣如此。這就充分說明，如何堅持以藝術評價的姿態來進行話劇創作及評論，對於陪都重慶話劇的正常發展來說，將成爲最重要的關鍵。

不過，《野玫瑰》與《屈原》對於陪都重慶的話劇創作來說，其意義還遠非如此，在《野玫瑰》與《屈原》之間，如果存在著更爲重要的啓示的話，那就是現實劇的《野玫瑰》與歷史劇的《屈原》之間，對自由戰士進行了古今之間的形象貫通，由此顯現出抗戰時期現實劇與歷史劇之間的兩極互動來。在這裡，所謂現實劇，主要是其內容與戰時生活直接相關，而所謂歷史劇，則主要是其內容與戰時生活間接相關；彼此在這直接與間接之間進行著與戰時生活有關的話劇創作，從而推進了從現實劇與歷史劇之間的兩級互動，引導著中國話劇的戰時發展。

曹禺在現實劇《蛻變》中指出全民抗戰的過程，同時也是整個中華民族進行蛻舊變新的過程，或許是《蛻變》中所塑造的男主人公這一「變新」的形象，遭遇到是否具有藝術眞實性的種種質疑，故而曹禺轉向關注民族復興中如何進行「蛻舊」，於是就有了《北京人》。在《北京人》中，變新僅僅作爲蛻舊的時代大背景，並且得到了象徵性的展示，由此使《北京人》與《雷雨》之間保持著某種精神上的聯繫，只不過，當初《雷雨》所表現出來的所謂天地間的「殘忍」，如今已經在《北京人》中被置換爲蛻舊途中的「堅韌」，分別體現在兩劇之中女主人公們的命運上：《雷雨》的女主人公非死即瘋，而《北京人》的女主人公則衝出家門。

之所以出現這樣的女性命運大逆轉，並非僅僅是由於戰時生活的影響，更有其內在的個人情感原因：《北京人》中的素芳，是以曹禺此時的戀人方瑞爲原型的，並且通過方瑞爲《北京人》一劇抄稿來實現彼此心曲的交流與共鳴，近在咫尺的戀人們卻難以促膝談情，因而也就賦予《北京人》以創作的個人激情。此時，在《北京人》單行本扉頁上引用「海內存知己，天涯若比鄰」的名句，其用心的確倒也良苦，因爲只要稍作顚倒，即可表白作者內心的苦戀之情——海內存知己，比鄰若天涯！唯其如此，才可以看到在民族復興與個人情變之間在蛻舊上的一致性。

或許是因爲個人激情已經在《北京人》的創作過程中得到充分燃燒，此後曹禺創作的話劇不多，即使是在改編巴金小說《家》的時候，也主要是關注覺新與瑞玨、梅芬之間的情感悲劇。這自然是與作者內心的蒼涼悽楚相關的，因

而也就不足爲怪，至於任何後來的人爲拔高與偏愛，都是不足取的。〔註 95〕

不過，抗戰前期在曹禺指導下寫出了《鳳凰城》的吳祖光，從《鳳凰城》中對抗日英雄英勇殺敵的紀實，轉向了對抗戰後期淪陷區生活的寫眞，於是就有了《少年遊》。

吳祖光在《少年遊》之中以 1943 年盛夏時的北平爲背景，描寫了四個大學畢業離校的女青年，面臨人生道路的選擇。從學校宿舍搬到市內公寓，她們在日寇的淫威之下，艱難地生活著，面臨著反抗還是屈從的選擇，除了個別人以出嫁的方式企圖逃避選擇之外，其他人最後決定離開北平去參加抗日，顯示出抗戰到底的無比信心：「到我們解放了的國土去，什麼困難攔得住我們？」〔註 96〕這就表明，年輕的一代只有在戰時生活中逐漸覺悟，並且在覺悟中進行人生道路的選擇，只有經受住人生道路上的艱苦磨煉，才有可能培養出反抗的意識與鬥爭的意志，從而走上全民抗戰之路。這樣的「少年遊」，不僅爲淪陷區的年輕一代，而且也爲抗戰區的年輕一代，提供了戰時生活中的個人楷模。

如果說《少年遊》中年輕一代知識分子，需要在戰時生活中通過人生道路的選擇來逐漸走上覺醒之路，那麼，被視爲社會良心的老一代知識分子，則需要在戰時生活中砥礪個人的節氣與操守，來進行文化人格的重塑。

《桃李春風》是由老舍和趙清閣爲紀念教師節而共同創作的。〔註 97〕劇中通過教師辛永年在抗戰爆發前後辦學的經歷，來表彰那種「熱心教育辛苦備嘗，志未稍餒」的人格精神。這樣的人格精神，在抗戰爆發之前，主要是以甘守清貧而認眞辦學，來表現人格追求中個人的執著，而在抗戰爆發之後，則是在堅持長期抗戰之中歷盡辦學的艱辛，來顯現無怨無悔的人格魅力，由此而展現出抗日戰爭對於個人操守的人格磨煉。因此，《桃李春風》在上演之後，立即得到來自社會的好評，並且由於切合提倡教育的宗旨，得到了中央文化運動委員會文藝獎助金委員會授予的劇本創作獎與舞臺演出獎各 4000 元，同時中央圖書雜誌審查委員會也予以獎勵。〔註 98〕

較之《桃李春風》一劇主要立足於教育界之內來頌揚教師的人格精神，陳白塵在《歲寒圖》中，選擇了「歲寒三友」之中寧折不彎的竹子這一傳統文化

〔註 95〕胡叔和：《曹禺評傳》，北京，中國戲劇出版社，1994 年，第 168～169、211 頁。

〔註 96〕吳祖光：《少年遊》，重慶，開明書店，1945 年；《鳳凰城》，重慶，生活書店，1939 年。

〔註 97〕老舍、趙清閣：《桃李春風》，《文藝先鋒》3 卷 4 期，1943 年 10 月。

〔註 98〕石曼：《重慶抗戰劇壇紀事》，《重慶文化史料》1991 年第 2 期。

人格意象，來為該劇主人公命名為黎竹蓀。與此同時，還對「歲寒」這一傳統語境進行當下的置換，展現為戰時生活中的現實場景：「大學教授也好，小學教員也好，公務員也好，文化工作者也好，甚至若干民族資本家，以至於規規矩矩的商人也全都改行了！改行的，去投機發財了；不改行的，大半也利用著自己固有的地位在投機發財！——投機發財的心理像一股狂濤巨浪，浸蝕著這整個社會！」在這樣的社會性「歲寒」浪潮之中，難免令人心寒。

問題在於，如何進行面對現實，不再僅僅是一個是否參與投機發財的個人選擇，而是在社會畸變心態的滾滾寒流之中，如何才能保持傲霜凌雪的個人氣節。黎竹蓀堅持住了一個學者的氣節：「我們學醫的人如果不把自己的醫術當作科學去研究，而當作商品去販賣的話，那便不是一個學者，只是一個市儈！」所以，他面對市儈心態的氾濫，如同自己對付結核病菌的肆虐一樣，竭盡自己的全力，甚至不惜任何代價堅持進行「打仗」。正是在這一「打仗」的持久過程中，可以看到對於文化人格進行重塑的重要性——「您不投機，不改行，堅守著崗位，您的存在便是一種力量！一種正義的力量！」〔註 99〕可以說，《歲寒圖》所展現出的老一代知識分子心靈蛻變之中的人格追求，正是對民族文化復興不可缺少的人格底蘊進行了史詩般的重建。

不過，陪都重慶的歷史劇，儘管可以說與戰時生活有關，但是，歷史劇與抗戰現實的聯繫上，或者是使戰時生活與古代歷史事件之間形成某種程度上的文本對應，於是就有了故事新編式的歷史劇；或者是使戰時生活通過借古諷今的方式來進行歷史的現實化，於是就有了失事求似式的歷史劇。由此更進一步，就是將戰時生活融入歷史過程之中而成為現代史實中的一部分，於是就有了生活長卷式的貫通現實與歷史的話劇史詩，從而使陪都重慶的話劇創作開始進入從抗戰前期到抗戰後期的史詩性轉向。

在陪都重慶的歷史劇創作中，除了從戲曲與小說之中獲取歷史劇創作的有關題材之外，更多的歷史劇則從歷史記載中尋求歷史劇創作的相應題材，尤其是選擇與戰時生活具有某種內在聯繫的歷史史料。於是，出現了大量的有關「太平天國」的歷史劇，因為在內憂外患這一歷史背景存上在著相通之處，所以，根據「太平天國」流傳下來的有關史料，從中選取與戰時生活相對應的素材來進行歷史劇的創作。這一類歷史劇在整個抗戰時期的歷史劇創作中是頗為突出的，特別是陪都重慶的這類歷史劇創作無疑具有一定的代表性。

〔註 99〕陳白塵：《歲寒圖》，重慶，群益出版社，1944 年。

在抗戰前期，陽翰笙在《天國春秋》中以太平天國的東王楊秀清與北王韋昌輝之間互相殘殺的史實爲依據，通過話劇的創作來揭示其原因就在於洪秀全企圖獨自掌握大權：不僅讓北王殺了東王，而且還殺了北王來安撫翼王石達開，與此同時，又準備殺害翼王——洪秀全的國舅賴漢英對洪秀全的妹妹洪宣嬌說——「告訴你，宣嬌！現在陛下一面派人去迎接達開，一面卻又叫我把城裏的兵將布置好等他啦！」所以，洪宣嬌在全劇結束時，在無比悲憤中大聲疾呼：「大敵當前，我們不該自相殘殺！」其寓意也就不僅僅止於進行所謂的「借古諷今，體現了『同室操戈，相煎何急』的主題思想」，〔註 100〕而更是徹底地揭露出一切專制者都不惜以屠殺來維護其獨裁的歷史眞相。〔註 101〕

這樣，到了抗戰後期，陳白塵寫作《大渡河》的目的也就在於，「不逃避現實以獻媚觀眾，也不歪曲歷史以遷就現實」，因爲「我更沒想在這歷史劇風靡一時的當口來趕熱鬧，那樣一個趨時的藝術家將會墮落成爲匠人的」。〔註 102〕所以，在《大渡河》中，石達開有這樣的一番言語，也就不足爲怪：「天王昏庸懦弱，既不能彌禍患於未發，又不能平內亂於事後」，「如今更遠君子，親小人，大封洪氏兄弟，遂令讒臣當道，忠言逆耳」；「再回想當年金田起義，原是要驅逐韃虜，恢復漢室，但大事未成中途內訌」，「四川底定，再取雲貴，造成鼎足三分之勢，則進可以攻，退可以守，豈不也是爲天國創立基業，爲太平軍保全兵力麼？」這樣的人物內心表白，應該說是較爲合乎歷史的本來面目的，由此也可以反證《天國春秋》的藝術眞實性。

因此，在《大渡河》中，不僅可以看到它與《天國春秋》之間的前後呼應，而且更進一步，已經能夠展現出從金田起義到大渡河兵敗的「太平天國」興衰全過程，由此表明抗戰時期有關「太平天國」的歷史劇，基本上是再現歷史的悲劇。當然，故事的新編是以故事爲基礎的，故事的悲劇性決定了歷史劇的悲劇性。除此之外，對於歷史的現實化，也可以賦予失事求似的歷史劇以悲劇性，只不過，話劇中的歷史悲劇往往會成爲戰時生活中所發生的現實悲劇的個人翻版，由此而促使借古的個人創作動機轉化成爲諷今的個人創作目的。在這一類歷史劇中，最具有代表性的就是被郭沫若自稱爲「獻給現實的蟠桃」的《屈原》。

〔註 100〕葛一虹主編：《中國話劇通史》，北京，文化藝術出版社，1997 年，第 219 頁。
〔註 101〕陽翰笙：《天國春秋》，《抗戰文藝》第 7 卷 6 期，1942 年 6 月 15 日。
〔註 102〕陳白塵：《歷史與現實——〈大渡河〉代序》，《習劇隨筆》，重慶，當今出版社，1944 年。

從 1942 年 1 月 24 日到 2 月 7 日，《屈原》全劇在《中央日報》的副刊《中央副刊》上分 10 次連載完畢，到 4 月 3 日開始公演。從劇本完成之後，就有人認為《屈原》是「一篇『新正氣歌』」；〔註 103〕到公演以後，又有人指出「詩人獨自有千秋，嫉惡平生恍若仇」。〔註 104〕然而，在《屈原》一劇中，用以表達「把這包含著一切罪惡的黑暗燃毀」主題的《雷電頌》，卻並非屈原所作。這就表明《屈原》一劇中的失事求似限度，已經達到了藝術虛構的極致，換句話說，也就是為了諷今，借古已經變成了撰古——杜撰歷史。

之所以這樣做，或許是因為「在反動政府的嚴格檢查制度之下，當代的事蹟不能自由表達或批判，故作家採用了迂迴的路，用歷史題材來兼帶著表達並批判當代的任務」。〔註 105〕所以，在由《屈原》一劇所引發的評價熱潮之中，出現了非此即彼的評論衝突，更多的是與《屈原》「批判當代」的政治性質有關，而與「歷史題材」的藝術審美無關。

即使是就郭沫若在陪都重慶寫成的六部歷史劇來看，《屈原》無疑是在失事求似的創作道路上走得最遠的歷史劇之一。雖然寫於《屈原》之前的《棠棣之花》，已經開啓了郭沫若進行失事求似的歷史劇的個人寫作道路，但是，《棠棣之花》之中愛國愛民的英雄，畢竟還保留著快意恩仇的俠義之士風範，人物形象的古今兩面性反差在主題表現上的相距並不遙遠。

更應該看到的就是，在《屈原》之後寫成的《虎符》、《築》、《孔雀膽》、《南冠草》，除了接著寫的《虎符》、《築》與《屈原》一樣，有著郭沫若本人所說的「暗射的用意」之外，從《孔雀膽》到《南冠草》的歷史劇創作，已經從失事求似轉向故事新編，因而這對於那些已經習慣於對郭沫若的歷史劇進行政治解讀的評論者來說，也就出現了所謂「主題不明確」的說法。〔註 106〕其實，只要能夠看到無論是《孔雀膽》，還是《南冠草》，它們與「戰國四劇」的《棠棣之花》、《屈原》、《虎符》、《築》之間，所存在著的歷史劇類型差異，也就不難根據它們各自與歷史的關係來進行歷史劇的主題解讀，更不用說進行歷史劇的藝術評論了。

如果說，歷史劇出現故事新編與失事求似這樣的類型差異，主要是抗戰

〔註 103〕孫伏園：《讀〈屈原〉劇本》，《中央日報・中央副刊》1942 年 2 月 8 日。
〔註 104〕董必武：《觀屈原劇賦兩絕句》，《新華日報》1942 年 4 月 13 日。
〔註 105〕郭沫若：《關於歷史劇》，《風下》週刊 1948 年 5 月 22 日。
〔註 106〕秦川：《郭沫若評傳》，重慶，重慶出版社，1993 年，第 268～273 頁。

時期的政治環境所造成的產物，那麼，歷史劇從失事求似向著故事新編的個人回歸，無非是要表明歷史劇必須在與古代歷史事件相關的文本基礎上，來進行話劇創作的藝術創造。不過，這並不意味著歷史劇的寫作只能局限在歷史文本之中進行，從抗戰前期到進入抗戰後期，對於話劇史詩性的個人追求也隨之就出現了。這就是要以中國現代歷史一直不斷延伸到當下的全過程爲創作選擇的對象，進行話劇史詩這樣的個人創作。

袁俊的《萬世師表》一劇以大學教授林桐從 1918 年剛剛到大學任教開始，到 1942 年大學生們爲 50 歲的林桐祝壽，獻上大書「萬世師表」的旗幟而結束，通過在大學任教 25 年的一個普通教師的人生經歷，來展現 25 年來的中國社會巨變的歷程。

從全劇的結構來看，選取了最具有歷史意義的個人生活片段，在中國從和平到戰爭的風雲變幻之中，來進行史詩性的敘事：在第一幕中，林桐剛剛進入大學教書，就遭遇到新派教師的熱情歡迎與舊派教師的當面侮辱，由此而顯現出新文化運動對大學乃至全社會的巨大衝擊；在第二幕中，以林桐參加五四愛國群眾運動被捕的事件，來顯示從大學教師到社會民眾在走向覺悟之中的複雜心態；在第三幕中，林桐與學生一道徒步到大後方堅持辦學，努力爲國家培養抗戰人才，展現了愛國不惜一切代價的崇高精神；在第四幕中，林桐在艱難困苦的戰時生活條件下，仍然堅守崗位而得到學生的崇敬與愛戴，表現出獻身教育事業的偉大人格。這樣，學生們發自內心地高呼「林桐先生萬歲！」〔註 107〕實際上也就成爲對勇於犧牲而堅韌不拔的現代人格精神的高度頌揚，正是這樣的現代人格精神，才足以堪稱「萬世師表」之人格風範。

在陪都重慶話劇創作中出現的《萬世師表》等話劇史詩，正是從一個人的職業生涯來展現社會的歷史進程，即通過選取具有歷史意義的個人生活片段，來顯現其所獻身的事業，是如何與整個中國社會的現實變遷保持著高度的一致。抗戰後期，話劇史詩在陪都重慶的湧現，顯然表明在陪都重慶的話劇創作之中，在紀實的正面性宣傳動員與眞實的史詩性藝術創造這兩極互動的前提之下，已經開始趨向政治需要與話劇創作、現實劇與歷史劇這兩個層面上的兩極互動之間的藝術融合，從而爲陪都重慶的話劇創作預示出將有可能達到的史詩性高度。

〔註 107〕袁俊：《萬世師表》，文化生活出版社，1944 年。

六、散文書寫的個人姿態

陪都散文書寫，應該說與抗戰之初報告文學熱的出現是有著直接關聯的，這不僅是因爲陪都重慶的眾多報刊與出版社爲報告文學的社會接受提供了不可或缺的發表陣地，保障了報告文學在八年抗戰中社會影響的經久不衰；而且更是因爲陪都重慶的眾多作家積極投入報告文學的書寫之中，促成了報告文學在抗戰到底中文學地位的不斷上升，最終促使報告文學眞正跨越了通訊報導的新聞門檻，而得以進入文學的世界，成爲散文之中的新興體裁，在與其他散文體裁的互動之中推進散文的戰時發展的同時，對於散文之外的其他文學樣式的發展也發生著不容忽視的直接影響，從而顯現出抗戰時期中國報告文學的寫書寫特點來。

不可否認的是，報告文學這一邊緣性的新興散文體裁，一方面在戰時條件下，通過報告文學書寫的文學化，完成了從新聞本位到文學本位的書寫轉型，成爲基於文學性文本之上的散文體裁；另一方面在報告文學熱興起之中，促成了散文書寫乃至文學書寫的戰時化，導致了文本書寫中偏向紀實性的宣傳需要而忽略了眞實性的藝術追求。這就需要在不斷提升報告文學的審美品質的同時，對宣傳需要與藝術追求進行戰時書寫中的不斷平衡；這同時也就要求在從散文到其他文學樣式的戰時書寫之中展開個人文學姿態的不斷調整。只有這樣，方能使陪都散文在個人姿態的走向協調的過程中眞正得到長足的發展。

應該看到的是，報告文學書寫文學化的戰時發生，是與作者和讀者共有的激情抒發的個人需求緊密地聯繫在一起的——正是在「天下興亡，匹夫有責」這一具有時代特徵的民族激情性的驅動之下，使得平實穩重的新聞通訊報導轉向熱情洋溢的報告文學書寫，因而報告文學成長爲散文體裁之一的文學創作，在擴大其傳播影響的同時，能夠及時而形象地展現出戰時生活的多種變化來。與此同時，還應該看到的是，抗戰以來出現的報告文學熱，促成包括散文在內的文學書寫轉向戰時化，更是與作者和讀者共同的親身經歷的個人生活密切地聯繫在一起的——正是在「全民動員，抗戰到底」這一具有現實特徵的生活親歷性的觸動下，促使散文與其他文學樣式的不同書寫呈現出與戰時生活的密不可分，在一定程度上消解了文學與生活之間的個人審美距離的同時，能夠從不同角度與側面呈現出戰時生活的多重風貌來。

正是因爲如此，從抗戰前期到抗戰後期，無論是報告文學基於激情性的文學化，還是其他散文書寫基於親歷性的戰時化，都同樣保持著與陪都重慶文學發展的一致性。具體而言，也就是抗戰前期側重於文學紀實的現實需要以求保持宣傳與藝術之間的個人書寫平衡，而抗戰後期立足於文學美文的戰時重構以求保持藝術與宣傳之間的個人書寫平衡。陪都重慶散文正是在從抗戰前期到抗戰後期的個人書寫平衡的轉換過程之中，出現了前所未有的全面發展勢頭，進而成爲抗戰時期中國散文，乃至整個文學發展的風向標。

在抗戰之初，以長篇通訊形式出現的報告文學，主要是對戰時生活的熱點及焦點進行及時描寫，因而抗日戰場上戰況的進展成爲報告文學的主要描寫對象，特別是抗戰前期，通過主要戰役的描寫來盡可能展現抗日戰爭逐步擴大的實際進程，與此同時，後方對前方進行積極的支持也成爲抗日戰爭全景中不可分離的一部分；進入抗戰後期，國內戰場與國際戰場緊密地連接在一起，在反法西斯主義的正義之戰中，迎來國家獨立與民族解放的最後勝利。

這就難怪抗戰全面爆發之初，報告文學的主要作者仍然是新聞記者。《盧溝橋畔》對戰鬥場面與戰鬥過程進行了概括性的報告，之所以這樣，也就在於對於整個戰況的瞭解主要是通過採訪完成的。不過，對我軍在抗擊日軍進攻之前準備的不足，倒是進行了較爲全面的報告，並進行了對比：「此次衝突，日方興師動眾，範圍甚廣，其後方爲豐臺、爲天津、爲瀋陽、爲高麗、爲其本國，而迄今日止，我們之後方爲宛平縣之第六區，且此區區之一區亦非有組織有計劃者。」〔註108〕儘管這一報告，主要是新聞性而並非是文學性，但是仍然在一定程度上揭示了在戰爭準備不足的情況下，中國軍隊的忠勇精神與中國民眾的犧牲精神，全力支持著盧溝橋畔抗戰的繼續進行，進而爲全民抗戰提供了精神導向。由此可見，報告文學在對戰況進行紀實性描寫的同時，也在發揮新聞評論的引導作用。

隨著抗戰烽火由中國北方燃燒到中國南方，繼「七・七」事變在北方的盧溝橋爆發以後，「八・一三」事變在南方的上海爆發，中國軍民英勇抗擊日軍進犯的全過程，隨之出現了「上海一日」的書寫浪潮，標誌著報告文學的書寫在全民參與之中將趨向文學化的發展道路。在所有相關的報告文學書寫之中，由於眾多作者描寫的對象不同，因而是在具體書寫中注重視角的轉換，尤其注重戰火中人的精神面貌的深入展示，從而也就初步顯現出文學書寫的基本特點來。

〔註108〕《盧溝橋畔》，《長江戰地通訊專集》，重慶，開明書店，1938年5月。

所以，在《臺兒莊血戰》之中，就開始了對整個戰役進行紀實性描寫，並且不再插入主觀性的評論，通過血戰到底迎來勝利的全過程展示，來形象地了證明「以運動戰爲主，而以陣地戰和游擊戰爲輔的戰術原則」的有效性——「我們第二期作戰新戰術思想新實驗的大成功」。〔註109〕這就表明即使是新聞記者，在進行報告文學的個人書寫之中，也開始脫離新聞本位而轉向文學本位，從一個側面上顯現出報告文學書寫的文學化趨向的開始出現。

這一切，在個人書寫的報告文學系列作品《閘北打了起來》、《從攻擊到防禦》、《斜交遭遇戰》中，得到了較爲完整的展現——在《閘北打起來》中，通過一個中國排長的親自敘述，以「我」的視角來進行有關上海軍民積極備戰，直到最後與日軍在「閘北打了起來」的紀實性描寫，給人一種親臨戰場的眞實感。〔註110〕而在《從攻擊到防禦》中，以第三人稱來講述「閘北之戰」的全面展開到最後撤出，充分體現了在敵強我弱的狀態下，「戰略上採取的是消耗戰，戰術上採取的是決戰防禦」的抗戰原則，再加上「我們底空軍，常給敵人夜襲」的陸空一體化作戰，〔註111〕從而也就顯現出中國抗日戰爭所具有的現代戰爭性質。在《斜交遭遇戰》中出現了一位講故事的軍人，以具體的戰例來解說什麼是「斜交遭遇戰」——在敵我雙方在運動狀態中，進行不期而遇的遭遇戰，其關鍵是如何把握戰機，〔註112〕從而表明，「兩軍相逢勇者勝」的中國智慧正是「斜交遭遇戰」的制勝根本。

從此以後，立足於文學本位的報告文學與立足於新聞本位的長篇通訊開始分道揚鑣，即使是新聞記者也非常注重報告文學書寫的文學性，中國的抗日戰爭從此進入了全面而立體的現代戰爭階段。無論是在北方，還是在南方，無論是內地，還是在沿海，無論在陸地，還是在天空，任何地方只要有日寇出現，都是侵略者必須付出死亡代價的抗日戰場。

「中國炸彈爆發在臺北」無疑表明了中國人民抗戰到底的堅強決心——「我們英勇粗大反攻的拳頭，馬上就伸過臺灣海峽，在臺北敵人的空軍根據地上重重的一擂！」在猛烈地轟炸聲中，敵人機場被炸毀了，通訊被終斷了，

〔註109〕《臺兒莊血戰》，《長江戰地通訊專集》，重慶，開明書店，1938年5月。

〔註110〕S.M.：《閘北打了起來》，《七月》第3集第3期、第4期連載，1938年6月1日、6月16日。

〔註111〕S.M.：《從攻擊到防禦》，《七月》第4集第2期、第3期連載，1939年8月、10月。

〔註112〕S.M.：《斜交遭遇戰》，《七月》第5集第2期，1940年5月。

硝煙彌漫之中，「載在鐵翼之上的天兵，又重臨我失陷的故土，高高在上的『天日之徽』，給弱小民族以遠大的希望，威猛滅亡的鐵血火花，警告敵人以末日的來臨」。〔註 113〕在顯現出英勇殺敵的無比壯觀的同時，展現出豪邁無敵的戰士情懷，打動著每一個中國人的心。

這是因爲，只要是一個中國人，哪怕是生活在淪陷區，也同樣懷著一顆報國之心，時時刻刻堅守住中國人的尊嚴，時時刻刻牢記著侵略者的罪行。正是因爲如此，所以在《從東北來》之中，可以看到的就是在「我們的土地失去了，但是我們人心不死」這樣的誓言激勵下，我們既頑強地反抗日寇的奴化教育，我們又頑強地戰鬥在冰天雪地，爲了我們的土地，爲了我們的生存，「我們都能夠爲了理想而努力！」〔註 114〕在這裡，那些曾經在淪陷區生活過的人們，無論是記者、作家，還是普通人，在同仇敵愾之中都開始了對於報告文學的書寫，向所有的同胞揭露侵略者的卑鄙與殘忍，以激發抗戰到底的無比勇氣與堅強意志。

所以，《血債》中以第一人稱敘述了主人公的我，在「殘暴敵人飛機屠刀之下」撿來一條命之後，親眼目睹自己家人與鄉親一步一步掉進東洋鬼子的虎口，更看到了自己同學不甘凌辱不惜與東洋鬼子同歸於盡，也聽說了一時軟弱做了漢奸的人們如何抗命東洋鬼子的故事……一筆又一筆的血債，使我奮起抗爭，直到三天以後「才遇著我們中國的隊伍」。這就無比沉痛而生動地顯露了一個普普通通的中國人是怎樣走上抗日之路的。

不僅中國人難以逃脫日寇的屠刀，就是外國神父也照樣避免不了日寇魔手，從而成爲一個「偉大的死者」——「日本帝國主義者的魔手伸向一切阻撓他對中國侵略的人」，而這位外國神父僅僅是因爲同情並祝福中國抗戰，保護逃到教堂來的中國難民，就被殘忍地殺害了，而無恥的日寇卻給出示了一張僞造的「神父自殺證」，來表白兇手們的無辜。〔註 115〕這就表明，即使是披上了羊皮的狼終究還是狼，非正義的侵略戰爭必將遭到世界各國人民的一致反對，而中國人民的抗日戰爭是正義之戰，必將得到世界各國人民的全力支持。

在中國的抗日戰爭中，前方的勝利與後方的大力支持是分不開的。特別

〔註 113〕丁布夫、黃震遐：《中國炸彈爆發在臺北》，《光榮的紀事》，重慶，《中國的空軍》出版社，1939 年 12 月。

〔註 114〕孫陵：《從東北來》，重慶，前線出版社，1940 年。

〔註 115〕魏伯：《偉大的死者——敵人暴行之一》，《抗戰文藝》第 3 卷第 2 期，1938 年 12 月 10 日。

是爲了打破日軍的封鎖，爭取國際援助，打通國際交通線在雲南與緬甸的接壤處展開。後方人民爲此作出了巨大的犧牲。在 1939 年 3 月發表的《血肉築成的滇緬路》之中，提供了這樣一組令人觸目驚心的數字：「九百七十三公里的汽車路，三百七十座橋樑，一百四十萬立方尺的石砌工程，近兩千萬立方尺的土方，不曾沾過一架機器的光，不曾動用鉅款，只憑二千五百萬民工的搶築：鋪土，鋪石，也鋪血肉」。〔註 116〕滇緬公路就是在短短的時間內由「千千萬萬築路羅漢」用血肉築成的，是現代的萬里長城。在這「血肉築成的滇緬路」上，難度最大的是橋樑的架設。僅只從《一〇六號橋——滇緬公路是怎樣築成的》一文中，就可以看到正是民工們以生命的犧牲爲代價才「築成」了這「一〇六號橋」。這樣，「用我們的血肉築成新的長城」，在滇緬公路上成爲如此驚人而又如此慘烈的現實。〔註 117〕

當然，更多的生命將犧牲在前方的戰場上，後方人民踴躍參軍殺敵，構成一道又一道血肉築成的「新的長城」。在《偉大的離別》中，呈現出歡送「壯丁入伍」盛大集會的一派熱鬧景象，前來送行的親友和其他民眾一樣，「都覺得從軍是當然的事了」，所以他們的臉上「連半點離別惘然之色沒有」，而壯丁們更是表示：「我們這回打火線去，一定要多殺幾個日本鬼子，這才對得住大家，才不負大家的期望。」〔註 118〕這就表明，抗日必定是全民抗戰，每一個中國人都心懷殺敵之心，壯丁入伍是自願而非強拉，因而才會出現「偉大的離別」這樣的動人場面，於是乎，只有在如此高漲的抗戰覺悟與熱情之中，才能迎來勝利的日子。

日本侵略者面對著如此堅強與頑強的中國軍民，面臨著如此勇敢與無畏的中國軍民，不得不採取轟炸中國抗戰中樞城市——陪都重慶的卑劣手段，企圖瓦解中國軍民的意志，企圖打擊中國軍民的鬥志。1939 年 5 月初，日寇對陪都重慶進行了一系列空前慘烈的大轟炸。在日機的狂轟濫炸之中，面對這呼嘯而來的漫天彈雨，在熊熊燃燒的遍地火焰中，在隆隆不絕的滿城爆炸聲中，越發顯現出中國人抗戰到底的信心與決心。眾多作家紛紛投入了報告文學的寫作。寫出了自己的怒火，寫出了自己的堅信，寫出了自己的悲痛、寫出了自己的控訴……

首先是在轟炸的硝煙尚未散去的 5 月底出刊的《抗戰文藝》上，就發表

〔註 116〕蕭乾：《血肉築成的滇緬路》，《蕭乾散文特寫選》，北京，人民文學出版社，1980 年。

〔註 117〕木楓：《一〇六號橋》，《七月》第 5 集第 2 期，1940 年 3 月。

〔註 118〕寒先艾：《偉大的離別》，《離散集》，今日文藝社，1941 年。

了大量的作品，集中爆發出作家們，尤其是女作家們那決不屈服、永不妥協、奮起抗爭、堅持戰鬥的抗戰意志。

白朗的《在轟炸中》這樣寫到：「經過了第一天敵機狂炸之後，新都綺麗的面容已失去了整個的壯觀，這裡那裡的顯現出許多的瘡疤與血跡」，「江上櫛密的木板房，已在敵機的摧毀下粉碎了，餘燼在掙扎著，被難同胞的屍骸到處露著，我不敢看，也不忍看；然而我終於看到了。」所有的人，無不「悲憤填了胸腔，胸腔快爆炸了」。〔註 119〕在面對血腥與殘忍而悲憤難消的同時，更有著沉默與喧鬧之中的怒火在燃燒——安娥在《炸後》裏展現了這樣的劫後景象——「男人們挑著亂七八糟的東西，默默的喘著氣從火裏疾走出來，經過人們的臉前時，一股火熱氣燙人！女人們扶老攜幼背著火向外逃！失散人家或是死了家人的哭哭啼啼，欲行又止！」，面對如此景象，沒有哪一個人能夠不發出這樣的詛咒：「如果有人說：用鐵和火殺人不野蠻的話，那我簡直就否認這個世界！」〔註 120〕

如果說白朗與安娥以大轟炸親歷者的第一人稱寫，在即事而發之中出了女作家特有的細膩與激情，那麼，蕭紅在稍後寫成的《放火者》之中，更是寫出了女性作家細膩中的洞悉入微與激情中的冷靜沉著。

雖然是仍然保持了第一人稱的個人書寫，然而，不僅「我就看到了這大瓦礫場的近邊，那高坡上仍舊站著被烤幹了的小樹，有誰能夠認得出那是什麼樹，完全脫掉了葉子，並且變了顏色，好像是用赭色的石雕成的」；而且我也看到「大批的飛機在頭上過了，那裡三架三架地集著小堆，這些小堆在空中橫排著，飛得不算頂高，一共四十幾架。高射炮一串一串地發著，紅色和黃色的火球像一條長繩似的扯在公園的上空」。面對著「放火者」的如此血腥與殘暴，則是以自問自答的方式來作出即刻回應——「死了多少人？我不願說出他的數目來，但我必須說出他的數目來」，因為「重慶在這一天，有多少人從此不會聽見解除警報的聲音了……」〔註 121〕這顯然是將國仇家恨在個人的高度克制之中進行寓熱於冷的壓縮，鍛鍊成對「放火者」的「我控訴」！

較之女作家們的「我控訴」，男作家們則在大聲吶喊之中號召「以親愛團結答覆敵人的狂炸」。

〔註 119〕白朗：《在轟炸中》，《抗戰文藝》第 4 卷第 3、4 期合刊，1939 年 5 月 25 日。
〔註 120〕安娥：《炸後》，《抗戰文藝》第 4 卷第 3、4 期合刊，1939 年 5 月 25 日。
〔註 121〕蕭紅：《放火者》，《文摘・戰時旬刊》51、52、53 期合刊，1939 年 7 月 11 日。

這首先是因爲，「整千的良善人民死亡在敵人的炸彈機槍轟擊下了，難以統計的財產毀滅在敵人所投放的罪惡火焰中了」。所以，「我滿心海樣深的仇恨，我滿心海濤樣的洶湧的感情」，在表達出男作家粗獷與眞摯的同時，更顯現出深沉的憤怒——「逼之以死地，仍以死相威脅，這是枉然的！因爲新『五四』的血海深仇，連和平的月亮也憤恨紅了臉龐。」於是，「三天以後，重慶市的所有罪惡火焰完全消滅了，秩序恢復，而且比以前更剛強英武地屹立在揚子嘉陵兩江中間，它已成爲可以擊碎敵機再度濫炸的抗戰大堡壘！」〔註 122〕

這其次是因爲，「給血染過了的五月三日，天空像掃過了似的。這一天的慘劇，加深了一層中日民族的仇恨！」所以，「每個人的眼前，放著一串悲痛的事，父親想著兒子，母親想著女兒，兒女想著父母，哥哥想著弟弟，妹妹也想著姊姊。他們死得太慘了！他們怎樣死的？我相信三歲的孩子，忘記不了鮮紅的血，毀滅的火！」〔註 123〕仇恨在不斷的加深，而怒火也在不斷的燃燒。「連續的轟炸又開始了，今天是第十五次」……「這是第十八次的市區轟炸」……「也許覺得我寫得太多了吧，但是不，我只寫了一點點，只是在全部血債中的細微的一滴。」所有這一切，將都是爲了證實：「敵人想用炸彈來毀滅這個都市，但是它，卻永遠地屹立在這裡！無論你十八次十九次乃至一百次都是一樣的。」〔註 124〕

由此可見，男作家們在展現出更爲廣闊一些的個人眼界的同時，男作家們的情感宣洩也就會表現得更加理智一些，可是，他們與她們一樣，依然是以親歷者的「我」的視角，刻意展示出中國軍民在重慶大轟炸之中的種種動人情景，尤其是日益高漲著從頑強與團結到堅韌與不屈這樣的民族精神。

然而，千萬不要忘記的是，「在南洋，美洲、歐洲甚至非洲，『唐人』永遠懷念祖國，除了出錢爲祖國買飛機擊敵之外，還不斷的培植他們的子弟回國，保衛領空抗戰。」湧現了眾多血灑長空的英雄，「從八一三開戰時起即在祖國天空作戰」，尤其是「南京、武漢、一直到重慶，揚子江畔有空戰發生」，都時時閃現著這些空中牛仔浴血奮戰的身影，在奮不顧身之中爲保衛祖國人民獻出了年輕的生命。尤其是在重慶大轟炸之中，他們展開了絕地反擊，「牛仔永不歸來了，揚子江承受了嘉陵江嗚咽的流水，南山青松上浮騰白雲，可是我們空軍中

〔註 122〕梅林：《以親愛團結答覆敵人的狂炸——新『五四』血債三日記》，《抗戰文藝》第 4 卷第 3、4 期合刊，1939 年 5 月 25 日。

〔註 123〕秋江：《血染的兩天》，《七月》第 3 集第 4 期，1939 年 7 月。

〔註 124〕羅蓀：《轟炸書簡》，《自由中國》新 1 卷第 1 期，1940 年 11 月。

最好的一位分隊長永不歸來了。」〔註 125〕請記住，記住所有這些爲祖國捐軀「永不歸來」的華僑飛行員，他們的英靈將長存在祖國人民的心裏。

支持中國人民抗戰到底的，不僅來自海外的「唐人」，也來自世界各國的友人。在 1941 年 12 月 8 日那一天，隨著日軍偷襲珍珠港，太平洋戰爭的爆發促成了世界反法西斯同盟國的出現，中國成爲反法西斯戰爭的遠東戰區，中國的抗日戰爭也隨之進入抗戰後期。這一巨大的歷史轉機，集中體現在消滅法西斯的戰場上。於是，從國內戰場到國際戰場，相繼發動了一系列戰役，展現出前所未有的戰爭場面。從此以後，對於報告文學的個人書寫來說，也就意味著擁有了更爲廣闊的視野與更爲多樣的視角。

在《戰長沙》中，通過中國武官陪伴同盟國的武官和記者到長沙進行戰場考察，來自美國的武官稱讚長沙大捷「是同盟軍成立後在太平洋方面的第一次大勝利，這一點，我們都是知道的，這是一次非常大的勝利」。對此，長沙的司令長官作出了這樣的呼應：「我們中國兵是能打勝仗的，我們不單在國內，我們還能在國外作戰。假如我們再經過嚴格的訓練，尤其是有精良的武器，我們到國外去一定幫助你們打勝仗」。在正義之戰中，不僅需要相互支持，更需要的是相互理解，「中國打了四年半的仗，現在才被別人知道了，現在我們中國人可以挺起胸脯來說話了」，進而喊出了中國軍人的鋼鐵誓言：「我們要打下去——打下去，困難地打下去，給全世界看！」〔註 126〕

中國軍人的誓言很快就變成了行動。隨著印緬戰場的開闢，中國軍隊跨越國境，發動一次又一次的對日作戰。報告文學的書寫也更加趨向文學化，由彼此間的戰地對話擴展到對戰場氛圍，尤其個人心理的深入描寫。渲染出印緬戰場上的「雨的世界」——「天空中每天總是鋪著雨雲，只要林中風一響，雲林的相接處便湧起漫天的煙霧，眼看著它們一步步的逼上來，雨的腳步聲愈走愈近」，隨後「地上集起齊腰的泥水，遇有窪地更深，我們的士兵和馬匹常常陷死在泥裏。」這「雨的世界」更加險惡，「但是我們火線上的戰士便以這副肉身子在泥水中匍匐著衝殺」，奪得了一個又一個勝利。〔註 127〕

在與美軍協同作戰之中，隨著幾聲槍響，「好像誰在我們後面放爆竹，我已經被推倒在地上了」；「我爬到一撮蘆葦下面，褲子上的血突湧出來」；「一

〔註 125〕林有：《保衛祖國領空的華僑飛航員》，《大公報》1940 年 4 月 17～27 日連載。
〔註 126〕徐盈：《戰長沙》，《文藝陣地》第 6 卷第 6 期，1942 年 7 月 10 日。
〔註 127〕呂德潤：《雨的世界》，《中緬公路是怎樣打通的？》，重慶大公報館，1945 年 1 月。

點也不痛，但是覺得傷口有一道灼熱」。隨後「美籍軍醫替我上藥，眼睛笑眯眯的」，而「緬甸小姐替我注射預防針，也是笑眯眯的」。就這樣，「我匆匆而來我匆匆而去，一切如在夢中」。〔註 128〕這就在寫出印緬戰場上一個負傷的中國軍人那心中的朦朧感覺的同時，又從一個側面展現出同盟國軍人之間那份無所不在的友情，從而顯露出戰地上的另一種獨特風采。

從國內到國外，中國軍隊的浴血奮戰表明了正義之戰的勝利來之不易，因而也就自然而然地成爲抗戰後期報告文學書寫的熱點。與此同時，應該看到的是，抗戰後期的報告文學書寫已經能夠全力描寫戰爭中的人，尤其是個人的心路歷程，加快了報告文學的文學化。在所有這些關於戰爭與人的文學報告之中，不僅僅寫出了中國人的戰時心態，而且將個人書寫的視線擴展到敵對陣營中的人們，尤其是那些日本戰俘，去寫出他們是否有可能在逐漸覺醒之中開始人性的復蘇。這一類作品逐漸成爲抗戰前期到抗戰後期報告文學書寫中頗爲引人關注的一個文學焦點。

在 1940 年發表的《聽日本人自己的告白》一文之中，以側寫的方式引用日軍指揮官的訓話，來見出侵略者深陷持久戰爭泥潭的窘態——「長期的事變使士兵都意氣消沉，不守軍紀，同時更發生許多幻想」——「使部隊內部發生許多的不安現象」。軍心不穩根源就在非正義的侵略戰爭，這一點首先得到了日軍士兵書信中的印證：「晝夜不分地響著不斷的槍聲，日夜都在襲擊中，弄得我們的身體都疲勞得像棉一樣，眼睛深深地陷下去了」，尤其是「糧食斷絕了，只得吃些山芋和蘿蔔，甚至撿中國人民丟下的小米吃，眞苦極了」；這一點也得到了來自日本國內家信中的印證：「隨著戰爭的延長，國內的物價日益騰貴，市面非常蕭條！」在無法度日之中發出這樣的期盼與思念：「假如你能寄十塊來，我們母子也不至於分離了」，「假如我有翅膀，一定飛到你那裡」。〔註 129〕

顯然，這些所披露出來的「日本人自己的告白」，基本上是來自抗戰前期繳獲的日軍信件，隨著抗戰後期日軍俘虜的激增，終於能夠正面寫出「日本俘虜訪問記」這樣的作品來。

從重慶到西安，在走進「日本俘虜集中營」之前，作爲訪問者，「我並不希望所有的俘虜列隊站出來，我只想看看今天上午他們如何過日子——和平

〔註 128〕黃仁宇：《密芝那像個罐頭》，《大公報》1943 年 6 月 12～17 日連載。
〔註 129〕以群：《聽日本人自己的告白》，《生長在戰鬥中》，重慶中國文化服務社，1940 年 10 月。

日一樣」，從而立足於平等待人的立場，以平視的眼光來審視這些日本俘虜。儘管「據說俘虜們有『改變』了的和『未改變』的兩種」，不過，實際上集中營裏的「俘虜分成兩部分，軍官們與忠實的武士代表，和普通的士兵們，他們彼此之間好像沒有什麼關係」，因而「不得不將這兩類俘虜分開來住」。通過面對面的訪問，普通士兵除了想家之外，對於這場侵略戰爭感到「莫名其妙而且想不透」。然而，軍官們，特別是「日本飛行員不僅是坦白，而且極想說話」，顯得「『士氣』仍舊很高，他們殘忍，聰明，狂熱而不悔過」，甚至認爲「全世界的人都死光了的時候，那麼才會有世界的和平」。由此可見，在這樣的日本俘虜之中，無論是士兵，還是軍官，哪怕是那些在集中營裏生活了多年的俘虜，基本上處於「未改變」的狀態之中，這主要是因爲「中國對俘虜的待遇已實行了西方各國的人道主義的傳統」。〔註 130〕

在陪都重慶郊區的「一個地主的古老的住宅」，如今已經成爲日本俘虜收容所，「但爲儘量把解除了武裝的諸君當成『人』來看待，我們卻另外取了個名字叫『博愛村』」，「於是『村員自治會』組織起來了。即俘虜自身的生活，由其自身來約束，來實踐，來管理，所方僅居於監督和指導的地位」，而博愛村的幹事長則是由日軍俘虜中的軍官擔任。在這樣的博愛氣氛之中，通過「我」這個所方人員與「步、騎、炮、工、輜，各類兵種的俘虜」的交談，得知他們「都是在無可奈何才來作戰，而也無一不抱著厭戰的情緒」。不過，他們對某些派來的所謂日本「覺悟者」比較反感，認爲「他反而不比一個有理解的中國人更理解我們」。正是與「我」這樣的「有理解的中國人」朝夕相處，生活在「博愛村」中的村員們逐漸覺醒過來。他們通過公開演出自編自演的「中國魂」一劇，在「博愛村」周圍的中國老百姓面前，在公開承認日本侵略者暴行的同時，肯定了中國人民反抗侵略的正義性，由此開始了發自內心的反省。〔註 131〕只有這樣，以陪都重慶「博愛村」的村員們爲代表的日軍俘虜，才有可能眞正走上「人性的恢復」之路。

當報告文學以越來越廣闊的題材領域，越來越深入的人性挖掘，越來越生動的如實表述，呈現於社會大眾之前，在事實上也就爲報告文學的文學化趨向予以了文本的確認，尤其是眾多作家進入報告文學的書寫行列，無疑加快了報

〔註 130〕林語堂：《日本俘虜訪問記》，《亞美雜誌》1944 年 11 月號。

〔註 131〕沈起予：《人性的恢復》，《文藝陣地》第 6 卷第 2～4 期連載，1942 年 1 月 10 日至 1942 年 4 月 10 日。

告文學完成文學化的戰時進程。與此同時，報告文學緊密關注戰時生活的現實發展，也對作家個人的文學書寫產生極大的影響，所謂文學書寫的戰時化，即使是對與現實生活保持最大審美間距的遊記書寫來說，也難以脫離其影響。

這一影響在「國難旅行」這類遊記中立即顯現出來。即使是詩人李金髮，到了抗戰後期，也放棄了早年那晦澀朦朧的詩意表達，轉而力求在當下進行明快曉暢的如實描寫，在「國難旅行」之時，寫出了由陪都重慶出發，前往長沙這一主要戰場的所見所聞。

事實上，這更是一次爲完成「派出的公事」而進行的報國之旅：從重慶朝天門上船沿江而下，爲避免日機轟炸，輪船採取「晝伏夜出的政策」，而「我們又到街上去大嚼，看新嫁娘，遊山澗，幾忘人間何事」。隨後沒想到「此船過巫峽。從床上驚起，想細看這個名勝，可是月色朦朧，波濤洶湧，只覺兩岸狹窄險要，不能看到全景」。結果等到凌晨三時半，由于連日轟炸中，輪船無法前行，只好高價租下木船到三斗坪，「冒著夜寒到江邊，下弦月無限淒涼，這個旅程，就是象徵人之一生。」然後從三斗坪經過七天步行到了「洞庭湖口之津市」，「沿途貧瘠不堪，過著原始時代的生活，幾乎沒有文化的影子，也不見一所學校」。最後乘船到長沙，途中「親歷湘北大戰的勝地」，於是隨同「大家下船步行沙岸上，心曠神怡，拾得奇形蚌殼二隻，以作紀念，又拾得鴻雁的大羽毛數根，預備做筆」。至此，遊興已盡，「平淡的旅程，也不打算再記了」。

不過，沿途的種種感受深深銘刻在心，催人奮筆。由此可見，艱難困苦的戰時生活，仍然有著生意盎然的一面，而如何享受與感受這一面，無疑需要保持的一份內在的樂觀，故而發出這樣的感慨——「我們抗戰了五年多，居然能在敵人火線不遠的地方，建立交通孔道，這就是我們民族的偉大處」。〔註 132〕

從陪都重慶出發，不僅可以到前線去，而且也可以到大後方各地去，而從重慶到成都已經成爲作家們出行的熱線。或許，在羈旅之中更能見出人之眞性情，不過，即使是這一類遊記，也或多或少地融入了報告文學的影響，顯現戰時化的特徵來。

1938 年初到重慶的宋之的，在《重慶到成都》的個人書寫中，就傳達出如此印象式的個人發現：「重慶看不見天，天被霧遮著。」不過，更爲重要的是發現重慶的人：「一個老重慶這樣告訴我：『要是重慶人不爬山，一定會早

〔註 132〕李金髮：《國難旅行——重慶、巫峽、三斗坪、洞庭湖、長沙》，《文藝先鋒》第 2 卷第 3 期，1943 年 3 月 20 日。

夭十年！』這話，我是相信的。」不過，重慶人的好動是靜中有動，既有坐茶館的悠閒，更有跑警報的匆忙，畢竟這是生活在日機常常要轟炸的陪都重慶。當然，重慶的街景也自然延伸進來：「重慶街上，甜食店特別的多，特別特別的多」。「『這不是偶然的現象，』老重慶說，『這是——爲了癮君子的需要』」。較之這樣的重慶人，還有「救國」的重慶人，只不過，「女孩子是要比男孩子熱情些」——「這是重慶的一個特殊現象，在街頭講演，以及各種集會上，女孩子確實是較爲熱烈一些」。離開重慶到了成都，也就發現成都的「馬路很整潔，人也似乎很閒散，喝茶，在這地方乃是第一要事。」至於宣傳抗戰的人，「地方當局喜歡把他們作漢奸辦，加以驅逐。」〔註 133〕

在這裡，可以看到即便是在發現重慶與成都這兩個城市的個人遊歷之中，還是比較注意將這一發現與抗戰聯繫起來。這對於抗戰前期慣於書寫報告文學的宋之的來說，似乎是一件順理成章的事情。當然，這並不是說，遊記中所發現的重慶與成都必須均與抗戰有關。所以，到了抗戰後期，有關報告文學對遊記書寫的戰時化影響，對擅長小說書寫的老舍來說，或許會顯得更爲間接一些並極度地減弱。

老舍在《青蓉略記》一文裏，寫下了從重慶出發到成都，前往灌縣青城山一遊。其間在灌縣住了十天，不僅看到了上千的男女學生在此「舉行夏令營」，而「女學生也練習騎馬，結隊穿過街市」；而且較爲詳細地介紹了都江堰，並且特地「細細玩味」古來治水的格言；更是在「最有趣」的竹索橋上獨自行走，由此感受到了「我們的祖先確有不甘趨附而苦心焦慮的去克服困難的精神」。然後前往青城山，得出一個「遊山玩水的訣竅：『風景好的地方，雖無古蹟，也值得來，風景不好的地方，縱有古蹟，大可以不去』」。所以，該文略寫天師洞與上清宮的遊玩經過，而大寫「青城天下幽」之「青」——「這個籠罩全山的青色是竹葉，楠葉的嫩綠，是一種要滴落的，有些光澤的，要浮動的淡綠。這個青色使人心中輕快，可是不敢高聲呼喚，彷彿怕把那似滴未滴，欲動未動的青翠驚壞了似的。這個青色是使人吸到心中去的，而不是只看一眼，誇讚一聲便完事的。當這個青色在你周圍，你便覺出一種恬靜，一種說不出，也無須說出的舒適。」

於是，感慨著青城山之幽不僅不「使人生畏」，反而是「令人能體會到『悠然見南山』的那個『悠然』」。關於青城山的「青」與「幽」，在此可謂已經達到

〔註 133〕《重慶到成都》，《宋之的散文選》，南京，江蘇人民出版社，1983 年。

遊記當下寫作的新境界。主人公在青城山流連了十幾天以後，再回到蓉城成都，也住了半個多月，總算完成「青蓉」之旅。文中只是簡單地交代了在蓉城與成都文協分會會員的聚會，看川戲、竹琴、洋琴，逛舊書攤兒的經過。全篇布局詳略得當，尤其是結尾處別有一番意味：「因下雨，過至中秋前一日才動身返渝。中秋日下午五時到陳家橋，天還陰著。夜間沒有月光，馬馬虎虎的也就忘了過節。這樣也好，省得看月思鄉，又是一番難過！」〔註 134〕這就爲整個遊記提供了與抗戰有關的個人想像的現實空間，在韻味十足之中顯得意味深長。

兩相對照，可以說寫於抗戰前期的遊記，往往是印象式的速寫斷片居多。這不是偶然的，畢竟作家只是匆匆忙忙地路過，難以深入其中去反覆體味。隨著進入抗戰後期，作家對所到之地，不再是路過時的隨意一瞥，而是觀賞中的刻意一遊，因而遊記的文本特點顯得格外鮮明：以遊玩的路線爲線索，對所見所聞如數家珍地娓娓道來，並且伴以旅遊途中的所感所思。這樣一來。遊記中戰時化的色彩在不斷地減褪，向著遊記的文學本眞進行著個人書寫的文本復歸。顯而易見的是，這一遊記書寫中的個人姿態所展現出來的，正是文學書寫戰時化的衰頽之勢，因而與報告文學文學化的興盛之態，保持著共時性的相反相成。

七、文學思潮的主義論辯

隨著「全民總動員」運動的興起，在「文藝服務於抗戰」的總體號召之下，爲滿足戰時需要而進行的文學書寫，已經先後化爲「文章下鄉、文章入伍、文章出國」這樣的具體口號，首先提出「第一要『中國化』，第二要『戰鬥化』，第三要『通俗化』」，來適應以農民與士兵爲基本讀者的接受水平，達到「激發他們的抗戰的情感」的動員目的；〔註 135〕其次是提出要努力「翻譯中國的抗戰文藝」，來形成「抗戰文藝的出國運動」，以爭取世界各國人民對中國抗戰的大力支持。〔註 136〕不過，無論是「文章下鄉，文章入伍」，還是「文章出國」，固然有著戰時文學直接服務於中國抗戰的一面，更涉及到戰時文學如何在中國自主發展的另一面。

這就有必要從戰時文學自主發展的中國角度，去審視現代文學戰時發展中

〔註 134〕老舍：《青蓉略記》，《大公報》，1942 年 10 月 10 日。

〔註 135〕《怎樣編寫士兵通俗讀物（座談會）》，《抗戰文藝》第 1 卷第 5 期，1938 年 5 月 21 日。

〔註 136〕出版部：《出版狀況報告》，《抗戰文藝》第 4 卷第 1 期，1939 年 4 月 10 日。

出現的形形色色的論爭，以揭示出戰時文學發展的中國新動向。在這裡，陪都重慶出現的現實主義論辯，不僅貫穿著八年抗戰，而且發生了從抗戰前期到抗戰後期的嬗變，從而顯現出陪都重慶的現實主義論辯，不僅代表著文學思潮戰時發展的中國主流，而且也在抗戰時期的中國文學運動中發揮著主導作用。

實際上，就現實主義自身而言，一方面表現爲關注現實人生的文學意識，即現實性；一方面體現爲復現現實人生的創作法則，即寫實性，正是通過對現實性的人生觀照而展開寫實性的人生描寫，才能夠建構出現實主義文學的眞實性基礎。在這裡，文學眞實性是由作者通過對生活的眞實進行審美觀照之後所創造出來的藝術眞實這兩者之間可能達到的一致性。對於現實主義而言，其眞實性也就是現實性與寫實性的高度融合——在關注現實人生之中進行復現現實人生以臻於對現實人生的如實描寫，從而逐漸發展成爲中國文學現代發展中所謂新文學的現實主義傳統。

但是，這一發展中的現實主義傳統，在抗戰爆發前的左翼文學運動之中遭到了某種政治化改寫，被捲入一九三四年八月在蘇聯正式頒布的「社會主義的現實主義」體系的政治影響之中，文學的眞實性被強加了政治內容——必須與「現實的革命發展」和「社會主義精神」相結合，實際上強化了「眞實使文學變成了反對資本主義擁護社會主義的武器」這一政治需要的中國影響。〔註 137〕這就直接導致左翼文學運動之中出現「差不多」這一文學現象——「文章內容差不多，所表現的觀念也差不多」，可偏偏「忘了『藝術』」，因而期盼著新文學的現實主義傳統在現代文學「新運動」興起之中的復歸。〔註 138〕顯然，這一文學「新運動」興起的可能，在此後抗日戰爭的全面爆發之中成爲現實了。只不過，中國現實主義的戰時復歸，一開始仍然難以避免政治化的改寫。

抗戰伊始，周揚就指出：「中國的新文學運動一開始就是一個現實主義的文學運動」；「現實主義給『五四』以來的文學造出了一個新的傳統」；「目前的文學將要而且一定要順著現實主義的主流前進，這是中國新文學之發展的康莊大道」。因此，「對於現實主義，我們應當有一種比以前更廣更深的看法」——「對現實的忠實」。顯而易見的是，這一所謂「對現實的忠實」，不過就是要求將文學納入政治化，甚至政策化這樣的忠實於政治的戰時軌道——「文學上的現實

〔註 137〕馬良春等：《中國現代文學思潮史》下冊，北京，北京十月文藝出版社，1995 年，第 669～671 頁。

〔註 138〕沈從文：《作家間需要一種新運動》，《大公報・文藝》，1936 年 10 月 25 日。

主義、民主主義的運動是和政治上的救亡運動、憲政運動相配合的」。〔註 139〕不可否認的是，就現實主義中國傳統而言，在戰時文學運動之中，是忠實於政治，還是忠實於藝術，其間已經出現了與周揚相反的看法。這正如茅盾所指出的那樣：「遵守著現實主義的大路，投身於可歌可泣的現實中，儘量發揮，儘量反映，——當前文藝對戰事的反映，如斯而已」。因此，茅盾針對要求制定「戰時的文藝政策」的如此鼓吹，在加以堅決反對的同時，堅持認爲「我們目前的文藝大路，就是現實主義，除此之外，無所謂政策」。〔註 140〕

在忠實於政治還是忠實於藝術的論爭之間，其實質則在於戰時文學運動之中對現實主義傳統應該怎樣去發揚廣大，正如李南卓所指出的那樣：「每一個作家對現實都有他單獨的新發現，對藝術形式的史的堆積上，都有他的新貢獻」，「把自己與當前的中心現實——『抗戰』——間的最短距離線找出來吧！」「如果我們非要一個『主義』不可，那麼就要最廣義的『現實主義』吧！」〔註 141〕問題在於，這一個人的卓識並沒有成爲全體的共識，因而也就難怪其後相繼在出現了「三民主義的現實主義」，「民主主義現實主義」，「民族革命的現實主義」，「抗戰建國的現實主義」，「抗日的現實主義與革命的浪漫主義」，「新民主主義的現實主義」，「三民主義的新寫實主義」等等眾多的具有政治性前置定語的現實主義主張。〔註 142〕這些主張之所以五花八門，也就在於它們各自側重於戰時文化中不同的政治需要，實際上成爲悖離文學自身發展要求的「狹現實主義」，從而呈現出現實主義論辯之中偏於政治化的現實趨向。

事實在於，所有這些偏於政治化的現實主義主張，除了「三民主義的新寫實主義」這一主張出現在陪都重慶之外，其他的絕大多數都出現在隸屬於國民政府的各個邊區的抗日根據地之內，以至於不得不成爲一個值得加以特別研究的學術話題。不過，在此更爲重要的是針對陪都重慶的現實主義論辯，去追溯其緣起與發展的諸多變動。

在抗戰前期，隨著文學期刊在陪都重慶的先後復刊與創刊，現實主義論

〔註 139〕周揚：《現實主義和民主主義》，《中華公論》創刊號，1937 年 7 月 20 日。

〔註 140〕茅盾：《還是現實主義》，《救亡日報・戰時聯合旬刊》第 3 期，1937 年 9 月 21 日。

〔註 141〕李南卓：《廣現實主義》，《文藝陣地》創刊號，1938 年 4 月 16 日。

〔註 142〕參見邵伯周：《中國現代文學思潮研究》，上海，學林出版社，1993 年，第 503～506 頁；馬良春等：《中國現代文學思潮史》下冊，北京，北京十月文藝出版社，1995 年，第 1116～1125 頁。

辯也就隨之而在陪都重慶發生，並且這一論辯是隨著《七月》在陪都重慶復刊而興起，並且以《文學月報》在陪都重慶創刊而走向興旺的。這就表明，現實主義論辯在陪都重慶的開展，是與容納論辯群體的文學主陣地在陪都重慶的出現是截然不可分的。

胡風在《七月》上發表了《今天，我們底中心問題是什麼？》一文，首先指出：「今天的作家們，有誰反對現實主義麼？不但沒有，恐怕反而都是以現實主義者自命的，雖然他們底理解和到達點怎樣，是值得深究的迫切的問題。但至少，像目前一些理論家所提供的關於理論的一點點概念（在這裡且不說那裡面含著的不正確的成分），對於多數作家並不是常識以上的東西」，這是因爲「二十多年來新文學底傳統，不但沒有煙消雲散，如一張白紙，反而是對於各個作家或強或弱地教育了指導著他們，對於整個文藝進程把住了基本的方向。」由此批駁了抗戰以來「文學的活動是始終在散漫著的帶著自發性的情狀之下盲目地遲鈍地進行著」這一偏見。然後認爲：「今天的作家們有誰會把他底主題離開民族戰爭的麼？恐怕情形恰恰相反，他們大都是性急地廉價地向民族戰爭所擁有的意識形態或思想遠景突進」，這是因爲「民族戰爭所創造的生活環境以及它所擁有的意識形態和思想遠景，也或強或弱地和作家們底主觀結合了，無論是生活或創作活動，都在某一方式上受著了規定。」於是否認了抗戰以來「積極方面的人物，作家還沒有給我們留下不滅的典型」這一指責。

這樣的認識前提下，胡風提出了「從創作裏面追求創作與生活」這一命題，以促使「創作實踐與生活實踐的聯結問題」成爲抗戰文學運動的「中心問題」，否則，「不理解文學活動底主體（作家）底精神狀態，不理解文學文學活動是和歷史進程結著血緣的作家底認識作用對於客觀生活的特殊的搏鬥過程，就產生了從文學的道路上滑開了的，實際上非使文學成爲不是文學，也就是文學自己解除武裝不止的種種見解」，這是因爲「在我們，戰爭被有血有肉的活人所堅持，這些活人，雖然被『科學』武裝他們底精神，但決不會被『科學』殺死他們的情緒。」在這裡，所謂「科學」就是種種與主義相關的「合理概念」，特別是對詩人創作進行「個人主義」、「感傷主義」之類的「空洞的叫喊」。因此，「這也是爲什麼我們不惜過高地估計詩人的生活實踐和他底主觀精神活動。」〔註 143〕

〔註 143〕胡風：《今天，我們底中心問題是什麼？——其一、關於創作與生活的小感》，《七月》第 5 集第 1 期，1940 年 1 月。

由此可見，無論是新文學傳統的戰時延續，還是作家創作活動的戰時展開，都不能離開對戰時生活這一最大的現實，在規定著現實主義的戰時發展新方向的同時，也規定著戰時作家創作的現實主義新道路，從而引導著陪都重慶發生的關於現實主義的「新」思考。不可否認的是，胡風在他的討論之中有若干「科學」理據引自《文藝戰線》第四冊所載《蘇聯文學當前的幾個問題》一文，而正是在這一點上，直接促動了關於現實主義的中國論辯，由此可見在抗戰前期來自蘇聯的文學影響。

1940 年 1 月 15 日《文學月報》創刊號上翻譯發表了盧卡契的《論新現實主義》，該文譯自其 1939 年出版的《現實主義史》一書。隨後羅蓀發表了《關於現實主義》，認爲現實主義「乃是結合著作家主觀的感性與社會客觀的理性相一致的血肉搏鬥的產物」，而非「客觀主義」的文學描寫。〔註 144〕而史篤則在《再關於現實主義》之中，提出「一切都是歷史的產物，現實主義亦然。不同的時代，不同的社會，不同的階級，產生不同的現實主義。社會主義的現實主義是蘇聯的產物，我們不可強求」，而「我們的現實是，民主主義革命的現實，我們所需要的現實主義是，民主主義的現實主義。」〔註 145〕顯然，給現實主義貼上政治標簽，是背離起碼的文學常識的。

所以，羅蓀發表《再談關於現實主義——答史篤先生》一文，針對「民主主義的現實主義」就是此時的「新現實主義」這一結論進行駁斥，「因爲有人說過，我們今日的新文化是要『民族的形式，民主主義的內容』，所以，史篤先生就給出了這末一個巧妙的結論。可惜是錯誤的，因爲理論與實踐雖然是互相影響的，但是卻並非是一件事，方法和內容不能混成一事是同樣的理由」，反對把現實主義的「理論方法」與「文學的內容」相混淆。更爲重要的是，他還指出「世界觀和現實主義同樣是發展的，不是固定不變的東西」，「同時，世界觀也並非完全絕對的決定著創作方法，這就是爲什麼觀念論的現實主義也能成爲一面反映社會的鏡子，因爲作家在一定時代，社會，政治的實踐上爲現實生活所推動著。」顯然，在這裡可以看到對胡風所提出的「中心問題」在一定程度上的積極回應，同時也看到現實主義論辯之中來自蘇聯文學與國內政治的雙重影響。

當然，羅蓀也承認「社會主義的現實主義乃是現實主義文學的發展階段，

〔註 144〕羅蓀：《關於現實主義》，《文學月刊》第 1 卷第 3 期，1940 年 3 月 15 日。
〔註 145〕史篤：《再關於現實主義》，《文藝陣地》第 4 卷第 12 期，1940 年 4 月 16 日。

在現實主義的發展體系中，它有著最高的成就，自然，這並不是說它已經是現實主義的最後完成。但是它卻已然而且必然的成爲全世界新興文藝的創作方法」。〔註 146〕爲了確認這一點，就在這同一期的《文學月報》上，發表了《關於「新」現實主義》、《「現實的正確描寫」》兩文與之相呼應，首先在《關於「新」現實主義》中引用高爾基的話來爲「新」的現實主義理論體系進行正確地說明：「我們底藝術必須不使人物脫離現實，而站得比現實更高，以便將人物提高在現實之上。」〔註 147〕其次在《「現實的正確描寫」》中指出「新」現實主義所要求的「現實的正確描寫」，就是要「正確的描寫生活的本質」以「發現社會的典型」。〔註 148〕由此已表明社會主義的現實主義在中國的影響之一斑。

只不過，社會主義的現實主畢竟離戰火中的中國太遙遠，反倒是世界觀與現實主義之間的關係，較爲國人所關注。事實上，早在 1940 年初，就有人指出「最近幾年來，新興的文藝理論家們常爲世界觀與創作方法這問題上，發生著甚爲激烈論爭，現在，卻已得到一個具主潮性結語」——「文藝根本上就是以具體的形象手段，來說明客觀現實的。文藝作家過分地偏視於世界觀，常常會有使作品墮入於高遠的理想，使成一種失掉文藝根本性的概念化的作品」；更何況「創作者縱令沒有深刻的世界觀，只要他能深入現實」，並且「被創作者具體形象了出來，雖然他（創作者）的作品中沒有闡述深刻的較正確的世界觀，但其所寫出者也離這較正確的世界觀不遠矣」。〔註 149〕然而此時舊事重提，顯然更加凸顯來自蘇聯的文學影響。具體而言，就是有人提出「我們要說明中國現實主義的抗戰文藝和作家世界觀的問題」，那就是「中國抗日戰爭的現實主義文藝，亦應該是『人民的喉舌』」，在反映現實生活時「只有科學的世界觀才能歸納成爲一幅活生生的圖畫」，這是「因爲中國抗戰，已經超過自發性的東西，而爲覺醒性的東西了」。〔註 150〕顯然，有關世界觀與創作方法之關係，出現了巨大的分歧——要麼世界觀與創作方法之間僅僅是相輔相成的互動關係，正確的世界觀能體現在現實主義的創作

〔註 146〕羅蓀：《再談關於現實主義——答史篤先生》，《文學月報》第 2 卷第 4 期，1940 年 11 月 15 日。
〔註 147〕歐陽山：《關於「新」現實主義》，《文學月報》第 2 卷第 4 期，1940 年 11 月 15 日。
〔註 148〕畢端：《「現實的正確描寫」》，《文學月報》第 2 卷第 4 期，1940 年 11 月 15 日。
〔註 149〕王潔之：《世界觀與創作方法》，《新蜀報》1940 年 1 月 16 日。
〔註 150〕侯外廬：《《抗戰文藝的現實主義性》，《中蘇文化月刊・文藝特刊》1941 年 1 月 1 日。

之中；要麼創作方法與世界觀是主次分明的制約關係，正確的世界觀將決定著現實主義的創作成敗。

1941 年 1 月 8 日，在陪都重慶召開了專題討論會，在參照「蘇聯文藝論戰」有關文章的同時，關注「我們文壇上」的現實主義討論，由此展開「作家的主觀性與藝術的客觀性」這一話題，儘管討論中眾說紛紜，但是歸根結底就是世界觀與創作方法的關係到底如何？依然呈現出互動與制約這關係的兩極——或說「新現實主義的本身，必須結合著正確的世界觀的。也就是說，創作方法不能離開正確的世界觀而孤立起來」，故而「新現實主義的創作方法和正確世界觀是不能分離的統一物」；或說「只有最進步的世界觀，才能最完全的，最科學的，以藝術的客觀態度，表現現實的一切過程，描寫出現實的各種複雜形態」。〔註 151〕在這裡，既可以看到來自蘇聯的社會主義的現實主義的理論影響，也可以看到有關現實主義在戰時中國的個人思考，直接促動著抗戰前期的現實主義論辯。

進入抗戰後期的 1942 年，胡風發表了《關於創作發展的二三感想》一文，認爲隨著戰時生活的不斷延續，「有的作家是，生活隨遇而安了，熱情衰落了，因而對待生活的是被動的精神，從事創作的是冷淡的職業的心境」，因而同樣是失去了「向生活突擊的戰鬥熱情」，也就直接導致「客觀主義」與「主觀主義」在相反相成之中成爲「非驢非馬的」同一創作傾向。〔註 152〕很明顯，正是作家的生活態度轉變了作家的創作態度，已經促成惡劣的創作傾向的形成，直接影響到現實主義的創作道路能否繼續走下，從而不利於現實主義的戰時發展。

胡風的這一「感想」，引起了陪都重慶文壇的警覺。於潮發表了《論生活態度與現實主義》一文來予以回應。他認爲要「建立一種新的生活態度」，就必須克服「對於現實的冷淡，甚至麻木；對於人民的命運的漠不關心」這一已經出現的「障礙」。不過，對於如何克服「障礙」以建立「新的生活態度」，給出的答案就是要用「科學的社會主義」來「武裝我們的頭腦」。具體地說，「科學的社會主義」這一「眞正的能創造出科學、民主和大眾的新文化的思想體系」，「它不但是一種研究指南和工作方法，而且是一種生活態度」，足以「恢復我們的氣度，擴展我們的心胸，提煉我們的靈魂」，以便能夠「和人民在一起生活」，「用

〔註 151〕茅盾、胡風等：《作家的主觀性與藝術的客觀性（座談筆錄）》，《文學月報》第 3 卷第 1 期，1941 年 6 月 1 日。參加座談者共 14 人，其中有以群、羅蓀、胡繩、艾青等。

〔註 152〕胡風：《關於創作發展的二三感想》，《創作月刊》第 2 卷第 1 期，1942 年 12 月。

全副心腸去貼近我們人民」，因爲「人民不是書本」。更爲重要的是「生活的態度正確了」，就必須「在最艱難複雜的現實生活的河流當中堅持下去，我們所要求的是千錘百鍊，永不失那份『赤子之心』」。〔註 153〕顯然，這才是於潮所認爲新文學必須「除舊」，因而現實主義傳統必須在抗戰之中進行「布新」的發展，而發展的基點只能是「科學的社會主義」。至於如何扭轉「客觀主義」與「主觀主義」的惡劣創作傾向，就是要用「科學的社會主義」來武裝作家的頭腦，實際上，給出了作家必須改造思想這樣的政治藥方。

同樣是「回想一下新文藝底歷史」，胡風指出作爲新文學傳統的現實主義，其使命就是除舊布新——「它控告黑暗，它追求光明」，而「現實主義在今天」應該如何？這就是「立腳在這種現實主義上面的新文藝，戰爭爆發後就一方面更能夠獲得本身底發展，另一方面更能夠發揮戰鬥的性能」。這就表明，新文學的現實主義傳統始終是基於除舊布新的文學追求的。儘管人民需要「現實主義的新文藝向他們投入」，戰爭推進作家「創作的追求力能夠向人生更深地突進」，但是「新文藝在經歷著困苦的處境，因而也就面對著嚴重的危機」，也就是「首先有了等於不要文藝的事實，其次就產生了等於不要文藝的『理論』。在胡風看來，「等於不要文藝」的「客觀主義」與「主觀主義」的創作危機已經是既成事實，只有在文學發展的過程中才能逐步得到解決；而「現實主義主義在今天」迫切需要解決的危機，則來自那些「等於不要文藝的『理論』」——「要創作從一種思想出發」與「要作家寫光明」。因爲「像這樣的理論，雖然嘴裏說要『光明』的文藝，『高尙』的文藝，但實際上只是不要文藝，是捏死文藝」；「因而我把這叫做危機，而且要爲文藝請命；不要逼作家說謊，不要污蔑現實的人生。」〔註 154〕這一「理論」危機顯然與諸如「建立三民主義的哲學、社會科學及文藝的理論體系」之類的黨派意識形態訴求直接相關。〔註 155〕

問題在於，較之「理論」危機只需要進行基於文學常識之上的駁斥即可應對，創作危機則需要重新喚起作家「向生活突擊的熱情」。這一點顯然已經

〔註 153〕於潮：《論生活態度與現實主義》，《中原》創刊號，1943 年 6 月。此文完成於 1943 年 3 月 4 日，而 1943 年 3 月 17 日《新華日報》發表了署名嘉梨的《人民不是一本書》一文，不過是《論生活態度與現實主義》的部分內容的減縮改寫。隨後引發了茅盾等人紛紛在《中原》等刊物上發表文章予以響應。

〔註 154〕胡風：《現實主義在今天》，《時事新報·元旦增刊》1944 年 1 月 1 日。

〔註 155〕《文化運動綱領草案》，《文化先鋒》第 2 卷第 24 期，1943 年 10 月。《文化運動綱領草案》由 1943 年 9 月 6 日至 13 日召開的中國國民黨第五屆十一全會通過。

成為作家的群體性共識，於是便有了《文藝工作底發展及其努力方向——「文協」理事會推舉五位理事商討要點，由研究部執筆草成在第六屆年會上宣讀的參考論文》一文的發表。該文指出：「既然戰爭變成了持續的日常生活，文藝家就要在經營一種日常生活的情況下從事創作」，「再聯繫到思想限制和物質困苦這雙重的重壓」，「結果當然會引起主觀戰鬥精神底衰落」，而「主觀戰鬥精神底衰落同時也就是對於客觀觀察的把握力、擁抱力、突擊力的衰落」，其結果就是出現了「各種反現實主義的傾向」。如何才能重返現實主義的創作道路呢？「就文藝家自己說，要克服人格力量或戰鬥要求底脆弱或衰敗，就社會說，要抵抗對於文藝家底人格力量或戰鬥要求的蔑視或摧殘。」〔註 156〕然而，這一群體性的共識卻遭到了這樣的指責——「過分強調作家在精神上的衰落，因而也就過分的強調了目前文藝作品上的病態」，甚至認為這「不是從現實的生活裏得出來的結論，而是觀念的預先想好來加在現實運動上的公式」。〔註 157〕顯然，這一個人指責無疑是帶有特定的黨派意識形態背景的。

然而，胡風認為「文藝底戰鬥性就不僅僅表現在為人民請命，而且表現在對於先進人民底覺醒的精神鬥爭過程的反映裏面了。中國的新文藝，當它誕生的時候就帶來了這種先天的性格」。於是，他指出：「文藝創造，是從對於血肉的現實人生的搏鬥開始的。血肉的現實人生，當然就是所謂感性的對象，然而，對於文藝創造（至少是對於文藝創造），感性的對象不但不是輕視了或者放過了思想內容，反而是思想內容底最尖銳的最活潑的表現。」因此，「只有從對於血肉的現實人生的搏鬥開始，在文藝創造裏面才有可能得到創造力底充沛和思想力底堅強」，通過「引發深刻的自我鬥爭」，鞭撻「幾千年的精神奴役的創傷」，在「精神擴展的過程中，進行「現實主義的鬥爭」，〔註 158〕從而促使作家的主觀戰鬥精神在現實主義的發展之中不斷高漲。

對此，雪峰認為「單是熱情，單是『向精神突擊』，在我們，是還萬萬不夠的，還不能成為眞實的戰鬥文藝，並且那裡面也自然會夾雜著非常不純的東西，」例如個人主義的殘餘及其他的小資產階級性的東西」，而「主觀力的要求也是如此」，儘管也承認這些都是「分明地在對革命抱著精神上的追求之

〔註 156〕《抗戰文藝》9 卷 3～4 期合刊，1944 年 9 月。

〔註 157〕黃藥眠：《讀了〈文藝工作底發展及其努力方向〉以後》，《約瑟夫的外套》，香港，人間書屋，1948 年。

〔註 158〕胡風：《置身在為民主的鬥爭裏面》，《希望》創刊號，1945 年 1 月。

下提出問題的」。之所以會如此說，也就在於——「這是我們首先應取的態度，這態度我還以爲在我們領導上現在且有戰略性的意義，因爲我們是要使一般的反抗現狀和舊思想的力量，眞正匯合到革命中來，並在革命中改造而成爲眞正的戰鬥力量。」〔註 159〕雖然同樣是從新文學運動的發展過程來看，胡風所倡導的「主觀戰鬥精神」，在此僅僅是得到了「我們領導上現在且有戰略性的意義」這一角度上的認可，而實際上是要藉此「匯合」那些有可能在「革命中改造」的「一般」力量。

如果說馮雪峰並沒有以「民主革命」的名義，對現實主義道路的個人思考予以一概否認的話，那麼，何其芳則在強化階級立場之中宣稱：「凡是在現社會裏活著的人，未有不是在進行搏鬥和衝激的。」這就強調了作家及其創作的階級性，並以此作爲政治標準來貶斥創作中出現的「一些資產階級和小資產階級的觀點」，尤其是「與血肉的現實人生的搏鬥」、「向精神突擊」之類。這是因爲「政治標準第一，藝術標準第二」這一問題，「毛澤東同志《在延安文藝座談會上的講話》（大後方的版本叫《文藝問題》）中已經講的很清楚了」。所以也就沒有必要對不符合政治標準的作家及作品進行藝術標準的評判。

更爲重要的是，「我認爲今天的現實主義要向前發展，並不是簡單地強調現實主義就夠了，必須提出新的明確的方向，必須提出新的具體的內容」——「藝術應該與人民群眾結合」。這既是「新的明確的方向」，又是「新的具體的內容」，並且作家創作要「盡可能合乎人民的觀點，科學的觀點」，「形式上更中國化更豐富，從高級到低級，從新的到舊的，都一律加以適當的承認，改造或提高」。這是因爲「毛澤東同志對於無產階級的藝術理論的最大的發展與最大的貢獻乃在於那樣明確地，系統地提出了藝術群眾化的新方向，與從根本上建立藝術工作者的新的人生觀。從此以後」，無論是「新文藝也好」，還是「現實主義也好」，都必須遵行這一「新方向」才能發展。〔註 160〕這就爲抗戰後期的「現實主義在今天」的論辯，畫上了一個並非完美的政治句號，直接影響著新文學的現實主義傳統與作家的現實主義道路「在今天」以後趨於政治畸變。

〔註 159〕雪峰：《論民主革命的文藝運動——過去與現在的檢查及今後的工作（節錄）》，《中原》、《文藝雜誌》、《希望》、《文哨》聯合特刊第 1 卷第 1～2 期合刊，1946 年 2 月。

〔註 160〕何其芳：《關於現實主義》，《新華日報》，1946 年 2 月 13 日。

下篇　重慶文學的現代運動

一、走向現代的文學

20 世紀的中國文學形態研究主要是展示文學的文本形態，即出現了什麼樣的文學文本，而未能揭示出 20 世紀的中國文學的運動形態演變，即爲什麼會出現這樣的文學文本。然而，只有揭示出爲什麼會出現這樣的文學文本，才有可能眞正掌握這是什麼樣的文學文本，所以，文學形態研究以運動形態研究爲基礎，而運動形態研究則以文本形態研究爲前提。

事實上，對於 20 世紀的中國文學進行運動形態研究，發端於追溯文學發展背景的相關研究，這就是 20 世紀三十年代自《中國新文學大系・1917～1927》出版以來，隨後陸續出版的諸多「文學大系」之中的眾多「導言」，均以這些「文學大系」所收入的文本爲對象，來對 20 世紀的中國文學運動形態進行程度不等的階段性的，尤其是時期性的短時段研究。在所有這些「導言」之中，雖然沒有能夠展示出 20 世紀的中國文學運動形態的世紀演變的整體，不過，在爲 20 世紀的中國文學運動形態研究提供了基礎性的參考文獻的同時，更是提示了前瞻性的運動形態研究方向——創作空間、藝術探索、傳播影響，就 20 世紀的中國文學而言，其運動形態的演變展現在三個層面上——創作空間的擴張或壓縮，集中體現爲從個人到群體的文學書寫自由空間的大小；藝術探索的推進或停滯，主要表現爲從借鑒到原創的文學傾向更迭速度的快慢；文學傳播影響的開放或封閉，具體顯現爲從刊物到叢書的文學出版活動規模的興衰，從而有助於進行 20 世紀的中國文學的運動形態百年斷代的整體性長時段研究。

長時段研究注重時間紀元的年代性。自 1985 年提出以 1898 年為起點的「20 世紀中國文學」論以來，國內出現了眾多以「20 世紀中國文學」為主題詞的相關研究，主要是以此打通所謂近代文學、現代文學、當代文學對於中國文學現代轉型過程的人為分割，將其視為一個具有現代性的文學轉型過程，因而影響到國外的相關研究。然而，由於未能意識到 20 世紀的中國文學是具有現代性與年代性兩個向度的文學現代轉型過程，從而使「20 世紀中國文學」論缺失年代性向度支撐而導致研究失範。這就表明有必要從百年斷代這一世紀文學研究的角度出發來研究 20 世紀的中國文學。為了避免與「20 世紀中國文學」論相混淆，故而以「20 世紀的中國文學」來強調百年斷代的年代性向度。

20 世紀是這樣的一百年：從 1900 年庚子事變之後的清末新政，到經濟轉軌之後的 2001 年中國入世，呈現出中國社會從衝擊封閉到逐漸開放的現代化進程；同時更是中國文學發展之中的一個相對完整的現代轉型期，展現出在人類社會全球現代化大趨勢之下中國文學發展從被動接受到主動融入的一百年。通過剖析 20 世紀的中國文學運動形態在階段性與連續性相一致之中的世紀演變，與揭示文學運動形態構成的創作空間、藝術探索、傳播影響的具體演變過程，從而顯現出 20 世紀之中，在社會變遷到政治演進的多重影響之下，文學如何展開多樣而互動的自主發展，以便探求中國文學在現代轉型之中如何趨向現代性與年代性相一致。

通過對從 1901 年到 2000 年這一百年間發生的中國文學現代轉型進行斷代研究，主要是證實文學現代轉型與社會現代化在整個 20 世紀之內所顯現出來的同步性，已經促使文學發展與社會變遷、政治演進之間形成了較為複雜的多重關係，尤其是文學發展與政治演進的關係歷經了從疏離到緊密、到再次疏離的不斷演變，而文學發展也隨之在文學書寫自由、文學傾向更迭、文學出版活動三大層面上呈現出在藝術化與政治化這兩極之間的形態演變，在不同階段及時期內呈現出融合與分裂的對立性。20 世紀的中國文學運動形態演變經歷了四個階段互動綿延的世紀過程——「人的文學」階段（1901～1926），從「小說界革命」到「文學革命」，實現了 20 世紀的中國文學運動形態由局部向整體的層遞性演變；「人民的文學」階段（1926～1949），從「多元並存」到「區域分化」，展現了 20 世紀的中國文學運動形態三大層面互動的全面性演變；「從屬於政治的文學」階段（1949～1976），從「社會主義革命」到「文化大革命」，表現了

20 世紀的中國文學運動形態從多樣轉向單一的工具性演變；「復歸人學的文學」階段（1976～2000），從「社會主義建設」到「文藝體制改革」，顯現了 20 世紀中國文學運動形態從一元到多元的總體性演變。

文學的階段性發展最終形成了全社會性的文學運動，是 20 世紀的中國特有的歷史現象，大多數研究者更多地矚目於文學發展的歷史進程，以及各種文學樣式的自身發展，而僅僅將文學運動置於文學及其樣式的歷史發展的背景地位上，因而較少地對於文學運動形態本身進行總體研究。即使是已經出現的一些研究成果，也大多是針對某一階段的文學運動來進行的，在這一方面最爲突出的是關於抗戰時期以陪都重慶爲中心的大後方文學運動的研究。

然而，即使是對於大後方文學運動本身能夠進行較爲完整而深入的研究，這一研究也依然是片面與零散的，很難將其與整個 20 世紀的中國與重慶的文學發展有機地聯繫起來，使之在顯現出文學運動的區域性與階段性的同時，導致大後方文學運動研究本身成爲一種封閉性的研究。這樣，也就難以從理論上闡明以陪都重慶爲中心的大後方文學運動爲什麼會成爲抗戰時期代表著中國文學發展的主流運動。所以有必要對於整個 20 世紀中國，特別是重慶文學發展的運動形態進行研究，不僅可以拓展對於重慶文學發展進行研究的學術空間，而且更可以將重慶文學運動置於學術研究的視野，以展示 20 世紀重慶文學運動形態特徵的承續與更替的具體過程，特別是這一過程所體現出來的某種具有規律性的因素。通過這樣的研究，不僅對於以陪都重慶爲中心的大後方文學運動的有關研究，將增多學術研究的層次，同時更是將開啓對於整個 20 世紀的重慶文學運動形態的總體研究，以期爲新世紀到來之後的重慶文學乃至中國文學的發展，能夠提供一定的從歷史到現實的鏡鑒。

對 20 世紀的重慶文學百年來的發展過程，必須進行實際樣態的考察，並且在這一考察的基礎之上展開深入的探討。首先是對百年來重慶文學發展進行階段性的分期，根據不同階段內重慶社會文化發展與文學發展的具體關係，對此階段內以城市爲依託的文學運動進行確認與定位，也就可以分爲早期現代化時期、抗日戰爭時期、社會主義革命時期、城市改革時期這四個階段；其次是探討百年來重慶文學運動在不同的歷史階段內所表現出來的鮮明的區域性，尤其是某些階段之中出現的具有全國代表性的文學運動與區域文化及文學之關係；再次是就百年來重慶文學運動的階段性而言，應當著重探討的將是不同階段內文學運動之間的承續所表現出來的新舊文學傳統的潛在影響，與文學運動之間的更替所包容的社會文化發展的直接制約；最後是每一階段的文學運動都將以某一或某些文學樣式來作爲其主導性的文學樣式，作爲敘事文學的戲劇與小說先後在重慶文學運動之中佔有舉足輕重的地位，顯然具有著從社會文化需要到文學審美時尚的諸多原因，而具有決定性的因素在不同階段的文學運動之中看似不同，但在本質上往往會極爲相似，甚至相同。

在這裡，對於重慶文學的現代運動在階段分期上，參照了整個 20 世紀的中國文學運動的四階段劃分，不過，對於不同階段的重慶文學運動，特別是具有全國代表性的階段文學運動的確認與定位，不可避免地與文學發展的區域性特徵緊密聯繫在一起，因而必須對區域文化與文學之間的關係進行深入探討，這將是研究過程之中所面臨而又必須加以探討的關鍵性問題。與此同時，文學發展的階段性特徵，並非僅僅是年代性的，在囿於時間長度上的年代封閉而造成文學運動的獨特表現之外，更會出現社會轉型的時代性過程對於年代封閉的打破，展示出文學發展的現代性與傳統性的雙重特質，促使文學運動在紛繁複雜的表象之下保持著內在的整一性。

正是因爲如此，需要立足於區域文化與文學的現實關係，基於創作空間、藝術探索、傳播影響這三大層面的形態演變，從社會發展、文化思潮、文學思想與文學創作之間的複雜而多重的關係這一角度，特別是根據現實的政治演進對於文學運動進行制約的緊密或疏離程度，來探討其對於 20 世紀的重慶文學運動形態演變的直接與間接的影響，更進一步來探討文學運動形態特徵的階段性表現，特別是這些表現對於文學運動形態演變的推進作用，以期對 20 世紀的重慶文學運動形態能夠從整體上有一個較爲客觀的認識與具有理論深度的闡明。

因此，在描述文學運動發生與發展的一般樣態的前提下，對於文學運動形態演變之中文學運動的階段性發展，既要關注特定文學運動相對獨立的一面，更要探索文學運動本質一致的一面。具體體現在 20 世紀的重慶文學運動的第一階段，即「早期現代化時期」之中，也就是其運動形態的城市化與市民化。

現代與現代化作爲人類社會發展的時代性語言事實的出現與存在，不僅僅與社會發展的實際進程直接相關，更是與人的意識轉換緊密相連，這就在於，面對人類社會這一特定歷史階段及過程的概念性語言表達，在從所謂西方對東方的文化交流之間，在得到相對意義上的社會認可的同時，又被進行了表達上的改寫。這一語言的改寫，不僅是語用的改寫，更是語義的改寫。這樣，現代與現代化的概念，首先是在日語裏面出現了年代性的時間區分，以此作爲歷史性的斷代，於是在近代之後方有現代，17世紀初到19世紀中葉爲近代，此後一直到當下即爲現代；其次是現代一詞作爲來自日語中的借詞出現在漢語之後，逐漸促成了對於近代與現代的流行語用，與此同時又特別地賦予了近代與現代不同的語義內涵，分別對近代與現代進行了具有時代性的、特定意識形態色彩的意義擴張——近代成爲資本主義時代到來的命名，而現代成爲社會主義時代到來的命名，以這樣的所指與能指共同構成了語用與語義一致性需要的意識形態前提。

於是，近代與現代之間的時代性分界線，一旦出現在漢語的意識形態語境之中，在世界史上以「十月革命」發生的1917年爲界，在中國史上以「五四運動」爆發的1919年爲界，在一定時期內成爲具有相當普遍性的語言現實，以至於導致了近代化與現代化互相夾纏的語義混亂發生，最終不可避免地出現了所謂近現代與近現代化這樣的語用謬誤，反而消解了語用與語義一致性需要本身。所以，如果堅持對於人類社會現代發展及中國社會現代發展的歷史進程作出語言上的意識形態性單一改寫，將會直接妨礙著對於社會現代化這一歷史進程的全面認識。正是因爲如此，爲了保證文化交流與發展的正常進行，作爲文化存在的最重要的符號表徵的語言，必須向著語用與語義一致性需要復歸，消除意識形態的語言藩籬，在標明社會發展的時代性的同時，又能夠進行年代性的區分，因而關於近代與現代之間，特別是近代化與現代化之間，應該是能夠統一在現代與現代化的概念範疇之中的，在這樣的意義上，是完全可以用早期現代化這一提法來取代近代化的固有說法，也就是中國文化從傳統向著現代開始全面轉型的過渡階段。〔註1〕在這一過渡階段之中，更多的是打破傳統文化的固有格局，建立進入現代文化的初始基礎，具體展現爲從洋務運動經維新運動到新文化運動，由偏至全的層遞式社會發展過程。

所以，早期現代化不僅可以打破語言中現存意識形態的心理定勢，藉以展示中國社會發展的多面性，而且還可以突破語言中固有意識形態的時間封閉，得以比較中國社會發展的區域性。這就是，通過對於中國早期現代化的研究，可以在對中國文化的經濟、政治、意識三個層面上的發展進行縱向描述的同時，展開對中國文化與外來文化，以及本土區域文化進行橫向比較。中國早期現代化主要是以城市現代化的方式開始的。

〔註1〕郝明工：《20世紀中國文學思潮及流派》，重慶，西南師範大學出版社2003年，第39～41頁。

僅就重慶的早期現代化而言，也就發生在從 19 世紀末到 20 世紀三十年代中期這一階段內。重慶不僅迅速成長爲長江上游地區的經濟與政治中心，同時也逐步形成爲長江上游地區的意識中心，要言之，成爲代表著長江上游地區的區域性文化中心。這樣，作爲區域性文化中心的重慶，除了保持著與整個中國的早期現代化相適應的同步性特徵之外，更是表現出早期現代化過程之中較爲明顯的滯後性特徵。所有這一切，對於重慶文學的發展來說，產生著直接的影響，呈現出與城市現代化保持著相應的運動形態特徵。

如果說此時的重慶，無論是在經濟發展上，還是在政治形態上，與中國文化發展的早期現代化總體水平之間的差距還算不上太大，基本上保持了同步性發展的話，那麼，在思想意識方面卻出現了較大的距離。新文化運動作爲中國歷史上第一次眞正的思想大解放，是借助五四愛國運動爲中介才在重慶引起初始反響的，對於科學與民主的追求植根於高昂的愛國激情之中，在顯示巨大的感召力的同時，卻失落了冷靜的理性思考，反而延誤對於思想大解放的眞正把握。

1919 年 5 月 20 日，重慶各中等學校代表開會籌備成立「川東學生救國團」（6 月 28 日改名爲川東學生聯合會），其行動綱領爲：「一、對內振興學術言論，發展組織經濟之接濟，持永久不變之態度。二、對外演說、印刷小說和報章通訊，拍電報聯絡京津各團體爲一致之進行。」顯然，這一綱領將思想解放與愛國運動雜糅在一起，以至於表現出某種程度上的認識含混，既要將言論自由與經濟支持扯成一團，也要把小說與報章通訊混爲一談。直到 1921 年 6 月，川東學生聯合會才公布了五條行動措施——「實行鄉村講演」、「推廣平民教育」、「提倡實業」、「改組風俗」、「傳播文化」。〔註 2〕至此，在重慶才開始有意識地觸及到了現代文化的思想構成內涵，有目的地著手與之有關的活動，不過仍然未能擺脫理論思考的幼稚與籠統，實際行動的盲目與空洞。

儘管如此，新文化運動和新文學運動的影響，仍然使重慶人「如像服了興奮劑一般，一變以前沉默態度，而爲一種熱烈奮發的樣子」來，〔註 3〕於是出現了一些宣傳新思想的刊物，開始普遍使用白話文，也進行新文學的創作嘗試。但是，從總的意識自覺水平來看，依然處於落後狀態。這除了內陸城市的空間限制之外，主要在於重慶這一商業城市中人口構成的文化素質水準

〔註 2〕《國民公報》1919 年 5 月 27 日，1921 年 6 月 29 日。
〔註 3〕《重慶商務日報十週年紀念特刊》1924 年。

較低，到抗日戰爭全面爆發的前夕，全市 47 萬人口之中，加入袍哥的竟有 7 萬左右。〔註 4〕與此同時，重慶的教育事業較為落後，尤其是學校體系遠非完備，第一所大學遲至 1929 年才創辦，這就造成城市社會組織結構的極大缺陷，未能形成能夠開時代風氣之先的知識分子階層，繼而也就無法正常推進思想解放運動在重慶的開展，從而直接影響到重慶文學運動發展的滯後，形成了與重慶早期現代化相應的城市化特徵。

必須指出的是，與具有滯後性的重慶文學運動城市化相伴而行的，正是具有通俗性的重慶文學運動市民化。這就在於，最初以商業從業人員為主體的重慶市民對於文學的需要，主要是為了滿足閑暇之時的消遣與交際之中的應酬。因此，以川劇為主的傳統戲劇在重慶極為興旺發達，不僅形成了下川東川劇流派，而且從 1917 年開始創辦「裕民社」，開始專業化發展。與此同時，編演了大量的時裝戲，出現了專業劇作家，編寫出《林則徐》、《祭鄒容》等一批具有著反帝反封建內容的劇目。不過，與川劇的轟動相對應，儘管在 1913 年 4 月開明劇社來重慶演出，以《都督夢》、《新茶花女》等文明新劇來推動話劇的肇起，隨後在重慶又出現了群益新劇社等話劇團體，但是，由於在業餘演出中堅持話劇藝術追求，不僅遭到市民在偏見中的誤解與歧視，而且也因經費籌集的艱難而無以為繼。

正是從重慶文學運動市民化之中的戲劇傳播現實來看，可以看到傳統與現代相對峙的新舊文學之爭，實際上與市民的主體構成直接相關。隨著市民構成在重慶早期現代化過程之中的逐漸變化，除了商人之外，學生、工人，甚至軍人之中的文學愛好者，也開始創辦各種報刊，為文學作品提供不可或缺的發表陣地。在 1905 年創刊的《重慶商會公報》（後改名《商會公報》）之上，就設有「小說」、「拾遺」、「雜俎」等欄目，來發表消遣性的作品。而在 1930 年由重慶總工會創辦的《市聲午報》，以第四版作為副刊，發表了大量趣味性的作品。當然，不可否認的是，隨著新文化運動的興起，特別是在文學革命的直接影響之下，此時《重慶商務報》、《新蜀報》等商業性大報，也開闢了不少文學專欄，而蕭楚女、陳毅等人也曾經在這些專欄上發表了不少的新文學作品。這就促使 1929 年創辦的《重慶晚報》特設文學副刊「夜之花」、1930 年創辦的《西蜀晚報》特設文學副刊「桃花源」，一時間，重慶的諸多報紙紛紛開設文學副刊。自然，這些報紙為了吸引訂戶、增大發行量，其發表

〔註 4〕隗瀛濤：《近代重慶城市史》，成都，四川大學出版社，1991 年，第 398、427 頁。

的作品大多較爲注重消遣性與趣味性，使諷刺抨擊與遊戲娛樂相兼備。所以，從總體上來看，頗受新文學影響的主要限於以學生爲主的文學青年，如軍方報紙《濟川公報》的文學副刊就是以軍中文學青年爲對象的，這固然與該報由軍方分派部隊發行有關，但是仍然從一個側面上反映出新文學生長園地在重慶的來之不易，從而顯示出通俗性的市民化對於重慶文學運動的形態限制。

正是因爲新文學的純文學性難以與市民文學的通俗性相匹敵，在重慶文學運動市民化占上風的現實之中，新文學在困難重重之中緩慢地發展，直到1936年前後，才出現了由文學青年創辦的幾種文學期刊——《沙龍》、《山城》、《春雲》，以及文學週報《濺花週報》、《榴槤週報》等，其中以1936年1月創刊的《春雲》文學月刊最爲有名。作爲純文學月刊，《春雲》發表了不少小說、詩歌、散文以及文壇消息。必須指出的是，這些作者均爲重慶本地的文學青年，因而能夠通過自己的創作來初步反映出重慶生活的各個方面，顯示出濃鬱的地方色彩。與此同時，也同樣顯現出強烈的階段特點，由於春雲文學社成員均爲文學青年，其中還有不少在校的中學生，所創作的作品顯然是一時難以達到較高的藝術水準的。

這就表明在重慶的市民構成發生變化的同時，還需要對重慶市民的文化意識與文學觀念進行具有現代性的重建，而完成從傳統向著現代轉型的精神重建的個人最佳方式，在當時無疑是走出夔門去，然後帶回內蘊著現代思想的文學種子，來促成文學園地的一派茂盛。曾經走出夔門去求學，而後任重慶大學中文系教授的「白屋詩人」吳芳吉，一方面高度強調詩歌必須隨時代前進而變革：「非變不能，非變無以救詩也」；另一方面極力主張新詩應該注意民族性與時代性的一致：「余所理想之新詩，依然中國人之人，中國之語，中國之習慣，而處處合乎時代者」。〔註5〕因此，他以眞人眞事爲素材，創作了轟動一時的敘事詩《婉容詞》，以反對封建禮教對於女性的殘害。不過，《婉容詞》一詩的思想價值大於其藝術價值，過多地拘泥於傳統詩歌與民歌的固有詩式表達，而忽視了詩藝現代化之中的個人創新，這就從一個側面上顯現出爲了獲得最大限度的讀者，所不得不付出的停止詩歌藝術探索的個人代價，從而表明重慶文學發展的階段性對於個人創作所產生的有形與無形的種種約束。

爲此，必須有人來打破這一現實存在著的階段性文學牢籠。時勢造英雄，在重慶果然出現了這樣一個人，他就是被香港新文學史家司馬長風稱爲「兩

〔註5〕《白屋吳生詩稿・自序》

個半」新詩詩人之中的那一「半個」詩人的何其芳。當年在北京就讀大學的時候，何其芳就曾經以重慶故鄉風物爲刊名，出刊了《紅沙磧》，隨後又在《新月》上發表過小說，特別是詩歌。他在寫出敘事詩《鶯鶯》以後，〔註 6〕開始轉向對於個人情懷的精緻吟唱，這就是此時已經成爲詩人心靈寫照的《預言》——獲得新生的青年成爲倘佯在詩歌王國的「年輕的神」，從此一發不可收拾，直到寫出充滿詩情畫意、貫通古今的《畫夢錄》而一舉成名。由此可見，進行文學抒情，無論是詩歌，還是散文，就純文學追求而言，都是同樣重要的，這至少是在大眾媒體不夠發達的 20 世紀初葉，導致詩歌與散文，很少有機會能夠像小說那樣，具備在廣爲傳播之中以滿足通俗性需要這樣的市民化特徵的一個主要原因。

從根本上看，抒情是最具個人性的文學創造，因而正是個人情感的抒發能夠顯現出人的精神風貌，所以從吳芳吉到何其芳，都是以新詩的創作來表達出對於重慶固有的文學格局的一次又一次的文學突圍，儘管他們由於種種原因而停留在文學突圍的途中，沒有能夠完成自己的個人突破，但是，他們畢竟以自己的文學突圍來證實了一個不容忽視而必須正視的可能——如果重慶文學運動要衝破第一階段的封閉，而進入第二階段的發展，也就必須在整個中國社會發展過程之中實現空前強大的文學力量的積聚，來推動文學運動形態的更新，以打破城市化與市民化對重慶文學運動所造成的滯後性與通俗性的雙重限制。

二、擁抱抗戰的文學

文學與戰爭這一命題，集中體現出文學與政治之間在特定文化環境中的特定關係，進而是反對帝國主義侵略戰爭的正義性帶來了民族文學發展的可能性，因而作爲民族文化之精神顯現的文學，將承擔起重建民族文化精神與發展民族文學自身的雙重使命，從而形成社會性的現實文學運動。實際上，抗日戰爭對於中國文化的發展，特別是對於中國文學的發展，到底意味著些什麼，早在抗日戰爭全面爆發之初，就有不少人進行過思考，歷史已經證實這些思考的合理性與預見性。

於是，在所有這些關於文學與戰爭的個人思考之中，僅僅就郭沫若而言，

〔註 6〕羅泅：《關於三十首佚詩的說明材料》，《何其芳佚詩三十首》，重慶，重慶出版社 1985 年版。

在抗戰之初所發表的《戰爭與文化》一文，他就指出全人類共有的佔有欲望與創造欲望這兩者之間的依存關係就在於——「沒有佔有欲望則個體或群體的生存便不能維持，沒有創造欲望則整個人類便無由進步」，因而所謂文化也就是「表示著對於佔有欲望的克制與對於創造欲望的培養廓充的那種精神活動的總動向」，於是，「文化本身是有戰鬥性的，是有進步性的」。這無疑是說由文化所體現出來的人類自身的精神括動具有著維護生存與進行發展的兩面性，從而使文化具有著全社會不斷向前的運動性質，即郭沫若所謂的克制佔有欲望的「戰鬥性」與廓充創造欲望的「進步性」。正是在這樣的意義上，可以有保留地贊同郭沫若所認爲的「反侵略的義戰與文化運動保持著一致性，即「既存文化即使因戰爭關係而遭受損失，但由於代謝機構的促進，新興文化便應運而生」，因而中國文化將在抗日戰爭中進行更新。同樣，已成文學也將在正義戰爭中獲得前所未有的發展新機遇，中國文學也將在抗日戰爭中進行更新——「踏上新現實主義道路。」〔註 7〕

由此可見，無論是在正義戰爭與文化運動之間，還是在正義戰爭與文學運動之間，其「現實」關係，都將同樣表現爲中國文化與文學在抗日戰爭中進行的更新。更爲重要的是，這一更新過程將仍然是中國社會現代化進程的一個不可缺失的環節，儘管在抗日戰爭的文化環境中，由於戰時條件的影響與限制，促使這一更新過程發生的中心區域出現了轉換，進行的現實方式出現了變化。具體而言，首先就是文化中心與文學中心從中國東部轉移到了中國西部，導致了以重慶爲中心的大後方文化與文學的崛起；其次就是文化運動和文學運動與中國抗日戰爭之間的緊密聯繫，導致了以重慶文學運動爲主導的抗戰文學運動的興起。

由於國民政府在遷往重慶之後明定其爲陪都，來對重慶這一戰時文化中心進行過行政性確認，更是由於此時的重慶文學運動在事實上已經成爲戰時文學中心，因而從中國文學運動與中國抗日戰爭之間的現實關係出發，來對重慶文學發展與中國抗日戰爭之間的關係重新進行學術性的審視，就可以通過陪都文學運動這樣的歷史性命名，以強調重慶文學運動在抗日戰爭時期所具有的全國代表性。這種全國代表性，一方面是重慶文學運動代表著此時中國文學運動的政治「戰鬥性」方向，從而在中國文學運動中佔據了階段性的文學主流地位；另一方面是重慶文學運動代表著此時中國文學運動的創造「進

〔註 7〕郭沫若：《戰爭與文化》，《大公報》1939 年 3 月 16 日。

步性」方向，從而在中國文學運動中顯現出階段性的藝術創造特質。所以，陪都文學運動在中國抗日戰爭中如何擁有全國代表性，正是一個互動性的運動形態演變過程．這就是陪都文學運動的主流化與現實化。

陪都文學運動的主流化歷經了一個從中國文學運動的邊緣到中心的曲折過程。進入20世紀．地處中國西部的重慶，作爲一個內陸城市．其城市現代化長期以來滯後於中國東部，特別是沿海沿江的諸多城市，因而一直處於中國文學運動的邊緣，直到1936年在重慶才出現了本地文學青年所創辦的第一個眞正現代意義上的文學刊物《春雲》，較之上海、北京等地的類似刊物．起碼晚出現了十多年。從文化與文學發展的一般意義上來看，儘管可以說是否出版了刊物．特別是文學刊物，可以作爲一個文化中心與文學中心出現的標誌，但是．能夠眞正標明一個城市是否具有文化中心與文學中心這樣的全國地位的，則是能否成爲全國出版中心，也就是說，是否出版了大量的刊物與作品，特別是能否出版大量的文學刊物與文學作品，以產生具有代表性的全國影響。

可以說，自從1937年7月7日中國抗日戰爭全面爆發以後，爲了擴大重慶文學運動的影響，首先在《春雲》上面出現了擺脫文學邊緣狀態的第一次努力：發表了郭沫若等知名作家的作品．以打破由文學青年的業餘創作一統刊物天下的局面。對於這一點．在1937年12月由《春雲》月刊編輯部編輯、重慶春雲社發行、今日出版合作社總經銷的《春雲短篇小說選集》的《序言》中，已經有著這樣的清醒認識——「本刊成立至今，恰好一年。所貢獻社會者．與擁有全國讀者的權威刊物相較，所發生的影響，所取得的成果，遠不及他們。但，在四川這個環境中，卻算得是文藝戰線上一名堅強的戰士。不管別人的侮謦，我們，總本著時代的需要而努力。」這就不僅充分證明了重慶文學運動此時的確是處於中國文學運動邊緣的實際狀況．而且表明了重慶文學運動此時所具備的由中國文學運動的邊緣轉向中心的可能性。

果然，抗日戰爭的全面爆發迅速地改變了這一邊緣現狀。1937年11月20日，國民政府發表《遷都宣言》：「國民政府茲爲適應戰況，統籌全域，長期抗戰起見，本日遷駐重慶以後將以最廣大之規模從事更持久之戰鬥」，「繼續抗戰，必須達到維護國家民族生存獨立之目的」。〔註8〕自此，特別是1938年10月武漢陷落以後，隨著重慶在1940年9月6日被明定爲中華民國的陪都，重慶不僅逐漸成爲中國的戰時首都，以其行政地位的不斷上升而促

〔註8〕《國民政府公報》1937年12月1日。

成了其全國文化中心這一地位，而且更是以其經濟地位的日益重要而促進了陪都重慶的全國出版中心的最終確立。這就是，眾多的在抗戰中具有廣泛社會影響的刊物紛紛在陪都重慶的復刊，對於以陪都重慶爲中心的大後方抗戰文學運動的發展，產生了極其重要的推動作用，特別是在眾多刊物遷渝復刊的影響下，陪都重慶創辦的各類刊物也不斷湧現，僅僅是復刊與創辦的文藝刊物，整個抗戰期間陪都在重慶就達到 50 種之多。〔註 9〕這就顯示出陪都重慶成爲全國出版中心對於整個文學運動，尤其是對於抗戰文學運動以陪都重慶爲中心而蓬勃地發展起來的重要意義來。當然，僅僅是出版多達 50 種的文藝刊物還不能夠眞正證明陪都重慶已經成爲出版中心。

在 1941 年 12 月 8 日太平洋戰爭爆發以後，中國抗日戰爭成爲世界反法西斯戰爭的重要一環，而上海、香港等地的出版社紛紛遷往陪都重慶，以商務印書館與中華書局這樣的大型現代出版機構的遷渝爲標誌，表明陪都重慶的全國出版中心地位的最終確立。隨後在陪都重慶出現了大批出版社，特別是作家自己創辦的出版社，如巴金等人建立的文化生活出版社渝處、郭沫若創辦的群益出版社、老舍等人合辦的作家書屋 1942 年以後，在陪都重慶創建的出版社至少在 120 個以上，而同時在陪都重慶出版的文藝叢書至少也有 120 多種，特別是以 1942 年爲界，陪都重慶出版的書籍由此前的 1299 種，上升到此後的 3098 種，陪都重慶整個抗日戰爭期間出版的書籍達到 4386 種，其中僅僅小說就從前四年的 59 部上升爲後四年的 308 部，共計 367 部。〔註 10〕

以上僅僅是從陪都重慶作爲全國出版中心這一側面來反映出陪都文學運動如何逐漸在中國抗日戰爭中成爲全國文學運動的代表。而重慶文學運動如何改變其處於全國文學運動邊緣狀態，而迅速走向全國文學運動的中心，成爲名副其實的陪都文學運動，則是與大批全國性的文藝團體的遷渝，特別是與大批全國知名作家來到陪都重慶分不開的。

在文學團體中，最爲著名的文藝團體之一就是中華全國文藝界抗敵協會及其大量作家會員在重慶的落戶。1939 年 2 月，經中華全國文藝界抗敵協會理事會議決議，設立通俗讀物委員會、國際文藝宣傳委員會，來具體實施文章下鄉、文章人伍、文章出國這三大爲抗戰服務的任務，以文學的方式來進行抗戰宣傳。兩個月之後，爲了擴大社會影響，中華全國文藝界抗敵協會第二屆常務理事會

〔註 9〕重慶市圖書館編印：《抗戰期問重慶版文藝期刊篇名索引》，1984 年。

〔註 10〕這僅僅是一個不完全統計的最低限度的數字統計，據重慶市圖書館編印：《抗戰期問出版圖書書目（第一輯）》、《抗戰期問出版圖書書目（第二輯）》，1985 年。

第一次會議決定組織作家戰地訪問代表團，選派代表參加勞軍慰問團，將陪都文學運動的影響擴展到了全國各地，特別是各個戰區，都組建了中華全國文藝界抗敵協會分會，具有了文學服務於抗戰這一共同的政治目標，從而也就促成了陪都文學運動在抗戰文學運動、中國抗日戰爭時期文學運動之中的代表地位。

當然，陪都文學運動的全國性代表地位，主要是通過文學活動來奠定的。在陪都重慶，眾多作家創作了大量的作品來爲抗戰服務，並且以各種各樣的社會傳播方式來擴大作品的受眾範圍。在陪都重慶，各種社會活動都離不開以文學的方式來進行抗戰宣傳，並且文學活動也以多種多樣的藝術形式來參與動員民眾的政治運動，因而文學運動本身也就成爲整個抗戰文化運動的有機組成部分，也就是說，陪都文學運動高度地體現出中國抗日戰爭時期文化發展的現實動向，具體而言，就是進行國民精神總動員。

1939 年 3 月 11 日，國民政府在重慶設立了國民精神動員總會，並於第二天頒布了《國民精神總動員綱領》及《國民精神總動員實施辦法》。5 月 1 日，從重慶到延安，各地紛紛舉行國民精神總動員大會，至此，以重慶爲中心的國民精神總動員運動迅速在全國興起。這就在於：「國民精神總動員，應成爲全國人民的廣大政治運動，精神動員即是政治動員」，「只有經過民主方式，著重宣傳鼓動才能推動全國人民，造成壓倒敵人刷新自己的巨潮」。〔註 11〕最有力地進行著國民精神總動員的，是陪都文學運動之中的話劇運動。

自從 1938 年 10 月 10 日中華民國第一屆戲劇節在重慶開幕以來，話劇也就成爲戲劇中最普遍使用的進行抗戰宣傳和民眾動員的現實手段，特別是由此開始的「五分票價公演」，更是將話劇推向了廣大民眾，使話劇這一與現實社會生活保持著緊密聯繫的現代戲劇形式，經過多年的移植，終於在中國落地生根、開花結果。陪都文學運動中的話劇運動，已經成爲此時社會傳播面最廣，而社會影響面最大的現實運動。這就直接推動了話劇劇本的創作，根據不完全統計，在整個抗戰期間，話劇劇本不僅佔據了戲劇文學作品的絕大多數，劇本發表的超過了 1000 部，而且僅僅大型的多幕劇劇本至少就有 120 部，其中由陪都重慶出版的就達到 100 部以上．至於在陪都重慶報刊上發表的各類話劇劇本的數量也就可想而知。〔註 12〕必須指出的是，這些眾多的話劇劇本，通過各種傳播方

〔註 11〕《中國共產黨中央委員會爲開展國民精神總動員運動告全黨同志書》，《群眾》第 3 卷第 1 期。

〔註 12〕田進：《抗戰八年來的戲劇創作》，《新華日報》1946 年 1 月 16 日；重慶市圖書館編印：《抗戰期間出版圖書書目（第一輯）》、《抗戰期間出版圖書

式，特別是話劇演出而擴大了接受群體，使話劇運動的社會影響輻射開來，成爲陪都文學運動主流化過程中最爲突出的現實表現。

話劇運動的這一成功，雖然證明了陪都文學運動的主流化正是在中國抗日戰爭的文化環境中進行與完成的，但是，如果僅僅憑藉戰時條件下進行抗日宣傳與民眾動員的現實需要，在服務於抗戰的過程中來促進文學運動的發展，也就有可能一旦戰爭結束，就會失去文學運動的全國中心地位，甚至有可能再度由中心轉向邊緣，結果只能成爲具有著階段性的全國文學運動的代表。果然，在中國抗日戰爭勝利以後，服務於抗戰的文學運動已經不復存在，在一片抗戰勝利回老家的浪潮中，陪都文學運動因而也就只能成爲 20 世紀的重慶文學運動的一段最爲輝煌的歷史——重慶文學運動代表著中國抗日戰爭時期的中國文學運動的政治「戰鬥性」方向，從而在中國文學運動中佔據了階段性的文學主流地位，而陪都文學運動正是對於這一階段性的文學主流地位的歷史性確認與命名。

也許，可以說促成陪都文學運動這一主流文學運動誕生的，更多地是與中國抗日戰爭的戰時條件有關，陪都文學運動所表現出來的戰時性特徵，不僅使其全國代表性成爲暫時性的，而且也在一定時間內直接或間接地、或多或少制約著陪都文學運動的現實化，這就是，陪都文學運動的現實化經歷了一個現世化到史詩化的一波三折過程。事實上·以陪都文學運動爲代表的抗戰文學運動，從一開始就不得不面臨著這樣一個問題：「怎樣使文藝在抗戰上更有力量？這問題所包含的一切差不多都是實際的，因爲抗戰文藝，像前邊所提到過的，是直接的——歌須能唱，戲須能演，小說須大家看得懂，詩須能看能朗誦。抗戰文藝不是要藏之高閣，以待知音，而是墨一乾即須拿到讀者面前去。」然而，「在文藝者的心裏，一向是要作品深刻偉大，是要藝術與宣傳平衡……怎能既深刻又淺俗，既是藝術的又是宣傳的呢？」〔註 13〕。

說這番話的正是中華全國文藝界抗敵協會的總幹事老舍先生，他不僅指出了作家個人對於藝術追求進行不懈努力的內在性，而且更是強調了文學服務於抗戰過程中作家個人必須滿足抗戰宣傳這一現實需要的必要性，進而提出了作家應該對此作出自己的選擇來。可是，連老舍先生自己對於這樣的選擇也發生了疑惑，這就勢必影響到他個人的實際創作。事實上，老舍先生這一疑惑正是

書目（第二輯）》，1985 年。

〔註 13〕老舍：《三年來的文藝運動》，《大公報》，1940 年 7 月 7 日。

在陪都文學運動中出現的抗戰宣傳第一的現世化趨向之中產生的，這不僅影響著直到抗戰五年之後老舍先生所創作的長篇小說《火葬》成為失敗之作——「它的失敗不在於它不應當寫戰爭，或是戰爭並無可寫，而是我對戰爭知道得太少。我的一點感情像浮在水上的一滴油，蕩來蕩去，始終不能透入水中去！」於是，老舍先生要說：「我應當寫自己的確知道的人與事。但是，我不能因此而便把抗戰放在一旁，而只寫我知道的貓兒狗兒。」〔註 14〕

更為重要的是，這一現世化趨向的確是帶有普遍性的。與老舍先生同時在 30 年代中國文壇上成名的巴金先生，此時比老舍先生更早創作出來「抗戰三部曲」的《火》，也更早成為失敗之作，巴金先生對此作出了這樣的評說：「老實說，我想寫一本宣傳的東西。但是看看寫完的十八章，自己也覺得這工作失敗了。也許我缺少充足的時間，也許我更缺少充分的經驗和可以借用的材料」；「為了宣傳，我不敢掩飾自己的淺陋，就索性讓它出版，去接受嚴正的指責」；「但我想，我的企圖是不受歡迎的。倘使我再有兩倍的時間，我或許會把它寫成一部比較站得穩的東西」。也許在當年，巴金先生為了滿足進行抗戰宣傳的現實需要，還多少保留著自責之中那麼一點點的自信，那麼，在三十多年以後，巴金先生則進行了毫不留情的自我批判——「《火》一共三部，全是失敗之作」，「我動筆時就知道我的筆下不會產生出完美的藝術品。我想寫的也只是打擊敵人的東西，也只是向群眾宣傳的東西，換句話說，也就是為當時鬥爭服務的東西」。〔註 15〕

事實上，整個抗戰期間，為宣傳而寫出的作品應該是大多數，特別是在 1942 年以前佔據了絕大多數。這一點，僅僅從老舍先生的《火葬》與巴金先生的《火》的堅持出版面世就可以略見一斑。儘管從老舍先生到巴金先生對於自己的失敗之作所進行的個人反省來看，無疑是眞實而又眞誠的，但是，這一眞實而又眞誠的個人反省卻揭示了為著宣傳而創作最終會失去藝術的生命的眞理——對於作品來說是如此，對於作家來說更是如此。正是因為如此，即使是在中國抗日戰爭的漫長歲月裏，文學運動雖然必須承擔與履行服務於抗戰的現實任務，然而這並非是文學運動的歷史使命。這就在於，文學運動

〔註 14〕老舍：《我怎樣寫（火葬）》，《火葬》，重慶，重慶出版公司，1944 年。

〔註 15〕巴金：《火（第一部）・後記》，《火（第一部）》，重慶，重慶開明書店，1940 年；《（第二部）・後記》，《火（第二部）》，重慶，重慶開明書店，1941 年：《火（第三部）・後記》・《火（第三部）》，重慶，重慶開明書店，1943；《關於.〈火〉——創作回憶錄之七》，《大公報》（香港），1980 年 2 月 24 日。

的歷史使命只能是在不斷地藝術創造之中發展文學自身。那麼，有沒有可能作家自覺拋棄抗戰宣傳第一的寫作，而更爲注重在藝術追求之中來反映抗戰現實，從而對已經出現在陪都文學運動中的現世化趨向進行扭轉呢？

實際上，這一扭轉開始於所謂的「與抗戰無關」的爭論中。也許是由於提出這一問題的時間太早，而導致了這一爭論的一邊倒，直到造成後來諸多文學史的誤認與偏見。1938 年 12 月 1 日，梁實秋先生在《中央日報》副刊《平明》上發表了《編者的話》一文，稱：「現在抗戰高於一切，所以有人一下筆就忘不了抗戰。我的意見稍爲不同，於抗戰有關的材料，我們最爲歡迎，但是與抗戰無關的材料，只要眞實流暢，也是好的，不必勉強把抗戰截搭上去。至於空洞的『抗戰八股』，那是對誰也沒有益處的。」如果將這一番議論置於抗戰初期已經出現的抗戰宣傳第一所帶來的公式化創作傾向的背景之上，就可以看出這一番話的確是頗有理論預見性的讜論。

不過，由於 30 年代文壇上彼此留存的積怨與當下爭論雙方在語言上的不恭，使這一場當時帶有情緒化的爭論·到後來成爲所謂曾經倡導文學「與抗戰無關」的個人罪證，開了一個與陪都文學運動有關的政治性玩笑。事實上，「在抗戰初期，戰爭的暴風雨似的刺激使作家們狂熱、興奮，在文藝創作上失卻了靜觀的態度，特別是在詩和戲劇上，多少有公式化的傾向，廉價地強調光明，接近標語口號主義」，而「現在作家們只是單純地從正面地、冠冕堂皇地寫抗戰，有時也不免近於所謂公式化。以後應該拿出勇氣來，即使是目前暫時不能發表的作品，也要寫出來，記下來。這所寫的才配稱爲眞正的新現實，能夠正確地把握這個新現實，才能產生歷史性的大作品。」〔註 16〕

這就直接提出了將藝術置於宣傳之前來反映現實的問題，也就是說，只有通過藝術地反映抗戰現實，才有可能達到抗戰宣傳的目的。更爲重要的是，不僅僅是要求從正面去描寫抗戰，還提出應該對抗戰的現實發展進行全面地描寫，即使有可能出現藝術與宣傳之間的對抗乃至衝突，也應該堅持文學全面反映抗戰現實。這就在於，抗戰文學，不僅是關於中國抗日戰爭的文學，而且更是關於中國抗日戰爭時期的社會人生的文學。所以，抗戰文學運動在滿足宣傳抗戰的現實性需要的同時，必須爲抗戰留下歷史性的藝術畫卷，從而凸出了陪都文學運動的現世化轉向史詩化的某種必然性趨勢。

〔註 16〕郭沫若：《1941 年文學趨向的展望》，《抗戰文藝》第 7 卷第 1 期，1941 年 1 月 1 日。

這一趨勢，不僅出現在老舍先生從1944年11月10日開始在《掃蕩報》上連載的《四世同堂・惶惑》之中，也出現在巴金先生1944年5月寫成的《憩園》之中，兩者都是著力挖掘並展示了中國抗日戰爭之中傳統人格萎縮的那一面：只不過前者是透過淪陷區的北平的普通市民的生存狀態來揭示的，而後者是通過大後方的成都的新舊大家庭的交相衰敗來加以顯現的。無獨有三，路翎先生在1944年上半年完成的《財主底兒女們》，則凸現了中國抗日戰爭中現代人格生成的另一面，正如胡風先生所說：「在這裡，作者和他底人物們一道在民族解放戰爭底偉大的風暴裏面，面對著這悲痛的然而偉大的現實，用驚人的力量執行了全面的追求也就是全面的批判。」〔註17〕

然而，並非是被黑格爾視爲「現代史詩」的現代小說才具有著推進陪都文學運動史詩化的藝術功能，與此同時，在話劇運動中出現了以《戲劇春秋》爲代表的對於中國抗日戰爭中的話劇運動進行歷史性再現的諸多劇本，從一個側面折射出飽受苦難的中華民族在正義戰爭中復甦與前進的全過程；而在敘事長詩創作的熱潮中，從《古樹的花朵》開始，以塑造民族英雄的詩情呼喚20世紀中華民族「人的花朵」的綻放，從而也就成爲推進陪都文學運動史詩化的藝術動力。更爲重要的是，陪都文學運動正是以在重建民族精神之中的全部藝術創新，呈現出陪都文學運動的創造「進步性」方向來。這就意味著陪都文學運動逐漸擺脫了現世化而轉向史詩化的現實化過程，同樣也具有了全國代表性。

必須承認的是，陪都文學運動的政治「戰鬥性」方向對於陪都文學運動的創造「進步性」方向會產生某種不利的制約，主要表現在陪都文學運動的現世化之中，然而這一制約僅僅是暫時性的；而陪都文學運動的創造「進步性」方向對於陪都文學運動的政治「戰鬥性」方向則會發揮有益的影響，主要表現在陪都文學運動趨向全國中心地位的過程之中，並且這一影響是長久性的，從整個20世紀的中國文學運動來看，陪都文學運動不僅代表著大後方文學運動，而且更是代表著中國抗日戰爭時期的中國文學運動。這就在於，促成陪都文學運動的政治「戰鬥性」方向與創造「進步性」方向是融爲一體的，從文學發展的縱向上看，應該是也只能是具有著長久性意義的藝術創造，儘管並不排除文學階段發展過程中的某些暫時性因素，如陪都文學運動興起與發展所必需的戰時條件等等。

〔註17〕張以英：《路翎的生平、小說和書信——代序》，《路翎書信集》，南寧，灕江出版社，1989年。

總而言之，文學與戰爭的命題，應該首先是一個有關戰時文化發展的整體性命題，同時更應該是一個關於橫向展開與縱向發展相一致的文學運動的階段性命題，這即是說：在正義戰爭的特定文化環境中，沿著文學運動的特定方向前進，將有可能出現具有全國代表性的區域文學運動，以體現出文學運動的階段性發展來。正是在中國抗日戰爭中，重慶文學發展以陪都文學運動這一階段性的現在時樣態，第一次進入了20世紀的中國文學運動的現實中心，並且展示出20世紀的中國文學自身發展的現實可能性，因而也就成爲有關文學與戰爭這一命題的歷史性證明。

三、追隨革命的文學

1949年11月30日，重慶成爲新解放區的一部分。12月3日，隨著重慶市軍事管制委員會的成立，其下設的文化教育接管委員會文藝處，主要工作就是「聯絡社會上有聲望的作家、藝術家，爲成立重慶市、西南區文聯及文協作準備」。顯然，這僅僅是對重慶文學發展著手行政管理的一個開端，在1950年3月初，開始了歸口管理。〔註18〕對於新解放區的作家進行從行政管理到文藝政策的全面落實，一方面主要是爲了預防此前在上海等新解放區，作家之中已經出現的「可不可以寫小資產階級」的思想混亂，在重慶的再次發生；另一方面更在於，如何使對於以陪都文學運動爲核心的大後方文學運動所進行的政治評判，能夠得到重慶作家的盡快接受。

這一政治評價是在1949年7月舉行的中華全國文學藝術工作者代表大會上作出的。正是在全國第一次「文代會」上，茅盾在《在反動派壓迫下鬥爭和發展的革命文藝——十年來國統區革命文藝運動報告提綱》中，提出了「國統區革命文藝運動」中存在著從創作到理論這兩方面的「小資產階級分子」傾向，實際上就是使用「國統區」這樣的政治術語，以「革命」的名義，否認了從陪都文學運動到大後方文學運動，在抗日戰爭時期對於中國文學發展所作出的必不可少的貢獻，特別是陪都文學運動所具有的全國代表性。這是因爲所謂的「國統區」與「解放區」之分，在中國歷史上僅僅出現在三年解放戰爭時期，而不是八年抗日戰爭時期。

事實上，這一政治評價，與茅盾個人的關係並不很大。茅盾僅僅是作爲一個代言人，來說出了依據「文藝爲政治服務」這一解放區固有文藝政策所

〔註18〕吳向北：《楚圖南與西南文委（上）》，《新文學史料》，2001年第3期。

規定的政治結論——無論是陪都文學運動，還是大後方文學運動，都沒有能夠體現出「工農兵方向」來，自然也就是「小資產階級」的了。問題在於，正如茅盾一旦被選爲這一政治評判的代言人，也就自動被排除於小資產階級作家之外，成爲來自「國統區」的無產階級作家，因而能夠在從新民主主義革命向著社會主義革命的發展之中繼續革命，在被當作中國當代作家的楷模的同時，又被任命爲文化部長而走上政壇，成爲 20 世紀中國作家寫而優則仕的範例。只不過，一直被視爲最能夠代表「國統區革命文藝運動」的「小資產階級分子」傾向的胡風，不僅由於在文藝思想上與毛澤東之間具有著個人分歧，因而在此時被視爲異端，不得參與《在反動派壓迫下鬥爭和發展的革命文藝——十年來國統區革命文藝運動報告提綱》的起草，更是在此後以《關於解放以來的文藝實踐情況的報告》的名義，「三十萬言上書黨中央」，堅持文學運動擁有相對獨立與自主發展的權利，從而被視爲中國當代作家中的敗類，直至個人姓名成爲「胡風反革命集團」的冠名。這就表明，對於新解放區的重慶作家來說，茅盾與胡風這兩個當年的同路人，以其在解放之後個人的不同命運，實際上已經顯示出了中國大陸文學發展的不同道路，而當務之急就是進行從個人命運到文學道路的革命選擇。

儘管在抗日戰爭勝利以後，隨著大批作家的「復員」返鄉，重慶文學運動的全國影響，在事實上已經不斷減弱，但是，從抗日戰爭爆發以來一直留駐重慶的一大批作家，包括在全國較爲知名的沙汀、艾蕪等人，在重慶乃至整個西南地區的文學影響，則是不容忽視的。所以，重慶作家如何在統一認識的政治基礎上重新組織起來，也就需要一個必不可少的轉變過程。較之 1950 年 5 月先後召開的重慶市第一屆學生代表大會、重慶市首次農民代表會議，8 月召開的重慶市第一屆工人勞動模範代表會議，重慶市第一次文學藝術工作者代表大會則遲至 1951 年 5 月才召開，也許就不是偶然的。這無非是表明，在重慶作家之中進行認識統一的思想難度頗大，故而需要一個較長的轉變過程，而 1951 年 3 月中共中央發出通知，要求在全國範圍內展開對於《武訓傳》的討論，顯然無疑是加快了重慶作家的思想轉變與統一。

隨著重慶市第一次「文代會」的召開，重慶市文學藝術界聯合會成立，主席爲任白戈，副主席爲沙汀、艾蕪；而隸屬於該會的中華全國文學工作者協會重慶分會也同時成立，主席爲艾蕪。這就表明，隨著重慶市第一次「文代會」的召開，重慶作家已經接受了從行政到政策的權威性領導，具體而言，也就是如中共中央西南局總書記、西南軍區政委鄧小平爲重慶市第一次「文代會」的題詞中所要求的那樣：「人民，特別是工農群眾需要更多的與他們有切身聯繫的，爲他們所喜聞樂見的作品。」重慶文學運動從此被正式納入了中國大陸文學運動的「工農兵方向」之中，呈現出「文藝爲政治服務」的發展態勢來。

必須看到的是，重慶此時在整個西南地區仍然發揮著從政治經濟中心到文學藝術中心的巨大作用。從 1950 年 7 月西南軍政委員會成立，到 1952 年 11 月改稱西南行政委員會，再到 1953 年 3 月中央人民政府政務院決定重慶等 10 個大行政區轄市，一律改稱爲中央直轄市，並由大區行政委員會代表中央人民政府進行領導與監督，都表明了重慶在整個西南地區的重要地位。這一地位對於重慶文學運動來說，也產生了直接的影響——1953 年 4 月 5 日在重慶召開了西南文學藝術工作者代表會議，成立西南文學工作者協會，以加強創作的組織領導工作。在這裡，僅僅是強調對於創作的組織領導的加強，無疑是大有深意在其間的，基本上是針對作家而言的。這在一個月之後召開的重慶市第二次「文代會」上就可以看到：不僅強調文藝工作者必須學好馬列主義毛澤東思想，而且根據中央指示將重慶市文學藝術聯合會，改名爲重慶市文學藝術工作者聯合會，以保持從思想到組織的全國一致。

這種一致性，還表現在「高崗、饒漱石反黨聯盟」的「反黨分裂活動」出現之後，對於中央人民政府所頒布的有關對策的實施上面。1954 年 8 月 23 日，西南行政委員會全體委員擴大會議，通過了《擁護〈中央人民政府關於撤消大區一級行政機構和合併若干省、市建制的決定〉的決議》。不過，由於重慶市在經濟、政治上的重要地位，在併入四川省建制以後，實行國家計劃單列體制，並且一直持續到 1958 年。這樣一來，西南文學工作者協會也就面臨著不得不取消的這一現實，於是，在 1956 年 5 月 13 日，來自西南地區的 80 位作家舉行會員大會，爲了與中國作家協會及各大行政區分會統一，決定將西南文學工作者協會改名爲中國作家協會重慶分會，並且與重慶市文學藝術工作者聯合會合署辦公，將機關刊物《西南文藝》改名爲《紅岩》。隨著西南大區的撤消，中國作家協會重慶分會遷往成都，改名爲中國作家協會四川分會，而《紅岩》也隨著重慶市計劃單列體制的取消而難以爲繼，在 1959 年 9 月終刊。〔註 19〕

〔註 19〕重慶市地方志編纂委員會總編輯室編著：《重慶大事記》，重慶，科學技術文獻出版社重慶分社，1989 年，第 301、302、306、304、341、346、361、365 頁；重慶市市中區文化藝術志編纂委員會編：《重慶市市中區文化藝術志》，北京，文化藝術出版社，1990 年，第 32～34、38～40、196 頁。

至此，重慶文學運動由於失去了必要的行政支撐與文學陣地，也就無法在西南地區產生較大影響，更不用說在全國激起任何反響了。正是因爲這樣，重慶文學運動的現實發展，也就需要通過及時的轉換，以便從全國文學運動的邊緣重返中心，這就是依託重慶特有的政治文化資源，通過革命化與歷史化來促進重慶文學運動能夠與全國文學運動的政治方向保持高度的一致。

儘管並不否認在社會主義革命時期之中，重慶作家在創作上的個人努力，不過，重慶作家的創作能夠眞正引起舉國關注的，當由小說《紅岩》始。這是爲什麼呢？如果僅僅從政治的角度來看，從1949年以來的中國大陸文學的主要使命，就是通過反映新民主主義革命與社會主義革命，來爲現實的階級鬥爭服務，因而出現了以《紅旗譜》、《紅日》、《紅岩》、《創業史》爲代表的革命敘事小說，來展示從新民主主義革命到社會主義革命的全過程，具體而言，也就是從土地革命到解放戰爭，再到合作化運動這樣的，由中國共產黨人領導的政治革命與社會革命，由此而形成了眾所周知的「三紅一創」的革命敘事模式。從政治革命向社會革命的推進，必須伴隨著社會制度的根本變革，而1949年中華人民共和國的成立，不僅成爲新民主主義革命向著社會主義革命過渡的歷史標誌，而且成爲由政權鼎革的戰爭階段進入社會發展的和平階段的現實轉折。這樣，隨著1956年9月中共「八大」的召開，宣布中國的社會主義制度已經基本建立，國內主要矛盾不是無產階級與資產階級之間的矛盾，而是人民對於經濟文化迅速發展的需要與同當前經濟文化不能滿足人民需要的狀況之間的矛盾，因而社會主義建設成爲主要任務。與此同時，文學藝術的使命也就自然轉變爲在建設社會主義偉大事業中發揮巨大的作用。

然而，這並不意味著社會主義革命將被社會主義建設所置換，因爲這並非是一個簡單的政治命名的問題，而是涉及到對於中國向何處去這一政治判斷的基本問題。所以，兩個月之後的11月，毛澤東在「中國共產黨第八屆中央委員會第二次全體會議上的講話」中就明確指出：「我們在民主革命與社會主義革命，都是發動群眾搞階級鬥爭，在鬥爭中教育人民群眾」，並且在1957年2月發表的《關於正確處理人民內部矛盾的問題》的講話中，再次強調：「現在的情況是：革命時期的大規模的急風暴雨式的群眾階級鬥爭基本結束，但是階級鬥爭還沒有完全結束。」〔註20〕這就直接導致毛澤東在1957年發起反右運動，到1962年提出「以階級鬥爭爲綱」，「把社會主義社會中一定範圍內存在的階級鬥

〔註20〕《毛澤東選集》第五卷，北京，人民出版社，1978年，第322、375頁。

爭擴大化和絕對化」，直至「斷言在整個社會主義歷史階段資產階級都將存在和企圖復辟」，發動了「史無前例的無產階級文化大革命」來清除「黨內產生修正主義的根源」。〔註21〕這無疑就表明，革命敘事小說的大量創作，正是適應了「發動群眾搞階級鬥爭」的政治需要，而「三紅一創」這樣的革命敘事模式的形成，也爲中國大陸文學在「階級鬥爭爲綱」的社會主義革命之中，演變爲「革命樣板文學」的程式化奠定了「痛說革命家史」的敘事基礎。

正是因爲這樣，《紅岩》之所以能夠成爲革命敘事小說之中具有高度典範性的文本，並且爲革命敘事模式提供基本構成元素，不僅是因爲《紅岩》這一文本所展示的是國統區的地下工作，特別是獄中鬥爭，將階級鬥爭的殘酷性揭示得淋漓盡致，進而顯現出革命的崇高性；更是因爲《紅岩》所指向的是已經成爲有關解放戰爭的革命故事，尤其國共兩黨之爭的最新故事，對階級鬥爭的尖銳性進行全面的呈現，進而體現出歷史的複雜性，從而也就借助故事新編的文學創作，使階級鬥爭的殘酷性與尖銳性得以形象化，成爲對於人民進行階級鬥爭教育的，融革命的崇高性與歷史的複雜性爲一體的紅色史詩。在這樣的意義上，可以說《紅岩》的問世，既能夠滿足堅持推行社會主義革命的領導者的個人政治需要，也能夠適應社會主義革命進行之中的政治體制的思想教育需要。因此，《紅岩》的現實作用應該在於：在文學地重溫革命歷史之中成爲反右運動以來進行階級鬥爭教育的最生動又最深刻的形象教科書，有利於社會主義革命在中國的政治宣傳及社會輿論的及時進行，與此同時，又促使重慶及其文學運動在革命化與歷史化之中再度受到全國的關注。

更重要的是，《紅岩》的歷史意義在於：透過階級鬥爭的政治表象，可以看到中國社會數千年來仁人志士的舍生取義傳統，在革命過程中從政治到文化的不同層面上的延續，至少革命烈士們人格的高尚與情操的純潔，已經構成了從新民主主義革命到社會主義革命的革命傳統構成的一個潛在文化層面。只不過，這一潛在的文化層面在政治層面上被進行了革命的改寫，以至於被政治層面所遮蔽。這樣一來，也就需要超越政治的視角，而從政治文化的視角來重新審視《紅岩》。因此，只有從政治文化的角度，才有可能在對《紅岩》的當時政治作用進行闡釋的同時，對《紅岩》的當下社會影響進行理解。剛剛進入 21 世紀，《紅岩》的發行量就已經邁過了千萬大關，也就是說，如

〔註21〕《中國共產黨中央委員會關於建國以來黨的若干歷史問題的決議》，北京，人民出版社，1981 年，第 20 頁。

果以「史無前例的無產階級文化大革命」的十年空白爲界，此前《紅岩》的發行量爲 400 萬冊，而此後《紅岩》的發行量爲 600 餘萬冊，累計已經超過 1000 萬冊。〔註 22〕《紅岩》達到了中國當代文學作品空前絕後而又絕無僅有的發行量輝煌頂點，這就使人不得不去思考這一中國頂點的由來。只有從純粹的政治教育解讀轉向政治文化解讀，才有可通過對於《紅岩》的解讀，去眞正把握住重慶文學運動的革命化與歷史化之所以發生的某種內在必然性。

這種內在必然性主要蘊涵在從抗日戰爭時期到解放戰爭時期重慶文化發展的縱向過程之中：孕育出了文化「紅岩」。毋庸諱言的是，首先，小說《紅岩》與文化「紅岩」之間緊密相關，沒有文化「紅岩」，也就沒有小說《紅岩》，顯現了民族解放戰爭與人民解放戰爭之間的革命關係；其次，文化「紅岩」的本質是政治文化，文化「紅岩」與陪都文化直接相聯，體現了抗日戰爭時期國共兩黨之間的合作關係；最後，文化「紅岩」通過小說《紅岩》，表現出革命傳統的當下延續，演示了武裝鬥爭與地下工作的分工關係。對於這一點，以文化「紅岩」爲對象進行革命敘事的小說三部曲，既包括了「史無前例的無產階級文化大革命」爆發前出版的《紅岩》，又包括了「史無前例的無產階級文化大革命」結束後出版的《大後方》、《秘密世界》，就足以爲證。儘管在這裡無法就此展開進一步討論，但是，小說《紅岩》的轟動，至少在當時證實文化「紅岩」是社會主義革命所需要的稀缺文化資源，而這一文化資源的稀缺性，也就在於文化「紅岩」成爲地下鬥爭這一革命方式的最高體現，從而使《紅岩》能夠超出在它出版之前與出版之後所有那些同類題材小說。

可惜的是，當時的重慶作家並沒有能夠意識到文化「紅岩」的這一獨特性質，或許這正是他們的「小資產階級分子」傾向蒙蔽了自己的雙眼。事實上，在「文藝爲政治服務」的政策指導之下，作家的政治等級與題材的政治等級是互相對應的。對此，當時有人就認爲對於類似文化「紅岩」這樣的重大革命鬥爭題材，必須由「小資產階級分子」的他們之外的無產階級的「我們」來補足當代文學史上的這段空白，以便使「人民能夠歷史地去認識革命過程與當前現實的聯繫」。這就需要在重慶出現這樣的「我們」來，據有的論者稱，這樣的「我們」似乎只能是獄中生活的「親歷者」。所幸的是，歷史在爲重慶提供文化「紅岩」這樣的稀缺資源的同時，又提供了這樣的死裏逃生

〔註 22〕洪子誠：《中國當代文學史》，北京，北京大學出版社，1999 年，第 111 頁；呂進：《重讀〈紅岩〉》，《中國圖書商報・書評週刊》2001 年 7 月 5 日。

的「親歷者」來撰寫小說《紅岩》。這些《紅岩》的作者，是怎樣從普普通通的革命故事講述者而成長爲當時重慶作家中所缺少的「我們」的呢？事實上，這些「我們」的現實成長，也就是重慶文學運動革命化與歷史化的現實展開，這就是說，社會主義革命時期的重慶文學發展主要是由一批文學新人來推動著的。「我們」的成長過程可以從「革命回憶錄」《在烈火中永生》中的那些紀實性故事的報告開始，到革命敘事小說《紅岩》中的那些虛構性故事的新編結束，時間的跨度大約爲六年。六年的歲月並非漫長，而文學的力量無疑是巨大的，從紀實到虛構的文學演繹，使小說《紅岩》呈現出「煥然一新」的文本敘事面目與政治教育效應。〔註 23〕於是，《紅岩》成爲社會主義革命時期，在眾多「我們」的創作之中第一個達到了「政治第一、藝術第二」這一政策標準的完美高度的範本。

《紅岩》的政治完美立即促成了完美風暴在中國大地的席捲：一邊在《中國青年報》上連載，一邊出版單行本，首印 35 萬冊立即銷售一空，連夜在新華書店排隊購買的情景，直到如今回憶起來也令人唏嘘不已。所以，《紅岩》從 1962 年 12 月初版，在不到兩年之內，就多次再版，累計發行量達到 400 萬冊。即使由於種種原因，暫時無法看到小說《紅岩》的那些中國人民也不必著急，隨著從歌劇《江姐》到電影《烈火中永生》的陸續上演，小說《紅岩》被搬上了中國的各種各樣的舞臺，特別是通過銀幕放映這一當時最爲先進的大眾傳播方式，爲小說《紅岩》的完美畫上完美的傳播句號。從《紅岩》中的重慶，到重慶與《紅岩》有關的地方，在爲人們熟悉的同時，又爲人神往，初步顯示了文化「紅岩」的政治魅力，而重慶文學運動也就藉此從邊緣重返中心。於是乎，到了 20 世紀末，特別是就新中國建立以來而言，難能可貴的《紅岩》，自然也就成爲「建國 50 年重慶的十件大事」之一。

在具有「文章乃經國之大事」傳統的中國，即使進入 20 世紀下半葉，一本《紅岩》的興衰榮辱又成爲一個城市乃至一個國家，生死存亡的文學表徵，也就不足爲怪。1966 年 2 月，當《林彪同志委託江青同志召開的部隊文藝工作座談會紀要》中宣稱：社會主義革命進入了「社會主義的文化大革命」階段。這樣，不僅使這個「江青同志」有可能成爲「文化大革命」一詞的始作俑者，而且也是同一個「江青同志」在事實上成爲小說《紅岩》

〔註 23〕邵荃麟：《文學十年歷程》，《文學十年》，北京，作家出版社，1960 年，第 37 頁。洪子誠：《中國當代文學史》，北京，北京大學出版社，1999 年，第 111～113 頁。

的完美之夢的政治終結者。這就在於，自視爲文化大革命旗手的「江青同志」，在以「文藝黑線專政論」否定小說《紅岩》的政治完美的同時，又用「川東地下黨叛徒多」的說法否認了文化「紅岩」的革命存在。如果不是僅僅運用「反革命」一詞來爲江青爲首的「四人幫」進行政治定性，以便爲小說《紅岩》與文化「紅岩」進行政治平反；而是更進一步對「文化大革命」的根本性質進行認識——正如《中國共產黨中央委員會關於建國以來黨的若干歷史問題的決議》之中所指出的那樣——「毛澤東同志在關於社會主義社會階級鬥爭的理論與實踐上的錯誤發展得越來越嚴重，他的個人專斷作風逐步損害黨的民主集中制，個人崇拜現象逐步發展。黨中央未能及時糾正這些錯誤。林彪、江青、康生這些野心家又別有用心地利用和助長了這些錯誤。這就導致了『文化大革命』的發動」。

這樣，無論是小說《紅岩》，還是文化「紅岩」，所遭受到的「文化大革命」的災難性衝擊，也就不僅僅是政治平反的問題，而主要是一個還歷史以眞面目的問題。因此，《紅岩》的作者受到迫害，甚至付出了生命的代價，不過是這一災難性衝擊烈度的個人象徵。事實上，重慶文學運動在這一災難性衝擊下，不得不再次從中心跌落到邊緣，無緣於「革命樣板文學」，使文學運動的革命化難以爲繼；與此同時，又導致重慶文學運動由於失去了政治文化資源的支撐，不得不進行文化資源的重建，使文學運動的歷史化以「民間敘事」的形式得以延續。

隨著「文化大革命」的發動，政治權威的個人絕對化，在舉國一致的政治號令之下紅衛兵運動風起雲湧，從「炮打司令部」與「橫掃一切牛鬼蛇神」的全面出擊，到「革命大串連」與八次雲集北京接受最高統帥的檢閱，再到「文攻武衛」以生命與熱血捍衛毛主席的革命路線，短短三年間，紅衛兵運動席捲全國。在大量印刷發行的「紅衛兵戰報」上，不僅發布了關於「文化大革命」的種種言論，而且發表了對於「文化大革命」的種種讚頌，而無論是這些言論，還是這些讚頌，有相當一部分是以文學創作的形式出現在「紅衛兵戰報」上的，故而可稱之爲「紅衛兵文學」。十年「文化大革命」的初期所出現的「紅衛兵文學」，有的論者認爲應當屬於所謂「地下文學」，或是屬於所謂「民間文學」。事實上，僅僅從「紅衛兵文學」的社會傳播方式來看，「紅衛兵戰報「的出版與當時的政治權威報刊——《紅旗》、《人民日報》、《解放軍報》——所謂的「兩報一刊」，在基本上是同樣的，特別是「紅衛兵戰報」通常是免費公開散發的，因而很難說「紅衛兵戰報」具有著類似《紅岩》中的《挺進報》那樣的秘密性質，故而「紅衛兵文學」也不具備任何地下性質。同樣，「紅衛兵文學」也不是「民間文學」，因爲「紅衛兵文學」的主要思想傾向，不僅與「兩報一刊」社論，特別是中央文件呈現出緊密的相關性；更是與毛澤東的「最高指示」，特別是毛澤東的「最高最新指示」保持著高度的一致性，並沒有發生民間與官方之間的意識形態對峙，更不用說意識形態批判。事實上，「紅衛兵文學」與「革命樣板文學」之間具有著同質同構的政治內涵與藝術形態，只不過，較之「革命樣板文學」，「紅衛兵文學」在政治上顯得更爲激進與幼稚，而在藝術上顯得更爲粗糙與簡陋，因而易於流傳開來卻難於流傳下來。

儘管「紅衛兵文學」有著這樣或那樣的不足，但是它畢竟是出現在「文化大革命」這一特定歷史時期中的一種文學現象，缺乏對於「紅衛兵文學」的歷史關注與文學考察，也就導致20世紀的中國文學史上的一種缺失，進而成爲對於這一段歷史有意或無意的政治文化遮蔽，在歷史境況無可言說之中失落了對於歷史眞相的難以言說。在這樣的意義上，重慶文學運動中的「紅衛兵文學」必須成爲一個重新加以審視的文學現象，因爲它不僅是與「革命樣板文學」進行地方接軌的一次集體努力，它更是重慶文學與「革命樣板文學」最終脫節的一個歷史見證。這就在於，如果說在社會主義革命興起之初，重慶文學運動還能以一部《紅岩》來參與革命敘事小說的大合唱，並且成爲革命敘事小說的典型範本，來建構革命敘事模式，直接促動著「革命樣板文學」的誕生。那麼，當「史無前例的無產階級文化大革命」爆發之後，除了生存短暫的這一頗有重慶地方特色的「紅衛兵文學」之外，在整個「文化大革命」期間，重慶文學只能是對於「革命樣板文學」的單純模仿，因爲自從《紅岩》遭到革命大批判之後，重慶文學運動在失去文化「紅岩」這一地方性的政治文化資源的狀況下，也就無法繼續提供具有某種原創性的文學文本。雖然可以說重慶文學運動的這一現狀與全國大多數地方相差無幾，但是，從上海的《海港》到山東的《紅嫂》這樣的革命樣板文學文本，在「文化大革命」中的出現，還是可以看出重慶文學運動革命化的難以爲繼的一個本身原因——過於依賴地方文化資源，特別是其中稀缺性的政治文化資源。

面對著重慶文學運動革命化的夭折，重慶文學運動歷史化在同樣遭遇革命大批判的扼制之中，借助「龍門陣」這一地方性的「民間敘事」形式獲得了一次繼續存在的機會，儘管在20世紀九十年代末，在對於「文化大革命」

時期的「民間敘事」作品所進行的出版炒作之中，出現了是「一隻繡花鞋」？還是「一雙繡花鞋」？這樣的出版大戰。但是這並非「繡花鞋」故事的命名之爭，而是關於「繡花鞋」故事的作者著作權之爭。然而，無論爭論的結果如何，「繡花鞋」故事最先以「龍門陣」的形式出現在重慶，則是無可置疑的。無論是在口頭上擺談，還是閱讀手抄本，「繡花鞋」故事的價值取向具有著與「革命樣板文學」相背離的雙重性質：娛樂性與民俗性，成爲「文化大革命」期間具有著「恐怖的腳步聲」這樣的接受效果的新公案故事，因而帶有強烈的「民間敘事」的色彩，從而使得這一廣爲流傳的「繡花鞋」故事，雖然在「文化大革命」結束以後，經過改編成電影片子搬上銀幕，而其文學文本的出版卻要保留到20世紀之末，成爲「文化大革命」期間出現的文學文本，最終被歸入了加以大力發掘的出土文學。

這就在於，被某些人視爲「民間敘事」代表之作的《第二次握手》，儘管它的傳播形式與「繡花鞋」故事相仿，但事實上並非是眞正意義上的「民間敘事」，而是模仿「革命樣板文學」的個人虛構，僅僅是因爲歌頌老一代無產階級革命家，而使作者與文本一同遭致江青等人的政治迫害與批判，因而在「文化大革命」結束之後很快就破土而出，並正式出版發行。反之，「繡花鞋」故事則是從紀實性的講述轉向虛構性的敘事，具有著與之相應的地方文化資源的支撐，是一個源於重慶的地方性故事、「繡花鞋」故事的廣爲流傳，除了它的「民間敘事」的娛樂性與民俗性能夠挑戰「革命樣板文學」的教育性與官方性之外，更是在於它本身所依託的地方文化資源的獨特性，而這一地方文化資源的獨特性與政治文化資源的稀缺性具有著一定的內在聯繫——從解放戰爭時期一直貫穿到社會主義革命時期的地下工作者和公安人員與敵特之間的你死我活的鬥爭。就此而言，可以說：即使不是「文化大革命」時期的「民間敘事」，從古至今的「民間敘事」，也難以避免官方意識形態直接或間接的、有形或無形的政治影響，說到底，這也是民間文學與官方文學彼此能夠共存的意識形態底線，因爲民間文學是不可能完全擺脫與官方意識形態之間的思想聯繫，並由此而形成意識形態的對峙與批判。

「文化大革命」時期在重慶出現的「繡花鞋」故事，應該說不是偶然的，一方面是地方文化資源的現實存在，最初的故事講述者就是一個參與辦案的公安人員；另一方面則是小說《紅岩》革命敘事的潛在影響，儘管已經轉換爲「民間敘事」的「龍門陣」。這是因爲從根本上看，小說《紅岩》與「繡花鞋」故事之間，具有著地方文化資源的同源性，尤其是政治文化資源的潛在關聯。這就予以了這樣的提示：在小說《紅岩》所體現出來的重慶文學運動的革命化和歷史化，被「史無前例的無產階級文化大革命」否定之後，至少出現了「繡花鞋」故事來對重慶文學運動的歷史化進行某種程度上的承接，使重慶文學運動的歷史化在「史無前例的無產階級文化大革命」中得以暗中延續。這樣，正是由於「繡花鞋」故事這樣的「民間敘事」的存在，勢必有可能促成「史無前例的無產階級文化大革命」結束之後的重慶文學運動，能夠較快地轉入正常發展的軌道上去。

四、守望改革的文學

「史無前例的無產階級文化大革命」終於結束之後的 1978 年，1 月 10 日《人民日報》發表評論員文章《切實整頓組織部門落實黨的幹部政策》，開始了對於「文化大革命」中遭受迫害者的平反，由此，通過從「全部摘掉右派分子帽子」，到「落實黨的知識分子政策」，等等一系列政治平反，爲思想解放運動的興起提供了必不可少的個人政治解放的現實基礎。與此同時，1978 年 5 月 10 日，中共中央黨校《理論動態》第 60 期發表了《實踐是檢驗眞理的唯一標準》，第二天的《光明日報》以特約評論員文章的形式轉載此文，新華社也予以轉發，12 日出版的《人民日報》與《解放軍報》則同時轉載，從而成爲思想解放運動的現實起點。1978 年 6 月《文藝報》復刊，設立了「堅持實踐第一，發揚藝術民主」專欄，不僅茅盾發表了《作家如何理解實踐是檢驗眞理的唯一標準》一文，而且巴金更是寫出了《要有一個藝術民主的局面》一文，呼喚對於文學運動的全面解放。

思想解放運動在重慶引起的反響，首先表現在重慶文學運動之中的個人政治平反，最具有代表性的，就是 1978 年 11 月 11 日，爲小說《紅岩》作者之一的羅廣斌舉行了骨灰安放儀式。羅廣斌在「文化大革命」興起之初，隨著小說《紅岩》被誣爲「叛徒小說」，從而也就被誣爲叛徒，於 1967 年 2 月 10 日墜樓逝世。也許，羅廣斌的死亡之謎雖然沒有因爲政治上的平反而昭然若揭，然而，羅廣斌的死亡本身，就是對政治壓制文學的一個極端例證。思想解放運動在重慶引起的反響，其次表現在重慶文學運動之中的文學陣地重建，1979 年文學季刊《紅岩》開始出刊，爲重慶作家與全國作家一道探索藝術民主提供了一個失而復得的文學陣地。可以說，刊物《紅岩》的沉浮，實際上成爲重慶文學運動興衰的一個直接寫照。

隨著西南大區的撤消，中國作家協會重慶分會遷往成都，改名爲中國作家協會四川分會，文學月刊《紅岩》也隨著重慶市計劃單列體制的取消而難以爲繼，在 1959 年 9 月終刊。儘管在文學月刊《紅岩》終刊之後，重慶市文聯又創辦了文藝月刊《奔騰》，但是，《奔騰》在「三年困難時期」的 1960 年 12 月也宣告終刊，致使重慶作家從此失去了屬於自己的文學陣地。不過，文學刊物《紅岩》的終結是以與四川省原有的一個文學刊物《草地》合併的形式完成的，兩者合併成了中國作家協會四川分會的會刊《峨嵋》，即後來的《四川文學》。這樣，不僅重慶作家失去了一個向全國展示自己的文學窗口，更是從此作爲四川作家而失去了重慶作家的地區命名。所以，季刊《紅岩》在重慶的出現，在事實上標誌著重慶文學運動的地區性質得到了重新確立，並且也成爲重慶市再度進入計劃單列的一個文學徵兆——從當時整個四川省來看，公開出版發行的文學刊物，除了《四川文學》與《紅岩》之外，其他省級以下地區性的文學刊物都是內部出版物，〔註 24〕顯然，公開出版與內部發行這兩者之間可能產生的社會傳播效應，在此時的中國大陸自然是有著天壤之別的。由此可見，能否進行強有力的行政支撐對於中國大陸的文學刊物的現實重要性，與此同時，行政支撐的是否有力，又與不同地區的行政級別，特別是不同地區的區域地位，是緊密相關的。

所以，季刊《紅岩》在此時出版發行，不是偶然的，它與重慶市在政治、經濟、文化上居於中心位置的區域地位是直接相關的。進入 1980 年，四川省政府決定對重慶市實行「收支掛鉤，增收分成」的財政管理體制，使重慶市走上了恢復計劃單列的城市發展道路。這就爲季刊《紅岩》的出版發行提供了有力的行政支撐，特別是經費來源的穩定保障。特別是進入 1983 年，重慶市的財政收支納入國家預算中單列計劃之後，實際上也就成爲改革開放以來的第一批計劃單列市。〔註 25〕重慶市以恢復計劃單列的方式進入了城市改革時期，這就直接影響到重慶文學運動的發展及其形態演變。事實上，季刊《紅岩》在 1985 年 1 月得以改版爲雙月刊《紅岩》，也就得力於重慶市在正式計

〔註 24〕潘旭瀾主編：《新中國文學詞典》，南京，江蘇人民出版社，1993 年，第 489～481、1326～1327 頁；重慶市市中區文化藝術志編纂委員會編：《重慶市市中區文化藝術志》，北京，文化藝術出版社，1990 年，第 196 頁。

〔註 25〕重慶市地方志編纂委員會總編輯室編著：《重慶大事記》，重慶，科學技術文獻出版社重慶分社，1989 年，第 591、611 頁。

劃單列之後所能提供的行政支撐，而雙月刊《紅岩》也就成爲重慶文學運動在城市改革時期現實運動的一個風向標——特別是就刊物《紅岩》的社會傳播影響而言，更是成爲重慶文學發展在主流文學這一層面上的具體寫照——最初曾經在全國轟轟烈烈，而後較長時間內一直默默無聞，以至於幾乎一度陷於難以爲繼的絕境。

所幸的是，隨著 1997 年重慶市的直轄，刊物《紅岩》得到了前所未有的行政支撐。這是因爲根據每一個省級行政區劃，似乎都必須至少有一個大型文學刊物的行政慣例，重慶市也就不會例外地放棄以文學刊物來作爲其文學門面，故而爲刊物《紅岩》提供了最大的行政支撐，尤其是經費來源的穩固保障。在經濟效應得到相應的行政支撐的同時，刊物《紅岩》也就必須發揮最大的社會效應，也就是說，刊物《紅岩》必須高揚主旋律，以成爲與主流意識形態緊密相關的一個主流文學陣地。這樣一來，刊物《紅岩》也就必然面臨著兩大文學挑戰。

首先，就三峽工程建設而言，必須把握重慶文學與三峽文學之間的縱橫發展關係，無論是從地方文學縱向發展的角度來看，還是作爲地區文學橫向發展來看，直轄之後的重慶文學，實際上成爲三峽庫區文學的主要構成，既延續了三峽文學的悠久傳統，又擴張了重慶文學的當下視野，從而意味著以刊物《紅岩》爲陣地的重慶主流文學，必須有利於建立起重慶文學與三峽庫區文學之間的發展關係。

其次，就西部大開發而言，必須理清重慶文學與西部文學之間的新舊影響關係，無論是從西南文學中心的固有影響的層面上看，還是從西部文學中心的新興影響的層面上看，直轄之後的重慶文學，事實上將演變爲西部十二省、市、區文學的區域中心之一，不僅繼續發揚重慶文學在西南地區的歷史影響，而且還將提升重慶文學在西部文學中的現實影響，從而意味著以刊物《紅岩》爲陣地的重慶主流文學，應該有助於重慶文學形成與西部文學之間的影響關係。

就目前重慶的主流文學創作來看，至少從刊物《紅岩》發表的作品來看，無論是與三峽庫區文學之間，還是與西部文學之間，其距離都是相當遙遠的，重慶的主流文學作家理應進行更大的努力。其實，問題的關鍵在於，重慶文學要融入三峽庫區文學或者西部文學，必須立足重慶，放眼三峽、西部、全國，才有可能促成重慶文學運動與全國文學運動保持著形態演變的相對一致，從而向著區域文學的方向進行發展。這就需要包括主流文學作家在內的所有重慶文學作家的個人努力，同時也更需要這些個人努力順應文學發展的時代潮流，來擴大重慶文學的區域影響，乃至全國影響。事實上，所有這些重慶作家的個人努力的合力，已經促使重慶文學運動呈現出從文學商品化到大眾審美化的形態演變來。從根本上看，重慶文學運動的形態演變，在從計劃經濟體制轉向市場經濟體制的過程中，與重慶市向著現代大都市發展的城市改革進程保持著高度的同步性。

早在 1979 年 10 月召開的第四次全國「文代會」上，鄧小平就提出：「文藝這種複雜的精神勞動，非常需要文藝家發揮個人的創造精神。寫什麼和怎樣寫，只能由文藝家在藝術實踐中去探索和逐漸求得解決。在這方面，不要橫加干涉。」〔註 26〕這就爲中國文學運動解除一貫的政治體制約束，進入相對自由獨立的發展提供了強有力的政治保障。儘管到 1981 年 1 月才召開了重慶市第三次「文代會」，明確提出「振奮精神，同心同德，爲繁榮我市文藝事業而奮鬥」。〔註 27〕然而，重慶市第三次「文代會」的召開本身，已經表明重慶文學運動在重慶市進入計劃單列的城市改革之後，已經獲得自主發展的機遇，從而與整個 20 世紀以來的重慶文學運動保持了發展上的連續性，特別是從重慶城市的早期現代化到重慶城市的現代都市化，已經隱隱約約地呈現出重慶文學運動向著自主發展的更高層面上復歸的運動趨向來。

應該指出的是，從社會主義革命時期以來的重慶文學運動，就文學創作與文學評論這兩者在全國文學版圖上的位置而言，相形之下，可以說是有著相對富饒與極度貧困之別的。雖然可以說重慶文學運動在文學評論上的貧困，與長期以來以文藝政策取代文學思想的政治體制約束有關，但至少也是與重慶作家自身不夠努力思考有關，或許當年「胡風反革命集團」的先例早已令人感到不寒而慄，以至長期以來在重慶作家心裏留下了恐懼理論的濃重陰影。這一點，即使是進入城市改革時期的重慶文學運動，似乎也是同樣如此而沒有能夠出現多大的變化，至少可以由刊物《紅岩》在很長一段時間內只發表創作作品，而沒有刊發評論文章的狀態，就可以略見一斑。於是，這樣也就不得不涉及到一個並非不重要的話題：重慶作家何以會出現在文學評論上的失語現象？難道重慶作家果眞喪失了理論思考的能力了嗎？當然，在

〔註 26〕鄧小平：《在中國文學藝術工作者第四次代表大會上的祝辭》，《黨和國家領導人論文藝》，北京，文化藝術出版社，1982 年。

〔註 27〕重慶市市中區文化藝術志編纂委員會編：《重慶市市中區文化藝術志》，北京，文化藝術出版社，1990 年，第 34 頁。

這裡所說到重慶文學的評論失語，是僅就重慶作家的個人姿態而言的，而事實上正是他們對此最具有發言權。無論如何，對於據說現在至少在數量上已經達到一千人以上，這樣人數眾多的重慶作家來說，老是一言不發畢竟是一件於重慶文學正常發展極為不利的事。

就重慶文學運動在文學創作上的富饒來看，也僅僅是相對的。在這裡，相對是就其全國影響而言的。迄今為止，真正能夠在全國一直保持著較大影響的作品，事實上也僅只小說《紅岩》而已。但是，這並不是說除了小說《紅岩》之外，就沒有其他的重慶文學作品在某一時期之內在全國產生一定程度上的影響，尤其是隨著重慶文學運動走向文學商業化，至少有兩類作品在全國引起過廣泛的關注，一類是新編武俠小說，一類是歷史報告文學。與重慶主流文學的創作相比，這兩類作品的創作在當時都是屬於邊緣性寫作，並且僅僅是借助文學商業化的推動，這兩類邊緣性寫作才能夠以其在當時所表現出來的某種前衛姿態，成為閱讀的社會熱點，從而引發全國的文學關注。

也許是因為存在著在創作模式，乃至寫作程序上的有形或無形的多種影響，重慶主流文學，特別是與革命敘事有關的主旋律文學的個人創作，儘管在城市改革時期也不乏重慶作家的個人努力，創作了大量的作品，但是由於內外兩方面的原因，始終無法重振類似當年小說《紅岩》的全國輝煌。比如說，小說《紅岩》之後出版的，構成「紅岩三部曲」的後續作品，從《大後方》到《秘密世界》，就沒有引發如同小說《紅岩》那樣的社會閱讀興趣。其實，這並不是因為小說《紅岩》當初既由《中國青年報》連載，又由中國青年出版社出版單行本，這樣的基於全國性媒體與出版機構所產生的社會傳播效應，而《大後方》和《秘密世界》僅僅是由重慶出版社這樣的地區性出版機構出版，則無法產生相似的社會傳播效應。關鍵在於，無論是《大後方》，還是《秘密世界》，據說都無法在「寫實性、典型性、人性美」這些層面上達到小說《紅岩》的藝術高度，〔註28〕更不用說在藝術上的有所創見，儘管「紅岩三部曲」的作者，都同樣是當年獄中生活的親歷者。這或許就是小說《紅岩》進入21世紀之後，發行總量超過一千萬冊，依然能夠保持全國影響的一個內在原因。

非常明顯的是，也不必否認小說《紅岩》超過一千萬冊的發行量，在中國當代文壇上是，特別是有關主旋律作品的出版之中是絕無僅有的獨特現象，而導致這一現象出現的一個外在原因，就是小說《紅岩》的出版與閱讀

〔註28〕呂進：《重讀〈紅岩〉》，《中國圖書報．書評週刊》2001年7月5日。

得到了有力的行政支撐，因而小說《紅岩》也就成爲進行革命傳統教育的優秀文學教材。相形之下，後續的《大後方》與《秘密世界》，儘管屬於「紅岩三部曲」，但已經難以得到類似小說《紅岩》那樣強勁的行政支撐。這就在於，當 1987 年《大後方》和《秘密世界》被重慶出版社推出之時，中國大陸文學已經面臨「文學失去轟動效應」的境地，面臨著從政治中心回到社會邊緣的生活常態，一個小小的地區性出版社當然是不可能冒經濟效益的大大風險，來尋求遠遠及不上小說《紅岩》的社會效益的，主要因爲投入與產出不成比例，因而無論是《大後方》，還是《秘密世界》，其全部發行量，都不可能達到哪怕是小說《紅岩》初版 35 萬冊這一起點線。事實上，重慶文學運動中的主流文學都面臨著《大後方》、《秘密世界》所遭遇到的同樣境況，這也就成爲重慶的主流文學難以在全國產生影響的一個並非不重要的原因。

儘管如此，城市改革的肇起，對於重慶文學運動的文學商品化具有著極大的推動力，特別是「通俗文學熱」隨著臺港新武俠小說的捲土重來而在中國大陸興起，重慶作家也不失領閱讀新潮流之先。僅僅在 20 世紀八十年代初，重慶作家聶雲嵐就出手不凡，在由中國曲藝家協會湖北分會 1981 年創辦的《今古傳奇》上，以連載的方式發表了新編武俠小說《玉嬌龍》，「曾轟動一時，是大陸上較早的武俠小說佳作」，並在 1985 年出版單行本。在這裡，可以看到《玉嬌龍》帶有某種模仿色彩的個人創作突破，由於受到當時的種種限制，不可能完全成爲個人原創之作，實際上是對民國武俠小說，根據臺港新武俠小說模式進行的個人改寫——「小說以三十年代武俠名家王度廬的《臥虎藏龍》、《鐵騎銀瓶》爲基本素材，重新加工和創作。」這就表明，新編武俠小說《玉嬌龍》有可能在喚起對於民國武俠小說的社會關注的同時，更是顯示出大陸作家對於臺港新武俠小說模式在某種程度上進行的創作更新，聶雲嵐也因此成爲整個中國包括金庸、古龍在內的，具有某種代表性的當代武俠小說作家之一。〔註 29〕

對於《玉嬌龍》這樣具有著全國影響的新編武俠小說，應該怎樣進行評價，特別是放到重慶文學發展之中來進行評價，也許將成爲對於重慶作家理論思考能力的一次考驗。至今仍有不少重慶主流文學作家對於《玉嬌龍》的文學意義認識不足，直到獲得電影奧斯卡金像獎的《臥虎藏龍》在 2000 年出

〔註 29〕寧宗一主編：《中國武俠小說鑒賞辭典》，北京，國際文化出版公司，1992 年，第 365、708～712 頁。

現，一些人才如夢初醒似的將其追認爲與重慶作家有關係，才對聶雲嵐這個同樣是重慶作家的作家進行推崇，卻從根本上就不知道電影《臥虎藏龍》與小說《臥虎藏龍》有著直接的淵源，至於與《玉嬌龍》即使有什麼關係，可能也只僅僅是某種間接的關係，甚至是同屬改編作品的關係。然而，當初《玉嬌龍》的一時全國轟動，與現今小說《紅岩》的依然全國轟動，具有著某種相似性，也就是說，無論是《玉嬌龍》的通俗敘事，還是小說《紅岩》的革命敘事，都是一種以作者爲本位的，以從上到下的社會傳播方式來進行的文學敘事，因而較爲客觀地看，更強調的是作者講了一個什麼樣的故事，而不是作者怎樣講一個故事，實際上是基於讀者的閱讀水平底線的講故事，不利於讀者閱讀水平的提高。反過來，這又成爲《玉嬌龍》與小說《紅岩》的一個市場賣點——能夠適應幾乎所有中國讀者的最低閱讀水平。

這樣，隨著改革開放的進行，文學也從通俗文學開始而成爲商品，直至連主流文學都成爲商品，因而《玉嬌龍》的轟動一時，也就不是偶然的，卻正是商品大潮掀起之中，文學發展適應社會現實發展的一種實實在在的表現。這一點對於重慶文學發展來說，也就顯得特別重要，因爲在市場經濟體制形成過程之中，對於文學發展給予行政支撐的力度，是遠遠趕不上計劃經濟體制時代的。這就需要重慶文學運動通過文學商品化的形態演變，來獲取文學當下發展所必不可少的市場支撐，而文學必須成爲商品則是一個絕對必要的基本條件。

如果文學商品化可以解決在重慶文學運動之中行政支撐不足的問題，那麼，大眾審美化就將有可能解決在重慶文學運動之中讀者閱讀水平如何提高這一問題。事實上，就在一些重慶作家以通俗文學寫作來參與文學商品化的同時，另一些作家則以報告文學寫作來參與大眾審美化。報告文學對於讀者閱讀水平的提高，至少從文學與人生之間的關係是否緊密這一點上，是可以促進讀者對於個人生存的中國狀況進行積極關注的。較之 20 世紀八十年代初中國大多數報告文學作品，重慶作家所寫作的以《將軍決戰豈止在戰場》爲代表的報告文學作品，表現出了獨特的文學視角，不是面對急劇變化的現實人生，而是對於鮮爲人知的歷史景象，來進行別開生面的揭示，從而引起全社會極大的閱讀反響。黃濟人對於《將軍決戰豈止在戰場》的寫作是成功的，通過鉤沉所謂「國民黨戰犯」的不同個人命運，來展示爲芸芸眾生所不熟悉的另外一類中國人的生存狀況，以顯現出社會的曲折發展與歷史的艱難進步。這就難怪《將軍決戰豈止在戰場》不僅獲得了首屆中國人民解放軍文學獎，更是獲得了全國優秀暢銷書獎。

由此可見，《將軍決戰豈止在戰場》正是以它的市場暢銷來證明了它的文學價值。不過，《將軍決戰豈止在戰場》的文學價值在更大程度上又是基於它的歷史文化價值的，而這種歷史文化的政治性質，使之與重慶的地方文化，特別是陪都文化之間，存在著千絲萬縷的政治聯繫，因而《將軍決戰豈止在戰場》對於重慶文學運動來說，除了成爲文學商品化之中一個無可辯駁的實例，以證實文學商品化的不可阻擋之外，就是在客觀上有助於重慶文學運動的歷史化從地下浮出水面來，具體地說，也就是以陪都文化核心的大後方文化將成爲重慶文學發展的區域文化資源。這樣的文學代表就出現在 1989 年，在那一年楊耀健的小說《虎！虎！虎！》出版。該小說以大後方爲文化背景與歷史場景，展示中國抗日戰爭時期美中一體與日軍進行空中大搏殺的慘烈與壯烈。儘管《虎！虎！虎！》被一些人看作是所謂的「長篇通俗小說」，但這並沒有能夠遮蓋住它所具有的文學創造價值——再現歷史事件的紀實小說。〔註 30〕

無論是就紀實性而言，還是就可讀性而言，《虎！虎！虎！》至少是超過了小說《紅岩》的，正是這兩點，表明了重慶文學運動在文學商品化的同時，在大眾審美化方面也表現出了長足的進步。如果說在 1989 年以前，重慶文學運動是以文學商品化爲主的話，那麼，在 1989 年以後，則是以大眾審美化爲主。主要的原因有兩個，一個主要原因就是文學發展的市場壓力，已經隨著計劃經濟體制向著市場經濟體制的轉軌，成長爲文學發展的市場動力；另一個主要原因就是文學需求的作者本位，已經隨著文學賣方市場向著文學買方市場的轉換，改變爲文學需求的讀者本位，從而使此前那些從事「純」文學創作的重慶作家，在滿足大眾審美的市場需要的個人努力之中，向著自由撰稿人的社會角色過渡。具體而言，也就是重慶作家從專業寫作轉變爲職業寫作，由此而來，當初文學的「純」，也就演變成文學的「雜」，促使重慶作家所面對的文學天地更爲廣闊無垠，而寫作形式也更加多姿多彩。

在這裡，就重慶作家這種角色轉變而言，最爲突出的個人恐怕就是新近被稱爲「西部文壇黑馬」的莫懷戚——2000 年 6 月 26 日，莫懷戚作品研討會在重慶召開。也許難免有人會說這個研討會有炒作個人之嫌，但是舉行研討

〔註 30〕重慶市市中區文化藝術志編纂委員會編：《重慶市市中區文化藝術志》，北京，文化藝術出版社，1990 年，第 66、353、60 頁。

會的諸多單位，至少可以免除某些人想像中的炒作之譏：「這次研討會是由重慶師範學院中文系、重慶現當代文學研究會、重慶作家協會和《紅岩》雜誌社等共同主辦的。」這就在一定程度上保證了對於這匹西部文壇「黑馬」進行研討的學術性與主流性。與此同時，爲了避免本地人士一邊倒似的爲「黑馬」加油喝彩，還有來自北京的一些高校中文系、文學報刊的與會者，正是他們紛紛指出：一方面，「像莫懷戚這樣的具有深厚學養和本土文化積澱的中年作家，沒有在文壇前沿唱大戲，實在是評論界的悲哀」；「莫懷戚在用小說爲這個時代的人們作精神上的撫慰時，完全具備了一流作家的品質。奇怪的是，爲什麼其『影響』卻是『二流』的」；另一方面，「北大的曹文軒和重慶師院的莫懷戚都是一邊教書，一邊寫作——做學問很內行，寫小說也很內行。這實際上是他們在通過自己的努力和示範，悄悄地在續接和恢復二三十年代學者型作家的優良傳統」。有鑑於此，他們中有人提議：「應在適當的時候把莫懷戚研討會弄到北京去開。這是因爲，儘管有實力有成就，也需要提供契機，運用文學批評和商業包裝這兩手去宣傳，否則就老是在盆地響，而應該走出盆地，叫響全國。」〔註 31〕

這就首先就觸及到了重慶文學運動之中文學評論極度貧困的老問題，這其次就牽涉到重慶文學運動之中文學創作相對富饒如何更上一層樓的新問題。事實是，重慶有過「叫響全國」的作品，對於這一點，莫懷戚本人也在這次研討會上坦言相告：「重慶有獨特的歷史，可以產生《紅岩》那樣的巨著和黃濟人、楊耀健的大作，但她現在的獨特性在哪裏？聲明一句，我可不願意寫她的缺點」——「而重慶比較突出的，恰恰多是缺點。」與此同時，莫懷戚還承認「編輯朋友們紛紛來約自己需要的稿子：商業的、體育的、教育的、婦女生活的……我重友情，心理素質又差不善於拒絕，基本上有求必應。有一年我每月得主筆七個專欄，可見一斑。文學的大餅被其他學一齊咬住、瓜分。」〔註 32〕顯而易見的是，對於類似莫懷戚這樣的重慶作家來說，必須拿出有份量的大作來向全國說話。

然而，這樣的大作將不是與此前那些已經出現的大作同樣的作品，必須貼近讀者的生活，以滿足其對於文學的個人需要，而關鍵則在於，如何從偏於重

〔註 31〕張育仁：《西部文壇「黑馬」重慶實力派作家》，《文藝報．文學週刊》2000 年 8 月 1 日。

〔註 32〕莫懷戚：《寫作讓我愉快》，《文藝報．文學週刊》2000 年 8 月 1 日。

慶文化的歷史描寫盡快轉向對於重慶文化的現實觀照。關於這一點，從發表在《當代》1989年第5期的《美人泉華》到1999年第5期的《透支時代》，就可以看到莫懷戚在十年之中，將目光轉向了重慶文化的「當代」，終於找到了重慶現在的「獨特性」——在城市改革過程之中從傳統城市向著現代大都市發展。

所以，《美人泉華》中進行了將「山城一枝花」這一民間形象轉換成現代都市女郎雛形的個人努力，並且進行電視連續劇的市場放大；同時為了堅持將這一努力進行到底，一直到十年之後，在《透支時代》之中塑造出眞正意義上的現代女性為止。這首先就滿足了中國讀者對於中國城市女性的都市成長進行文學掃描的審美需要。也許，對於一位男性作家來說，十年磨一劍的這些小說之中的女性形象，顯得過於理想化，倒是這些小說之中出現的男性形象，在某種程度上卻更像是源自男性作家的內心，顯得更為眞實。對於所有這些小說，或許女性評論者的把握更為客觀一些：「拒絕了略顯霸道的金錢，謝絕了頗為偏執的理性，回到女性的本眞，只剩下天生的激情，這就是讀了《美人泉華》之後所感受到的『美人泉華』」；「『透支時代』是屬於這樣的已經快要過氣的透支男人的，與女性本身沒有多大的相干。而女性的未來或許將穿透這『透支』的男人時代，在『美人泉華』的起點上重新開始」。〔註33〕

這就表明，在滿足讀者的閱讀需要的同時，更需要對於讀者的閱讀需要進行提升，而這一提升絕不能是灌輸思想教育式的從上到下的照舊說教，而只能是在平等交流之中的審美對話。這就需要重慶作家在這個幾乎人人似乎都在追求某種時尚的浮躁時代，不要顯得過於浮躁，至少稍安毋躁，要像魯迅當年寫作他的《吶喊》與《彷徨》的時候那樣，擁有一份「餘裕」的創作心態，在與現實保持一種難得的審美距離之中，進行認眞負責的寫作。使「文學的大餅」保持住文學的原滋原味，戒除種種非文學的專欄寫作的無謂干擾。或許只有這樣，包括莫懷戚在內的所有重慶作家，才有可能通過對於當代重慶的文化透視來進行文學觀照，寫作出能夠「叫響全國」的小作與大作來，使文學最終成為全國大眾審美的主要對象之一。只有這樣，重慶文學運動才有可能在審美大眾化之中，推動重慶文學向著區域文學發展，走出三峽，走出西部，成為全國文學版圖中最為豐富多彩的文學景觀之一。

〔註33〕李麗：《男男女女換位對舞——從〈美人泉華〉到〈透支時代〉的閱讀感受》；《文藝報·文學週刊》2000年8月1日。

餘論　七月作者群在陪都

一、從《七月》到《希望》

如果說 1937 年 7 月 7 日在中國東部城市北平所爆發的盧溝橋事變，證實了中國的抗日戰爭已經由局部戰爭轉爲全面戰爭，那麼，1937 年 11 月 20 日國民政府遷往中國西部城市重慶，則表明了中國抗日戰爭的大後方已經由戰前的戰略預設，最終成爲八年戰火中的抗戰現實。國民政府遷渝是爲了堅持長期抗戰這一政略與戰略相一致的戰時需要——這正如《遷都宣言》中所說的那樣：「國民政府茲爲適應戰況，統籌全域，長期抗戰所見，本日起遷駐重慶。以後將以最廣大之規模從事更持久之戰鬥」，「繼續抗戰，必須達到維護國家民族生存獨立之目的。」〔註 1〕所以，大後方不僅僅是中國政治中心由東向西轉移的戰時區域，同時也是中國文化中心由東向西轉移的戰時區域，由此促進大後方的戰時全面發展。僅僅從大後方文化構成之一的大後方文學這一視角來看，可以說整個大後方的文學發展狀態，從戰前的幾乎滯後中國東部 20 年，到抗戰八年中轉而引領中國文學的戰時發展，在主導著中國文學現代發展的同時，大後方文學成爲中國現代文學抗戰時期的主流。

問題在於，如何認定文化中心與文學中心的確是在抗戰八年之中完成了由東向西的大後方轉換呢？曾經被提出過的判斷尺度就是：「文化中心以編輯出版事業爲標誌」。〔註 2〕不過，如果過於強調編輯的出版功能，而抽去了出版功能中三位一體的印刷與發行，也就去掉了出版事業的傳播可能性。所以，從文化

〔註 1〕《國民政府公報》渝字第 1 號，1937 年 12 月 1 日。

〔註 2〕姚福申：《中國編輯學》，復旦大學出版社，1990 年，第 410～411 頁。

與文學的大眾傳播來看，較為客觀的判斷尺度應該是——文化中心與文學中心同時也是出版中心，而出版物的質與量無疑成為衡量文化中心與文學中心能否形成的直接標誌。在這樣的認識前提下，可以說，從抗戰伊始在大後方，開始逐漸出現了重慶及桂林這樣兩個戰時文學中心雛形。然而，能夠最終能夠成為大後方文學中心的，到底是重慶還是桂林，抑或是兩者均是呢？

顯然，較之桂林，重慶不僅是戰時首都，而且是舉國陪都——1940 年 9 月 6 日國民政府正式設立陪都於重慶——「四川古稱天府，山川雄偉，民物豐殷，而重慶綰轂西南，控扼江漢，尤為國家重鎮。政府於抗戰之初，首定大計，移駐辦公。風雨綢繆，瞬經三載。川省人民，同仇敵愾，竭誠紓難，矢志不移，樹抗戰之基局，贊建國之大業。今行都形式，益臻鞏固。戰時蔚成軍事政治經濟之樞紐，此後更為西南建設之中心。恢宏建置，民意僉同。茲特明定重慶為陪都，著由行政院督飭主管機關，參酌西京之體制，妥籌久遠之規模，藉慰輿情，而彰懋典」。〔註 3〕因此，國民政府明定重慶為陪都之後，每年的 10 月 1 日，也就被同時定為「陪都日」。1940 年 10 月 1 日，在陪都重慶行了慶祝首屆「陪都日」的盛大集會。當天陪都重慶各報紛紛發表社論，《新華日報》社論中首先指出：「明定重慶為陪都，恢宏建置，一由於重慶在戰時之偉大貢獻，再鑒於重慶在戰後之發展不可限量」。《新華日報》社論中最後認為：「把中華民族堅決抗戰的精神發揚起來，這是我們慶祝陪都日最重要的意義」。

由此可見，無論是從政治中心的西遷來看，還是從文化中心的西移來看，陪都重慶的文學發展空間始終都居於大後方的中心地位，並且延續到抗戰勝利之後區域文化與文學的發展之中。然而，桂林不僅未能獲得如同陪都重慶同樣的文學發展空間，而且在抗戰後期曾經一度淪陷，實際上也就導致桂林最終未能成為大後方文學中心，而真正成為大後方文學中心的就只能是陪都重慶，這一點，可以由陪都重慶的文學期刊與文學作品的出版來加以直接判明。

從抗日戰爭全面爆發的那一天開始，以《七月》與《希望》為核心陣地，以青年作者為主體，以胡風為主編而集合起來的這樣一個作者群，就是活躍在中國文壇上的七月作者群。他們通過從詩歌、小說、報告文學的創作到文學評論的思考，來努力推進中國現代文學的戰時發展。

不過，對於這一作者群的文學流派性質，長期以來在相關研究之中，由

〔註 3〕《國民政府公報》渝字第 270 號，1940 年 9 月 7 日。

於忽視了中國現代文學運動中作者群的形成與文學流派產生之間的互動關係，沒有意識到作者群的形成在有利於促成文學流派產生的同時，並不等同於兩者的重合，實際上在文學流派產生之後，在已經形成的作者群之中通常只有部分成員能夠融入文學流派之中。這就意味著，對於七月作者群以七月派進行稱謂，是否存在著文學史的誤認，而七月作者群之中最能體現出文學流派風貌的作者們，理應是七月詩人群。最終產生了七月詩派這一中國現代文學史上的文學流派。

無論是七月作者群，還是七月詩派。都始於《七月》的創刊。1937 年 7 月 7 日，盧溝橋事變爆發，中國進入了全面抗戰時期。在戰火慘烈的上海，《七月》週刊於 9 月 11 日創刊，堅持出版 3 期後，七月社遷往大戰在即的武漢，10 月 16 日創刊《七月》半月刊，在出版了 18 期之後七月社又遷往大後方的陪都重慶，1939 年 7 月改版爲《七月》月刊，陸續出版到 1941 年 9 月停刊；抗日戰爭勝利前夕的 1945 年 1 月，《希望》月刊在陪都重慶創刊，到 1946 年 10 月，`在上海停刊。〔註 4〕胡風除了先後擔任《七月》與《希望》的主編之外，還在 1943 年到 1948 年間主編了《七月詩叢》、《七月文叢》、《七月新叢》，向《七月》與《希望》的主要作者以及一些成名作者組稿，除了《我是初來的》這一新人詩歌合集之外，出版了詩歌、小說、報告文學、文學評論等個人專集達 39 集之多。

在這 39 集的個人專集之中，詩歌專集的作者有艾青、田間、胡風、孫鈿，亦門（S·M、阿壟）、魯藜、天藍、冀汸、綠原、鄒荻帆、莊湧、牛漢、化鐵、賀敬之等人；小說專集的作者有路翎、楊力（賈植芳）、東平、晉駝、陶雄、孔厥、丁玲等人；報告文學專集的作者有東平、阿壟、曹白、蕭軍等人；文學評論專集的作者有胡風、呂熒、舒蕪等人。〔註 5〕當然，「七月」作者群遠遠不止以上這些作者，不過，這至少在一個側面上展示出七月作者群的基本陣容的同時，也顯現出七月作者群的強勁實力。不過，在所有這些

〔註 4〕吳子敏：《七月》、《希望》，中國大百科全書總編輯委員會《中國文學》編輯委員會、中國大百科全書出版社編輯部編：《中國大百科全書·中國文學》，上海，中國大百科全書出版社，1988 年，第 615～616、1006 頁；《〈七月〉和〈希望〉》，王大明、文天行、廖全京編：《抗戰文藝報刊篇目彙編》，成都，四川省社會科學院出版社，1984 年，第 353～371 頁。

〔註 5〕吳子敏：《〈七月〉叢書》，中國大百科全書總編輯委員會《中國文學》編輯委員會、中國大百科全書出版社編輯部編：《中國大百科全書·中國文學》，上海，中國大百科全書出版社，1988 年，第 616～617 頁。

專集的作者之中，唯有詩歌專集的作者們顯現出催生詩歌流派的傾向來，而在小說專集的作者們之中，諸如孔厥、丁玲等與其他作者是很難納入同一小說流派之中去的，至於對散文專集與文學評論專集的作者們來說，在其中產生文學流派可能性實際上是不存在的。

不可否認的是，七月作者群的形成，正是七月詩派產生的文學根基。所以，從七月作者群形成的過程成來看，無論是從《七月》到《希望》的創辦過程，還是從《七月詩叢》、《七月文叢》、《七月新叢》的出版過程，都同樣經歷了從全民奮起抗戰的現實，到走向實現民主的未來這同一歷史過程。所以，正如從當初「願和讀者們一同成長」到後來「願再和讀者一同成長」一樣，七月作者群的誓言始終如一：「在神聖的火線下面，文藝作家不應只是空洞的狂叫，也不應作淡漠的細描，他得用堅實的愛憎眞切地反映出蠢動著的生活形象。在這反映裏提高民眾底情緒和認識，趨向民族解放的總的路線。文藝作家底這工作，一方面被壯烈的抗戰行動所推動，所激勵，一方面將被在抗戰熱情裏面踴動著、成長著的萬千讀者所需要，所監視。工作在戰爭底怒火裏面罷！文藝作家不但能夠從民眾裏面找到眞實的理解者，還能夠源源地發現從實際戰鬥裏成長的新的同道夥友。我們願意獻出微力，在工作中和讀者一同得到成長。」〔註 6〕七月作家群的這一誓言一直延伸到抗戰勝利之後，期待著與所有那些期盼著「從『黑夜』到『天亮了的讀者們』」，一同「置身在爲民主的鬥爭裏面」。〔註 7〕

這首先就在於，作爲《七月》、《希望》與《七月詩叢》、《七月文叢》、《七月新叢》主編者的胡風，一直主導著「願和讀者們一同成長」的群體發展方向，不但要發揮出成名作者的創作才能，更是要培養出讀者期盼的文學新人，在作者與讀者的互相影響之中眞正實現「一同成長」的遠大目標，以促進中國文學在抗戰時期的順利發展。所以，胡風認爲只有通過作者與讀者之間這樣的共同努力，才有可能促進「戰爭期的一個戰鬥的文藝形式」的盡快形成，因而這就迫切地需要創造出「新情勢下的新形式」，以便進行「由平鋪直敘到把要鈞玄」的創作轉換。這當然是因爲「情緒的飽滿不等於狂叫」，而更爲重要的就是「要歌頌也要批判」。只有通過這樣的「文藝形式」的現實轉換，才

〔註 6〕七月社：《願再和讀者一同成長》，《七月》第 4 集第 1 期，1939 年 7 月。
〔註 7〕胡風：《寄從「黑夜」到「天亮了」的讀者們》、《置身在爲民主的鬥爭裏面》，《希望》第 1 集第 1 期，1945 年 12 月。

有可能最終使中國文學在抗日戰爭之中，成爲整個民族復興的「集體史詩」。〔註 8〕胡風的這一主張，得到了及時的響應，不僅有人提出「戰爭期」的創作必須保持「文學的寬度、深度和強度」，〔註 9〕而且有人更是強調「戰爭期」的文學要避免陷入「公式化」的泥潭。〔註 10〕

這其次就在於，只有面對抗戰現實，作者在愛憎分明之中去進行努力的創作，來儘量滿足激情滿懷的讀者的文學需要，在「和讀者一同成長」的現實之路上邁開了堅實的一步。最能體現出這一步的無疑是《七月》所發表的報告文學，並且從具有新聞通訊特點的「戰訊」及時轉向了報告抗戰現實的文學散文。曹白率先發表了《受難的人們》，以展現「在死神的黑影下面」掙扎著的人們，如何在戰火之中奪取「活魂靈」的戰鬥。〔註 11〕而蕭紅也同時發表了《火線外二章》，不僅報告了窗外發生的戰鬥，而且更是寫出了戰士在不怕犧牲自己生命的同時對小生命的珍惜。〔註 12〕東平不僅以「印象記」的方式寫出了抗日名將、名人的各自丰采，〔註 13〕而且更是寫出了浴血抗戰的戰士群像，〔註 14〕甚至寫出了雖敗猶榮之中的種種感受。〔註 15〕

隨著抗日戰爭的曠日時久，報告文學也就從「戰地特寫」逐漸成長爲「戰役報告」，以期能夠達到對於抗戰全景的文學顯現，這一點特別突出地表現在 S·M 發表的報告文學作品之中——從最初發表的具有通訊特點的「戰地特寫」的《咳嗽》，到後來發表的顯現出散文特質的「戰役報告」的《從攻擊到防禦》〔註 16〕這無疑證實，報告文學隨著抗戰形勢的發展而進行「文藝形式」轉換，不僅與作者個人的創作努力分不開，而且也是與讀者的閱讀需要分不開的。這是因爲抗戰的現實進程始終是戰時生活中所有人關注的焦點與熱點，而《七

〔註 8〕胡風：《論戰爭期的一個戰鬥的文藝形式》，《七月》第 1 集第 5、6 期連載，1937 年 12 月 16 日、1938 年 1 月 1 日。

〔註 9〕端木蕻良：《文學的寬度、深度和強度》，《七月》第 1 集第 5 期，1927 年 12 月 16 日。

〔註 10〕辛人：《談公式化》，《七月》第 1 集第 6 期，1938 年 1 月 1 日。

〔註 11〕曹白：《受難的人們》，《七月》第 1 集第 2 期，1937 年 11 月 1 日。

〔註 12〕蕭紅：《火線外二章》，《七月》第 1 集第 2 期，1937 年 11 月 1 日。

〔註 13〕東平：《葉挺印象記》、《吳履遜和季子夫人》，《七月》第 1 集第 3 期，1937 年 11 月 16 日。

〔註 14〕東平：《第七連》，《七月》第 1 集第 6 期，1938 年 1 月 1 日。

〔註 15〕東平：《我們在那裡打了敗仗》，《七月》第 2 集第 1 期，1938 年 1 月 16 日。

〔註 16〕S·M：《咳嗽（戰地特寫）》，《七月》第 2 集第 5 期，1938 年 3 月 16 日；《從攻擊到防禦（戰役報告）》，《七月》第 4 集第 2 期，1939 年 8 月。

月》所發表的報告文學作品在適應創作與閱讀的當下需求之中，更是展示出報告文學在抗戰時期的發展趨勢。

在舉國燃燒的抗戰熱情之中，除了讀者需要接受文學的不斷激勵之外，作者同樣也需要在創作之中進行文學的不斷噴發，在保持與抗戰現實的緊密聯繫之中，來避免可能出現的文學偏至——或者是詩情抒發之「空洞的狂叫」，或者是小說敘事之中「淡漠的細描」——以推進中國文學的戰時發展。

二、七月詩派——「我是初來的」

七月作者群之中最能夠以自由創造來表現出個體追求之中的一致性的，則是他們中的詩人，尤其是那些在戰火中成長起來的年青詩人。一方面，詩人們在投身抗日戰爭的實際戰鬥之中進行激情澎湃的詩意揮灑，爲神聖的抗戰而努力歌唱，爲民族的復興而盡力歌唱，另一方面，詩人們在與抗戰現實保持血肉聯繫之中展開個人激昂的自由詠唱，選擇了自由的詩體來表達對自由創造的無限嚮往，推動了自由詩在抗戰烽火之中的向前發展，由此而走上了詩歌流派產生之路。

從七月作者群的作品出版現狀來看，能夠以諸多作者結集這一形式出版作品的正是七月詩派——1981 年，20 位七月詩人的詩作結集爲《白色花》出版，於是，一個差點兒就要被遺忘的中國現代詩歌流派開始重新浮現在讀者眼前。〔註 17〕1984 年，收入更多七月詩人的詩作結集爲《七月詩選》出版，〔註 18〕從此，七月詩派在中國現代文學史上得以再度彰顯。七月詩派的成員當然遠遠超過 20 個，而且其中的絕大部分都是在抗日戰爭中成長起來的新生代詩人，因而他們之所以能夠形成詩歌流派，主要是「由於氣質和風格相近」，從而促使他們之間的詩情與詩風漸趨一致。這一漸趨一致的流派形成過程，無疑得到了及時的個人「誘導」——正是胡風「對於這個流派的形成和壯大起過不容抹煞的誘導作用」。〔註 19〕

對於「誘導」者的胡風來說，不僅僅是爲詩人們提供詩歌發表的陣地，也不僅僅是對詩人們的詩歌進行評論，而是直接爲詩人們面對抗戰現實應該如何詠唱而進行個人創作示範。1937 年 8 月 3 日，胡風在日機轟炸聲中寫出了《爲祖國而歌》，大聲吶喊「我要盡情地歌唱」，號召把「赤誠的歌唱」奉

〔註 17〕綠原、牛漢選編：《白色花》，北京，人民文學出版社，1981 年。

〔註 18〕周良沛選編：《七月詩選》，成都，四川人民出版社，1984 年。

〔註 19〕綠原：《序》，綠原、牛漢選編《白色花》，北京，人民文學出版社，1981 年。

獻給「我底受難的祖國」——「歌唱出鬱積在心頭上的仇火／歌唱出鬱積在心頭上的眞愛／也歌唱掉盤結在你古老的靈魂底一切死渣和污穢／爲了抖掉苦痛和侮辱的重載／爲了勝利／爲了自由而幸福的明天」，〔註 20〕從而成爲立足抗戰現實的個人自由放歌。

顯而易見的是，這一「爲祖國而歌」的個人示範表明：面對著抗戰之中「受難的祖國」這一嚴酷的現實，詩人們要盡情地唱出對敵人的無比憤怒與對親人的無限眷念，詩人們要赤誠地唱出對勝利的堅信不移與對自由幸福的執著追求。然而，更爲重要的是胡風認爲，即使是在詩人們在消除被強加的「苦痛與侮辱的重載」之中，仍然應該堅持對民族劣根性的詩性批判——清除所有那些「盤結在你古老的靈魂底一切死渣和污穢」。所以，胡風在詩情揮灑之中進行著個人的詩意哲思，實際上已經孕育著發揚「主觀戰鬥精神」以批判「幾千年的精神奴役的創傷」這一現實主義的文學主張，〔註 21〕進而顯示出中國文學的現代傳統在戰時的延續與發展。

所有這一切，直接影響著新生代詩人的成長。1939 年 9 月，鍾瑄在《七月》第 4 集第 3 期發表《我是初來的》一詩，預示著「七月詩派」的新生代詩人將以「黎明」追求者的歡唱姿態出現在中國詩壇上——「我是初來的／我最初看見／從遼闊的海彼岸／所升起的無比溫暖的，美麗的黎明」——「黎明照在少女的身上／照在漁民的身上」，表達出對祖國的遼闊、祖國的未來的空前驚喜與摯愛，對所有生活在這國土上的親人們的深切思念與溫情，以此激發起民族意識在覺醒中不斷地高揚。類似這樣的詩情與詩風在新生代詩人的詩作中較爲普遍地體現出來，因而也就難怪胡風在編選七月詩派 14 位新生代詩人合集的時候，會借用「我是初來的」對合集進行命名。

隨著抗戰後期的到來，中國抗日戰爭成爲世界反法西斯戰爭的重要組成部分。1942 年 4 月，牛漢以谷風這一筆名發表了《山城與鷹》，表現出詩人的詩思與詩藝的同步成長：「從遠古，灰色的山城／便哺育著灰色的鷹」；「山城衰老了，而鷹在高天仍漫飛／天藍色的夢裏滑下嘹亮的歌音／鷹飛著，歌唱著：／『自由，便是生活呵……』」，「以後，山城卻在鷹底歌聲的哺育下／復活了，而鷹是山城生命的前哨……」。〔註 22〕由此可見，從看見民族解放的黎

〔註 20〕胡風：《爲祖國而歌》，《爲祖國而歌》，重慶，重慶南天出版社，1941 年。

〔註 21〕馬良春、張大明主編：《中國現代文學思潮史》（下冊），北京，北京十月文藝出版社，1996 年，第 1127～1132 頁。

〔註 22〕谷風：《山城與鷹》，《詩星》第 2 集第 4～5 期合刊，1942 年 4 月 1 日。

明，到迎來個人生活的自由，詩人們在歡唱轉向沉吟之中，所展現出來的理想追求勢必面臨著現實的挑戰，進行著從簡單到繁複的意象轉換，由單純的傾訴轉爲多重的對應，實際上已經促成詩意的拓展與深化，詩歌的個人吟唱趨向多樣化，爲「七月詩派」的形成奠定了越來越堅實的基礎。

這一多樣化從整個七月詩派來看，最明顯地表現詩歌體裁的多樣選擇上，詩人們的筆下出現了敘事長詩、抒情長詩、組詩與寓言詩、諷刺詩、小詩這眾多的現代詩歌體裁。不過，更重要的是在詩情與詩風上所展現出來的與表現出來的詩派演變。

這一演變，不僅可以在敘事長詩《隊長騎馬去了》（天藍）與《縴夫》（阿壟）之間看到：也可以在組詩《躍進》（艾漠）、《耕作的歌》（杜谷）、《六歌》（阿壟）中見出；更可以在抒情長詩《春天——大地的誘惑》（彭燕郊）、《渡》（冀汸）、《風雪的晚上》（魯藜）、《神話的夜》（綠原）、《終點，又是一個起點》（綠原）裏感受。從這些詩作中所能展現出的流派演變動向來的，以抒情長詩尤爲突出。

在詩情與詩風的演變中，就出現了從抗戰前期的縱情放歌，轉向了抗戰後期的詩情內斂的多重變奏：在 1945 年 1 月寫成的《風雪的晚上》中，詩人發出「我愛北方的雪／我愛這沒有窮人痛苦的北方的雪」這樣的呼喚，顯然，「雪」就是內蘊著希望的詩歌意象，通過「純潔像羔羊的雪」，「美麗像海邊貝殼的雪」，「輕飄像浪花的雪」，「透明像水晶的雪」，「形體像白薔薇的雪」的反覆吟唱，抒發了迎來希望的快樂與迎接快樂的希望的激情，「雪」將「裝飾著我們的山」、樹林、河流、田野，「裝飾著我們人民走向自由和幸福的道路」。〔註 23〕在這裡，詩情抒發已經通過「雪」這一詩歌意象由靜到動的變化，來得到延伸，並且由前方拓展到後方。這就意味著——隨著抒情長詩紮根在整個戰時生活之中，也就擁有了從悲憤的傾訴到歡暢的吟唱這樣寬廣的抒情基調。

七月詩派的這一流派演變，在抒情長詩中也許從一個詩人的創作中將顯得更加鮮明一些。在 1941 年寫成的《神話的夜》中，詩人發現「荒涼」的夜是「淒涼」的，甚至可能是「蒼白」的，不過，「戰鬥常從夜間開始」，就會有「新鮮的生命」，「從夢谷爬出來」、「從夜間蒸發出來」，因而「神話的夜」充盈著憤怒中的憧憬。〔註 24〕而在 1945 年末寫成的《終點，又是一個起點》

〔註 23〕魯藜：《風雪的晚上》，《希望》第 1 集第 4 期，1946 年 4 月。
〔註 24〕綠原：《神話的夜》，《童話》，重慶，重慶南天出版社，1941 年。

中，詩人以「從一九三七年七月七日到一九四五年八月十五日，共計八年零八天」作爲全詩的題記，然後開始盡情地歡呼「人民響應／勝利！」這一中國抗日戰爭勝利的終點的最後到來，然而，這更是一個劃時代的嶄新起點，因爲今後只要「德謨克拉西的實踐！／而用一種／今天流的汗與昨天流的血可以比賽一下的工作」，這同樣需要生命的犧牲與意志的磨煉的投入，所以，「終點，又是一個起點」的重合，勢必融鑄著歡樂中的追求。〔註 25〕這就表明抒情長詩在進行從日常生活到政治鬥爭的題材拓展之中，將會在詩情與詩風的演變之中促成政治抒情詩的出現。

這樣的流派演變，如果能夠出現在長詩之中，也同樣能夠出現在短詩之中。不僅可以在寓言詩《小牛犢》（彭燕郊）、《給哥哥的信》（鄒荻帆）、《穗》（冀汸）中可以看到，也可以在諷刺詩《猶大》（阿壟）、《他們的文化》（化鐵）中看到；更可以在小詩中看到。較之寓言詩和諷刺詩，小詩有可能將詩歌的個人表達提升到人生哲理的高度，顯現出詩人在詩心靈動之中的個人睿智，從而有可能促進七月詩派詩情與詩風的不斷演變。

發表於 1941 年的小詩《蕾》，表達出詩人對生命初綻的一種直覺式的無限憧憬：「一個年輕的笑／一股蘊藏的愛／一壇原封的酒／一個未完成的理想／一顆正待燃燒的心」，〔註 26〕於是乎，開始在琢磨不定之中企圖找出生命的眞諦。然而，幾乎兩年後寫成的小詩《隕落》，詩人不再尋求生命的眞諦，而是堅定不移地對生命的奉獻進行讚頌：「流星是映照著愛者的晶瑩的淚珠／帶著聽不見的聲響落的／落了，落了，幾千年後的人間／閃著它不滅的生命的光」，〔註 27〕顯示出詩人已經能夠去體悟生命的要義。到了 1945 年，小詩《泥土》中，詩人展開了對生命的價值的二元對照：「老是把自己當作珍珠／就時時怕被埋沒的痛苦／把自己當作泥土吧／讓眾人把你踩成一條道路」，〔註 28〕以期反思到生命本眞的深處去。在這裡，可以看到七月詩人在詩情與詩風的流派演變之中，試圖以個人詠唱來進行生命價值的張揚。然而，在將這一張揚推向個人極致的同時卻出現了價值尺度的政治偏轉，顯示出七月詩派的演變難以避免社會政治變遷對文學戰時發展所產生的這樣或那樣的現實影響。

〔註 25〕綠原：《終點，又是一個起點》，《又是一個起點》，上海，上海希望社，1948 年。
〔註 26〕鄒荻帆：《蕾》，《意志的賭徒》，重慶，重慶南天出版社，1941 年。
〔註 27〕曾卓：《隕落》，《曾卓抒情詩選》，北京，中國文聯出版公司，1988 年。
〔註 28〕魯藜：《泥土》，《希望》第 1 集第 1 期，1945 年 12 月。

可以說，在戰火烽煙之中以文學期刊爲陣地，形成了以「誘導」者胡風爲核心的七月作者群，進而產生了具有文學影響的七月詩派，爲中國現代文學運動提供了從作者群到文學流派的雙重動力，兩者共同推進了中國文學的戰時發展，從而爲中國文學進行現代發展提供了不可或缺的典型範例。

三、路翎小說——「殘酷的搏殺」

不過，較之七月詩人們而言，在《七月》發表小說的作者們之中，除了進行短篇小說的敘事之外，早就開始了長篇小說的寫作，這就是蕭軍的《第三代》。〔註29〕《第三代》中通過對二十世紀初以來中國東北農民生存現狀的如實描寫，來揭示他們那堅忍不拔的生活意志與勇於犧牲的抗爭精神。不過，能夠在「七月」作者群之中，成爲小說創作之中的佼佼者，無疑是年輕的路翎，以其親歷性的小說敘事，通過對底層民眾與中國青年的心靈挖掘，展現出一種對於生活史詩的個人追求，從而促成了小說敘事的戰時新發展，因而往往被誤認爲小說流派產生中的代表性作者。

問題在於，從七月作者群的角度來看，必須承認最能體現出作者是如何「和讀者們一同成長」的，無疑是路翎。1923 年在南京出生的路翎，到 1937 年抗日戰爭全面爆發以後，隨同家人從南京沿江而上一路流亡到重慶，這就使得路翎在經歷種種磨難之中走向了大器早成。1940 年 5 月，路翎作爲「新作家五人小說集」中的作者第一人，在《七月》第 5 集第 3 期上發表小說處女作《「要塞」退出以後》。〔註30〕到 1949 年，路翎已經發表了超過 200 萬字的小說。在短短 10 年間所發表的各類小說中，較爲具有影響力的，有短篇小說集《清春的祝福》、《求愛》、《在鐵鍊中》、《平原》，中篇小說《飢餓的郭素娥》、《蝸牛在荊棘上》，長篇小說《財主底兒女們》、《燃燒的荒地》。〔註 31〕但是，路翎小說所顯示出來的並非是所謂小說流派的共同特徵，反而是七月作者群在小說創作水平上所能達到的個人高度。

〔註29〕蕭軍：《第三代（第三部）》。《七月》第 1 集，第 3、4、5、6 期連載，1937 年 11 月 16 日、12 月 1 日、12 月 16 日，1938 年 1 月 1 日。

〔註30〕路翎的文學處女作，據有的研究者考證，應該是抗戰之初的 1937 年在《彈花》上發表的散文《一片血痕與淚迹》。朱珩青：《路翎》北京，中國華僑出版社，1997 年，第 23 頁。

〔註31〕錢理群：《路翎》，中國大百科全書總編輯委員會《中國文學》編輯委員會、中國大百科全書出版社編輯部編：《中國大百科全書・中國文學》，上海，中國大百科全書出版社，1988 年，第 490～491 頁。

事實上，長篇小說《財主底兒女們》從出版的那一天開始，胡風就視爲路翎小說的代表作，並且給予了這樣的高度評價——80 萬字的《財主底兒女們》展現出「歷史事變下面的精神世界底洶湧的波瀾和它們底來根去向」，因而是「自新文學運動以來的，規模最宏大的，可以堂皇地冠以史詩名稱的長篇小說」。與此同時，胡風還指出類似《財主底兒女們》主人公那樣的中國青年，如果要「走向和人民深刻結合的眞正的個性解放，不但要和封建主義做殘酷的搏殺，而且要和身內的殘留的個人主義的成分與僞裝的個人壓力做殘酷的搏殺」。這雙重「殘酷的搏殺」，不僅僅是對小說的主人公而言的，同時也是對類似《財主底兒女們》主人公那樣的中國青年而言的，尤其是對於青年作者的路翎來說，這雙重「搏殺」，不僅僅是出現在個人的「精神世界」裏，而且更是湧現在他筆下的小說世界裏。也許在路翎的短篇小說中這樣的雙重「殘酷的搏殺」各有其側重，而在路翎的中篇小說中則加重了「和封建主義做殘酷的搏殺」，可是，在《財主底兒女們》之中，路翎進行了徹底的雙重「殘酷的搏殺」——「在這裡，作者和他底人物們一道身在民族解放戰爭底偉大的風暴裏，面對著這悲痛的然而偉大的現實，用驚人的力量執行了全面的追求也就是全面的批判」〔註 32〕

青年作者的路翎之所以寫出所有那些「做殘酷的搏殺」的各類小說，首先是與他個人的苦難人生經歷有關，體現出路翎小說敘事獨具的親歷性特徵；同時也與他最終走上文學之路的中外導師們有關，從中外現代文學的傳統影響來看，就出現了從羅曼•羅蘭到魯迅這樣的眾多導師，而從大後方文學運動中的現實「誘導」來看，就出現了被路翎視爲「導師和友人，並且是實際的扶持者」的胡風。〔註 33〕因此，無論是《財主底兒女們》，還是《飢餓的郭素娥》，都同樣是路翎根據自己的生活經歷進行小說敘事，以體現「全面的追求也就是全面的批判」的代表之作。

《財主底兒女們》的小說敘事帶有某種自傳色彩，不僅溶入了路翎對蘇州外祖父家的童年記憶，而且顯現出路翎在重慶的生活軌跡，將小說的親歷性特徵予以了極度的張揚。不過，路翎最先寫出的卻是 1942 年完稿的《財主底兒子》，由於在交稿以後不幸遺失，於是，路翎開始重寫，並更名爲《財主底兒女們》，於 1944 年完成，第二年就出版了上卷，1948 年由上海希望社出版下卷。

〔註 32〕胡風：《序》，路翎《財主底兒女們》，重慶，南天出版社，1945 年。
〔註 33〕路翎：《題記》，《財主底兒女們》，重慶，南天出版社，1945 年。

《財主底兒女們》將小說敘事的背景，置於從二十世紀三十年代初開始的抗擊日本帝國主義侵華戰爭的民族解放戰爭的全過程之中，以 1937 年抗日戰爭全面爆發爲界而分爲小說的上下卷，先後描寫了蘇州財主蔣氏家族的分崩離析與流亡旅途中蔣氏兒女的心靈吶喊，展示出從遠離關外戰火的封建世家的衰落，到硝煙彌漫關內的破落子弟的奮起這一苦難人生的全貌，主人公們的日常生活成爲貫穿和平日子與戰爭年代的敘事軌跡，從而演繹出一部完完整整的生活史詩。

更爲重要的，那個舉起了自己的整個生命來呼喊的蔣純祖，是《財主底兒女們》中最具叛逆性的人物。這一叛逆性不僅表現在他對於封建家族制度所進行的家庭批判上，而且也表現在他對於整個中國封建文化意識所進行的社會批判上，進而更表現在他對於個人意識擴張所進行的自我揭示上。正是抗日戰爭的全面爆發促成了蔣純祖在從南京到重慶的顛沛流離之中，展開了從家庭轉向社會的反封建主義，與此同時，開始了進行個人意識負面性缺陷的自我反思，從而在「全面的批判「之中，爭取能夠走向對個人自覺的「全面的追求」。在這裡，可以看到的正是路翎憑藉著過去生活的回憶與當下生活的歷練，在兩相交織之中來展示對於未來生活的嚮往。在這樣意義上，可以說《財主底兒女們》已經成爲抗日戰爭中一代新人成長的心靈史詩：在戰火燃燒的歲月裏，中國青年在努力擺脫古老傳統的因襲與纏繞同時，又不得不承受著種種精神奴役的創傷，由此在艱難的人生道路上掙扎著前行，從而呈現出個人靈魂由磨難到復甦的艱苦歷程。

《飢餓的郭素娥》中主人公郭素娥的原型，是路翎所熟悉的一個在重慶礦區鄉鎮上賣香煙的寡婦，其他生活細節也來自路翎在國民政府經濟部礦冶研究所工作期間，從重慶礦區鄉鎮上的親眼所見與親耳所聞。所以，小說中描寫了周旋在鴉片鬼丈夫、野蠻情人、怯懦追求者這三個男人之間，郭素娥爲了堅守「我是女人，不准動我」的個人尊嚴，美麗而強悍的她，不得不在種種酷刑之中失去了寶貴的生命。

然而，路翎並不是僅僅是爲了寫出一個受侮辱受迫害者的「飢餓的郭素娥」，而主要是爲了寫出什麼是郭素娥的「飢餓」，尤其是「飢餓」的文化寓意來。對此，路翎曾經對胡風這樣說過——「我企圖『浪費』地尋求的，是人民底原始強力，個性底積極解放。但我也許迷惑於強悍，蒙住了古國根本的一面，像在魯迅先生底作品裏顯現的。」顯然，路翎筆下強悍的郭素娥，不同於魯迅筆下懦弱的祥林嫂，儘管後者更能顯現出「古國根本的一面」來。

不過，對於路翎的這一說法，胡風則是抱以同情的理解：「郭素娥，是這封建古國的又一種女子。肉體的飢餓不但不能以祖傳的禮教良方得到痲痹，但是產生了更強的精神的飢餓，飢餓於徹底的解放，飢餓於堅強的人性。她用原始底強悍碰擊這社會鐵壁，作為代價，她悲慘地獻出了生命」，「但她卻擾動了一個世界」。〔註 34〕這就在於，這個能夠「擾動一個世界」的郭素娥，由於或多或少地表達出路翎本人的「主觀戰鬥精神」，卻反而影響到對郭素娥身負「精神奴役的創傷」的深入揭示，從而游離於魯迅塑造祥林嫂來批判民族劣根性這一現代文學的中國根本。

或許正是因為路翎小說的創作水平，遠遠超出了七月作者群中的其他小說，反而導致了七月小說派的難產。事實上，從古今中外的文學史來看，文學流派的能否產生與流派成員的創作水準是否相近無疑更具正相關性。

〔註 34〕胡風：《序》，路翎《飢餓的郭素娥》，重慶，生活書店，1943 年。

參考書目

1. 〔德〕黑格爾:《美學》,朱光潛譯,北京,商務印書館,1981 年。
2. 〔法〕丹納:《藝術哲學》,傅雷譯,北京,人民文學出版社,1980 年。
3. 〔美〕施堅雅主編:《中華帝國晚期的城市》,葉光庭、徐自立、王嗣均、徐松年、馬裕祥、王文源譯,北京,中華書局,2000 年。
4. 〔美〕馬泰·卡林內斯庫:《現代性的五副面孔》,顧愛彬、李瑞華譯,北京,商務印書館,2002 年。
5. 〔日〕前田哲男:《重慶大轟炸》,李泓、黃鶯譯,成都,成都科技大學出版社,1989 年。
6. 《毛澤東選集》第五卷,北京,人民出版社,1978 年。
7. 抱一編:《最後之五十年》,申報館,1923 年。
8. 中國現代化報告課題組:《中國現代化報告 2001》,北京,北京大學出版社,2001 年。
9. 《中共中央抗日民族統一戰線文件選編》,北京,檔案出版社,1986 年。
10. 榮孟源主編:《中國國民黨歷次代表大會及中央全會資料》,北京,光明日報出版社,1985 年。
11. 中國社會科學院臺灣研究所編:《中國國民黨全書》,西安,陜西人民出版社,2001 年。
12. 重慶市地方志編纂委員會總編輯室編著:《重慶大事記》,重慶,科學技術文獻出版社重慶分社,1989 年。
13. 隗瀛濤:《近代重慶城市史》,成都,四川大學出版社,1991 年。
14. 張弓等編:《國民政府重慶陪都史》,重慶,西南師範大學出版社,1993 年。
15. 重慶市圖書館編印《抗戰期問重慶版文藝期刊篇名索引》,1984 年。

16. 重慶市圖書館編印：《抗戰期間出版圖書書目（第一輯）》、《抗戰期問出版圖書書目（第二輯）》，1985 年。
17. 文天行、王大明、廖全京編：《中華全國文藝界抗敵協會資料選編》，四川省社會科學院出版社，1983 年。
18. 林默涵總主編：《中國抗日戰爭時期大後方文學書系》，重慶，重慶出版社，1989 年。
19. 林默涵總主編：《中國解放區文學書系》，重慶，重慶出版社，1992 年。
20. 錢理群主編：《中國淪陷區文學大系》，南寧，廣西教育出版社，1998 年。
21. 汪木蘭、鄧家琪編：《蘇區文藝運動資料》，上海，上海文藝出版社，1985 年。
22. 馬良春、張大明主編：《中國現代文學思潮史》，北京，北京十月文藝出版社，1995 年。
23. 朱寨主編：《中國當代文學思潮史》，北京，人民文學出版社，1987。
24. 潘旭瀾主編：《新中國文學詞典》，南京，江蘇人民出版社，1993 年。
25. 重慶市市中區文化藝術志編纂委員會編：《重慶市市中區文化藝術志》，北京，文化藝術出版社，1990 年。

跋

最初對陪都文化與文學的關注，主要是爲了自己所接受的一項研究任務，據說是要在當年的陪都重慶召開紀念中國抗戰勝利五十週年的國際學術會議，不僅會議的級別高規模大，而且更是不設立學術禁區，倒眞是激動人心。

誰知在等待會議召開的過程之中，由於糾纏於抗戰勝利的中國領導者是誰這一常識性問題，會議降格了，撤掉了國際會議光環，連全國會議也沒有挨上邊，僅僅局限於重慶市內。令人心寒的是種種學術禁忌也隨之出現，繼續走研究的老路以避免不必要的諸多風險，類似這樣的忠告不斷縈繞於耳。面對這樣的此情此境，只好在保持學術中立的個人立場上，儘量爭取客觀一點，努力地冷靜下來，從被動的接受任務的研究狀態之中逐漸解脫出來，逐步轉向主動地去發掘相關的史料，去進行合乎學術規範的探究，在繞行一個又一個禁忌暗礁的同時，期盼著有那麼一天能夠進入自由自在的研究航程。

在默默的期待之中，終於在中國抗日戰爭勝利七十週年即將到來的前夕，似乎看到了這麼的一天，不再是遠在天邊，而是近在眼前。現今的中國，如同魯迅先生曾經說過的那樣：不可能依然不變的循環著歷史的老套，而總是要順應世界的潮流，迎來新世紀的曙光，搬掉精神上的長城，在爭取作世界人的同時挺起中國人的脊樑。二十年的期待，對於一個人來說是顯得有點漫長，不過，卻磨煉出堅守中的堅韌。雖然自己也曾付出過一些小小的代價，但是一切的付出自有其回報——自己對陪都文化與文學的探討，與二十年前相比，至少不再那麼膚淺。

二十年的時光，不過是歷史的一瞬。在這一瞬之中，面對歷史的個人言說，呈現出多樣化的研究格局，研究的老路不再有人走，而研究的新路則需要更多的人去開拓，只有通過持續不斷的言說，研究的新路才能越來越多地出現在腳下，而試著去走出這樣一條新路來，自然會是每一個研究者的心願。心願有多麼眞摯，新路就會有多麼長遠。在這裡，同樣也是韌性的鬥場，只有堅韌不拔地走下去，才有可能會走出一條眞正的新路來。

如今，二十年後又是五年過去了，五年前那期待之中的似乎，依然是期待之中的似乎，並且期待之中的似乎在時光消逝裏不斷回溯，曾經的期待之中的似乎更加渺茫。不過，對於面對歷史的個人言說而言，正視這現實之中更加渺茫的似乎，既然要執意堅守本心，那也就只有這樣的一條路可以前行，還得繼續走下去。

此時此刻，只能捫心自問，自己果眞做到這一點嗎？同時也期望諸位同行予以本書同樣的質疑，以便在質疑聲中不斷修正自己的路徑，在繼續走下去之中推動自己，能夠走得更久一點，能夠走得更遠一點。